W0238704

chasseurs de mondes

J'AI LU

CAROLYN J. CHERRYH	*ŒUVRES*
HESTIA	*J'ai Lu* 1183**
LES PORTES D'IVREL	
CHASSEURS DE MONDES	*J'ai Lu* 1280****
CRÉPUSCULE	
LES FEUX D'AZEROTH	
LES PUITS DE SHIUAN	

CAROLYN J. CHERRYH

chasseurs de mondes

traduit de l'américain par Michel Deutsch

Éditions J'ai Lu

A ma mère, à mon père,
à David

Ce roman a paru sous le titre original :

HUNTER OF WORLDS

1

On n'avait jamais rien vu d'aussi colossal dans la zone que le vaisseau qui toucha Station Kartos au mitan du second quart, un étincelant entrelacs d'ailettes argentées enchâssant une sorte de gigantesque soucoupe. C'était un bâtiment orithain sans marque de nationalité ni identification. Les Orithains professaient un souverain mépris envers ce genre de conventions.

Son diamètre était supérieur à celui, même, de la Station. Il s'immobilisa sur le ventre à côté d'un navire de commerce amaut en provenance d'Ishté II qu'il écrasait complètement de sa masse, sortit son ombilical et sa noria qui étaient juste assez longs, bien que les grappins l'eussent stabilisé à proximité relative de la base.

Dès que l'arrimage eut été effectué, cinq membres de l'équipage – quatre hommes et une femme – débarquèrent. Comme bon nombre des opérateurs de la Station, c'étaient des kallia, race originaire de Qao V, créatures de haute taille, au physique gracieux, à la peau d'azur et à la chevelure d'argent. Mais ceux-là n'avaient jamais vu la surface d'Aus Qao : chacun portait au poignet droit le bracelet de platine indiquant sa condition de nas kamé, de serviteur des Orithains.

Les visiteurs déambulèrent tout à loisir sur le marché, pont jeté par les commerces amaut et kallirien entre les mondes civilisés, la *métrosi* et les étoiles d'Esliph. Ils ne s'adressaient pas la parole mais s'arrêtaient de temps en temps en bloc pour désigner du doigt les articles qu'ils voulaient acheter et qui devaient être livrés sur-le-champ, ce qui dégarnissait des travées entières.

Dès que les Orithains étaient entrés dans la zone, une activité fébrile s'était emparée du personnel administratif de la Station. Les membres de la sécurité, kallia et amaut, dans leurs uniformes variés, s'étaient aussitôt mêlés aux équipes de manutention. Pas pour arrêter les seigneurs des étoiles : c'était impossible. Leur mission, tout au contraire, était d'empêcher les gens de la Station de leur porter si peu que ce fût ombrage involontairement : Kartos serait en péril aussi longtemps que le cuirassé miroitant serait dans les parages. Un seigneur orithain éprouvant la plus infime contrariété mettait une planète en péril. Alors, une bulle artificielle comme Kartos...

A part cela, les responsables ne bronchaient pas. Ils se gardaient bien de donner l'alerte, pas plus à l'intérieur qu'à l'extérieur de la Station. Une chape de silence était tombée sur celle-ci. Ceux qui étaient obligés de se déplacer marchaient à pas de loup.

Le premier contact que les Orithains avaient établi avec les kallia remontait à la nuit des temps. Ils avaient fait sortir le peuple d'Aus Qao du féodalisme et l'avaient brutalement projeté dans une civilisation stellaire. Huit mille ans plus tôt, ils avaient atteint Késuat, l'étoile des amaut – des fermiers rondouillards à la peau grise, petits et ventripotents, aux yeux démesurés, qui n'avaient rien de coureurs d'espace. Mais, à présent, de Késuat à l'Esliph, les amaut avaient essaimé partout. La *métrosi* elle-même était un pur produit orithain, la technologie moderne un cadeau des Orithains. Mais quel prix avait-il fallu payer! Une tyrannie d'une férocité et d'une irrationalité dépassant l'imagination : telle avait été la rançon de ses largesses.

Et puis, pendant cinq ans, inexplicablement comme tout ce qu'ils faisaient, les Orithains avaient disparu. Même de Kej, leur étoile natale. Nomades jusqu'à la moelle, ils s'en étaient allés autre part et ailleurs, et aucun navire, ni kallirien ni amaut, ne les rencontra. Certains se prirent même à espérer qu'ils étaient morts.

Or, sept ans auparavant, voici que les Orithains avaient à nouveau afflué aux abords de Kej. Leurs vaisseaux étaient signalés les uns après les autres, ils se regroupaient comme de grands oiseaux gris attirés par l'odeur de la mort. Les mondes extérieurs le savaient, bien que la *métrosi* se refusât à l'admettre. Il n'y avait pas de défense possible et les kallia ne l'ignoraient pas. Aucune arme n'était efficace contre leurs navires et la cruauté imaginative dont les Orithains tiraient vanité était devenue légendaire. Il était plus confortable de faire comme s'ils n'existaient pas.

Mais leur arrivée à Kartos, aux frontières de l'Esliph, mettait la *métrosi* devant le fait accompli.

Parvenus à l'extrémité des nouveaux docks de la Station, les noï kamé se séparèrent. Deux d'entre eux, dont l'un tenait à la main une petite mallette grise, se dirigèrent vers le bureau tandis que les trois autres gagnaient les vieux quais et ce que l'on appelait le « marché aveugle ». Là, les postes d'arrimage et les installations entassés les uns sur les autres étaient au rabais et l'on se livrait à des trafics illicites qui échappaient à la vigilance des autorités de la Station, surchargées de travail. On y proposait de petits bâtiments de charge, de modiques cargaisons, souvent de la pacotille, des marchandises avariées ou de contrebande. La plupart des navires qui relâchaient là venaient de l'Esliph. Ils apportaient de la matière première et achetaient des produits de base ainsi qu'un certain nombre de vices civilisés à l'intention des mondes extérieurs moins riches.

Le personnel de sécurité qui les surveillait discrètement s'alarma quand, inopinément, les noï kamé s'engagèrent dans le dédale des petits postes de mouillage et la perplexité le gagna quand ils s'approchèrent sans la moindre hésitation du *Konut,* un antique cargo de la frange de l'Esliph. A leur vue, les petits amaut bedonnants, pris de panique, s'engouffrèrent dans la cale béante du bâtiment tandis que le capitaine se portait à leur rencontre en se dandinant sur ses courtes jambes, sa large bouche tiraillée de tics nerveux, visiblement très mal à l'aise.

Obtempérant à l'ordre des noï kamé, il leur remit le manifeste du bord qu'ils parcoururent tout en pénétrant au plus profond de la cale, l'officier sur leurs talons. Cette partie de la soute était divisée en compartiments d'une saleté repoussante et il y régnait une odeur fétide. Le *Konut,* en effet, se livrait à la traite de la main-d'œuvre et transportait des amaut ignorants qui signaient avec les sociétés demanderesses un contrat aux termes duquel ils s'engageaient à travailler pendant dix ans sur un monde colonial en échange d'une concession. Leur désir de posséder de la terre était plus fort que la crainte des rigueurs du voyage. Les amaut étaient avant tout des ruraux et des terrassiers, et ces misérables, ces exclus n'avaient qu'une seule espérance : posséder un petit lopin à eux quelque part – n'importe où. La plupart ne réaliseraient jamais leur rêve : leur endettement envers la compagnie les condamnerait à demeurer métayers à perpétuité.

Et il y avait au fond de la cale n° 2 du *Konut* quelque chose que le commandant avait omis de déclarer à la douane en touchant la Station : un enclos entouré de fils de fer où des humains étaient parqués. Les lois kalliriennes interdisaient le trafic de la main-d'œuvre humaine. C'étaient des créatures sauvages, des brutes analphabètes parfaitement incapables de signer valablement quelque contrat que ce fût – la lie, les vestiges d'une population obstinée qui était restée quand les humains, abandonnant les étoiles de l'Esliph, s'étaient repliés sur leur patrie de l'espace. Leurs ancêtres avaient maîtrisé l'astronavigation : eux n'avaient même pas un langage cohérent. Ils étaient entassés dans un compartiment spécial car les amaut n'auraient sous aucun prétexte accepté de cohabiter avec eux : il était notoire que les humains étaient porteurs de maladies. L'un d'eux gisait, raidi dans une position bizarre, à même le grillage qui constituait le plancher de la cage. Mort. Peut-être de froid, peut-être de quelque germe importé du monde de l'Esliph d'où il venait. Un autre était assis, l'œil fixe, et il y avait dans son regard quelque chose de ténébreux et de dément.

C'était l'endroit qui intéressait les noï kamé. Ils s'arrêtèrent, compulsèrent le manifeste, conférèrent avec le capitaine. L'humain aux yeux fixes demeurait immobile, ramassé sur lui-même comme s'il voulait se faire tout petit dans l'ombre. Mais quand les autres se précipitèrent brusquement dans le coin le plus éloigné de la cage en glapissant, en se donnant des coups de griffes, en montant les uns sur les autres, ivres de panique, il ne fit pas mine de bouger, attentif à ce qui se passait à l'extérieur de l'enclos. Et quand, finalement, le capitaine amaut se retourna et pointa un doigt sur lui, il se figea sur place, refusant d'obtempérer.

Le capitaine, couvert de sueur, fit alors signe aux

autres humains en répétant un mot – un seul – à plusieurs reprises : *tchadjou* – alcool. Instantanément, ils tendirent l'oreille et leurs visages s'éclairèrent. A nouveau, le capitaine leur désigna la créature accroupie au milieu de la cage et, poussant des cris aigus, ils fondirent sur l'infortuné. Bien qu'il se débattît comme un forcené en exhalant des grondements de rage, ils le halèrent jusqu'au grillage contre lequel ils le maintinrent jusqu'à ce qu'un surveillant lui fasse une piqûre. Il griffa ce dernier qui lui donna un coup sur le bras en crachant un juron mais, déjà, l'infection faisait son effet : ses yeux curieusement vifs se voilèrent et il s'effondra.

Le surveillant entra alors sans difficulté dans la cage, en sortit l'humain inconscient et, en guise de récompense, donna aux autres un flacon ventru de *tchadjou* – et ce fut sur-le-champ la mêlée générale pour se l'approprier.

N'affichant pour ces péripéties qu'un mépris hautain, les noï kamé payèrent le bétail humain qu'ils avaient acquis son poids en argent, fixèrent la date de livraison et repartirent comme ils étaient venus.

Les deux autres, un homme et une femme, étaient entrés dans la salle de contrôle de la Station sans honorer d'un regard les gardes de sécurité terrifiés, sans un geste de courtoisie à l'égard du Maître. Ils se dirigèrent vers le centre des archives d'où ils délogèrent le préposé et branchèrent à la machine l'appareil qu'ils transportaient dans l'étui gris.

– Il va falloir que votre technicien suive nos directives, dit la femme au Maître qui, indécis, se dandinait derrière eux.

Le Maître adressa un coup de menton à l'opérateur qui reprit sa place avec réticence et fit ce qu'on lui dit de faire. Les archives de la Station, le livre de bord et la totalité des dossiers du personnel, les informations accumulées au cours des siècles d'exploration de l'Esliph, toutes données relatives aux traités, aux routes de navigation et au dispositif d'administration de la zone vinrent en un rien de temps grossir le savoir orithain. Cette opération de transfusion terminée, on déconnecta l'appareil, on referma l'étui et les noï kamé se tournèrent comme un seul homme vers le Maître.

– Il y a à bord de cette Station un certain Aïéla Layaïléuê, dit le mâle. Remettez-nous son dossier.

– L'autorité dont je dispose ne me le permet pas, répondit le Maître en levant les bras dans un geste d'impuissance.

– Votre autorité nous est indifférente.

Le Maître se résigna à donner l'ordre et un segment de ruban magnétique jaillit de la machine.

– Détruisez l'original, dit la femme en l'enroulant autour de son index. Le dénommé Aïéla devra se présenter à notre quai pour embarquer à 2 h 30, heure de la Station.

Les kallia avaient une sorte d'air d'innocence. Leurs cheveux à l'éclat d'argent, translucides comme du verre filé, ne changeaient pas avec l'âge. L'azur pâle de leur peau se mariait au sombre saphir de leurs yeux, des yeux qui, contrairement à ceux des amaut, pouvaient se braquer à droite et à gauche sans qu'ils eussent besoin de tourner la tête, ce qui leur conférait un large champ de communication non verbale et ne leur permettait que difficilement de dissimuler leurs sentiments. C'était un peuple émotionnel. Les kallia n'étaient pas tapageurs comme les amaut, fervents des disputes et des divertissements bruyants. Ils avaient le goût des réunions intimes. Ils avaient aussi la réputation proverbiale d'être incapables de prendre une décision seuls, si anodine fût-elle : il fallait qu'ils fussent au moins trois pour cela. Agir différemment aurait été *ikas*, présomptueux, un travers dans lequel ne tombait jamais un kallia bien né.

L'agent de sécurité Muishiph était amaut mais il était depuis assez longtemps en poste sur Kartos pour fort bien connaître les kallia, leurs bons côtés comme leurs mauvais. Debout devant la porte du carré, il observait le jeune officier, guettant sa réaction. Il s'attendait que la nouvelle qu'il avait été chargé de lui communiquer déclenchât chez l'intéressé des clameurs de désespoir ou un sursaut d'indignation. Muishiph s'était d'ores et déjà préparé à ne pas se laisser ébranler par d'éventuelles supplications, et même, le cas échéant, à se défendre : ses longs bras n'auraient guère de peine à broyer les frêles membres d'un kallia, encore qu'il ne souhaitât certes pas se voir contraint d'en arriver à de telles extrémités.

– Moi? fit le jeune officier. Moi? répéta-t-il comme s'il n'arrivait toujours pas à y croire.

Il paraissait terriblement jeune pour avoir le commandement d'un vaisseau. Ce que confirmait son dossier : 26 ans, fils de Déïan de l'aristocratique maison de Layaïléuê, *paromé* et *arethmé* de Xolun et troisième conseiller du Haut Conseil d'Aus Qao, ce qui représentait une grande puissance et une immense richesse. Sans doute cela expliquait-il pourquoi Aïéla avait obtenu ses galons à un âge aussi inhabituel.

Le jeune kallia enfonça les mains dans les poches de sa courte veste pour ne pas faire voir qu'elles tremblaient et secoua la tête d'un air abasourdi.

– Mais avez-vous une idée de la raison pour laquelle ils m'ont choisi, moi?

– Le Maître a dit que vous le savez peut-être mais, n'importe comment, je doute qu'il désire en être informé, répondit Muishiph.

Le jeune homme le dévisagea mais son regard était si lointain que l'agent de sécurité eut la certitude que c'était à peine s'il le voyait. Enfin, l'intelligence y brilla à nouveau mais on lisait dans ses yeux une tristesse voilée.

– Puis-je faire mes bagages? s'enquit-il. J'imagine que j'aurai besoin de quelques affaires. Enfin... je l'espère.

– Ils ne l'ont pas interdit. (Muishiph carra les épaules dans l'encadrement de la porte car Aïéla avait fait le geste de tendre son bras vers le commutateur.) Je suis désolé, capitaine, mais je serai dans l'obligation de ne pas vous quitter des yeux.

Aïéla le toisa de la tête aux pieds avec une curieuse expression de regret. Le Maître aurait, au moins, dû faire appel à un kallia pour lui apprendre la nouvelle et l'assister, songea Muishiph avec malaise. Mais, contrairement à son attente, au lieu de lui chercher noise, Aïéla recula et s'effaça pour le laisser entrer. Muishiph s'immobilisa sur le seuil, les mains nouées derrière les cuisses en se balançant ainsi que le faisaient les amaut quand ils étaient dans une situation embarrassante.

Quand Aïéla l'invita à prendre un siège, il s'assit. Le jeune officier lui proposa de trinquer avec lui : il accepta et vida d'un trait le verre de *marithé* que l'autre lui tendit, puis s'essuya le visage à l'aide d'un mouchoir qu'il sortit de sa poche ventrale. Les amaut transpiraient énormément et ils avaient besoin d'absorber de prodigieuses quantités de liquide. C'était la première fois que Muishiph mettait les pieds dans un local d'habitation kallirien. Son épiderme hypersensible supportait mal l'air chaud et sec de la pièce et la lumière crue lui brûlait les yeux. Il remit son mouchoir dans sa poche sans cesser de surveiller Aïéla. Celui-ci, qui n'avait pas touché au breuvage rosâtre, avait sorti du placard une cantine d'astronaute cabossée qu'il était en train de remplir avec des mouvements tout à la fois minutieux et saccadés.

Muishiph connaissait par le Maître les états de service du jeune officier. Aïéla commandait un petit bâtiment d'exploration géologique, l'*Alitaésa*, qui revenait des lointaines lunes de Pri dans la frange de l'Esliph. C'était un territoire amaut mais il arrivait que des kallia s'y rendent pour y chercher des concessions minières avec l'autorisation des grands *karshatu* commerciaux qui avaient la haute main sur tout le négoce amaut. Les amaut, fouisseurs par nature, creusaient les galeries, et les kallia, fortement axés sur les activités industrielles, s'appropriaient le minerai qui était ensuite revendu aux premiers. C'était là un arrangement aussi vieux que la *métrosi*.

Il était rare, cependant, qu'un kallia s'aventurât aussi profondément à l'intérieur de l'Esliph. C'était une vaste région sauvage au delà de laquelle s'étendait l'abîme du vide. Des choses insolites s'y produisaient, d'étranges navires y faisaient étape. Quant à la loi, elle variait selon les lieux et avait pour seul critère la puissance de feu dont on disposait. Les *karshatu* amaut s'occupaient de leurs propres affaires. Ils n'admettaient pas que l'on empiète sur les routes et sur les mondes *karsh* mais ils toléraient les kallia, voyant en eux un peuple pacifique, avant tout amoureux de l'ordre et dont le seul vice était peut-être le goût de la richesse. Pas sous forme de terre : la richesse monétaire et imaginaire. Les kallia avaient en effet le culte de l'ordre. Leur univers était organisé de telle façon que l'unique étalon de la valeur d'un individu était le respect qu'il inspirait aux autres, et l'argent était la mesure de ce respect tout comme la primogéniture pour l'amaut au sein de son *karsh*.

Muishiph s'interrogeait en regardant le jeune homme. Pour autant qu'il connût les kallia, c'étaient des gens de peu d'importance. Ils étaient dépourvus d'ambition et avaient horreur des responsabilités, considérant que tenter de corriger le destin était dangereux et *ikas*. Un amaut rêvait d'avoir de la terre, de fonder un *karsh*, de procréer des héritiers à la douzaine : la plus grande joie d'un kallia semblait être de se retirer dans une communauté paisible, de donner des réceptions raffinées réunissant la petite élite des personnes les plus honorables et d'être celui dont on recherche les conseils et l'influence – de mener une existence calme et paisible sans jamais et en aucun cas prendre de décisions solitaires.

Si Aïéla Layaïléuê était un objet de curiosité pour les Orithains, il intriguait tout autant Muishiph, ce kallia atypique, fils d'un riche *paromé*, qui avait choisi la vie hasardeuse d'un officier et explorait la face lointaine de l'Esliph. C'était le commandement le plus rude et le plus solitaire qui pût échoir à un officier, amaut ou kallia. Là-bas, il n'y avait personne à qui demander conseil et l'on ne pouvait se reposer sur aucune loi quelle qu'elle fût. Ce n'était absolument pas un mode d'existence kallirien.

Aïéla avait fini de faire sa cantine : plusieurs tenues de rechange, tout ce qu'il y avait dans les tiroirs.

– J'ai un certain nombre de choses à bord de mon bâtiment, dit-il. Ils enverront sûrement le reste de mes affaires à ma famille.

– Sûrement.

Ce mensonge coûtait à Muishiph. Quand la taille d'un *karsh* devenait trop grande pour son territoire, les derniers-nés en étaient chassés et il ne leur restait plus qu'à voler de leurs propres ailes. Certains fondaient à leur tour des *karshatu*, d'autres devenaient serfs dans d'autres *karshatu* ou cherchaient à se mettre au service des kallia, d'autres encore mouraient tout simplement de chagrin. La maigre littérature amaut chantait sur le mode funèbre la détresse de ces proscrits, abandonnés de tous et promptement oubliés par leur propre clan. Or, ce kallia parlait de sa famille comme si elle existait encore pour lui! Muishiph pinça les lèvres, refusant de polémiquer contre une aussi puérile naïveté.

Aïéla prit en dernier les photos qui trônaient sur le bureau, un groupe d'enfants-adultes qui devaient être ses proches et une jeune fille dont une couronne de fleurs ceignait les cheveux d'argent – *ko shénellis*, la venue-de-l'âge. Muishiph avait entendu parler de cette cérémonie et l'identifia. S'agissait-il d'une fille du clan ou de la prétendante d'Aïéla? Ce dernier figurait en personne sur la troisième photo. Un Aïéla plus jeune, en civil, debout à côté d'un garçon de son âge qui souriait et, en arrière-plan, les murs croulants de quelque antique édifice kallirien hérissé d'oriflammes ondoyant au vent. Autant d'énigmatiques fragments d'une vie que Muishiph ne pouvait même pas imaginer, des objets et des êtres qui avaient apporté joie au jeune kallia, qui lui rappelaient qu'il y avait eu un temps où il avait des racines – des choses qui, perdu comme il l'était désormais, avaient encore de l'importance pour lui. Aïéla posa les unes après les autres les photos, face retournée, sur les vêtements pliés dans la cantine, y joignit une petite boîte de bandes magnétiques, rabattit le couvercle, ferma la serrure à clé et, se retournant, adressa un geste de supplication à Muishiph.

– Pensez-vous que j'ai le temps d'écrire une lettre?

L'agent de la sécurité jeta un coup d'œil à sa montre avec une moue dubitative.

– Peut-être, mais il faudra que vous fassiez vite.

Aïéla remercia d'une courbette, Muishiph lui rendit la politesse et se leva tandis que le kallia s'installait derrière le bureau, sortait d'un tiroir un bloc de papier à lettres à l'en-tête de la Station et commençait à écrire.

Au bout d'un moment, Muishiph regarda à nouveau l'heure et toussota discrètement. Aïéla accéléra la cadence, noircissant fiévreusement le papier jusqu'à ce qu'un nouveau toussotement hésitant lui fasse comprendre que l'autre s'impatientait. Alors, il se remit debout, dégrafa son col et fit passer par-dessus sa tête une chaînette à laquelle était fixé un cachet de métal à l'aide duquel il scella sa missive. Le sceau en ronde bosse représentait le faîte d'une maison. L'aristocratie kallirienne était attachée à ce genre de symboles, précieux vestiges de la culture féodale qui était la sienne avant l'arrivée des seigneurs des étoiles.

Et avant même que Muishiph se fût rendu compte de ses intentions, Aïéla fit tomber l'objet dans le vide-ordures : il finirait maintenant sous forme d'atomes dissociés de métaux précieux errant dans le vide. L'agent de la sécurité en demeura bouche bée. C'étaient des objets kalliriens, ces sceaux, mais ils étaient anciens et voir détruire quelque chose de si vieux et d'une nature aussi familiale lui serrait le cœur – c'était presque une douleur physique.

– Commandant ! s'insurgea-t-il.

Le regard du kallia se durcit.

– Si je l'avais expédié chez moi et s'il était perdu, ç'aurait été un opprobre pour ma famille. Et il n'était pas juste, non plus, qu'il fût capturé.

– Oui, commandant, acquiesça Muishiph avec embarras.

Il était ennuyé que le kallia doutât de la pureté des intentions de Kartos quant au sort de ses biens. Décidément, ce garçon était plus perspicace qu'il ne l'avait pensé. Mais son trouble s'accrut encore quand Aïéla lui glissa la lettre dans la main.

– Envoyez-la par courrier personnel. Je sais que cela coûte cher... (Il sortit son portefeuille et le plaça de force dans la main de Muishiph.) Il y a plus qu'il n'en faut. Prenez, je vous prie. Et gardez le reste. Vous l'aurez bien gagné.

Muishiph contempla tour à tour le portefeuille et la lettre, puis leva les yeux sur le kallia qui l'observait avec anxiété.

– Mais, commandant, protesta-t-il, je suis officier de la...

– Je sais. Rompez le sceau, lisez la lettre, copiez-la, cela m'est égal. Tout ce que je vous demande c'est de la faire parvenir à Aus Qao. Ma famille vous récompensera. Je tiens à ce que les miens sachent ce qui m'est arrivé.

Muishiph s'abîma dans une méditation dont le mouvement de mastication de sa bouche trahissait le désarroi. Finalement, il enfouit la lettre dans sa poche ventrale qu'il tapota pour l'aplatir mais reposa le portefeuille sur la table après s'être contenté d'en soustraire deux billets à forte dénomination.

– Prenez tout, insista Aïéla. Si ce n'est pas vous, soyez certain que quelqu'un d'autre s'en chargera.

Muishiph contempla à nouveau le portefeuille d'un air empreint de désolation.

– Je n'ose pas, commandant. (Un dernier coup d'œil à sa montre mit un terme à ses hésitations.) Prenez vos bagages et venez. Nous avons ordre de nous présenter avant l'heure limite. La Station ne veut pas risquer de les offenser.

– Je n'en doute pas.

L'espace d'un instant, les étranges yeux kalliriens d'Aïéla se posèrent sur Muishiph. Il y avait une prière dans son regard mais ce dernier haussa les épaules et le poussa dans la coursive. Une fois dehors, il régla son pas sur le sien. Quand ils furent arrivés au tournant, un autre garde, kallia celui-là, se porta à leur rencontre. Il tenait sous le bras une liasse de documents et une bande magnétique dans son étui.

– Mon dossier, je présume? s'enquit Aïéla.

– Oui, commandant, convint le garde avec gêne. On doit le leur remettre. Avec tout le reste.

Aïéla, les yeux fixés droit devant lui, ne jeta plus un autre regard à l'homme. Et celui-ci imita son exemple.

Muiship fit glisser ses doigts sur les contours de la lettre, sortit délicatement son mouchoir, et s'essuya le visage. C'était trop exiger de lui. Tromper les suzerains des *karshatu* et duper le Haut Conseil Qao étaient des entreprises aussi périlleuses l'une que l'autre mais les seigneurs des étoiles étaient une terreur ancienne, ils avaient le bras long et leur savoir était tout simplement inimaginable. La lettre lui brûlait le ventre comme le péché. Déjà, Muiship commençait à se demander ce qui se passerait si jamais quelqu'un devinait ce qu'il avait accepté de faire.

Et, soudain, il se posa une autre question : Aïéla lui avait-il dit toute la vérité sur le contenu de la missive?

Le navire orithain n'était pas lui-même visible du quai. On n'apercevait que le tube d'accès et la bande de roulement dont l'incessante noria convoyait en un flot continu les approvisionnements qu'engloutissait, là-haut, la gueule affamée du vaisseau. Aïéla, toujours accompagné de son escorte, fit halte et posa sa cantine sur le sol carrelé. La présence des trois hommes était insolite dans ce secteur où nul n'osait se risquer. Le kallia frissonna. Ses genoux se dérobaient sous lui. Pourvu que les gardes ne s'en aperçoivent pas! Tout ce qu'il demandait, c'était d'avoir le courage de faire les quelques pas qui lui restaient à faire sans flancher.

Il ne pensait pas qu'il mourrait, avait-il écrit dans sa lettre. Une exécution publique aurait eu infiniment plus d'effet. Il ignorait ce qui avait attiré l'attention des Orithains sur lui : il n'avait, à sa connaissance, rien fait qui puisse expliquer leur intérêt. Quant à savoir quelles étaient leurs intentions à son égard, il en était réduit aux conjectures. Il ne reviendrait pas. Jamais encore on n'avait revu quelqu'un dont les Orithains s'étaient emparé. Mais il serait heureux que sa famille pense qu'il était vivant et en bonne santé. Il avait sauvé cinq mille vies sur Kartos en se pliant docilement aux ordres des Orithains. Cela, il en était absolument certain et il y avait de quoi en être fier.

Un effroyable vacarme de fûts vides roulant sur le quai le ramena soudain à la réalité. Il leva les yeux. Une équipe d'amaut visiblement terrorisés s'affairaient à essayer d'arrêter la noria. L'un d'eux avait été blessé. Ce drame insignifiant chassa provisoirement toute autre pensée de l'esprit d'Aïéla. Aucune des personnes présentes ne ferait un geste pour aider les amaut. Elles regardaient, c'était tout. Finalement, tandis que le blessé était allongé à l'écart, ses compagnons se remirent à charger fébrilement la cargaison pour tenter de rattraper le temps perdu. Le tapis roulant se remit en marche.

Quand il lirait sa lettre, son père comprendrait entre les lignes. Le *paromé* Déïan était membre du Haut Conseil et il était au courant de choses qui ne parvenaient jamais aux oreilles des profanes. C'était une entente tacite qui remontait à l'époque du premier contact entre les kallia et les Orithains : leurs bizarreries ne devaient pas prêter à commentaires, leurs noms ne devaient pas être prononcés. Leur monde natal dans le système de Kej était toujours désert, leurs cités légendaires remplies de trésors supposés, mais les navires de la *métrosi* évitaient cette étoile. Depuis neuf mille ans, les Orithains étaient la pierre angulaire de sa civilisation et, pourtant, jamais aucune recherche n'avait été faite pour déterminer leurs origines, les rares ouvrages qui se référaient à eux se bornaient à faire indirectement allusion à « la Domination » et, de leur aspect physique, on ne savait que ce qu'en rapportait la mythologie. Mais on se les rappelait. Dans la liberté de l'espace, les récits continuaient d'aller bon train et les légendes s'enrichissaient de nouvelles atrocités attribuées à leur férocité. Déïan était l'un des neuf seuls hommes d'Aus Qao sur le bureau duquel convergeaient tous les chiffres et toutes les rumeurs.

Et si les tables statistiques arrivaient avant sa lettre, songeait tristement Aïéla, son père recevrait d'abord leur froid message. Ce serait la dernière des innombrables cruautés dont ils avaient été l'objet.

Au moins, dans ce cas, les témoins attesteraient qu'il était parti avec dignité. Finalement, Aïéla ne pouvait rien donner de plus aux siens.

La rampe de gauche qui tournait à vide depuis un moment inversa soudain son mouvement et le noï kamé descendit. Aïéla se baissa et reprit sa cantine quand l'homme se dirigea vers eux. L'agent kallirien remit à ce dernier les documents et la bande magnétique – toutes les archives de la zone concernant Aïéla et son existence. C'était une idée atroce mais Qao pourrait aussi suivre cet exemple, effacer tout témoignage, jusqu'à son certificat de naissance, interdire qu'il soit jamais fait mention de lui, même par sa famille. Telle était la crainte qu'inspiraient les Orithains. Brusquement, Aïéla eut honte pour son peuple, honte de ce que les seigneurs des étoiles avaient fait de lui, du comportement qu'ils lui avaient imposé. Jusque-là, il ne ressentait que du chagrin : maintenant, c'était de la colère.

– Venez, dit le nas kamé en fourrant sous son bras le paquet de documents et la bande.

Mais il abaissa les yeux non sans quelque surprise sur l'agent amaut qui avait soudain fait un pas en avant et lui tendait une lettre d'une main mal assurée.

– Ceci aussi est à lui, seigneur.

Le nas kamé saisit la lettre qui alla rejoindre la liasse de documents. Aïéla lança un regard chargé de reproches à l'amaut qui, se dandinant sur place, gardait la tête obstinément baissée. Le jeune officier se tourna alors vers le nas kamé, effaré par son détachement – des yeux aussi kalliriens que les siens, mais aussi indifférents à sa personne qu'à sa détresse.

Le nas kamé le poussa jusqu'à la rampe mobile sur laquelle il le précéda. Il ne se retourna qu'une seule fois pour jeter un coup d'œil distrait sur le quai sans plus s'intéresser à Aïéla que si ce dernier n'existait pas.

La rampe les transporta jusqu'à la cale du vaisseau et son immensité sonore s'imposa immédiatement au kallia. Comme il en allait habituellement des soutes réservées au matériel, des cadres et des caisses de marchandises marqués d'une date et d'un code destinés à être mis en mémoire par l'ordinateur s'y alignaient en rangs serrés, à perte de vue. Mais, dans cette soute une fois débarrassée du fouillis qui l'encombrait, un bâtiment de la taille de celui dont Aïéla avait récemment encore le commandement aurait tenu à l'aise. Et il y avait sans nul doute d'autres soutes où étaient entreposés des ferries et des navettes prêts à être mis en service en cas de besoin. De quoi en avoir le vertige!

Le nas kamé lui prit des mains sa cantine pour la donner à un amaut qui alla en chaloupant jusqu'à un comptoir où il la fit estampiller et enregistrer, après quoi elle fut hissée sur un tapis roulant qui l'entraîna. Aïéla eut un coup au cœur quand il la vit disparaître car il avait caché sous ses vêtement son pistolet réglementaire – d'ailleurs inoffensif comme toutes les armes de service kalliriennes. Il ne s'y était pas résolu sans débat intérieur : agir ainsi le terrifiait mais partir sans moyen de défense le terrifiait tout autant. Mais, justement, il n'y avait pas de moyen de défense. Il se rendait maintenant compte de la petitesse et de la fragilité de Kartos. Il s'était comporté en égoïste et en lâche.

– Il y avait une arme dedans, dit-il au nas kamé.

Pour la première fois, ce dernier le regarda ouvertement d'un air où on lisait un vague étonnement. Il venait de déposer les documents et la bande magnétique sur le comptoir pour leur faire subir le même traitement qu'à la cantine.

– La sécurité s'en occupera, laissa-t-il tomber avec un haussement d'épaules.

Puis il saisit le poignet d'Aïéla et le força à poser la main à plat sur le comptoir pour recevoir un coup de tampon comme un vulgaire bagage.

Aïéla en fut si désarçonné qu'il ne songea même pas à protester quand le nas kamé, qui n'avait pas lâché son bras, l'entraîna rapidement à travers la soute grondante d'échos. Il se sentit submergé par une humiliation si accablante qu'il en tremblait presque. Il aurait dû dire, il aurait dû faire quelque chose! Il fit bouger ses doigts, regardant le symbole violet se déformer sur le dos de sa main. Au moment où il s'apprêtait à donner libre cours à son indignation, le nas kamé l'obligea rudement à pivoter sur lui-même et le poussa vers un ascenseur. Une fois dans la cabine, Aïéla se retourna, s'attendant que son guide l'y rejoigne mais la porte se referma et l'ascenseur s'éleva. Ce fut en vain que le kallia s'escrima sur les commandes pour redescendre.

Un instant plus tard, la cabine s'immobilisa en douceur et la porte se rouvrit. Ce niveau-là était aménagé pour la réception du fret vivant : il y avait deux bonnes douzaines de cellules individuelles et de cages, les unes au plancher nu, d'autres entièrement matelassées, sol et parois. Des noï kamé en blouse grise et des amaut en vert attendaient Aïéla. Ils le prirent en charge quand il mit le pied hors de la cabine. L'un d'eux nota sur une ardoise le numéro qui ornait maintenant sa main, puis un second lui fit signe de le suivre.

En avançant dans la travée, il remarqua qu'un de ces compartiments, dont la paroi extérieure était transparente, était éclairé et la vue de l'espèce d'écheveau de tentacules d'un rose brunâtre roulés en boule tout au fond lui donna la chair de poule. La créature, quelle qu'elle fût, paraissait moribonde. Les Orithains faisaient des incursions profondes dans l'espace. Peut-être n'était-ce qu'un des humains oubliés de l'Esliph ou un spécimen d'une espèce plus dangereuse et plus exotique venant de l'autre bout de la galaxie où jamais un vaisseau de la *métrosi* ne s'était encore aventuré. Comme il s'attardait pour observer la chose plus attentivement, un nas kamé lui envoya une bourrade. Aïéla, complètement dépassé, abasourdi et médusé, se remit en marche. Personne ne lui adressait la parole. Il aurait aussi bien pu être un animal dénué d'intelligence.

Des médecins – il supposait, tout au moins, que c'étaient des médecins – kallia et amaut relayèrent son escorte. Ils lui ordonnèrent de se déshabiller et l'examinèrent interminablement jusqu'à ce qu'il n'en puisse plus. Leur minutie et le froid qui régnait le laissaient épuisé. A tel point qu'il n'avait même plus honte. Quand, enfin, ils lui jetèrent ses vêtements ouatés et l'enfermèrent provisoirement dans une cellule capitonnée, il resta un moment debout, immobile et sans réaction, avant que la température ambiante le contraigne à se rhabiller.

Grelottant, il fit alors les cent pas, s'adossant tantôt à un mur, tantôt à un autre avant de se laisser tomber à genoux pour se reposer, recroquevillé sur lui-même dans l'espoir de se réchauffer, les muscles secoués de tremblements convulsifs et douloureux. Il ne voyait que ces murs blancs et la porte capitonnés et éclairés d'une lumière crue. Pas un bruit qui lui eût permis de deviner ce qui se passait au-dehors. Seul le léger choc du débrayage qui le déséquilibra lui fit comprendre que le navire appareillait, que Kartos s'éloignait à une vitesse croissante.

C'était irrévocable.

Pour les siens et pour tous ceux qu'il connaissait, il était mort. C'en était fait de ses points de repère familiers.

Il commençait seulement à prendre la mesure de la situation quand la pièce s'évanouit, disparut.

Il était maintenant agenouillé sur un tapis qui, bizarrement, avait la même consistance que le rembourrage de plastique garnissant le plancher de la cellule. La lumière était tamisée. C'était une salle immense et sombre dont les murs étaient masqués par des paravents et des panneaux sculptés de motifs inconnus. Une femme enveloppée de voiles diaphanes violet foncé se tenait devant lui – une Orithaine de race iduvé, à la peau indigo. Sa noire et épaisse chevelure, fine comme soie, tombait au ras de sa mâchoire gracieusement modelée. Ses sourcils étaient également noirs, ses yeux aux reflets d'améthyste étaient soulignés d'un trait sombre qui en avivait le regard. Bien que busqué, son nez était délicat, sa bouche, givrée de lavande, était sensuelle et son visage était encadré par cette chevelure de nuit. Ses voiles laissaient deviner un corps svelte d'une incontestable féminité. Son teint était sombre selon les canons kalliriens mais il avait un lustre satiné, comme si elle baignait dans une lumière différente, celle d'un univers de soleils mauves et de ciels brouillés.

Aïéla se mit debout et, parce que l'*éléthia* le prescrivait, il lui adressa la révérence protocolaire bien qu'ils ne fussent pas de la même race : c'était une ennemie mais, néanmoins, une femme. Elle répondit par un sourire accompagné d'une gracieuse inclinaison de la tête.

– Soyez le bienvenu, *m'métané.*

– Qui m'a fait venir ici? demanda-t-il sur un ton courroucé pour masquer sa peur. Et pourquoi m'avez-vous appelé, moi?

– *Vaïkka.* (Devant l'incompréhension d'Aïéla, elle haussa les épaules et parut amusée.) *Au, m'métané,* vous êtes ignorant et *anoïkhté,* deux états dans lesquels il est impossible de demeurer à bord de l'*Ashanomé.* Nous ne prenons pas de passagers. Vous serez à mon service.

– Non.

Ce « non » avait jailli des lèvres d'Aïéla avant même qu'il eût songé aux conséquences de sa réponse mais elle se contenta de hausser les épaules et de sourire à nouveau.

– Nous pourrions revenir sur Kartos pour que vous y fassiez valoir vos objections.

– Et ensuite?

– Je préférerais que l'on procède autrement.

Aïéla aspira profondément et vida ses poumons.

– Je comprends. Mais pourquoi me proposez-vous un choix? Les noï kamé ne peuvent pas en faire, n'est-ce pas?

– J'ai étudié votre dossier. Votre décision n'est pas pour me surprendre. Quant à ce que vous pensez des noï kamé, la réponse est non. Les kaméthi ont une marge d'initiative considérable. Sinon, ils seraient sans utilité.

– Auriez-vous détruit Kartos?

La question vibrante de rage parut, cette fois, rendre perplexe l'Orithaine qui ne se départit cependant pas de sa courtoisie :

– Quand nous employons la menace, *m'métané*, c'est toujours en raison de la faiblesse des autres, jamais de la nôtre. Il était hautement probable que vous accepteriez de venir : l'*éléthia* vous aurait interdit de refuser. Mais, dans le cas contraire, la peur aurait très certainement contraint Kartos à vous livrer à nous. Cela étant dit, ne doutez pas que j'aurais effectivement détruit la station si je m'étais vu opposer une fin de non-recevoir. Autrement, formuler cet ultimatum aurait été on ne peut plus déraisonnable.

– Etait-ce vous? Pourquoi avez-vous jeté votre dévolu sur moi?

– *Vaïkka* – une question d'honneur. Compte tenu de votre haute naissance, votre disparition ne serait pas passée inaperçue chez les kallia, ce qui revêt une certaine importance circonstancielle. Et j'ai besoin de quelqu'un comme vous, d'origine planétaire mais ayant l'expérience des mondes extérieurs.

Il la détestait, il détestait sa voix tranquille et le plaisir évident que lui causait sa détresse.

– Eh bien, vous regretterez votre choix.

Les yeux d'améthyste de l'Orithaine s'assombrirent de façon perceptible et son sourire s'effaça.

– *Kutikkasé-métané.* Vous n'êtes plus pour le moment qu'une matière brute pensante et il est inutile d'essayer d'avoir une conversation rationnelle avec vous.

Instantanément, il n'y eut plus autour d'Aïéla que quatre murs de plastique blanc l'enserrant de toute part. Il recula, porta la main à ses yeux que meurtrissait l'éclat aveuglant de la lumière crue et se laissa retomber à genoux dans la solitude retrouvée de son étroite cellule.

A nouveau – ce n'était d'ailleurs pas la première fois au cours de l'heure écoulée –, il songea au suicide. Mais il ne disposait de rien pour accomplir ce geste et, en outre, l'Orithaine risquait d'user de représailles contre Kartos. Petit à petit, il se rendit compte que son attitude rebelle avait été le comble du ridicule et il se sentit envahi de honte. Ses congénères étaient désarmés devant l'Orithaine et ses semblables, impuissants comme Kartos, comme lui-même parce que le prix à payer serait toujours incommensurablement onéreux.

Quand on vint le chercher pour le conduire au laboratoire, il se laissa emmener docilement, pensant qu'on allait simplement lui passer au poignet un *idoïkkhé* semblable à ceux que ses geôliers portaient eux-mêmes, cet anneau de platine décoré qui, selon une vieille théorie, permettait aux Orithains de contrôler les noï kamé.

Mais il se trompait. On lui ordonna de revêtir un pagne blanc et de s'allonger sur une table, après quoi on lui administra d'autorité une drogue qui l'étourdit et transforma sa panique en une sorte de vague malaise généralisé.

Il se rendait compte qu'il ne suffisait pas de ceindre ce bracelet pour devenir un nas kamé, qu'il allait perdre conscience et qu'il serait un autre homme quand il se réveillerait. Dans le désespoir narcotique engendré par la drogue, il les implora, il invoqua la divinité, il les supplia au nom de la solidarité des kallia de songer à ce qu'ils étaient en train de lui faire subir.

Mais, sourds à ses divagations, ses tortionnaires le firent glisser avec une remarquable économie de mouvements sur une couchette mobile sur laquelle ils le ligotèrent. A partir de cet instant, la perception d'Aïéla commença à se détériorer rapidement. Il était lucide mais incapable de dire ce qu'il voyait ou entendait. Finalement, il sombra dans les ténèbres.

2

Son retour à la réalité fut tout aussi tâtonnant. Il avait conscience des limites de son propre corps, d'une douleur localisée à son palais et derrière ses yeux. Il avait un goût amer dans la bouche – un goût de produits chimiques – et son front le démangeait, mais quand il voulut y porter la main pour se gratter, il ne put pas la bouger. La démangeaison gagna son nez et il se sentit affreusement misérable. Lorsqu'il grimaça pour soulager ce prurit, cela lui fit mal à la tête.

Il se rendormit. Se réveilla une seconde fois, juste ce qu'il fallait pour tenter de remuer – il se rappelait le bracelet qui devait lui emprisonner le poignet. Mais il n'y avait pas de bracelet. Il leva la main – maintenant, elle était libérée. Le numéro matricule y était toujours imprimé mais les chiffres avaient pâli. Des lancinements lui déchiraient le crâne. Quand il effleura sa tempe, il sentit sous ses doigts le mince et rugueux bourrelet d'une cicatrice. La saveur salée du sang lui emplissait l'arrière de la bouche et il avait la gorge en feu. Il suivit l'incision qui lui barrait la tempe et une panique glacée commença à l'envahir.

Il les haïssait. Oui, il était encore capable de haïr, mais cela lui imposait un effort de concentration qui le fatiguait. Même la peur le fatiguait. De grosses larmes ruisselaient de ses yeux. A nouveau, il lâchait pied. Les drogues, songea-t-il obscurément. Il ferma les paupières.

Une sorte de sourd endolorissement persistait. Pas physique, mental. Une perception, une partie de lui qui demeurait réfractaire au sommeil tel un œil intérieur qui ne clignait pas. Cela brûlait comme une lumière aveuglante à la frontière de sa conscience, c'était un champ de vision flou où se mouvaient des ombres et des couleurs indéfinissables. D'un seul coup, il sut ce qu'on lui avait fait bien qu'il n'eût pas les mots pour le nommer.

– *Non! Non!* se prit-il à hurler jusqu'à ce que sa voix se casse.

Personne ne vint. Il sombra à nouveau.

Quand il se réveilla pour la troisième fois, il avait recouvré des forces, sa respiration était normale et il discernait ce qui l'entourait. Le point sensible était toujours présent. Il s'en inquiéta et la zone douloureuse, aussitôt, s'élargit en même temps que son intensité augmentait, mais lorsqu'il se força à bouger et à penser à autre chose, à la couleur des murs, à n'importe quoi, le phénomène s'atténua et ne fut plus qu'un souvenir, un fantôme. Il en était maître. Quelque manipulation qu'ait subie son cerveau, il conservait la mémoire, la connaissance de son être. Il explora anxieusement le point sensible – une dent douloureuse que l'on tâte. Ce qui se passa fut conforme à ce que l'on pouvait prévoir : la vibration s'amplifia, puis décrut. Cela avait une profondeur, c'était un vide qui l'aspirait. Il chassa la sensation de son esprit, se traîna hors du lit et s'accrocha à une chaise, luttant pour dissiper la brume qui amortissait ses perceptions.

La pièce ressemblait à une confortable chambre d'hôtel, tout en tonalités bleues. Au fond s'ouvrait une salle de bains éclairée, aux carreaux blancs. Quel luxe pour un astronef! Sa minable cantine militaire était sur la commode. Des vêtements beiges étaient disposés sur un banc.

Son premier mouvement fut d'ouvrir la cantine. Rien n'y manquait excepté le pistolet. A la place, il trouva un carton : *Nous sommes au regret mais les armes personnelles sont interdites sauf autorisation spéciale. La vôtre a été déposée au magasin. Pour qu'elle vous soit ultérieurement restituée, veuillez conserver la présente carte portant le numéro 509-3899-345.*

Il le relut plusieurs fois de suite, insensible à ce qui lui sembla une manifestation d'humour noir. Sa vision était floue. Il s'essuya les yeux, toujours appuyé à la commode, et commença distraitement à sortir ses affaires, d'abord d'une seule main, puis avec les deux. Ses chères photos, il les disposa sur le meuble face au fauteuil qui serait sans doute son siège préféré. Il remplit les tiroirs, rangea ses effets – tous les gestes familiers cent fois répétés dans des lieux étrangers, petits postes avancés, planètes de rocaille qui s'étaient succédé au fil des années. Il fallait qu'il s'occupe l'esprit pour ne pas songer à l'horreur de la réalité. Il était vivant. Sa mémoire était intacte. Il pouvait encore s'indigner de la situation qui lui était faite. Et cet endroit, cette chambre, il en avait déjà pris la mesure, il y était provisoirement en sécurité. Elle était la sienne – tant qu'il n'ouvrirait pas la porte.

Quand il fut capable de se tenir sur ses jambes, il prit un bain, enfila les vêtements qui lui avaient été fournis, puis retourna dans la salle d'eau pour s'examiner dans la glace. La première fois, cela avait été au-dessus de ses forces. Ses cheveux d'argent étaient coupés ras. Il éprouva un choc à la vue de son visage défiguré par la cicatrice de la taille d'un doigt qui lui sabrait la tempe. Mais on avait appliqué un gel plasmatique sur l'incision et, dans quelques jours, il n'en subsisterait plus aucune trace. Quand il l'effleura, la terreur, à nouveau, s'empara de lui. Un éclair, une douleur fusèrent dans son esprit. Il chancela. Lorsqu'il eut récupéré, son visage était collé à la surface froide du miroir contre lequel il appuyait ses deux mains pour ne pas tomber.

– Votre attention, s'il vous plaît. (La voix mélodieuse tombant de l'interphone le fit sursauter.) Aïéla Layaïléuê est demandé au *parédré*. Ayez l'obligeance d'attendre. On va venir vous chercher.

Se rappelant avoir remarqué un écran dans la chambre, il se planta droit sur ses jambes et s'en approcha. Il appuya à plusieurs reprises sur ce qu'il jugeait être la touche d'appel avec une fureur grandissante. Un spot rouge ondulait d'un bord à l'autre de l'écran mais il n'y eut pas de réponse.

Il heurta le panneau d'ouverture de la porte sans espérer qu'il lui obéirait mais le mécanisme joua. Et ce n'était pas une banale coursive qu'il découvrit mais une esplanade aussi vaste que l'embarcadère d'une station orbitale.

A l'extrémité opposée, des étoiles défilaient au rythme majestueux de la rotation de la soucoupe derrière un large sabord d'observation. Des kallia en beige et d'autres qui portaient des vêtements de couleurs variées s'en approchaient ou s'en éloignaient mais, abstraction faite de l'incroyable splendeur de la perspective qui se déployait et du dessin insolite des scintillants piliers de métal d'où s'épanouissaient des arcatures arborescentes envahissant la voûte tout entière, le décor aurait fort bien pu être celui d'un port d'Aus Qao d'un modernisme achevé. Des techniciens amaut allaient et venaient de leur allure chaloupée; ils paraissaient prospères et heureux. Un jeune couple kallirien se promenait la main dans la main. Des enfants jouaient. Le passage d'un iduvé de haute taille, mince et de noir vêtu, qui ne demandait ni ne recevait de marques particulières de respect, ne suscita pas la moindre attention de la part des noï kamé. Seul un amaut qui ployait sous plusieurs lourds rouleaux de tuyaux préféra s'arrêter net et détourner la tête pour s'excuser plutôt que de lui refuser la priorité.

Tout au fond, une sculpture abstraite, échafaudage d'éléments métalliques tous bien plus hauts qu'un homme, fermait l'esplanade aux colonnes. A sa base et à un niveau supérieur rayonnaient des coursives qui s'étiraient à perte de vue, si loin que la concavité du vaisseau brouillait la perception qu'on en avait – c'était une succession de portes innombrables donnant vraisemblablement sur d'autres appartements, le tout baigné d'une vive et uniforme clarté.

L'iduvé se dirigeait vers Aïéla.

Pris d'une brusque panique qui lui broyait la poitrine, le jeune kallia regarda autour de lui, cherchant ce qui pouvait susciter l'intérêt de l'iduvé mais ce fut en vain, et, sous le coup de l'épouvante, il prit une décision d'une folle témérité. Il fit demi-tour et commença par s'éloigner sans hâte. Mais quand il se retourna, il céda à l'effroi : il rassembla toutes ses forces et se mit à courir.

Bousculant les noï kamé qui le contemplaient, abasourdis par cette conduite intempestive, il se rua dans une coursive sans savoir où elle menait. L'incroyable immensité du vaisseau l'incitait à penser qu'il pourrait s'y perdre, gagner ses profondeurs, comprendre, au moins, ce que signifiait tout cela avant qu'ils ne le retrouvent et ne fassent de lui l'instrument de leurs desseins.

De part et d'autre de l'esplanade, les vantaux se refermèrent.

Les noï kamé le regardaient avec effarement.

– Ne bougez pas.

Aïéla tourna la tête dans la direction de celui qui avait parlé. Des mains lui emprisonnèrent les bras. Il s'arracha à leur emprise et s'élança ventre à terre mais les autres se ruèrent à sa poursuite. Le premier qui eut l'imprudence de l'affronter de face recula, projeté en arrière par un coup de botte mais Aïéla ne put se dégager. Un amaut l'immobilisa dans une étreinte de fer contre laquelle, bien qu'il se débattît comme un beau diable, il n'y avait rien à faire. Alors, les vantaux s'écartèrent et l'iduvé surgit en compagnie de quelqu'un d'autre, les sourcils froncés et l'air affairé. Quand Aïéla tenta de leur lancer une ruade, il lui expédia en pleine face une taloche d'une brutalité telle que le kallia défaillit. Une piqûre dans le bras mit définitivement fin à ses dernières velléités de résistance.

Il n'avait pourtant pas perdu totalement conscience. Il essaya de marcher parce que l'étreinte des poignes qui lui broyaient les bras n'était pas aussi douloureuse quand il cessait d'être passif mais un bon moment s'écoula avant qu'il commençât ne serait-ce qu'à se demander où on l'emmenait. Il y eut un voyage en ascenseur qui lui donna le vertige, puis une autre coursive et, enfin, une salle. A gauche, une demi-cloison de pierre bleue translucide sculptée de roseaux et d'oiseaux délimitait une pièce plus petite au sein d'un vaste hall plongé dans la pénombre.

La mémoire lui revint. Il connaissait cette espèce de musée aux splendides lambris diaprés, ces vitrines, ce mobilier aux décors exotiques. Il était déjà venu ici sans avoir quitté sa cellule. Mais, cette fois, la pièce était bien réelle. Ses bottes s'enfonçaient dans l'épaisseur du tapis et la femme qui l'attendait n'était pas une projection mais une créature de chair et de sang.

– Aïéla, dit-elle en prononçant son nom avec un accent. Aïéla Layaïléuê, je suis Chimèle, Orithaine d'*Ashanomé*. Et votre attitude n'est guère une entrée en matière de bon augure. Votre comportement a été tout à fait malavisé. *Takkh-ar-rhei, nasithi.*

Aïéla constata qu'il était maintenant libre, étourdi, meurtri et qu'il n'avait plus aucune envie de risquer par son imprudence de subir à nouveau le même châtiment. Il fit un pas en avant. L'iduvé qui se tenait derrière lui le ramena en arrière. Exactement à l'endroit qu'il avait quitté.

Plissant le front, la femme dit quelques mots à ses gens. Ils lui répondirent. Aïéla attendit. Jamais, en aucune circonstance, il n'avait connu quoi que ce fût qui ressemblât à la terreur physique qui montait en lui. Il n'était même pas capable d'en prendre la mesure. Il se sentait comme dissocié, écrasé, il voulait prendre la fuite et, en même temps, il avait peur de faire le moindre geste.

Chimèle, qui s'était éloignée, revint vers lui, tenant entre ses doigts indigo un *idoikkhé* ouvert – un bracelet large de deux centimètres dont la face intérieure était une mosaïque de pièces de métal multicolores. Un noir fil tressé le parcourait dans toute sa longueur. Elle le lui présenta, s'attendant qu'il lui tendît son poignet. Si Aïéla voulait encore manifester sa rébellion c'était le moment ou jamais. Il n'arrivait pas à respirer et il sentait intensément dans son dos la violence prête à se déchaîner. Ses nerfs en charpie ne véhiculaient plus les impulsions qu'il recevait. Il se vit soulever un bras qui lui semblait ne pas appartenir à son corps, il entendit un déclic sec lorsque le froid bracelet se referma. La parure était plus lourde qu'il ne l'avait pensé.

Un scintillant joyau de lait et de feu étincelait à son poignet. L'asymétrie de l'art iduvé qui flamboyait dans le métal valait toute une vie d'homme confinée dans les obscurs recoins de l'Esliph. Les yeux fixés sur le bijou, Aïéla se rendait compte à l'évidence qu'il en avait accepté les limites, que ce n'était pas une volonté étrangère qui l'avait contraint à lever le bras. Il était confronté à une faiblesse qui lui appartenait en propre et qui, jusque-là, lui était restée inconnue, une terreur abjecte, castratrice. On eût dit qu'il avait été amputé de quelque chose d'essentiel qui était resté sur Kartos. Il avait peur. Pour la première fois de sa vie, il avait conscience d'être inférieur à d'autres êtres. Au mépris de toute dignité, il fit mine d'arracher le bracelet mais il n'y avait plus le moindre interstice à l'endroit du fermoir, rien qu'une imperceptible différence dans la diffraction de la lumière. Pas d'agrafage, pas de soudure.

– Non, vous ne pourrez pas l'enlever, dit Chimèle.

D'un geste, elle congédia les autres. Quand ils furent seuls tous deux, Aïéla eut la tentation de la tuer. Jamais encore il ne s'était senti aussi *ikas* – mais il se rendit aussitôt compte que, bien qu'elle fût une femme, c'était une réaction de peur. Cette découverte lui permit de se dominer et de trouver suffisamment de courage en lui pour la défier ouvertement : il tourna les talons dans l'intention de sortir. Il avait encore assez de détermination pour cela.

Une onde de douleur se propagea du bout de ses doigts à sa cage thoracique. L'*idoïkkhé* se manifestait. Il fit encore un pas. Le lancinement devint plus intense et Aïéla ménagea une pause, mettant en regard la distance qui le séparait de la porte et la souffrance qui irradiait tout le long de son bras. Elle s'exacerba brutalement, si déchirante qu'elle lui porta au cœur et lui coupa le souffle.

Il fit face à la femme. Pas pour l'attaquer : pour autant qu'il fût capable de penser, il n'avait qu'une seule idée : conserver une immobilité absolue, n'importe quoi pour que cesse ce supplice.

Maintenant qu'il faisait ce que l'on attendait de lui, le lancinement se dissipa et la douleur s'estompa.

– Il ne faut pas avoir peur de l'*idoïkkhé,* dit Chimèle. Nous l'utilisons essentiellement comme moyen de communication et il ne vous incommodera guère.

Il était mortifié. Quand il effectua un bond de côté, la douleur revint à la charge pour disparaître dès qu'il se fut immobilisé.

– Il est rare que j'en arrive à cette extrémité, reprit Chimèle qui n'avait pourtant pas paru faire quoi que ce fût. Mais il existe entre l'humour et l'impertinence une étroite frontière que bien peu de *m'métanéï* peuvent franchir impunément. Allez, *m'métané-toj*, servez-vous donc de votre intelligence!

Au moins, elle lui laissait un répit. Aïéla se ressaisit, recouvra son souffle et trouva assez de vaillance pour la provoquer.

– Alors, quelle est la loi qui règne ici?

– Ne jouez pas au petit jeu de la *vaikka* avec un iduvé. (Il cherchait à la décontenancer par sa colère mais les yeux de Chimèle demeuraient soudés aux siens et le tranchant de son regard le mettait mal à l'aise.) Vous le payeriez d'un prix trop élevé. Vous vous en êtes tiré sans trop de mal et j'ai été envers vous d'une exceptionnelle mansuétude.

– Je n'en crois rien.

Il savait ce qui l'attendait et ses nerfs se tendirent à se rompre mais Chimèle détourna les yeux et, haussant les épaules, lui indiqua un fauteuil.

– Asseyez-vous et écoutez-moi, kameth. Asseyez-vous et écoutez-moi. Je ne tirerai pas les conséquences de votre attitude. Vous êtes ignorant, c'est tout. Et nous perdons un temps précieux.

Aïéla hésita, pesant le pour et le contre. Mais le comportement de la femme s'était soudain modifié du tout au tout. C'était presque à croire qu'elle regrettait sa colère. Il éprouva à nouveau la tentation de prendre la porte mais son bon sens l'en empêcha et il s'assit dans le fauteuil qui faisait face à celui qu'elle avait choisi.

La douleur fusa, intenable, lui déchirant simultanément le fond des yeux et l'arrière du crâne, et il se plia en deux, le visage entre les mains, les poumons vidés. Cela ne dura qu'un bref instant. Seuls persistèrent des élancements diffus au fond de ses globes oculaires.

– Calmez-vous, dit-elle. La colère est la pire des solutions.

Elle alla lui chercher un minuscule verre de cristal rempli d'un liquide limpide. Il l'avala d'un trait, trop éprouvé pour discuter mais, quand il voulut le poser sur la table, sa vision brouillée le trahit : il calcula mal la distance, rata le bord et le verre vide tomba sur le somptueux tapis. Imperturbable, Chimèle le ramassa.

Aïéla lui décocha un regard haineux.

– Je n'y suis pour rien, fit-elle.

Quelque chose palpitait à la périphérie de sa conscience, quelque chose d'obscur qui s'insinuait en lui. Il s'efforçait de le refouler mais aussi longtemps qu'il serait sous l'empire de la panique, ce serait un combat perdu d'avance. Et puis, cela prit fin sans que sa volonté y eût été pour rien.

– Qu'est-ce que vous m'avez fait? s'écria-t-il. Qu'est-ce que c'était?

– Le *tchiabrès,* l'implant. Je suppose, encore que je ne parle pas d'expérience, que vous avez déclenché une réaction de défense au niveau subconscient en entrant en contact avec ce qui n'était pas prêt à vous recevoir. Votre *tchiabrès* a deux liaisons mentales avec vos asuthi – vos compagnons. L'un d'eux est sans doute en train de s'éveiller et, croyez-moi, il n'y a rien à gagner à s'opposer à un asuthé.

– J'aimerais mieux mourir. Oui, je préférerais la mort.

– *Tékasuphrê!* N'abusez pas de ma patience. C'est précisément pour vous fournir des explications que je vous ai convoqué. Je tiens personnellement votre asuthé en grande estime. Me fais-je bien comprendre?

– Suis-je en conjugaison avec l'un d'entre vous?

Elle éclata de rire – un rire joyeux et mélodieux – mais ses dents blanches étaient acérées.

– Non. La nature nous a donné ce qui nous convient, *m'métané.* Les kallia et même les amaut trouvent l'*asuthithékkhé* agréable mais pas nous.

Les murs, soudain, se rapprochèrent. Aïéla, alarmé, bondit sur ses pieds tandis que Chimèle se levait mais en y mettant plus de grâce. La lumière était devenue plus éclatante et il y avait maintenant devant eux un lit sur lequel reposait une femme kallirienne d'une grande beauté. Elle remua dans son sommeil, tourna la tête couronnée d'argent et sa main d'azur se posa sur son sein. On distinguait la trace d'une cicatrice presque imperceptible à la hauteur de sa tempe.

– C'est Isande, dit Chimèle. Votre asuthé.

– Est-il courant que... des individus de sexe différent...

Chimèle haussa les épaules.

– C'est un détail qui ne nous a jamais préoccupés.

– Est-ce elle que j'ai sentie tout à l'heure?

– Il est déraisonnable de me demander un avis sur quelque chose dont je n'ai aucune expérience mais cela me semble tout à fait possible.

Aïéla contempla la beauté endormie, subitement délivré de ses plus redoutables appréhensions. Quelque chose, même, le poussait à compatir au sort d'Isande autant qu'il s'apitoyait sur le sien. Avait-elle accepté de son plein gré cette triste situation?

Au moment où il allait poser la question à Chimèle, les murs se contractèrent encore davantage. Cette fois, ils étaient dans une pièce blanche aux murs matelassés – une cellule. La créature nue d'un rose brunâtre qu'il se rappelait avoir vue inerte dans un coin lorsqu'on le conduisait au laboratoire était adossée contre la cloison transparente à leur gauche et, d'un seul coup, la terreur envahit Aïéla : c'était sans doute un des humains de l'Esliph et Aïéla était frappé de la même stupeur que le jour – à quand cela remontait-il? – où Chimèle lui était apparue dans sa propre cellule. L'humain chancela, heurta le mur et resta collé contre lui parce qu'il ne pouvait reculer davantage.

– C'est *Daniel,* annonça Chimèle. Nous pensons qu'il s'agit d'un nom : nous n'avons rien pu lui arracher d'autre.

Aïéla contempla avec répulsion le visage hérissé de poils et quand l'humain tendit les mains en avant, la panique fit battre son cœur. Les yeux sombres cernés de blanc de la créature étaient fixes mais quand elle vit qu'elle ne pouvait toucher ses visiteurs, elle s'affaissa, recroquevillée sur elle-même en poussant des sanglots très humains.

– C'est votre autre asuthé.

Aïéla s'y était attendu et quand il la dévisagea, il ne manifesta pas le bouleversement qui aurait ravi Chimèle. Les traits durcis, il la toisa, mais elle enchaîna, imperturbable :

– Vous savez maintenant ce que c'est que de ressentir les effets du *tchiabrès* quand on ne comprend pas ce qui se passe. Cette expérience vous sera utile dans vos rapports avec lui.

– J'avais cru que vous aviez de l'estime pour Isande, lui rappela-t-il.

– Précisément. L'*asuthithékkhé* entre espèces différentes a toujours échoué. Je ne veux pas risquer l'honneur d'*Ashanomé* en mettant en danger un des kaméthi que je prise le plus. En revanche, vous êtes présentement susceptible d'être sacrifié sans inconvénient. Cette créature sera opérée dans deux jours. Vous disposez de ce délai pour vous familiariser avec le *tchiabrès*. Essayez d'entrer en contact avec l'humain. Peut-être aura-t-il une réaction positive avec vous. Ce sont les amaut qui sont les plus aptes à le calmer mais je doute que leur compagnie lui soit agréable et vice versa. Les deux espèces éprouvent une profonde antipathie l'une pour l'autre.

Aïéla s'enhardit jusqu'à faire un pas en direction de la créature, puis un autre. Il mit un genou en terre et avança la main. Poussant un gémissement haché, l'humain se rétracta, ses yeux fous vrillés à ceux du kallia – et il se rua en avant dans l'intention de lui sauter à la gorge.

La cellule disparut. Aïéla s'était relevé d'un bond pour retrouver la sécurité de la chambre ombreuse de l'Orithaine. Il tremblait encore : il n'était pas convaincu au fond de lui-même que ces mains tendues vers son cou eussent été immatérielles.

– Vous pouvez disposer, dit Chimèle.

Le nas kamé qui l'escortait se contenta de l'abandonner sur l'esplanade en lui conseillant de demander son chemin à quelqu'un, s'il se perdait encore. Il ne proféra pas la moindre menace comme s'il considérait qu'un homme porteur de l'*idoïkkhé* était incapable de causer de difficulté à personne.

En fait, Aïéla savait que les noï kamé avaient raison.

Il s'approcha de l'immense sabord et s'abîma dans la contemplation des étoiles qui en balayaient la surface, passant et repassant sans trêve à mesure que la rotation de la soucoupe les faisait renaître après les avoir abolies. L'éclat éblouissant des feux de route d'*Ashanomé,* les ténèbres qu'il surplombait, les lumières, le tissu constellé de l'infini, ce rythme incessant étaient un spectacle d'une sublime majesté.

Aucun des kallia qui allaient et venaient par milliers sur l'esplanade ne devait connaître grand-chose d'Aus Qao. Nés à bord, c'était à bord qu'ils passeraient leur vie, qu'ils enfanteraient et qu'ils mourraient. Peut-être même étaient-ils heureux. Une troupe d'enfants surgit. Visages radieux, voix suraiguës. Leurs comptines n'avaient pas changé depuis des générations et ils ressemblaient à tous les enfants kalliriens. Ils s'égaillèrent et leurs cris joyeux se perdirent dans les profondeurs de l'immense hall aux échos sonores. Aïéla, planté devant le sabord, avait la gorge serrée.

A présent, ceux de la Station Kartos vaquaient à nouveau à leurs affaires comme si de rien n'était, ils l'avaient chassé de leurs pensées, évacué de leur conscience. Il en irait de même pour Aus Qao. Même ses parents devraient renouer les fils de leur existence comme ils l'auraient fait s'il était mort. Sur la toile de fond constellée de l'espace, son reflet lui renvoyait son regard, mince silhouette beige, aux cheveux en brosse, que rien ne distinguait d'un millier d'autres kallia nés pour servir le vaisseau.

Il ne pouvait rien reprocher à Kartos. C'était là une réalité aussi ancienne que la civilisation de la *métrosi* : la certitude profondément enracinée de son impuissance. Et c'était le même sentiment de résignation qui l'avait contraint, lui, à recevoir l'*idoikkhé*. Les kallia étaient avant tout des êtres pacifiques, patients et opiniâtres, plus portés à temporiser et à attendre l'occasion qu'à combattre l'ennemi.

Attendre.

Il existait un Ordre des Choses, raisonnable et productif. Défier les Orithains et périr, c'était n'avoir rien accompli pour un nas kamé. Un acte improductif n'était pas un acte raisonnable et un acte qui n'était pas raisonnable n'était pas efficace. N'était pas *kastien*.

Aurait-il fallu mourir pour rien?

Mais, sur *Ashanomé,* tout acte raisonnable apportait de l'eau au moulin des Orithains qui ne comprenaient rien à la notion de *kastien*.

Avant que l'*idoikkhé* se fût refermé sur son poignet, Aïéla avait pu se targuer d'être une personne de quelque *éléthia*. Il avait pu déambuler tranquillement sur Kartos au su et au vu des autres. Il avait même imaginé de cent manières différentes l'épisode qu'il venait de vivre. Mais il avait escompté l'oubli, l'abolition de son moi – un état d'innocence.

Il avait accepté. Il continuerait d'accepter, chaque jour de son existence, et le poids du cercle de métal, à présent à la température de son corps, qui lui emprisonnait le poignet lui rappellerait ce qu'il en coûtait de dire non.

Il avait méprisé les noï kamé mais, sans aucun doute, leurs ancêtres avaient fait le même choix : vivre et attendre que l'occasion se présente. Et cela ne faisait que dissimuler leur peur. Ils avaient attendu, ils avaient servi les Orithains, ils étaient morts et les enfants de leurs enfants ne connaissaient rien d'autre.

Il eut l'impression qu'une lame le frappait soudain derrière les yeux et il porta la main à son front en s'appuyant contre le sabord.

Réveil. Remontée à la conscience.

Isande.

La douleur cessa de le fouailler et sa vision s'éclaircit.

Mais cela revenait. Il conserva une immobilité totale. Il attendit. Des impulsions parcouraient ses nerfs. Prendre la fuite... se suicider, même. Mais c'étaient là des choses oiseuses, *ikas*. Une idée blasphématoire lui vint : si le *kastien* exigeait cette patience, peut-être était-ce parce que, sans lui, les kallia étaient effectivement sans défense.

Lentement, très lentement, quelque chose l'effleura, un attouchement qui devint pression dans la zone de son esprit récemment ouverte. Il ferma hermétiquement les yeux. Il se sentait mieux protégé quand les stimuli extérieurs étaient réduits au minimum. C'était, se dit-il, un être du même sang et qui n'était certainement pas dans une situation plus plaisante.

La sensation s'intensifia.

Différente : impression irrésistible d'une force qui s'insinuait le long de ses nerfs en dépit de sa volonté, inflexible et étrangère. Elle envahissait ses centres cérébraux qu'elle explorait les uns après les autres avec une vertigineuse rapidité. Des éclairs aveuglants fusaient et s'éteignaient, il vacillait, des sonorités grondantes assaillaient ses oreilles, son épiderme était tour à tour brûlant et glacé.

Puis cela investit ses pensées, sa mémoire, son moi le plus intime.

Mon Dieu! crut-il s'entendre crier comme un homme au seuil de la mort. Et ce fut le silence. Un silence si ténébreux et si brutal qu'il eut la sensation d'une chute. Le sabord qui lui servait de point d'appui était froid. On le regardait avec curiosité. Certains paraissaient même inquiets. Il se redressa et accommoda sur les ténèbres semées d'étoiles qui se déployaient par-delà son reflet.

« Je suis Isande. »

La voix qui parlait dans sa tête avait une tonalité mais était cependant silencieuse : la sonorité muette de sa propre voix telle qu'un homme pourrait l'imaginer. Il lui vint une vision déformée et assombrie de l'esplanade. Il distinguait le sabord à une certaine distance et une mince silhouette qui paraissait minuscule plaquée contre celui-ci, tout cela en surimpression sur l'étendue de l'espace qu'il contemplait. C'était lui, cette silhouette. Il se retourna. Il voyait les choses sous deux angles à la fois. Et il voyait aussi une forme lointaine. Il savait que c'était Isande : il sentait son épuisement, son impatience.

« Je vous retrouve chez vous », lui dit-elle.

Quand elle se retourna, la vision d'Aïéla fluctua et il tituba sous l'effet du vertige. Un réflexe joua, bloquant l'image et expulsant Isande. Se rendant brusquement compte qu'il possédait un moyen de défense, il essaya à nouveau. Il ne pouvait pas supporter cette double image quand l'un des deux bougeait. Il l'effaça, la réduisit à un clignotement sporadique. Il était difficile de faire un acte de volonté aussi puissant et énergique mais c'était néanmoins possible.

Somme toute, Chimèle avait peut-être dit la vérité en prétendant que le *tchiabrès* n'inspirait pas d'effroi aux kaméthi. C'était un pouvoir qui faisait contrepoids à l'*idoïkkhé*, une porte que l'on pouvait ouvrir et fermer à son gré.

Toutefois, ce qui se trouvait derrière cette porte dépendait seulement de la conscience d'un autre être – de deux asuthi dont l'un était peut-être au bord de la folie.

Il s'abstint de toucher à nouveau l'esprit d'Isande tant qu'il n'eut pas franchi le seuil de son appartement. Elle était assise dans son fauteuil préféré, parfaitement détendue comme si elle avait tous les droits de se servir de ce qui était à lui. Quand il se rendit compte qu'elle s'interrogeait sur les photos posées sur la commode, elle lui arracha toutes les connaissances touchant à sa famille, ouvrant dans l'esprit d'Aïéla une brèche par laquelle s'échappait un torrent de souvenirs sans que, dans son désarroi, il fût capable de la colmater. Il sentit que, devant sa rage, Isande battait en retraite.

– Je regrette, dit-elle d'une voix égale en masquant ses propres pensées avec tant de maestria que, malgré tous ses efforts, il ne put fracturer cet écran mental.

Elle lui désigna le second fauteuil mais il refusa l'invite.

– Je suis ici chez moi. A moins qu'ils ne vous aient fait déménager pour me tenir compagnie ? Ils s'arrogent aussi cette liberté ?

Elle ferma complètement son esprit pour qu'il ne puisse y pénétrer. Il l'avait trouvée belle quand il l'avait vue la première fois dans son sommeil mais maintenant que son corps bougeait, que ses yeux bleus croisaient les siens, il percevait une arrogance qui le troublait au milieu du tourbillon de ses autres pensées. Derrière ce minois ravissant était tapie une intelligence volontaire et déterminée, et ce n'était pas l'impression que les jolies femmes cherchaient à lui donner d'elles, d'habitude. Et Aïéla n'était pas très sûr d'apprécier.

– Je dispose de mes propres appartements, dit-elle tout haut. Ne soyez pas égocentrique. Vos choix sont restreints et je n'en fais pas partie.

Elle fouilla dans ses pensées avec une adresse consommée contre laquelle Aïéla ne pouvait rien; elle n'avait que mépris face à sa colère. Il fit front mais à la moindre défaillance elle forçait le passage. C'était une bataille permanente. Finalement, il se laissa tomber, exténué, dans l'autre fauteuil, commençant à redouter de tout perdre. Il aurait pu la frapper – il devrait avoir honte!

Elle perçut cette pensée et se hâta d'effectuer un repli mental.

– Je vous demande pardon. Je suis indiscrète, j'en conviens.

– Vous êtes hostile.

Il s'était exprimé vocalement. Le *tchiabrès* lui donnait un sentiment d'inconfort. Et ce qui émanait d'elle ne fit que lui confirmer cette impression : elle essayait de le neutraliser et elle y parvint au bout d'un moment.

– Je souhaitais très vivement être chargée de la mission qui vous est assignée, dit-elle.

– C'est un honneur que je vous céderais bien volontiers.

Elle ferma son esprit, serra les lèvres. Pourtant, quelque chose passa, échappant à ces barrières, un chagrin dont l'intensité et le caractère personnel émurent Aïéla et désarmèrent sa colère.

– Ni vous ni moi n'avons le choix. C'est Chimèle qui décide. Et sa décision est sans appel.

Chimèle. Avec haine, il évoqua l'image de l'Orithaine mais, contrairement à son attente, cette haine n'éveilla pas d'écho chez Isande qui émit des images de Chimèle colorées par des sentiments différents. Il les repoussa.

Les ancêtres d'Isande étaient depuis neuf mille ans au service des Orithains, et elle en tirait vanité.

Des iduvé, rectifia-t-elle mentalement. *Chimèle est l'Orithaine. Les gens sont des iduvé. Et NOUS sommes* Ashanomé : *cinq mille iduvé, sept mille noï kamé et quinze cents amaut. Les iduvé l'appelle un nasul, un clan. Le* nasul Ashanomé *est vieux de plus de douze mille ans. Il y a neuf mille ans que la nef* Ashanomé *a pris le départ et sept mille ans qu'elle existe sous sa forme actuelle. Chimèle règne sur elle. Telle est la loi de ce monde qui est le nôtre.*

Aïéla bondit sur ses pieds : il fallait qu'il bouge, qu'il fasse diversion d'une manière ou d'une autre pour avoir le pouvoir de repousser les pensées envahissantes d'Isande mais il commença à paniquer quand elle battit en retraite.

– Vous ne vous croyez pas capable de m'arrêter, dit-elle à haute et intelligible voix. Il vous suffirait pourtant de le croire.

Elle le prenait en pitié! C'était là une humiliation aussi mortifiante que toutes celles que les iduvé pouvaient lui faire essuyer. Il lui fit face, prêt à laisser éclater sa fureur, mais se heurta à un geste de défense apeuré et à un blocage mental impénétrable.

– Non, murmura-t-elle. Non, Aïéla. Vous nous feriez seulement mal à tous les deux.

– Les iduvé... les noï kamé en général m'ont déjà fait avaler suffisamment de couleuvres. Me faire ça à moi...

– A nous.

– Pourquoi?

– Asseyez-vous, je vous en prie.

Il resta quelques instants adossé à la commode, buté et récalcitrant, mais Isande était disposée à se montrer patiente. Finalement, il baissa pavillon et se jucha sur l'accoudoir de son fauteuil, sachant qu'elle pouvait percevoir le désarroi qui le consumait et risquait de réduire à néant ce qui lui restait encore de maîtrise de soi.

Vous avez peur des iduvé, émit-elle. *C'est logique. Mais ils ne connaissent ni la haine ni l'amour. Je suis amie avec Chimèle. Or, il n'existe pas de mots pour traduire ces sentiments dans sa langue. Ne leur attribuez pas de motifs qu'ils ne peuvent avoir. Il y a quelque chose que vous devrez faire pour le service de Chimèle. Quand vous l'aurez fait, on vous laissera tranquille. Vous ne recevrez pas de remerciements : on vous laissera tranquille. C'est ainsi.*

– Vraiment? fit-il sur un ton acerbe. C'est tout ce que vous espérez d'eux? Qu'ils vous oublient?

Un souvenir fulgura, involontaire : une salle plongée dans la pénombre, le visage d'un iduvé, la terreur. L'écheveau se débrouilla, s'explicita. Elle expliqua : *Khasif. Le demi-frère de Chimèle. Oui, ils ont des émotions. Mais un bon conseil : évitez de les provoquer.* Isande s'était enfuie de la salle. Chimèle avait intercédé en sa faveur. Cet épisode hantait les cauchemars d'Isande, la faisait frémir chaque fois qu'elle devait faire face à cet homme.

Se faire oublier : c'était à cela qu'elle se consacrait avec zèle.

Quelque chose d'autre était sous-jacent à ce souvenir fugitif. Un autre être auquel violence avait été faite, un autre homme qui avait peur pour elle. Une peur aussi présente, aussi réelle que celle qu'éprouvait Aïéla lui-même.

Un autre asuthé.

Isande fit barrage. Fermement. Douloureusement.

– Réha, dit-elle. Il s'appelait Réha. Vous ne pouvez pas me pénétrer sans le percevoir.

– Où est-il?

– Il est mort.

L'écran mental tomba, son esprit s'ouvrit spontanément.

Obscurité, froid, souffrance. Une créature agonisante et qui continuait cependant d'émettre des pensées horrifiées. Tout autour, des instruments, une lumière aveuglante. Isande avait gardé le contact jusqu'à la fin malgré la douleur, se refusant à le rompre jusqu'à ce que cette chose inconcevable, sa propre mort, eût englouti l'homme. Aïéla éprouvait tout avec elle – sa fidélité acharnée, la terreur qui habitait Réha. Il savait maintenant par procuration ce que c'était que de mourir et de se retrouver, après, frissonnant et soi-même.

Il fallut un certain temps pour que les choses reprennent leur densité, pour que ses doigts retrouvent la texture de la tapisserie de son fauteuil et que ses yeux acceptent la couleur de la pièce, le visage grave d'Isande. Elle lui avait fait don de quelque chose qui lui appartenait intimement, qui était si intensément elle que, maintenant, son propre corps paraissait étranger à Aïéla.

Ils l'ont tué? s'enquit-il.

Il tremblait de colère, une colère qu'il partageait avec elle. C'était aussi son deuil. Mais elle n'en rendait pas Chimèle responsable. Contrairement à lui, ses ennemis n'étaient pas les iduvé d'*Ashanomé.*

Il se retira, conscient qu'il lui était de moins en moins possible de la détester, de trouver quelque noirceur que ce fût chez une femme qui avait aimé avec une aussi brûlante passion.

Peut-être était-ce précisément le sentiment qu'elle entendait susciter en lui. Mais un tel soupçon le gêna et, très vite, il le repoussa : c'était impossible. Isande se découvrit encore davantage, l'admettant à communier avec ce qu'elle recelait de plus personnel et de plus précieux, ce qu'elle avait partagé autrefois avec celui qui était son asuthé depuis sa petite enfance, Réha. Ils avaient joué, comploté ensemble, partagé leurs amours et leurs chagrins, leur moi le plus total, ils avaient été infiniment plus proches l'un de l'autre que de la nébuleuse d'une parentèle qui ne représentait pas grand-chose aux yeux d'un nas kamé. Seul Réha comptait pour Isande. Ils étaient un seul et même individu en deux personnes et, la nuit, une moitié de cette entité se réveillait en quête de l'autre. Ils n'avaient pas été amants. Leur entente était d'une nature beaucoup plus profonde.

Et Aïéla y avait été admis de force et en toute indiscrétion.

Lui, un étranger qui exécrait ce qu'elle et Réha avaient le plus ardemment aimé. *Supportez-moi,* l'implora-t-elle. *Supportez-moi. Ne m'attaquez pas. Je n'ai pas encore pleinement accepté la situation mais cela viendra. Nous n'avons pas le choix. Et vous n'êtes pas différent de lui. A tout le moins, vous êtes loyal. Vous êtes obstiné. Je crois qu'il vous aurait aimé. Il faut que je commence à vous aimer.*

Il ne s'expliquait pas la peine qu'il éprouvait pour elle.

– Isande, comment pourrais-je être pire que cet humain? Et vous affirmez que vous auriez voulu être à ma place!

Je pourrais m'en protéger beaucoup plus efficacement que vous ne serez capable d'apprendre à le faire en deux jours. Et je serais alors débarrassée de lui. Mais vous...

Débarrassée de lui? A la fois étonné et alarmé, Aïéla essaya de pénétrer la signification de cette pensée mais elle abaissa ses défenses et le repoussa. Le cœur battant et le souffle court, il tressaillit sous l'impact de ce refus. Isande ferma la zone de conscience touchant à l'humain. Cette créature n'était rien pour elle. Colère, vengeance, Réha...

L'humain n'était pas partie prenante dans ses intentions. C'était seulement un obstacle sur son chemin. Et c'était un étranger – *un étranger!* –, par conséquent, il n'était rien. Aïéla ne parviendrait pas à lui faire prendre cet être en compassion. Il n'en était pas question. NON! Elle était morte avec un asuthé et elle n'entendait pas mourir avec un autre.

Pourquoi est-il là? insista Aïéla. *Que lui veulent les iduvé?*

A nouveau, il se heurta à l'écran. Une fin de non-recevoir si brutale qu'il en ressentit un choc presque physique.

Il fallait se rendre à l'évidence : il n'obtiendrait pas de réponse. Il se leva, marcha jusqu'à la commode, revint sur ses pas et se laissa choir dans le fauteuil, bouillonnant de rage.

Quelque chose agitait les iduvé et il avait la conviction qu'Isande savait de quoi il s'agissait. Quelque chose qui pourrait fort bien lui coûter la vie et qu'elle était décidée à lui cacher. Et tant qu'elle refuserait de le mettre dans la confidence, ce serait la guerre entre eux, quelle que fût la puissance du lien qui les unissait.

Eh bien, s'il en allait ainsi, qu'elle ne compte pas sur son aide! Ni elle ni les iduvé.

Non, Aïéla. Ne vous entêtez pas.

– Vous êtes la servante de Chimèle. Vous avez dit ce que vous aviez à dire. Je suis encore libre de mon choix.

Menteur, émit-elle tristement.

Ce jugement était aussi cuisant qu'une gifle. D'autant plus que c'était la vérité.

Des images de Chimèle : une lignée plus ancienne que la civilisation iduvienne, qui remontait à l'époque des nids d'aigles et des guerriers. Un compagnon, un enfant jouant aux dames, les coudes posés sur un tapis *izhkh* et que l'ingéniosité d'un *m'métané* faisait rire aux éclats. Les Orithains...

... solitaires et tout-puissants : l'influence d'*Ashanomé* pouvait mobiliser la moitié des *nasuli* de l'espèce iduvé sur un signe de Chimèle – un pouvoir si immense qu'il ne pouvait y avoir d'occasion de l'invoquer.

Unique héritière d'une lignée s'étendant sur plus de douze mille ans. *Vaïkka :* vengeance, honneur, dynastie.

Impliquant cet humain, saisit Aïéla sur un autre niveau.

Mais ce fut la seule bribe d'information qu'elle lui apporta, un simple gage de paix, et elle était terrifiée d'être allée aussi loin.

– Vous êtes impliqué vous aussi, Aïéla, parce qu'il *est* et que vous avez été choisi pour lui. Même les iduvé meurent quand ils s'interposent entre un Orithain et la nécessité. Ce qu'a fait Réha.

Je croyais qu'ils ne l'avaient pas tué.

– Ecoutez-moi. J'ai vécu plus près des iduvé que la plupart des kaméthi. Si Réha avait été l'asuthé de quelqu'un d'autre, il serait peut-être encore en vie. Et maintenant, vous êtes là, vous appartenez à Chimèle à cause de moi et je vous avertis : il vous faudra beaucoup d'intelligence pour survivre à cet honneur.

– Et vous aimez un être pareil!

Il ne comprenait pas. Il refusait de comprendre. Et c'était déjà une victoire.

– Ecoutez-moi. Chimèle ne demande pas que vous l'aimiez. D'ailleurs, si tel était le cas, elle ne comprendrait pas. Mais elle a étudié votre dossier et est arrivée à la conclusion que vous avez une grande *tchanokhia* – beaucoup d'excellence – pour un *m'métané.* Susciter l'admiration d'un iduvé est dangereux. Mais un Orithain ne commet pas d'erreurs. Me comprenez-vous, Aïéla?

La peur et l'amour : les noï kamé se conformaient scrupuleusement aux règles prescrites et ils n'avaient rien à redouter à condition de rester à leur place, à condition de demeurer anonymes et de se faire oublier des iduvé. Ces derniers ne le leur imposaient pas : au contraire, ils admiraient grandement les *m'métané* qui essayaient d'être plus que des *m'métané*.

Et ils les tuaient.

Isande le rassura :

– Il n'y a pas de raison de s'inquiéter sur ce point. Ils ne nous font pas de mal. C'est le but de l'*idoïkkhé*. Vous ne tarderez pas à comprendre ce que je veux dire.

Le choc en retour de sa colère fut si violent qu'elle tressaillit visiblement. Elle était tout simplement déroutée par sa réaction et bien qu'Aïéla lui ouvrît son esprit, elle se rétracta, refusant d'absorber ses pensées. Son propre univers lui suffisait.

– J'ai un certain nombre de choses à vous apprendre, moi.

La peur d'Isande était un mur entre eux.

– Vous êtes libre de croire ce que vous voulez, répondit-elle enfin.

– Merci, laissa-t-il tomber sur un ton acerbe.

Mais lorsqu'elle entrouvrit fugitivement son écran mental, ce fut la tendre créature qu'il avait vue dans les pensées de Réha, terriblement, affreusement solitaire, qu'Aïéla découvrit.

Consternée, elle remit brutalement ses défenses en place, s'enferma derrière une apparence de cynisme et son esprit se raidit, brûlant comme un blasphème.

– Et je m'en tiendrai à mon opinion, dit-elle.

3

Deux jours pour se préparer, ce n'avait pas été assez.

Malgré les heures et les heures passées en compagnie d'Isande à observer par surveillance lointaine la créature, il éprouvait un sentiment de répulsion devant l'humain endormi. Les préposés avaient fait de leur mieux après l'avoir placé sous anesthésie mais l'être qui gisait sur le lit, recouvert d'un drap, n'en demeurait pas moins étranger – teint pâle, cheveux coupés ras ainsi qu'il convenait pour un nas kamé. On lui avait rasé la barbe. Les amaut n'avaient jamais troublé Aïéla : c'étaient de joyeux drilles, comiques, dont les bizarreries étaient sans importance parce qu'ils n'étaient pas en concurrence avec les kallia. Mais celui-ci... celui-ci lui était mentalement associé.

Et Isande n'était pas là.

Il avait supposé – ils avaient tous les deux supposé dans leurs projets – qu'elle serait avec lui. Aïéla en était arrivé à compter sur elle d'une manière singulière et qui n'avait rien à voir avec les questions de service. Par son truchement, il connaissait *Ashanomé,* il connaissait les gens qu'il rencontrait et ils obéissaient à ses ordres comme si c'était Isande qui les leur donnait. Elle était constamment avec lui, voix dans sa tête, présence à ses côtés. Parfois, ils s'affrontaient. A d'autres moments, il leur arrivait à chacun d'être impressionné par l'univers de l'autre. Il avait commencé à se convaincre que, avec elle, il pourrait réussir dans sa tâche, qu'il pourrait ensuite disparaître dans l'obscurité, kameth au milieu des kaméthi, et survivre.

Au bout de ces deux jours, il avait presque fini par oublier le poids du bracelet à son poignet, il avait absorbé suffisamment d'images d'iduvé pour qu'ils lui paraissent maintenant individualisés et moins terribles. Il savait quel comportement il devait avoir, quels étaient les iduvé qu'il fallait éviter avec le plus de vigilance et ceux qui étaient sans danger, qui étaient presque aimables. Il savait quels endroits lui étaient accessibles, quels endroits lui étaient interdits. Et s'il était prisonnier, du moins avait-il une compagne qui se souciait autant de son bien-être à lui que du sien propre : le bien-être d'Aïéla était le bien-être d'Isande.

Ils étaient deux, Ashanomé était vaste, et il était vrai que les iduvé n'intervenaient pas dans la vie quotidienne des kaméthi. Il n'avait décelé ni signes de cruauté ni manifestations de crainte. En raison de ses origines, il faisait lui-même figure de curiosité aux yeux des relations d'Isande. Personne ne l'empêchait de dire ce qu'il avait envie de dire. Mais, parfois, il lisait dans les regards de la pitié comme s'il était ostensiblement marqué d'un signe que lui seul ne voyait pas.

L'humain.

De lui dépendrait sa vie ou sa mort. Et, au dernier moment, Chimèle avait rappelé Isande, lui ordonnant de se mettre en sommeil artificiel pour sa propre protection. *Je fais grand cas de toi,* lui avait-elle dit. *Non. Le risque est considérable. Je t'interdis de le courir.*

Isande avait protesté avec fureur, ce qui, pour un kameth, était le signe d'une bravoure et d'un désespoir insignes. Pourtant, Chimèle n'avait pas eu recours à l'*idoïkkhé* : elle s'était bornée à la regarder avec une terrible fixité, tant et si bien que la malheureuse nas kamé en larmes s'était résignée à se rendre au laboratoire pour y être endormie; elle ne sortirait du sommeil que lorsque l'on saurait une fois pour toutes si Aïéla avait ou non survécu. Les iduvé n'hésiteraient pas à liquider un kameth à la dernière extrémité et elle redoutait de ne plus trouver à son réveil qu'un silence semblable au silence de Réha. Elle s'était efforcée de dissimuler son appréhension à Aïéla, craignant que sa propre peur ne le détruise. L'humain l'effrayait tellement que tout son courage n'aurait pas été de trop si elle avait été maintenant à sa place. Mais elle n'aurait pas reculé. Pour des raisons qui lui appartenaient. Elle aurait été là, avec lui, car telle était la nature d'Isande : son sens de l'honneur lui imposait une telle loyauté. Qu'elle se fût dressée contre Chimèle à cause de lui avait touché Aïéla plus que tout ce qu'elle eût pu dire ou faire. Qu'elle eût perdu la bataille était fatal : c'était la loi de son univers.

– Ne prenez pas de risques, lui avait-elle dit avant de sombrer dans l'inconscience. Tant que je ne serai pas à nouveau avec vous, ne touchez que les centres de la parole, même si les iduvé vous poussent à aller plus loin. Et ne vous laissez pas attendrir par cette créature. Vous êtes trop confiant, c'est une maladie chez vous. Les sentiments tels que nous les entendons, nous autres, ne sont pas forcément l'attribut de tous les êtres vivants. Les iduvé en sont bien la preuve. Et qui peut comprendre les amaut?

Que veulent-ils de lui? lui avait demandé Aïéla.

Mais elle avait alors rompu le contact. A sa présence mentale s'était substituée une zone muette.

Quelque chose d'autre palpita soudain.

Quand cela commença, Aïéla ordonna rudement aux infirmiers de sortir – et ils obéirent. Il ferma la porte. Il n'y avait plus un bruit hormis le sifflement de l'air dans les conduites. La zone noire obscurcit sa vision, estompant ses perceptions. L'humain bougea et à la noirceur se substitua une clarté diffuse. La panique s'empara de lui quand il s'aperçut qu'il était entravé.

Aïéla se hâta d'ouvrir la barrière. Au simple

effleurement de la communication, son cœur se mit à cogner dans sa poitrine. Se penchant sur l'humain, il le saisit par les épaules et le maintint ainsi.

– Reste tranquille ! Daniel, Daniel... reste tranquille.

Les halètements de la créature se muèrent en sanglots hachés. Ses yeux noirs s'éclairèrent et se fixèrent sur ceux d'Aïéla. Comme le seul moyen de communication sans danger qu'il avait à sa disposition était le contact physique, le kallia relâcha son étreinte et lui tapota l'épaule. L'humain le laissa faire. Un animal que l'on flatte contre sa volonté pour l'apaiser, une bête sauvage prête à tuer pour peu qu'elle en ait l'occasion...

Quand Aïéla s'assit sur le bord du lit, l'humain se rétracta. Il essaya de lui parler doucement, d'abord en amaut, puis en kallirien, mais sans aucun succès, et quand il sentit que Daniel se calmait, il se risqua à établir une liaison.

La réaction fut un bouillonnement de sentiments non définis – douleur-panique-confusion. L'humain exhala un gémissement d'effroi et Aïéla s'empressa de rompre le contact. Ses mains tremblaient. Quelques instants s'écoulèrent avant que la respiration de la créature reprenne son rythme normal.

Aïéla recommença à parler. Longtemps, sans rien faire d'autre. Le regard animal et intense de l'humain était soudé au sien. De temps en temps, il trahissait une émotion. De l'angoisse. De la perplexité.

A la longue, apaisé, il ferma les yeux. Comme s'il se rendormait, épuisé. Aïéla attendit. L'autre rouvrit enfin ses paupières et le dévisagea. Une crispation douloureuse déforma ses traits, ses mains liées se contractèrent. Puis il se détendit, son souffle se fit plus régulier. Devant cette passivité, Aïéla eut la tentation de rétablir un nouveau contact mais il s'en abstint. Il alla chercher un verre d'eau.

L'humain redressa la tête, but en se retenant au

bras d'Aïéla et se laissa retomber en arrière, pantelant. L'effort ne justifiait pourtant pas qu'il fût à bout de souffle. Il voulait quelque chose. Ses lèvres pincées n'étaient plus qu'une ligne blanche. Il baragouina des mots sans suite. Cela ressemblait à de l'amaut.

Il parlait. Aïéla posa le verre par terre et contempla l'humain. Il éprouvait un certain soulagement.

– Tu souffres?

Il avait posé la question dans la même langue pour autant qu'une bouche kallirienne pût émettre les sons de l'amaut.

L'humain le considéra. Il respirait toujours avec peine. Ses yeux se posèrent sur ses liens, revinrent à Aïéla. Il y avait une supplication dans son regard. Il refit la même mimique. Comme Aïéla ne bougeait pas, il se tourna vers le mur. Cela aussi était clair.

C'était là un risque insensé à courir, Aïéla en avait parfaitement conscience – l'humain pouvait aussi bien se faire du mal à lui-même que le tuer.

Il était devenu semblable à Isande qui exécrait cet être, qui le traiterait impitoyablement. Semblable aux iduvé qui avaient inventé l'*idoïkkhé* et imposaient leur loi, et qui restaient insensibles aux souffrances d'autrui.

Mieux valait mourir que se résigner à cette logique-là. Mieux valait admettre qu'il n'y avait guère de différence entre cette misérable créature qui s'efforçait, au moins, de préserver sa dignité et un officier kallirien dont le bracelet qu'il portait au poignet proclamait qu'il était un bien appartenant aux iduvé.

– Viens.

Chassant de son esprit la pensée des iduvé et l'inquiétude d'Isande à son égard, Aïéla détacha promptement les liens de l'humain. Il avait fait lui-même son choix, il avait décidé de sa ligne de conduite : mourir serait plus facile qu'obéir aux ordres des iduvé en terrorisant ce malheureux. Il le souleva pour qu'il s'asseye. Les mains musclées et blêmes de l'humain s'agrippèrent à ses bras et son regard hagard se vrilla sur lui.

Terreur...

Daniel grimaça, se tâta le crâne, sentit la cicatrice et ce fut un déferlement de panique. Il se leva d'un bond, s'écroula sur le sol et y resta affalé, la tête entre les mains, gémissant et sanglotant. Des mots inintelligibles s'échappaient de ses lèvres.

– Daniel.

Aïéla retint son souffle et ferma hermétiquement son esprit. Il ne savait que trop ce qu'éprouvait l'humain. L'horrible découverte du *tchiabrès,* la prise de conscience d'une intrusion dans son être le plus intime, qu'il y avait quelqu'un d'autre dans sa cervelle. Des coups de boutoir ébranlaient son écran mental, une force obscure, impuissante, monstrueuse et, pour l'instant, aussi vulnérable qu'un nouveau-né, battait aveuglément à la périphérie de son esprit.

Il laissa l'humain explorer le phénomène, en prendre la mesure, découvrir finalement qu'il se pliait en partie à sa volonté. Immobile, Aïéla sentait la sueur ruisseler sur son torse. Son blocage mental était total. Il ne lui livrerait pas le passage, il ne lui livrerait pas le passage! Dans cet état brut, c'était trop dangereux. Cela tourbillonnait dans son esprit, tâtonnant, à la fois agressif et épouvanté. Cela prenait forme de cauchemar. Le kallia décrocha pour revenir au *maintenant,* détruisit l'image. L'humain sursauta et s'effondra.

Il n'était pas inconscient. Aïéla le savait comme il savait qu'il était lui-même en état de veille. Simplement, Daniel attendait. Attendait. Peut-être essayait-il de remettre un semblant d'ordre dans ses perceptions bouleversées. Peut-être souhaitait-il mourir. Comme Aïéla le comprenait!

A plusieurs reprises, l'abomination revint à la charge mais, chaque fois, elle battit en retraite comme si elle avait appris la prudence.

– Ça va? demanda Aïéla à haute voix. (C'était l'intonation qui comptait, pas les mots. Il mettait de la sollicitude dans sa question.) Je ne toucherai pas. Ça va?

La sonorité que l'humain proféra était plus proche du sanglot que d'autre chose. Il se dressa sur un coude, puis, comme s'il se rendait brusquement compte que cette position manquait d'*éléthia* devant un homme qui attendait tranquillement son bon vouloir sans bouger, il réussit après plusieurs tentatives maladroites à se dresser sur son séant, enfouit sa tête entre ses bras et rassembla ses forces pour essayer de se relever.

Aïéla voulut alors l'aider. A tort. L'humain broncha, recula jusqu'au mur en titubant et se recroquevilla dans le coin, retrouvant presque l'attitude qu'il avait dans sa cellule.

– Pardonne-moi.

Le kallia s'excusa d'une inclinaison du buste et se rassit au bord du lit.

L'humain se remit debout en poussant un soupir étranglé. A nouveau, il tâta la cicatrice qui lui barrait la tempe. Aussitôt, Aïéla ressentit l'attouchement. La sensation s'effaça quand Daniel ferma son esprit.

– Daniel...

L'humain le regarda, à la fois intrigué et méfiant. Aïéla tourna alors la tête de profil pour lui faire voir l'incision en voie de disparition qui zébrait sa propre tempe. Puis il débloqua un canal mental, attentif au plus léger contact.

Les yeux de Daniel s'agrandirent. L'abomination se déchaîna, terrifiante. Cécité... Il poussa un hurlement, se précipita sur la porte avant de se ruer, ivre d'épouvante, sur Aïéla qui lui emprisonna les poignets et le talonna mentalement en s'efforçant de ne pas tenir compte de la terreur que l'humain lui communiquait. L'un des d'eux savait comment contrôler le *tchiabrès* qui, s'il n'était pas maîtrisé, pouvait causer des dommages inimaginables.

Aïéla s'arc-bouta, dissocié de son corps. Il transpirait si abondamment que ses mains glissaient; ses muscles commencèrent à trembler, il allait lâcher prise. Il était physiquement en danger, il le savait, mais, intérieurement, c'était encore pis. Il mettait tous ses sens en action les uns après les autres pour trouver ce qu'il cherchait, déclenchant chaque fois en réponse un influx de souffrance, un flot de formes cauchemardesques.

Et, soudain, l'indispensable rempart qui les isolait s'effondra et il poussa un cri de douleur. Instinctivement, l'humain avait dressé le barrage. Séparation. Réindividualisation.

Aïéla se libéra doucement de l'étreinte de Daniel. L'humain pouvait se jeter sur lui – il ne fit pas un mouvement. Trop mal en point pour passer à l'attaque, il se contentait de le regarder fixement. Peut-être ce cri l'avait-il commotionné. Le kallia lui toucha le poignet en un geste d'apaisement.

Il se força à sourire, à hocher approbativement le menton et la main de Daniel se ferma avec hésitation. Brusquement, l'humain lui adressa un regard stupéfait, moitié riant et moitié sanglotant.

Il avait compris.

– Oui, fit Aïéla.

Son soulagement était si vif qu'il riait presque, lui aussi. Cette communion ouvrait les barrières.

L'impact mental qu'il reçut de plein fouet lui arracha un nouveau cri. Il porta la main à sa tête pour montrer qu'il souffrait.

Daniel essaya de bloquer. La pression psychique était un tissu de giclées et de silences, de lumineuses fulgurances et d'avalanches émotionnelles. La noirceur prit un aspect moins épouvantable. Ce n'était pas une attaque. L'humain *quémandait*. Il y avait si longtemps qu'il était seul, incapable de raconter... Il *quémandait*. Secoué de sanglots hystériques, il baissa les mains, tremblant de peur et de désir – la peur et le désir de toucher, de s'accrocher à quiconque s'offrait à l'aider.

Les barrières s'écroulèrent.

Aïéla tenta de résister. L'épuisement l'accablait. Tel un homme qui, à son corps défendant, dévale le flanc d'une montagne, il n'osait s'arrêter, cherchant seulement à conserver son équilibre tandis qu'il s'insinuait entre des contacts à demi explorés, des configurations inconnues qui se succédaient trop rapidement. Ces contacts se multipliaient, s'organisaient, les sensations s'ordonnaient, les perceptions devenaient intelligibles : corporelles, tactiles, optiques. La pièce se dégagea de l'obscurité pour prendre forme autour d'eux.

Maintenant, c'étaient des sens plus profonds qui tendaient à se structurer. Aïéla fit sien le système de références de Daniel où le bien était aux couleurs humaines et le mal différent, où la moralité et la norme revêtaient des aspects que l'on pouvait difficilement accepter sans frissonner. Il se mit farouchement en quête des centres de la parole afin d'établir ce contact dont le besoin se faisait désespérément sentir.

– C'est moi, dit-il dans le langage des humains. Moi. Aïéla. Arrête. Arrête. Pense lentement. Pense à maintenant. Que ta pensée aille au même rythme que tes mots. Pense aux mots, Daniel. Ma langue, la tienne, cela ne fait pas de différence.

– Qu'est-ce...

La première tentative de réponse. Sauf pour l'esprit d'Aïéla, ces sons n'avaient pas de signification aux oreilles de l'humain.

– Continue. Tu me comprends. Tu peux utiliser

ma langue comme j'utilise la tienne. Notre faculté symbolisatrice ne fait qu'un.

– Qu'est-ce que... (L'idée de la mort le hantait, une crainte rongeante qui faillit presque les séparer.) Qu'est-ce qui va m'advenir? Qu'est-ce que tu es?

C'était un fouillis de kallirien et d'humain mêlé d'amaut, de mots et de pensées dont les échos se chevauchaient. Il émettait au moins sur trois niveaux sans savoir lequel l'emportait. Et il y avait un appel sous-jacent : *A l'aide, les miens, à l'aide!*

– Calme-toi, dit Aïéla. Tout va bien. Tu es sain et sauf.

– J'ai... j'ai fait un long, un très long voyage. Une très longue route depuis chez moi. Je ne sais même pas où je suis ni pourquoi. Je sais... *Non, non, n'accuse pas. Sois doux avec lui, doux, ne provoque pas sa colère.* Je sais que tu es bon, que je... suis bien traité.

Dans son esprit, des cages. Elles devaient être hors de vue, juste de l'autre côté du mur, des hurlements, des bruits atroces, l'obscurité. *Au moins, il a l'air humain,* projetait-il sur un second niveau. *L'air. L'air. Il a l'apparence humaine. Mais ce n'est pas un humain. Au secours, mon Dieu!* Aïéla, je... comprends. Je te suis reconnaissant, Aïéla.

Daniel faisait des efforts farouches pour masquer sa peur. Une peur non verbalisée, omniprésente et odieuse, peur de disparaître dans le néant, peur de perdre la raison. Mais, il se soumettrait, il fusionnerait, n'importe quoi, n'importe quoi, mais ne pas laisser échapper cette chance. C'était dangereux. Cela les ébranlait tous les deux. Aïéla fit brièvement barrage pour endiguer le flot.

– Je ne sais pas comment t'aider, dit-il avec douceur, mais je t'assure que je ne te veux pas de mal. Tu es en sécurité. Sois calme.

Des informations... ils veulent... Sa planète d'origine surgit dans l'esprit de Daniel. Monde de pierres rouges, de ciels bleus, souvenir qui confirma les soupçons d'Aïéla – les terriers des planètes amaut, des travailleurs humains – et désorienta considérablement Daniel. *Passé ou futur?* s'interrogea-t-il. *Le mien? Est-ce le mien? Est-ce là où je vais?*

Aïéla battit en retraite pour essayer de faire le tri entre les pensées de l'humain et les siennes. La nausée monta en lui. Les terreurs de Daniel commençaient à être ses terreurs. Des choses sinistres, étrangères. Et les amaut étaient au cœur de tous ces cauchemars.

– Mais comment es-tu arrivé ici? lui demanda-t-il. D'où viens-tu si tu ne viens pas des mondes amaut?

Où est-ce, ici? Et qu'es-tu? répondit intérieurement l'humain. Mais les réponses jaillirent dans les visions qui se bousculaient à une vitesse accélérée, d'abord en désordre, puis de manière contrôlée – souvenir de la petite planète qui avait été une patrie : pauvreté, d'autres humains, colère, un peuple déporté que dévorait la nostalgie d'un monde vert et splendide qui ne ressemblait en rien au désert rouge et désolé où il avait été transplanté, désir de vaisseaux, de traversées, de retour au pays, de vengeance.

Les années se télescopèrent à nouveau : des soleils, des mondes inconnus, le service à bord de multiples bâtiments, des machines effroyablement primitives, un labeur harassant – mais au milieu d'humains, sur des navires humains, dans des ports humains –, des ressources squelettiques, des plaisirs sordides. Par-dessus tout, la nostalgie des sables de la planète natale et, finalement, le retour – une patrie anéantie, une ferme tombant en ruine. D'autres ports, une nouvelle misère, une vie sans attaches et sans buts. Les pensées de Daniel erraient d'un lieu à un autre, des endroits si étrangers qu'ils en étaient délirants.

Ce n'étaient pas des mondes de l'Esliph. Les

amaut n'y avaient pas droit de cité. C'était donc l'espace humain, des mondes humains où ni les trafiquants kalliriens ni les négociants amaut n'avaient jamais posé le pied.

Amaut. L'esprit de Daniel se saisit du souvenir avec haine. D'horribles images de cadavres, de corps convulsés, empilés les uns sur les autres... des prisonniers... des humains... parqués dans des camps, à demi morts de faim, d'autres que l'on traquait, que l'on massacrait de manière atroce, que l'on pendait pour faire des exemples. Les chasseurs appartenaient à l'espèce humaine, eux aussi, mais de noires créatures aux yeux démesurés, à la démarche traînante et à l'expression lubrique se mêlaient à eux – des amaut tels que les voyaient les humains. Les événements se bousculaient. Aïéla essayait de résister, ne sachant quel endroit affreux il découvrirait ensuite, mais, maintenant, ce n'était plus des images choisies au hasard que projetait Daniel. Rien que sa haine. Haine des étrangers, haine de lui, Aïéla, qui faisait partie de l'ensemble.

Une ville obscure, une rue déserte, la nuit, des flammes qui léchaient l'horizon, d'étranges et lourdes formes dominant les bâtiments en ruine – une partie de chasse et la proie, c'était lui. Et derrière lui bondissaient ces silhouettes lourdes et dangereuses.

Embuscade... inconscience... mort? Il étouffait sous les corps qui l'écrasaient, les odeurs étrangères, les mailles d'un grillage qui lui entraient dans la chair, le vacarme de machines dont l'écho se répercutait dans un vaste espace, le froid et une lumière aveuglante. D'autres de sa race, des humains terrifiés qui restaient des jours et des nuits sans parler, froid et détresse, d'inquiétants yeux globuleux – des yeux amaut – aux aguets derrière les projecteurs – le froid, la faim. Et toujours davantage de cadavres raidis gisant sur le sol grillagé.

Encore le tintamarre des machines, la panique, des fragments de souvenirs mêlés aux cauchemars et à des rêves d'enfance d'une insolite sérénité. Drogues, douleur. Des visages caquetant pressés contre le sien, des humains différents qui n'avaient pas l'usage de la parole telle qu'il la concevait, une puanteur infecte, des doigts aux ongles sales tendus vers lui...

Aïéla se rétracta brutalement pour échapper au contact et se prit la tête dans les mains, défaillant. Mais la suite était encore pire. Des cages, le transfert à bord d'un autre vaisseau, un lieu d'incarcération plus fétide que le premier, l'horreur de voir ses semblables ravalés au rang de bétail, la peur en permanence et des sévices fréquents – dont il était presque toujours la victime parce qu'il était différent, qu'il était capable de parler, qu'il ne réagissait pas comme eux –, la perversité de ces sauvages qui attendaient qu'il s'endorme pour se jeter sur lui, l'excitaient pour le mettre en furie, l'acculaient dans un coin et s'amusaient à le persécuter jusqu'à ce que ses cris alertent les gardiens qui venaient rétablir l'ordre.

Des étrangers, enfin. Des kallia. Encore des drogues. Un nouveau réveil dans une autre prison. Deux silhouettes floues qui surgissaient dans sa cellule : Aïéla se reconnut et reconnut Chimèle. La mémoire disloquée de Daniel ne l'identifia à son tour que lorsque le kallia lui ouvrit sa mémoire.

Enemi. Ennemi. Interrogateur. Une partie de lui-même était l'ennemi. La terreur bouillonnait dans le cerveau du malheureux humain, engendrant l'affolement, la violence se déchaînait et se réverbérait dans leurs esprits appariés, provoquant une division suicidaire qui s'amplifiait de seconde en seconde.

Aïéla rompit le contact. Ce déferlement le rendait malade et il était secoué de tremblements. Daniel était pareillement éprouvé et, pendant un moment, aucun des deux ne bougea.

Cela ne fait rien, cela ne fait rien. La projection envahit l'esprit de Daniel, réveillant le souvenir de la douceur et de la compassion d'Aïéla. *N'importe quelles conditions, n'importe quoi.* Il se rendit compte que ce dernier captait sa pensée et sa fierté blessée la bloqua.

– Excuse-moi, dit-il verbalement avec effort. Je ne te hais pas. Aide-moi, Aïéla. Je veux retourner dans ma patrie.

– D'après ce que j'ai pu voir, Daniel, je crains fort que tu n'aies plus de patrie où retourner.

Je suis seul? Suis-je seul humain ici?

Cette idée le terrorisait. Pourtant, cela voulait dire : plus de cohabitation avec des humains en cage. Mais elle contenait d'autres images, visions d'une éternelle solitude parmi des tortionnaires étrangers – amaut, kallia, d'autres encore qui se mélangeaient dans son esprit.

– Tu es en sécurité, Daniel.

Aïéla se rendit aussitôt compte que c'était un mensonge par omission et, en cet instant, le souvenir refit surface.

Eux. Eux... Daniel happa une pensée, une image des iduvé, ces créatures d'une sombre beauté, anciennes et maléfiques, cristallisant toutes les terreurs dont étaient tissées les légendes kalliriennes. Il associa ces êtres à la silhouette indécise qu'il avait vue dans sa cellule et son épouvante redoubla quand Aïéla tenta de faire barrage.

– *Non! Qu'as-tu accepté de faire pour eux? Aïéla!*

– Non. (Le kallia lutta pour repousser les vagues de terreur qui l'assaillaient.) Non. Calme-toi. Je vais te faire administrer un sédatif... *Non!* Arrête! Il faut que ton esprit s'apaise. Je suis fatigué. Toi aussi. Tu seras en sécurité et je reviendrai plus tard quand tu te seras reposé.

– Tu vas leur faire ton rapport... et dormir ici...

L'humain se remémorait d'autres réveils entre les mains des étrangers, les cruels amusements de ses propres congénères. Un spasme le fouailla, un effroi si profond que la raison ne pouvait rien contre lui. Il y avait des amaut à bord : sa hantise était qu'ils ne le touchent alors qu'il serait plongé dans l'inconscience.

– On te déménagera, reprit Aïéla. Tu te réveilleras dans un endroit confortable près de mes quartiers et, à ce moment, tu seras libre et en parfaite sécurité, je te le promets. Je ferai en sorte que les amaut ne t'approchent pas si cela peut te rassurer.

Daniel écoutait. Il voulait le croire mais il en était incapable. Par chance, l'infirmier de service était un kallia et il était de bonne composition. Bientôt l'humain avait réintégré son lit et il glissait dans le sommeil. Il projeta encore sa pensée vers Aïéla – désir de lui faire confiance – crainte de se réveiller au milieu d'un cauchemar encore plus insoutenable.

– Je serai tout près, lui assura le kallia.

Mais il doutait que l'humain eût reçu le message car le contact s'obscurcit et s'engourdit comme cela s'était produit avec Isande.

Il se sentit alors bizarrement amputé. Il était absolument seul – quelque chose qu'il n'aurait jamais imaginé –, aspirant au contact de son asuthé, de l'esprit kallirien familier qui était le sien, de la faculté qu'avait Isande de désamorcer ses pires appréhensions. S'il devait être désormais à jamais coupé de Daniel, s'il ne devait jamais plus connaître son esprit, une chose, en tout cas, était sûre : il se rappellerait jusqu'à son dernier souffle qu'il avait *été* humain pendant un moment.

Il s'était nui à lui-même. Il le savait. Il le regrettait désespérément et craignait qu'Isande, en dépit de son expérience, ne puisse l'aider. Elle avait essayé de le mettre en garde. Au mépris de ses avertissements, il avait fusionné avec l'humain sans tenir compte des dangers sauf des plus évidents, il n'en avait fait qu'à sa tête par *kastien* envers une créature en détresse.

Il avait choisi. Il ne pouvait pas plus supporter de faire tort à Isande que de se porter préjudice à lui-même. Malgré son penchant pro-iduvé, il la connaissait jusqu'au plus profond de son cœur entêté, il connaissait son *éléthia* et sa loyauté – en aucun cas, elle ne méritait que quiconque la fît souffrir.

L'humain non plus. On voulait l'utiliser, se servir de lui d'une manière ou d'une autre pour l'abandonner ou le détruire ensuite – *se débarrasser de lui,* avait dit Isande, elle-même insensible lorsqu'il était question de Daniel – et cette coquille étrangère abritait un être qui ne méritait pas pareil destin.

Il est déraisonnable de me demander de me risquer à donner mon avis sur quelque chose dont je n'ai aucune expérience, lui avait dit Chimèle d'emblée. Elle ne comprenait pas les émotions kalliriennes et n'avait jamais vécu le *tchiabrès.* Soudain, il eut peur que Chimèle elle-même n'ait prévu ce qu'elle créait en les manipulant et ne fût impitoyable avec ce qui en résulterait : un kameth dont la loyauté serait humaine pour moitié.

Il était un kallia. *Un kallia!* Brusquement, il eut le sentiment que ce titre qu'il revendiquait perdait sa consistance. Ce qu'il avait fait était inique – même envers l'humain.

Isande, implora-t-il, espérant contre l'évidence une réponse de cet autre esprit miséricordieusement kallirien. *Isande, Isande.*

Mais seules les ténèbres lui répondirent.

Un instant plus tard, l'*idoïkkhé* vibra légèrement – c'était la pulsion codée signifiant *parédré.* Chimèle le convoquait.

Pour rendre compte.

4

Chimèle était troublée. Son expression grave, sa façon de se recroqueviller dans son fauteuil étaient révélateurs : elle n'était pas à son aise. Et elle n'était pas seule : quatre autres iduvé assistaient à l'audience. Grâce à cette curieuse sensation de déjà vu dont il était redevable aux recommandations d'Isande, Aïéla savait que c'étaient les *nasithi-katasakké* de Chimèle, ses demi-frères et demi-sœurs issus d'un accouplement de groupe.

Tchaïkhé était la plus jeune. C'était une Artiste. Elle chantait. Elle était trop mince pour être belle en vertu des critères kalliriens mais elle était douce envers les kaméthi. Elle les traitait avec bienveillance. Isande avait également averti Aïéla qu'elle s'était intéressée à lui. Mais Chimèle y avait mis le holà et Tchaïkhé s'était inclinée. Elle était à présent attirée par la *katasakké,* l'accouplement de groupe, ce qui était vraisemblablement la cause de cette nervosité, mais les iduvé que démangeait ce prurit se lassaient rapidement des *m'métanéi.*

Près d'elle, les yeux rivés sur Aïéla, se tenait Ashakh, son frère de sang, un homme au visage étiré, très grand et d'une maigreur extrême. Même chez les iduvé, il était réputé pour son intelligence et sa froideur émotionnelle. Navigateur en chef d'*Ashanomé*, il avait la haute main sur la plupart des systèmes opérationnels du vaisseau, de ses terrifiants armements jusqu'aux ordinateurs qui en étaient le cœur – ses machines et sa mémoire. Il suffisait de le regarder pour deviner que c'était un homme qui ne commettait pas d'erreurs – et un homme que l'on ne contrariait pas impunément.

Son voisin, juché sur l'accoudoir d'un fauteuil, était Rakhi, celui de ses frères que Chimèle estimait le plus. Il n'était pas particulièrement beau, il était même un peu empâté pour un iduvé. En outre, il avait une faiblesse coupable pour le *kutikkasé* – un goût des satisfactions matérielles trop prononcé, indigne d'un iduvé. Mais il était dévoué à Chimèle et il faisait montre d'une rare bonté à l'égard des noï kamé, et même des amaut, généralement tenus pour nuls et non avenus, qui voyaient en lui leur protecteur personnel et lui vouaient un véritable culte. Enfin, cet être souriant et débonnaire recelait un courage que peu soupçonnaient.

Le troisième frère était l'aîné. Il se nommait Khasif. C'était un colosse au regard maussade, d'une beauté remarquable. Bien que plus âgé que Chimèle, il était sous l'autorité de cette dernière. Xénoarchéologue, il appartenait à l'Ordre des Savants. Il était animé d'une *m'mélakhia* dévorante – la recherche avide d'expériences inédites – et les noï kamé faisaient le vide sur son passage car il avait déjà tué à deux reprises. Tel était l'homme que redoutait tellement Isande, encore qu'elle eût admis qu'il n'était sans doute pas consciemment cruel. Khasif était impatient et n'hésitait pas à recourir à des solutions drastiques, trait de caractère fort prisé des iduvé à condition d'être tempéré par le raffinement, la *tchanokhia*. C'était notoirement quelqu'un de très dangereux mais, pour autant qu'Isande s'en souvînt, il n'avait jamais été mesquin.

– Où en est Daniel? s'enquit Chimèle. Pourquoi avez-vous si rapidement demandé qu'on le place en sommeil artificiel? Qui vous en a donné licence?

– Nous étions exténués, répondit Aïéla. Vos instructions étaient d'agir pour le mieux. Nous commencions à nous fatiguer et...

Tchaïkhé l'interrompit pour lui demander d'une voix douce :

– Y a-t-il un progrès, Aïéla-kameth?

– Oui.

– L'*asuthithékkhé* totale est-elle possible avec cet être ? Pouvez-vous atteindre cet état et ne plus faire qu'un avec lui ?

– Je ne... je ne crois pas que ce serait prudent. Non. Je ne veux pas.

– Est-ce à vous de décider ? (La sécheresse glacée du ton d'Ashakh tranchait avec la suavité de la voix de Tchaïkhé.) Vous aviez des instructions, kameth.

Aïéla aurait voulu leur expliquer. Le souvenir du contact mental avec Daniel était si vif dans son esprit qu'il le faisait encore frissonner. Mais le visage aux lèvres étroites d'Ashakh ignorait la patience. Il n'y avait ni pitié ni compréhension face à la faiblesse chez cet homme.

– Nous sommes différents, s'entendit-il dire pour meubler le silence. (Ashakh se borna à le dévisager.) Accordez-moi du temps.

– Les délais sont impératifs. On ne vous l'a pas caché.

– Non.

– Précisez-nous les points de différence.

– C'est une question d'éthique et d'expérience. Il n'est pas hostile – pas encore. Il n'a pas confiance. Il se méfie de moi, de ce lieu, de tout ce qui est étranger.

– Votre tâche n'est-elle pas justement de rapprocher ces divergences ?

Les paumes d'Aïéla étaient moites. Il croisa les bras, serrant ses mains sous ses aisselles. Il lui répugnait de regarder Ashakh en face mais l'iduvé ne le quittait pas des yeux et il ne cillait pas.

– Nous sommes capables de communiquer. Mais il n'est pas naïf et je n'ai pas de réponses satisfaisantes à lui apporter. C'est pour cela que je l'ai fait mettre en sommeil. Il commence à poser des questions et je ne sais plus que lui dire. Que suis-je censé lui raconter ?

– Aïéla. (Le kallia se tourna vers Khasif.) Quelle est votre réaction personnelle devant cette créature?

– Je ne sais pas. (Aïéla avait la bouche sèche. Le visage de Khasif, substance même des cauchemars d'Isande, était impassible dans sa perfection.) Je... j'essaie de ne pas le prendre à contre-pied.

– Quels sont son substrat éthique et sa structure sociale? Accepte-t-il des modalités kalliriennes?

– Il est proche des kallia mais ce n'est pas pareil. Je ne peux pas vous expliquer... non, ce n'est pas du tout pareil.

– Soyez plus explicite.

– Suis-je censé avoir appris quelque chose de particulier? s'exclama Aïéla, poussé à bout.

Il regretta aussitôt de s'être emporté : par deux fois, l'*idoïkkhé* entra en action. Mais son fourmillement était indolore. Il regarda tour à tour chacun des iduvé, ignorant lequel avait activé le bracelet mais sachant que c'était un avertissement.

– Je suis désolé mais je ne comprends pas. J'ai été préparé pour étudier cet homme mais personne ne m'a dit ce que je devais chercher au juste. Et vous m'avez coupé d'Isande. Comment voulez-vous que je sache par quelles questions commencer?

La riposte sema une certaine confusion chez les iduvé. Le jovial Rakhi éclata franchement de rire et lança un regard en coulisse à Chimèle.

– *Au,* en voilà un qui a de la défense, Chimèle! (Il revint à Aïéla.) Et, ignorant ainsi l'objet de votre mission, qu'avez-vous donc découvert, *ô m'métané?*

– Que les amaut ont envahi l'espace humain au mépris du traité qu'ils ont signé avec l'*Halliran Idaï* par lequel ils s'étaient engagés à ne jamais y pénétrer. Cet homme vient de l'espace humain. Presque toute la cargaison dont il faisait partie a été perdue parce que les humains qui la constituaient n'étaient pas habitués au genre de sévices qu'ils ont subis. Est-ce cela que vous vouliez que je vous rapporte?

Tant que vous ne me direz pas ce que vous entendez faire de lui, je crains de ne pouvoir vous apprendre grand-chose de plus.

Chimèle, qui était restée de marbre, fronça les sourcils, s'agita dans son fauteuil et posa les bras sur les accoudoirs.

– Pouvez-vous préparer cet humain pour que nous l'examinions nous-mêmes demain, Aïéla?

– C'est impossible. Non. Et quelle espèce de...

– Demain soir.

– Si vous voulez quelque chose, dites-moi exactement quoi et j'arriverai peut-être à le savoir. Mais il veut des réponses. Il a des questions à poser et je ne peux pas continuer à les éluder sans faire de lui votre ennemi. Mais peut-être cela vous est-il égal?

– Il vous faudra... éluder, comme vous dites.

– Je ne lui mentirai pas, même par omission. Qu'allez-vous faire de lui?

– Je préfère que cet humain ne soit pas admis en notre présence en échange d'une quelconque promesse. Est-ce que vous me comprenez, Aïéla? Si vous lui promettez quoi que ce soit, ce sera à vous qu'il appartiendra d'honorer votre engagement. Prenez garde d'en avoir la faculté. Je ne nous sentirai pas tenus, ni moi ni le *nasul*, par une générosité intempestive née de votre ignorance. Vous pouvez regagner vos appartements.

– Je ne lui mentirai pas pour vous faire plaisir.

– Regagnez vos appartements.

Cette fois, toute douceur avait disparu du ton de Chimèle et Aïéla jugea plus judicieux de ne pas poursuivre la discussion. Même Rakhi, très droit dans son fauteuil, avait remisé son sourire. S'abstenant de la moindre courbette, le kallia tourna les talons et sortit.

Il avait tout compromis. Quand il était énervé, il haussait le ton. C'était ce qui s'était produit et cela lui était retombé sur le nez. Il avait senti en entrant que l'humeur de Chimèle n'était pas à la patience et il se rendait compte après coup que les *nasithi* avaient essayé de prévenir le désastre. Rakhi, qui avait toujours été bon avec Isande, avait tenté de l'arrêter.

Quand il se retrouva au niveau des kaméthi, il était dans un tel état d'accablement que, compte tenu de l'heure tardive, il songea à passer au laboratoire pour demander une sédation. Il avait les nerfs à bout. Mais il n'avait jamais aimé ce genre de drogues et l'idée d'avoir affaire à Ghiavré, le chirurgien en chef iduvé, lui répugnait encore plus. Et il se dit que Daniel risquait peut-être de se réveiller prématurément et qu'il aurait alors besoin de lui. Aussi, il rentra directement chez lui, se prépara pour la nuit et, s'armant d'un carnet et d'un stylo, il commença à consigner par écrit l'épisode Daniel pour se changer les idées. Soudain, il lui vint à l'esprit que les iduvé ne respecteraient peut-être pas son intimité et il déchira toutes ses notes qu'il fit disparaître dans le vide-ordures. Ce soupçon le démoralisait. Le kallia qu'il était n'avait encore jamais été effleuré par une pareille suspicion. Jamais il n'avait eu à redouter quelque chose d'aussi *ikastien* de la part de ses supérieurs.

Daniel, lui, avait appris à se méfier. C'était humain.

Déprimé, Aïéla éteignit et attendit, l'esprit en déroute, que le sommeil vienne.

L'impulsion de l'*idoïkkhé* fut si violente qu'il se réveilla en poussant un cri. Il se leva tant bien que mal et s'affala sur le siège le plus proche.

Par un réflexe né de deux jours de dépendance, il projeta le nom d'Isande. Il fut surpris et soulagé de percevoir une réponse, même si elle était embrumée.

– *Aïéla,* avait-elle émis. (Se rappelant Daniel, elle voulut immédiatement s'informer de l'état de santé de l'humain et être mise au courant de la situation présente : Chimèle, la convocation, sa colère... Et Daniel...) *Qu'avez-vous fait?* s'enquit-elle avec un frisson de peur.

Mais Aïéla, s'extirpant des remous de ses pensées qu'engourdissaient les drogues, la ramena au moment présent.

– C'est aussi le cycle de sommeil de Chimèle. A-t-elle pour habitude de manifester sa mauvaise humeur au beau milieu de la nuit?

L'*idoïkkhé* le lancina pour la seconde fois, ce qui eut pour effet d'interrompre momentanément la communication. Pendant qu'Aïéla se rhabillait, la pensée d'Isande s'insinua à nouveau dans son esprit. Le coup de sonde qu'elle effectua fut suffisant pour imputer à Aïéla la responsabilité de l'incident du *parédré* et son anxiété fut telle qu'elle la laissa filtrer. Mais elle eut la délicatesse de refouler ses sentiments. Ce qui importait, c'était le maintenant. C'était lui. Il fallait désormais qu'il suive ses conseils. Il risquait gros. Très gros.

– Les horaires de Chimèle sont rarement prévisibles, lui communiqua-t-elle.

Sa pensée était extérieurement calme et ordonnée, mais sous cette surface palpitait un effroi physique singulier qui lui usait les nerfs.

Aïéla regarda l'heure. Minuit était largement passé et Chimèle, pas plus d'ailleurs qu'Ashackh, ne lui avait fait l'effet d'être quelqu'un qui s'abandonne à ses caprices. Il enfila son chandail et fit un pas vers la porte mais s'interrompit pour prier Isande d'abaisser sa garde et de le guider. La réticence de son asuthé était manifeste et, quand elle fondit, il le regretta presque.

La peur, des cauchemars hantés par Khasif, à la fois terrifiants et sexuels. Peu de chose était capable de pousser les iduvé à agir de manière irrationnelle mais il y avait une exception d'importance et lorsqu'ils étaient irrités contre les kaméthi, ils étaient enclins à se comporter ainsi.

Aïéla s'immobilisa sur le seuil de la porte. Le sang reflua un instant de son visage pour y revenir aussitôt en un flot brûlant. Il se remit en marche sur l'instance d'Isande dont la rage et l'épouvante lui broyaient le cœur. *Non, non,* répétait-il. C'était une terreur qui remontait loin. Une expérience qui l'avait épouvantée et fortement marquée. Aïéla était embarrassé d'avoir à exprimer cette pensée : il savait que c'était la vérité. Il lui demanda de se taire.

– C'est ce qui arrive, protesta-t-elle avec une force qui ébranla la conviction du kallia. C'est la *katasukké* – la copulation pour le plaisir.

Et, sans préambule, sans faux-fuyant et sans excès de pudeur, elle entreprit de le mettre au fait de ce qu'elle savait ou supposait touchant les mœurs intimes des iduvé. La *katasakké* n'avait que de très lointains rapports avec la *katasukké* qui faisait intervenir les noï kamé, c'était une union entre iduvé chargée de violence et que protégeaient le rite et le secret. La *katasukké* était plus délicate : les noï kamé étaient traités avec une indulgence désinvolte ou une désinvolture indulgente selon l'humeur de l'iduvé. Mais quelle que pût être la brutalité des ébats mystérieux qu'ils pratiquaient entre eux, la cruauté était *é-tchanokhia,* hautement malséante. Cependant, la *katasakké* et la *katasukké* engendraient l'une et l'autre des émotions dangereuses chez les iduvé normalement froids. La *vaïkka* intervenait dans la conjonction et il arrivait parfois que quelqu'un soit tué. Pour Isande, toute conduite irrationnelle de la part d'un iduvé avait sa source dans cette unique pulsion : c'était la seule chose qui pouvait les faire se départir de leur logique, et, alors, ils entraient dans un état de démence aussi étranger que leur flegme habituel.

Aïéla chassa ces révélations de son esprit et se hâta de coursive en coursive tandis qu'Isande lui suggérait d'adopter une attitude soumise, de présenter ses excuses, d'avoir des amabilités dignes d'un kameth pour apaiser Chimèle. C'était là le résultat attendu de la *vaïkka* avec un nas kamé et s'il la provoquait encore, il aurait de la chance d'en sortir vivant.

Aïéla, blessé dans son amour-propre, repoussa avec hauteur ces suggestions, sachant qu'il suscitait ainsi les larmes d'Isande, son exaspération et sa rage, une rage d'une âpreté telle qu'il fut contraint de faire barrage et de la prier de le laisser tranquille. La situation dans laquelle il se trouvait était suffisamment infamante sans que, de surcroît, elle s'installe à demeure dans son esprit, en observateur privilégié. Il la savait d'une susceptibilité hystérique sur ce point mais ne pouvait cependant s'empêcher de redouter d'avoir à affronter quelque chose qu'il ne voulait pas affronter en symbiose mentale avec elle.

Laisse-moi seul! lui intima-t-il hargneusement.

Elle se retira. Aussitôt, il déplora son silence.

Chimèle l'attendait, assise dans son fauteuil habituel. Un vidéofilm se déroulait sur l'écran mural avec une rapidité vertigineuse. Les rapports de situation quotidiens, très vraisemblablement. Elle interrompit la projection en manuel au lieu d'utiliser les rupteurs mentaux – choix qui, avait-il appris, était le signe que les iduvé avaient l'esprit occupé par autre chose.

– Vous avez mis un temps invraisemblable, commença-t-elle.

– Je dormais, répondit Aïéla. (Une peur humiliante lui fit ajouter :) Pardonnez-moi.

– Vous ne vous attendiez donc pas à ce que je vous appelle?

– Non.

L'intolérable lancinement de l'*idoïkkhé* le força à se plier en deux. Réprimant le cri qui lui montait à la gorge, il se redressa, furieux.

– Eh bien, considérons que l'incident est clos. Vous vous en tirez à bon compte. Je vous conseille d'être plus avisé à l'avenir. Retournez dans vos quartiers.

– Vous êtes tous déments! s'écria Aïéla.

Cette fois, la morsure du bracelet fut si déchirante que ses perceptions se brouillèrent. La douleur lui obscurcit totalement l'esprit. Quand elle cessa, il gisait à plat ventre sur le sol et il sentit avec horreur en lui la présence bouleversée d'Isande qui le soutenait, s'efforçant d'absorber la souffrance et de le raisonner pour qu'il reste dans cette position.

– De toute évidence, Aïéla, dit Chimèle, vous ne m'avez pas comprise.

– Je ne veux pas...

L'*idoïkkhé* l'éperonna encore mais ce n'était qu'une aimable réprimande à côté de ce qu'il avait enduré un instant plus tôt. L'élancement lui mit les nerfs à vif et le fit se recroqueviller d'effroi, à la fois honteux et furieux de la lâcheté que la torture provoquait en lui. Isande fit à nouveau intrusion en lui avec son anxiété. Se prenant la tête entre les mains, il implora son asuthé de le laisser et se releva en titubant, s'insurgeant contre le traitement dont il était l'objet.

Elle peut vous détruire, projeta convulsivement Isande. *Elle doit penser à son honneur.* Vaïkka, *Aïéla,* vaïkka!

– C'est Isande? demanda Chimèle. C'est elle qui vous trouble?

– Elle souffre. Elle ne veut pas partir. Arrêtez, je vous en supplie.

Il sentit que l'*idoïkkhé* d'Isande était entré en action une fois, deux fois, avec une violence croissante. La mélancolique et loyale présence s'évanouit.

– J'ai toujours traité mes kaméthi avec clémence, Aïéla, reprit Chimèle. Pourquoi vous obstinez-vous à me provoquer? Est-ce ignorance ou volonté délibérée de votre part?

– C'est dans ma nature.

Cette réponse ne fit que courroucer encore un peu plus l'Orithaine mais, cette fois, elle se contenta de froncer les sourcils en dévisageant le kallia d'un air d'intense mécontentement.

– Il n'a pas été tenu compte de l'ignorance où vous êtes en ce qui nous concerne. L'équivalent le plus proche serait qu'elle a été « pardonnée ». Mais vous commettriez une grave erreur en pensant qu'il en ira toujours ainsi.

– En toute franchise, je ne vous comprends pas, insista Aïéla.

– Nous n'avons pas pour habitude d'être patients avec les *métané-tékasuphrê*, pas plus que de faire étalage de ce qui nous incommode. *Au, m'métané*, il aurait dû vous en cuire.

Elle faisait un effort pour se maîtriser mais la rage qui fermentait en elle glaçait l'épiderme d'Aïéla. Sauve-toi, songea-t-il. Sauve-toi et fais comme les autres... mais non. Il fallait qu'elle cède, qu'elle lui donne des explications. Il resterait là jusqu'à ce qu'elle s'y résolve.

Il demeura longtemps sans bouger, s'attendant au rappel à l'ordre de l'*idoikkhé*. Chimèle, elle non plus, ne faisait pas un geste.

– Aïéla, laissa-t-elle enfin tomber d'une voix qu'elle contenait à grand-peine, j'étais en position de faiblesse devant mes *nasithi-katasakké*. (Comme il se contentait de la regarder avec une incompréhension manifeste, elle enchaîna :) Il y a trois mille ans qu'*Ashanomé* n'a pas pris de *m'métané* de l'extérieur à son bord. Je n'ai jamais eu affaire avec un être comme vous.

– Que suis-je censé répondre?

– Vous vous êtes querellé avec mes *nasithi*. Ensuite, vous avez fait preuve de la même impertinence avec moi. N'avez-vous donc aucun discernement?

– J'avais des raisons. (Sa fureur était trop virulente pour qu'il tienne compte du courroux de Chimèle et, instinctivement, il posa la main sur l'*idoïkkhé*.) Cette chose ne peut rien ni contre mon esprit ni contre ma conscience et je veux toujours savoir quels sont vos intentions au sujet de ce Daniel.

Chimèle tremblait littéralement de fureur. Jamais Aïéla n'avait vu un être sain d'esprit arborer une expression aussi inquiétante mais le lancinement auquel il se préparait ne vint pas. L'Orithaine luttait visiblement pour se maîtriser.

– *Nas-suphrès*, murmura-t-elle avec un mépris de dimensions cosmiques. Vous êtes incurable, *m'métané*.

– Comment cela?

– Parce que vous me provoquez et que vous vous fiez à ma longanimité. C'est le fait d'un être stupide ou ignorant. Et si je vous croyais vraiment capable de *vaïkka*, vous vous trouveriez inexorablement surclassé. Vous n'êtes pas irremplaçable, *m'métané*, et vous êtes pour le moment dangereusement près de l'extinction.

– Je n'ai absolument aucune confiance en votre clémence et je sais très bien que vos menaces ne sont pas vaines.

– La maladresse de votre langage rend toute conversation rationnelle impossible. Vous n'êtes rien, je pourrais vous effacer d'une seule pensée. J'aurais pourtant cru que la belle ordonnance des mécanismes intellectuels propres à l'esprit kallirien dont la réputation est notoire vous inciterait à la prudence. Je ne comprends pas pourquoi vous m'agressez.

Elle est folle, songea Aïéla avec effroi – et il se rappela instantanément qu'elle contrôlait mentalement l'*idoikkhé*. Il aurait voulu partir. Il était pour le moment incapable de réfléchir.

– Je ne vous ai pas agressée, rétorqua-t-il sur le ton calme et raisonnable que l'on emploie pour parler aux déments. Je m'en garderais bien.

Chimèle se leva et s'éloigna de lui en proie à un violent dépit. Quand, enfin, elle se retourna, elle semblait avoir recouvré son empire sur elle-même.

– Je vous ai déjà averti, Aïéla : ne vous amusez pas au petit jeu de la *vaikka* avec nous. Vous êtes incroyablement ignorant mais vous avez une vertu que je place au-dessus de toutes les caractéristiques *métané* : le courage. Ne comprenez-vous donc pas que je suis tenue par ma *sorithias*, qu'il me faut songer à la dignité de ma charge?

– Je crains, en effet, de ne pas comprendre.

– *Au*, c'est impossible! Peut-être qu'Isande sera en mesure de vous éclairer.

– *Non!* Non, laissez-la en dehors de cela. Je ne veux pas de ses explications. J'ai l'esprit assez lucide pour ne pas avoir besoin de ses ratiocinations.

– Vous êtes invraisemblable! s'exclama-t-elle avec indignation.

Revenant à lui, elle lui prit les deux mains dans les siennes et l'obligea à s'asseoir en face d'elle. Elle parut se rendre compte de la répulsion qu'il éprouvait à ce contact physique.

– Aïéla, ne me poussez pas à bout. Je serais contrainte d'user de représailles. Il nous plaît d'être généreux envers nos kaméthi mais exiger de nous des cadeaux n'est pas admissible. Si l'on nous provoque, nous rendons la monnaie de la pièce. Nous ne pouvons pas accepter d'être bravés sans répondre au défi. C'est physiquement impossible. Ne pouvez-vous pas le comprendre?

Ses mains tremblaient et Aïéla se remémora ce que lui avait révélé Isande sur la violence des iduvé, sur les déchaînements de fureur irrationnels et irrésistibles dont étaient capables ces êtres glacés. Mais Chimèle semblait encore maîtresse d'elle-même. Ses yeux d'améthyste rivés aux siens avaient une expression d'une profonde gravité et son regard était si direct qu'il était presque comme l'attouchement de ses asuthi. Elle lui lâcha les poignets.

– Je ne pourrai pas vous protéger, mon pauvre *m'métané,* si vous vous obstinez à jouer à la petite guerre avec nous, à agir d'une façon qui exige le châtiment et à résister lorsque vous subissez les conséquences de votre insolence. Vous ne voulez pas vivre sous notre loi. Vous en êtes incapable. Vous auriez dû avoir la sagesse de vous retirer quand je vous en ai donné l'ordre.

– Je ne comprends pas. C'est bien simple : je ne comprends pas.

– Aïéla...

Le visage indigo de Chimèle trahissait son agitation intérieure. Quand le kallia se pencha en avant, trop tendu pour faire un geste, elle prit à nouveau sa main dans les siennes et ses doigts effilés la palpèrent doucement. On eût dit que la couleur ou la texture de la peau d'Aïéla l'envoûtait. En dépit de son orgueil et de sa colère, Aïéla ne trouvait rien d'insultant dans cette caresse. Au contraire, il avait le sentiment que ce contact apportait un certain apaisement à Chimèle, qu'il la faisait revenir à la raison et qu'il serait périlleux de retirer sa main. Il transpirait de peur. Mais sa logique lui disait que ce n'était ni le savoir ni le pouvoir des iduvé qui l'effrayait. Cela, c'étaient ses facultés rationnelles qui le redoutaient. Non, quelque chose d'autre le travaillait, quelque chose de subconscient qui prenait la mesure de l'Orithaine et le faisait instinctivement frissonner. Comme il aurait voulu franchir cette porte, comme il aurait voulu que d'autres portes s'interposent entre eux!

Mais la main de Chimèle continuait de courir sur le dos de la sienne et ses yeux violets ne le quittaient pas.

– Si vous étiez né parmi les kaméthi, fit-elle d'une voix douce, vous ne m'auriez pas bravée ainsi. Jamais un nas kamé ne m'aurait provoquée comme vous l'avez fait. Il aurait eu le bon sens de décamper et d'attendre que je le rappelle. Mais vous êtes différent et j'en ai tenu compte – jusqu'ici. Alors, ignorant kameth, tâchez de comprendre : vous avez été insolent avec les autres et vous l'avez été outrancièrement avec moi. Etant Orithaine, mes jugements sont loi pour les *nasithi.* Comment donc pourrais-je m'abaisser à punir publiquement un nas kamé? Ils voulaient me convaincre d'être patiente et, me rappelant ce que vous êtes, j'ai choisi de l'être. Mais, après, *au,* vous être querellé avec mes *nasithi,* ne vous a-t-il pas fallu faire la sourde oreille à mes ordres explicites et contester la manière dont j'entends disposer de cet humain? (Elle prit une profonde inspiration et ce fut sur un ton plus calme qu'elle poursuivit :) Rakhi ne pouvait pas réprimander mon kameth en ma présence. Je ne pouvais pas le faire moi-même devant eux. Et vous nous avez défiés tous les cinq, persuadé bien à tort que votre existence m'était trop précieuse pour être sacrifiée. Eussiez-vous été iduvé, je dirais que c'était une forme de *vaïkka* extrêmement périlleuse et vous auriez été perdant à ce jeu. Mais étant un *m'métané,* il vous a été permis de faire ce qui aurait été l'arrêt de mort d'un iduvé.

– L'orgueil des iduvé est donc tellement vulnérable?

– *Cessez de me défier!*

C'était un cri d'angoisse. Chimèle elle-même paraissait terrifiée et elle faisait à Aïela l'effet d'une bête foncièrement douce et amicale, exaspérée au delà des limites du supportable, torturée à en devenir folle par un enfant qu'elle aime, les nerfs tendus à se rompre et frissonnant d'instincts réprimés. C'était plus fort qu'elle, c'était un animal qui ne pouvait résister au moindre mouvement de sa proie.

La *vaïkka*.

Il comprit alors ce que c'était – un jeu qui était, en vérité, l'apanage exclusif des iduvé, un mot camouflant un instinct effrayant qu'eux-mêmes devaient redouter car cela désintégrait cette rationalité qui faisait leur orgueil. Cette pulsion était certainement partie prenante à leurs accouplements – c'était un instinct confus, étranger à la mentalité kallirienne. Quoi de plus normal si les noï kamé redoutaient par-dessus tout les marques d'affection des iduvé, leur intimité? Le système nerveux d'un kallia n'était littéralement pas accordé à un duel de ce genre. Il accepterait d'entrer dans le jeu mais s'en retirerait avant que quelqu'un eût à en souffrir. Or, passé un certain point, les iduvé ne pouvaient pas abandonner.

– Il est possible que j'aie commis une erreur d'appréciation, dit Aïéla avec circonspection.

Cette amorce de recul apaisa visiblement Chimèle. Sa respiration se fit plus égale, elle lui tapota le bras avec l'amicale insouciance de quelqu'un qui flatte un animal de compagnie, puis interrompit son geste comme si elle prenait conscience du tremblement intérieur qui la secouait.

– Dans ce cas, connaissant votre nature et la nôtre, abstenez-vous de vous dresser sur vos ergots et de nous toiser avec insolence quand vous tenez des propos inconsidérés qui suscitent notre exaspération.

– Je n'ai pas eu l'éducation des kaméthi.

– Je me rends compte de vos difficultés. Mais ne cherchez pas à vivre conformément à notre loi. Vous ne le pouvez pas. Et il n'est pas raisonnable d'escompter que nous prenions sur nos épaules tout le fardeau de la modération. Je vous ai mis en contact avec nous, un contact direct que connaissent rarement les kaméthi qui sont nés tels. Maintenant, le mal est fait. J'ai tablé sur votre bon sens en négligeant cette vertu kallirienne – je ne sais s'il faut dire obstination ou *éléthia,* un admirable trait de caractère – mais celle-ci et notre agressivité, notre *m'mélakhia,* constituent un mélange hautement explosif.

– Je commence à m'en apercevoir.

– Rentrez chez vous dans l'intérêt de votre propre sécurité. Je respecterai autant que faire se pourra votre *m'mélakhia* – la... protection dont vous couvrez votre asuthé humain et j'oublierai cette conversation. Vous êtes plus sage qu'auparavant. Je vous conseille de faire comprendre à mes *nasithikatasakké* que la *vaïkka* a été consommée.

– Comment cela?

– En corrigeant votre attitude et en faisant preuve de davantage de retenue en notre présence.

– Je comprends.

Aïéla hésita, s'agitant gauchement, jusqu'à ce que d'un geste impatient Chimèle lui ordonne de prendre congé. Il se prépara à lui dire merci mais le regard glacé de l'Orithaine l'en dissuada. Il s'inclina et tourna les talons. Il sentit son regard brûlant tandis qu'il se dirigeait vers la porte.

Il éprouva un sentiment de soulagement physique quand celle-ci se fut refermée et qu'il se retrouva sain et sauf dans la coursive. Il s'effaça en baissant les yeux pour céder le passage à un iduvé afin d'être seul dans l'ascenseur. C'était un réconfort que de rejoindre le niveau des kaméthi, l'esplanade où se bousculaient les kallia – ceux qui, du fait du cycle journalier, étaient éveillés lorsque, pour lui, c'était la nuit.

Il savait finalement ce qu'étaient les iduvé.

Des prédateurs.

Pour ceux de l'extérieur, la fin de la Domination, la dislocation de l'empire iduvé avait toujours été un mystère. Aïéla commençait à comprendre.

C'étaient des chasseurs et ils l'avaient été dès l'origine – une espèce pour laquelle tout ce qui bougeait était une proie, aux yeux de qui l'existence d'êtres appartenant à une autre espèce que la leur était intolérable. Après avoir saigné à blanc la *métrosi*, ils s'en étaient allés ailleurs. Maintenant, ils étaient de retour. L'énormité de ce qu'il entrevoyait donnait la chair de poule à Aïéla.

Le *nasul* exerçant un contrôle jaloux sur son territoire...

Peut-être les iduvé avaient-ils eux-mêmes oublié ce qu'ils étaient. La fierté de leurs rites et de leur cérémonial avait masqué leurs instincts, les avait raffinés, exactement comme la civilisation avait policé les instincts des kallia qui, dans les plaines de l'Aus Qao de la préhistoire, avaient été la proie désignée d'autres hordes chasseresses. Des réactions subtiles, une certaine contraction des muscles, des séquences de mouvements alternés, la fixité du regard – telles étaient les caractéristiques du chasseur comme du chassé. C'était cela qu'il avait lu sur le visage de Chimèle la première fois qu'il l'avait vue de près. Il avait alors eu la tentation de fuir mais son instinct l'en avait empêché : s'il restait là, sans bouger, il pourrait peut-être s'éclipser à pas de loup.

Un frisson le parcourut et ses cheveux se hérissèrent sur sa nuque comme s'il était encore en face d'elle. Lorsqu'il sentit s'insinuer en lui la présence apeurée d'Isande, il mura hermétiquement son esprit car il avait honte de lui montrer à quel point il était encore secoué.

Vous vous êtes presque suicidé, l'accusa-t-elle. *Pourtant, je vous avais averti. Je vous avais averti...*

– Pas suffisamment, riposta-t-il. Vous avez un point aveugle. Ou vous ne les comprenez pas.

– J'ai vécu toute ma vie au milieu d'eux et je n'ai jamais vu ce que vous avez vu ce soir – même chez Khasif.

Aïéla ne mit pas en doute la véracité de l'explication. Les kaméthi étaient vraisemblablement dressés de façon à ne jamais déclencher ce genre de réactions. Mais lui était un planétaire. Il avait bivouaqué dans les étendues sauvages de Lellé, devant les feux de camp qui veillaient sur son sommeil et les terreurs ataviques de son espèce lui faisaient comprendre ce qu'était Chimèle. Il savait qui elle était.

Une bête de proie qui avait accédé à la civilisation.

Qui l'avait doucement caressé et s'était contenue alors qu'il avait tout fait pour la provoquer. Elle avait eu raison de le taxer d'ignorance.

– Chimèle est une iduvé, répliqua Isande avec véhémence car elle ne pouvait souffrir de voir ses conseils dédaignés. Et si vous voulez faire de vieux os, rappelez-vous que nous ne sommes que des kaméthi, gardez-vous de la provoquer et abstenez-vous d'attirer son attention sur vous.

C'était Isande qui disait cela, Isande qui aimait Chimèle et servait de bon gré les iduvé. Qui défaillait d'effroi à chaque mouvement d'humeur de l'Orithaine. C'était une bien triste vie qu'elle avait acceptée. Aïéla chassa cette pensée, peiné, car Isande, tous écrans levés, se déchaînait :

Je ne suis donc rien sous prétexte que je suis née kameth? projeta-t-elle avec furie. *Sachez, ami planétaire, que je suis allée dans des endroits que vous n'avez jamais imaginés, que j'ai vu des choses que vous êtes incapable de comprendre. Et pour en revenir aux iduvé, mon cher, j'ai vécu parmi eux et ce que vous savez de leur langage, vous l'avez puisé dans mon esprit, ce que vous connaissez de leurs mœurs, c'est moi qui vous l'ai appris et l'image que vous vous faites de Chimèle, c'est de moi que vous la tenez. Alors, cessez de me faire la leçon comme si vous étiez un expert en la matière. Si vous n'étiez pas aussi* ikas, *vous ne vous seriez pas mis dans une situation aussi dangereuse.*

Eh bien, répliqua Aïéla, *j'ai l'impression que je n'ai le monopole ni de la vanité, ni de l'égoïsme, ni de l'arrogance!*

La vérité avait la part trop belle et le choc de leurs rancunes dissocia leurs deux personnalités meurtries.

Ce fut Isande qui, repentante, renoua le contact.

– Les asuthi ne doivent pas se quereller, Aïéla, l'implora-t-elle. Je vous en supplie.

– Je suis vaniteux et arrogant, reconnut-il. Et j'ai subi ce soir à peu près tous les dommages que ma raison est capable de supporter. Je suis fatigué, Isande. Partez.

Daniel, se rappela-t-elle avec un atterrement et un regret mordant. Elle se rappela aussi d'autres choses qu'elle avait glanées dans l'esprit du kallia et elle saisit au passage les souvenirs qu'il n'oblitérait pas avec une consternation et une indignation grandissantes. Il la sentait sur le point de lui reprocher tout et le reste, de l'accuser avec d'autant plus de virulence qu'elle avait raison.

Mais elle n'en fit rien. Il était si las qu'il ne tenait plus sur ses jambes et, en dépit même de la présence d'Isande, il éprouvait un sentiment de solitude accablante : il n'avait tenu aucun compte des efforts qu'elle avait déployés pour les protéger tous les deux, il était passé outre, et maintenant qu'elle avait toutes les raisons de jeter feu et flammes, elle avait trop pitié de lui pour le vilipender. Elle connaissait sa nature, elle connaissait ses lacunes et elle le prenait en pitié.

Laissez-moi seul, la supplia-t-il. (Et, furieusement :) *Allez-vous me laisser, à la fin?*
Elle se retira précipitamment.

Aïéla se déshabilla, fit sa toilette, procéda à tout le rituel préparatoire au coucher et essaya de dormir, mais en vain. La réaction lui nouait encore les muscles. Quand il fermait les yeux, il voyait le *parédré,* Chimèle, les cages.

Il se leva et tenta d'écouter les vieux enregistrements qu'il avait apportés de Kartos mais c'était encore pire que le silence. Il coupa le lecteur et alluma distraitement le moniteur préréglé sur l'appartement attenant, affecté à Daniel. L'humain était encore miséricordieusement plongé dans l'inconscience.

Le souvenir de son expérience – ce que cela avait été que de vivre dans cette enveloppe de chair étrangère – lui revint à la mémoire et, saisi de vertige, désorienté, il éteignit l'écran de contrôle. Quand il se dirigea vers la salle de bains, il fut une fois de plus attiré par le grand miroir en pied, la seule chose à bord d'*Ashanomé* qui lui fût familière.

Son reflet lui rendit son regard. Il ne portait strictement rien sur lui en dehors de l'*idoïkkhé* qui encerclait son poignet telle une bizarre parure barbare. Ses cheveux argentés commençaient à se remettre lentement du sabrage sans imagination qui leur avait été infligé et il avait fini par s'habituer à son changement d'apparence. Son physique correspondait aux canons kalliriens : des sourcils rectilignes, un nez droit aux narines légèrement épatées, une bouche assez large pour être signe de générosité, le menton proéminent des Layaïléuê. Il caressa la saillie de ses hautes pommettes et les creux qu'elles surmontaient. Scrutant attentivement ses yeux dans le miroir, il se demanda quelle part était celle de l'iris dans ceux des iduvé. Occupait-il toute la surface? Les iduvé voyaient-ils les mêmes couleurs que les kallia? Les humains, oui. Il le savait d'expérience. Il passa à l'examen du reste de sa personne : 7,8 *méis*, un peu plus que la taille moyenne de ses congénères, les épaules carrées, la taille bien prise, des membres déliés et musclés, le ventre plat et des hanches d'athlète – un corps sévèrement entraîné, sans imperfections notables. Il n'avait jamais eu de maladies graves, n'avait jamais été blessé, n'avait jamais connu de privations, si ce n'est librement acceptées. Si le fils unique du *paromé* Déïan avait eu un handicap à sa naissance, rien n'aurait été négligé pour y porter remède. S'il n'avait pas eu l'esprit éveillé, la fortune du *paromé* Déïan aurait procuré toutes les aides nécessaires pour l'amender et le meubler. Dès qu'il s'ennuyait, on lui apportait des jouets et des jeux, c'étaient des parties de chasse et des rencontres sportives. Jeune homme, il sortait avec les filles les plus ravissantes des meilleures familles, il était invité dans les milieux les plus fermés. Il avait des précepteurs privés, il avait été dans les institutions les plus prestigieuses et les plus exigeantes. Et ç'avait été le désespoir dans la famille quand il avait décidé de sacrifier les études à l'athlétisme, de risquer sa vie à la chasse et de renoncer à la carrière politique destinée à le porter aux sommets suprêmes de l'appareil gouvernemental – manque de *giyrêh* familial et filial que son père refusait de comprendre. (« *Ikas* et ingrat », avait tranché Déïan. – Suis-je *ikas* parce ma vie ne se coule pas dans le même moule que la vôtre? avait répliqué le garçon de dix-huit ans qui se figurait tout savoir – Des Layaïléuê siègent au Haut Conseil depuis deux cents ans, honorant Xolun et cette maison, mon fils n'aura pas le front de rompre la tradition. »)

Cette année-là, il avait songé à précipiter en un feu d'artifice suicidaire son avion (un modèle de luxe) sur le mont Ryi au su et au vu des somptueux domaines qui entouraient la capitale, Xolun. Le fils de Déïan se donne la mort! Les agences de presse en auraient été émues pendant des jours entiers. Les gens auraient hoché la tête et poussé des soupirs attristés tout en le haïssant en secret : s'ils avaient eu les mêmes privilèges, ils se seraient bien gardés de les rejeter!

A dix-neuf ans, il avait quitté l'école pour que son père le déshérite et que sa mère et sa sœur se détournent de lui. Mais il avait également vu qu'ils en avaient le cœur brisé et les quelques incursions qu'il avait faites dans les antres de plaisir de la face la plus obscure de la *métrosi* lui avaient laissé un goût de cendres car on trouvait les mêmes à l'ombre du Ryi – le sordide et la peur en moins. Au bout du compte, il s'était incliné. Il était rentré, il était retourné à la respectabilité et à l'apprentissage de la vie publique – à l'avenir programmé qui lui était réservé.

(« Il est toujours indispensable de transiger, mon fils. On ne peut faire autrement. – Même quand on a raison, père? – Raison, raison... Tu es toujours sûr de savoir exactement ce qui est juste, n'est-ce pas? Moi pas. Si tu continues ainsi, tu ne t'entendras avec personne. Tu dois accepter des compromis. On est parfois obligé de céder un peu de terrain pour en gagner un peu plus tard. »)

Il avait essayé.

Au bout d'un an, il s'était engagé, espérant que l'anonymat du service le mettrait à l'abri de l'influence et de la richesse de Déïan. Son espoir avait été déçu. Peut-être était-ce de cette façon que son père cherchait à le libérer. A moins que Déïan pensât encore qu'il finirait par mûrir et s'assagir. Il rentrerait tôt ou tard. Il avait passé sa vie à poursuivre le leurre de la conformité, menant un combat incessant pour pouvoir respirer dans l'atmosphère raréfiée des ambitions paternelles et du *giyrêh* de son antique famille.

(« Je serais rentré un jour ou l'autre, avait-il écrit dans sa dernière lettre. J'ai acquis suffisamment de bon sens pour respecter votre sagesse et votre expérience, père, et j'ai aussi acquis moi-même assez de sagesse pour suivre la route que je me suis tracée. Le *giyrêh* que me prodiguait mon équipage, je l'ai gagné. Et le *giyrêh* auquel j'ai renoncé, c'est délibérément que je m'en suis dépouillé. Cela aussi est important. Je vous honore grandement mais je n'aurais pas quitté l'uniforme. »)

Quelle ironie! Il referma sa main sur l'*idoïkkhé*. A quoi les projets de son père et la résistance qu'il y avait opposée l'avait-il mené? A devenir un être convenant à peine au service des iduvé, l'égal d'une gracieuse – encore que vaniteuse – jeune femme et d'un débris humain sortant des cales d'un transport amaut. Il avait vécu avec le ciel au-dessus de sa tête, qu'il cherchât ou non à l'atteindre, et, même s'il ne s'en était pas rendu compte avant, il avait été un homme arrogant et entêté. On lui avait fait voir où le ciel s'arrêtait et cela avait été une expérience terriblement traumatisante.

Il imagina que c'était l'image de Daniel que lui renvoyait le miroir. Son épiderme vira au rose brunâtre, ses cheveux devinrent noirs, un regard hanté habitait ses yeux maintenant caves, son corps amaigri par la faim était marbré de cicatrices violacées, vestiges de plaies non soignées, ses pieds étaient cruellement déchirés par le grillage qui les avait entaillés. Son esprit était peuplé de souvenirs qui étaient l'horreur absolue – des cages, des violences que l'*Halliran Idaï* ne pouvait pas concevoir. Et il y avait, sous-jacents, d'autres souvenirs plus anciens – la faim, une enfance passée dans une sombre demeure de ciment au bord d'un canal où ne coulait qu'un filet d'eau, des tempêtes d'été qui dévastaient les récoltes, des dunes qui, d'une année sur l'autre, envahissaient les champs, se rapprochaient de la maison et menaçaient la source de vie qu'était ce canal. A un moment donné – Aïéla avait hérité ces souvenirs par bribes et par morceaux –, Daniel avait quitté son foyer et était entré dans les forces armées où il avait servi en qualité de technicien subalterne. Il avait connu quantité de ports humains jusqu'à ce que, dégoûté par cette vie, il soit rentré chez lui. Il avait trouvé son père mort, sa mère remariée, ses frères en allés et la ferme enfouie sous les dunes.

La guerre. Les routes de l'espace fermées, la flotte de commerce réquisitionnée. Daniel, maintenant gradé, avec de jeunes recrues sous ses ordres, portant l'élégante tenue des sous-officiers, à bord d'une unité digne de ce nom, bien nourri et la promesse d'un pécule à la sortie... Cela avait duré une semaine. Deux défaites retentissantes avaient contraint les forces humaines à reculer et le repli s'était transformé en déroute. Les hommes avaient été requis en vertu de la loi martiale de regagner leurs bases d'origine et d'y maintenir l'ordre alors que la panique gagnait.

Telle avait été sa destinée : chaque fois qu'il avait tenu quelque chose, il s'était retrouvé les mains vides. Mais, étant celui qu'il était, il haussait les épaules avec perplexité puis se mettait à genoux pour ramasser les morceaux. Il n'avait pas d'instruction mais possédait une intuition acérée, une intelligence omnivore qui engloutissait les informations comme un aspirateur avale l'air, aussi bien ce qui était précieux que les rogatons sans valeur. Après, il triait, analysait. Il n'avait jamais été quelqu'un, il n'avait jamais été rien. Mais il ne s'arrêterait pas de vivre tant qu'il croirait qu'il restait quelque chose à faire. Tel était Daniel – un homme qui avait toujours eu faim. *M'mélakhia,* aurait dit Chimèle.

Et le désir qui l'emplissait, c'étaient les rêves enfiévrés qui l'habitaient pendant les moments de demi-lucidité de sa captivité – les champs verdoyants, les eaux limpides du canal, un verger à côté d'une maison aux murs blancs. Il ne demandait rien de plus et rien de moins – sauf la compagnie de ses frères de race. Il n'avait pas mérité de devenir propriété d'*Ashanomé,* de se faire absorber par l'orgueil d'un Layaïléuê et de dépendre d'une femme qui n'avait pas appris à être une kallia, qui était plus qu'un peu iduvé.

Aïéla. Reproche. Tristesse.

Depuis quand êtes-vous avec moi? Il rougit de colère car il était si profondément abîmé dans ses pensées et la subtilité d'Isande était telle qu'il n'avait pas eu conscience de l'intrusion de celle-ci. Ce n'était pas le fait qu'elle visualisait qui le gênait. Isande connaissait son corps comme il connaissait celui de son asuthé.

Les corps faisaient partie de leur sens du moi. Ce qui l'embarrassait, c'était le viol de sa personnalité intime, et le mouvement de recul qu'elle eut lui fit instantanément comprendre qu'elle avait capté plus de choses qu'il ne l'aurait voulu.

Il perçut l'écho de sa voix silencieuse :

– Non, ne m'expulsez pas, cher Aïéla. Je suis navrée que nous nous soyons disputés. Je sais que je vous ai blessé.

– Je suis navré pour une multitude de choses.

Il ne projetait que la partie la plus superficielle de ses pensées.

– Vous n'êtes pas sûr de pouvoir me manœuvrer. Et cela vous tourmente. Vous n'avez pas l'habitude de cette situation. Vous êtes deux fois moins cruel, deux fois moins féroce que moi, je le sais, mais vous êtes deux fois plus brave. Vous êtes même trop brave, parfois, quand votre terrible amour-propre est égratigné.

– Je n'ai pas d'amour-propre. Je n'en ai plus depuis Kartos.

La réponse provoqua l'amusement d'Isande, ce qui piqua Aïéla au vif.

– Oh! Que si! Votre orgueil est bien là mais il a été mis à mal. (Cette fois, il n'y avait plus d'amusement, seulement le regret de l'avoir vexé. Pourtant, cette réaction était pour elle la preuve qu'elle avait vu juste et son assurance en fut fortifiée.) Chimèle – les iduvé en général – l'ont meurtri. Vous êtes en train de vous rendre compte que c'est pour toujours et cela vous fait atrocement peur.

A ces mots qui faisaient mouche, un sentiment terriblement *ikas* prit possession d'Aïéla.

– Je n'ai pas à m'en remettre à vos appréciations et je ne le ferai pas.

– Vous ne comprenez pas *Ashanomé,* reprit Isande après avoir réfléchi. Vous avez ce soir la *tchanokhia* de Chimèle et je crains que vous ne commenciez déjà à être amoureux d'elle. Non... non, je sais : pas de cette façon. C'est pire. C'est de l'amour-*m'mélakhia.* C'est l'*arastiéthié,* l'honneur des iduvé, que vous voulez d'elle, mais un *m'métané* ne peut l'avoir.

– Vous n'êtes même pas capable de penser comme une kallia, n'est-ce pas?

– Aïéla, Aïéla, vous avez affaire à une iduvé, il faut vous mettre cela dans la tête. Vous réagissez à elle telle qu'elle est. Vous pensez *giyrêh* mais elle ne peut vous donner ce qu'elle ne comprend même pas. Seul l'*arastiéthé* existe pour Chimèle et l'honneur d'un iduvé exige trop de nous. Il coûte trop cher, Aïéla.

– Elle est peut-être capable de comprendre. Elle a essayé...

– Fuyez-la!

Clôture mentale. Solitude, un asuthé mort, des années de silence. Et la solitude était toujours là, un asuthé qui refusait ses conseils, qui s'obstinait aveuglément à rechercher ce qui avait causé la mort du premier. En quoi avait-elle failli? Etait-ce elle qui tuait? Elle aimait Chimèle, elle donnait, donnait sans compter mais les iduvé ne savaient que prendre. Réha avait aimé Chimèle. Comment l'avait-il pu, lui qui était lié à elle, Isande? Il serait encore en vie s'il ne s'était pas mis à aimer Chimèle. Elle n'en initierait pas un autre.

Obscurité. Froid. Décrochage. Aïéla broncha et, reprenant sa maîtrise de soi, Isande happa le souvenir et le refoula comme elle avait appris à le faire.

*Vous avez nié qu'*Ashanomé *l'ait tué,* lui rappela Aïéla. *Finalement, est-ce Chimèle qui est responsable de sa mort?*

Les écrans restèrent en place. Seuls passaient les mots, soigneusement calculés.

– Sa responsabilité n'est pas en cause. L'honneur, elle ne peut rien donner d'autre. L'honneur est tout pour les *nasithi.* Mais quel prix a-t-il pour un *m'métané?*

Pourtant, vous l'aimez, émit Aïéla.

Un rire triste lui parvint en réponse.

– Ecoutez... de tout son cœur d'iduvé, elle a cherché à me rendre heureuse. A trois reprises, elle m'a proposé de prendre un autre asuthé. Cette fois, elle m'a dit : « Il est semblable à toi. Il est intelligent et possède une grande *tchanokhia* pour un *m'métané.* Pourrais-tu travailler avec celui-là? » J'ai consenti. Elle prenait un gros risque en me proposant ce choix. Il faut connaître les iduvé pour comprendre à quel point cela lui a été difficile – essayer quelque chose alors qu'elle n'a que la raison pour l'aider. Elle ressent... quelque chose. Je ne sais pas très bien quoi après toutes ces années. Peut-être avons-nous tendance, nous autres *m'métanéï,* à vouloir découvrir chez les iduvé ce que nous souhaitons trouver en eux. Peut-être est-ce pour cela que nous continuons de donner alors que nous savons à quoi nous en tenir.

– Laissez-moi seul. Si je dois commettre une erreur, que ce soit la mienne.

– Quand vous l'aurez commise, nous la paierons tous les deux. C'est ainsi qu'il en va, Aïéla.

C'était vrai. Il en convenait – et il lui en voulait d'être une femme. C'était une obligation injuste qui lui était imposée.

– Je regrette, dit-il au bout d'un moment. Il en ira donc ainsi. Vous ne me retiendrez pas.

– Je vous trouble.

– Sur plusieurs plans.

Elle capta une pensée qui s'ébauchait dans l'esprit d'Aïéla – le soupçon que les iduvé connaissaient suffisamment les émotions kalliriennes pour les utiliser, les manipuler à leur gré. Isande était belle. Il avait des yeux pour s'en rendre compte. A tout moment, il s'en faisait la remarque. Et qu'elle le sût l'embarrassait. Il n'ignorait pas qu'elle ne voulait pas le considérer sous ce jour. Mais si elle était, hélas, contrainte de partager les pensées les plus intimes d'un homme, projeta-t-il, elle risquait d'en capter parfois qui seraient encore plus directes. Réha avait-il été exempt de ces réactions?

L'écran bloqua plus hermétiquement les souvenirs comme chaque fois qu'il était question de Réha : ce qu'elle avait partagé avec lui ne regardait pas Aïéla.

– Nous avons commencé si jeunes que c'était comme si nous n'étions qu'un seul et même esprit. Je ne pourrais pas avoir cette relation avec vous. Les asuthi ne devraient jamais partager cette partie de leur vie. Il faut que certaines illusions demeurent. Je ne suis pas un objet, je ne suis pas destinée à votre divertissement et vous n'êtes pas destiné au mien, mon cher ami. Il y a une limite. Vous vous êtes trop approché de cet être, vous refusez mes avertissements au sujet des iduvé et je vois que je ne peux vous aider : vous n'admettez pas les conseils d'une femme. Mais je pourrai au moins user de mon bon sens pour garder mes distances avec vous quand il arrivera ce qui doit arriver.

Elle était blessée. Douloureusement.

– Ne partez pas, dit-il en essayant de retenir l'esprit d'Isande. (Et comme elle s'attardait, l'interrogeant, il chercha quelque chose à ajouter.) Si vous n'allez pas dormir, restez encore un peu. Il règne un terrible silence, ici.

Il perçut un contact très doux. Cette requête avait fait plaisir à Isande. Son humeur s'éclaira et une touche d'amusement fusa à l'idée qu'il trouvait en elle le pouvoir d'affronter les cauchemars qui le hantaient : sa présence kallirienne chassait les fantômes humains et iduvé.

– Mettez-vous au lit, lui dit-elle. Vous avez besoin de vous reposer. Je resterai un moment avec vous si cela vous fait plaisir.

Elle erra longtemps dans les pensées d'Aïéla. A la fin, à demi assoupie elle-même dans la tiédeur de sa couche, elle déroulait un écheveau de plaisants souvenirs touchant son existence quotidienne – les lointains voyages d'*Ashanomé,* des mondes étranges, des soleils différents. Elle glanait les souvenirs d'Aïéla, s'emparant de petits détails de son passé qu'elle ponctuait de questions jusqu'à ce qu'il fût trop fatigué pour y répondre. Elle n'avait jamais marché à la surface d'une planète et les réminiscences qu'elle captait – le vent, la pluie et les couchers de soleil, l'odeur de l'herbe verte après l'ondée, la danse prodigieuse des flocons de neige – la ravissaient. Ce n'étaient pas de mauvais rêves. Elle ne lâchait pas les sens d'Aïéla et, finalement, elle lui communiqua malicieusement quelques paresseuses sensations qui n'avaient rien de fraternel.

Il sursauta, indigné.

Vaïkka, chuchota-t-elle à sa conscience. *Et vous n'avez pas envie de m'ordonner de partir, n'est-ce pas?*

Non, il n'en avait pas envie mais il ferma son esprit et sombra délibérément dans le sommeil.

5

Au matin, Isande était là. Sa présence joyeuse jaillit avec enthousiasme au moment où Aïéla enfilait ses bottes et ce fut comme si, derrière lui, une porte s'ouvrait sur quelqu'un, même s'il n'y avait ni porte ni être vivant.

– Est-il indispensable de faire aussi brutalement intrusion? lui demanda-t-il.

La joie d'Isande s'évanouit aussitôt. Aïéla était ennuyé. Elle n'avait jamais été aussi vulnérable. Les événements de la nuit le préoccupaient, tout ce temps perdu le déprimait et il était talonné par la brièveté du délai qui lui était imparti en ce qui concernait Daniel.

– Je suis prête à vous apporter mon concours, dit Isande.

Il renforça ses écrans. Il savait quelle opinion elle avait de l'humain, il connaissait le dégoût que lui inspirait cette créature. Si ce n'avait été contraire à la nature d'Isande, il l'aurait soupçonnée de souhaiter faire du mal à Daniel tant sa répulsion était vive.

Qu'attendez-vous de moi? lui demanda-t-elle, dépitée.

Des réponses. Que veulent-ils de lui?

Un bizarre malaise s'emparait d'Aïéla maintenant que l'humain s'imposait à son esprit. Les pensées d'Isande devenaient difficiles à démêler. Daniel se réveillait. Le cœur d'Aïéla commença à battre de façon désordonnée tandis que sa respiration se faisait hachée par une réaction de symbiose.

– Calme-toi, lui projeta-t-il. Calme-toi. C'est moi, Aïéla. Tout va bien.

Isande... qui est Isande?

Daniel la percevait à travers lui et la première impulsion du kallia fut d'interrompre la liaison pour les protéger tous les deux. Mais il n'y avait rien de dangereux ni d'un côté ni de l'autre et il hésita tandis qu'ils se sondaient mutuellement. C'était étrange, cette exploration à double sens dont il était le médiateur. Soudain, il éprouva une sensation extrêmement désagréable quand l'humain se rendit compte qu'Isande était du sexe féminin. Curiosité du sens corporel, désir de savoir...

Sensible à la violence qui leur était ainsi faite à tous les deux, Aïéla coupa brutalement le contact.

– Je peux me défendre moi-même, vocalisa Isande, frémissante d'amour-propre outragé. Il n'appartient pas à notre espèce et sa curiosité me laisse parfaitement indifférente.

Mais Daniel était trop furieux pour dire quelque chose. Son embarras et sa rage lui firent passagèrement oublier qu'il n'était en mesure de se rebeller ni contre Aïéla ni contre la situation qu'il affrontait.

Aïéla laissa libre cours à ses sentiments : la frustration que suscitaient en lui les perpétuelles rebuffades d'Isande, la révolte qu'il ressentait d'être le véhicule de la curiosité obscène d'un mâle étranger – non pas un homme, un mâle indigne de toucher une femme kallirienne.

Des écrans le repoussèrent, puis s'abaissèrent et Aïéla sentit la détresse de l'humain. C'était comme une plongée dans les ténèbres, une souffrance qui se confondait avec son propre sentiment de culpabilité. Il était trop désorienté pour empêcher la détresse de Daniel de parvenir à Isande et l'angoisse de celle-ci le frappa de plein fouet, aussitôt estompée lorsqu'elle dressa précipitamment un écran.

– Aïéla... l'écho! Arrêtez-le!

Il comprit : mentalement en symbiose comme ils l'étaient, chacun de leurs trois cerveaux répondait aux réactions des autres. C'était un mécanisme qui s'accélérait de lui-même. Mortellement. Sa propre réaction devant la virilité outragée de Daniel avait eu pour effet de faire tomber un écran dissimulant quelque chose de visqueux dont il ne se savait pas porteur.

– Daniel... Daniel...

Il insista jusqu'à ce que l'humain prenne conscience de sa présence. Et ce fut une épouvantable avalanche. Tous les écrans sautèrent, *asuthithékkhé*, liaison mentale, défenses abandonnées... Des images d'une intensité telle que leur déferlement effaçait tout le reste – amaut, cages, visages de cadavres, désolation sur désolation. L'esprit de Daniel était l'ultime forteresse dont il ouvrait toutes grandes les portes – à bout de résistance, il aspirait à la mort.

Je regrette, hurla Aïéla dans ce chaos torrentiel – et c'était comme une voix dans la tempête. *Daniel! Moi aussi, j'ai été blessé. Arrête! Je t'en prie. Ecoute.*

Lentement, très lentement, la raison reprit ses droits, recollant les débris épars des écrans et chacun réintégra son cocon de silence. La tête entre les mains, Aïéla luttait contre la nausée spécifiquement physique qui roulait dans sa gorge. Ses mains étaient moites et glacées, et ses instincts en tumulte s'insurgeaient contre la présence de cet être irrémédiablement noué qui refusait le *giyrêh* et le *kastien,* qui abhorrait les valeurs les plus foncièrement kalliriennes.

Aïéla. C'était Daniel qui projetait une pensée embryonnaire : il ne comprenait pas mais il enfermerait ces souvenirs derrière un rempart d'où il ne les laisserait plus sortir. La mort n'était pas pire que la solitude. Il se conformerait aux volontés d'Aïéla, quelles qu'elles soient.

Pardonne-moi, répondit doucement ce dernier. *Mais les perceptions que tu as de nous ne vont pas sans causer quelque dommage. Et tu as été brutal avec Isande.*

Isande est tienne?

Cette possibilité faisait vibrer une corde humaine aussi bien que kallirienne. Daniel désirait ardemment avoir l'assurance qu'on ne lui en voulait pas, qu'il avait seulement commis une bévue.

Aïéla admit avec embarras que c'était un peu cela. Il ne s'était pas attendu à devoir partager des pensées aussi intimes et personnelles avec cette créature. Et c'était éprouvant, cela lui laissait une impression de souillure. Il fit barrage à ces émotions – il fallait qu'il les chasse, il le savait.

Daniel explora la situation dans les limites qu'autorisait Aïéla.

– Une femme et nous deux... ce n'est peut-être pas la meilleure combinaison possible, n'est-ce pas?

La remarque était teintée d'une sorte d'humour désenchanté. L'humain voyait se dessiner une existence où il serait différent et seul. Aïéla en fut profondément bouleversé car cet être possédait une *éléthia* digne d'estime.

– Nous sommes à la merci des iduvé qui ne captent nos sentiments qu'à distance, Daniel.

– Il y a ici tant de choses qui m'échappent que j'ai le plus grand mal à réfléchir de façon cohérente. Il y a des moments où je pense que je vais...

– Si tu veux bien, attends encore un peu pour poser des questions. Il me sera plus facile de te fournir des explications quand tu auras un peu fait connaissance avec le vaisseau. Pour l'instant, habille-toi. Avant tout, il faut que tu manges. Le reste viendra plus tard. Nous allons aller au réfectoire et tu auras l'occasion de jeter un coup d'œil autour de toi.

Appréhension... Daniel avait eu la vision du trajet qu'ils suivraient – des multitudes d'étrangers, de kallia. Et quand Aïéla lui fit savoir qu'il y aurait aussi des amaut, cela lui coupa totalement l'appétit.

– Aie confiance en moi, dit Aïéla. Si les iduvé te voulaient du mal, tu ne serais nulle part à l'abri et s'ils n'ont pas de mauvaises intentions à ton égard, tu es en sécurité partout à bord du navire. Ils ont la haute main sur tout ce qui s'y passe.

Daniel s'inclina à contrecœur devant cette logique et, quelques instants plus tard, tous deux se retrouvèrent sur l'esplanade. Daniel avait l'air remarquablement civilisé dans sa tenue brune. Aïéla fit une grimace quand il laissa par inadvertance échapper cette appréciation mais l'humain l'accepta avec un amusement acerbe, mais dépourvu d'amertume. Il était sans vanité et les amaut l'avaient dépouillé de toute la gloriole qu'il aurait pu avoir.

C'était la foule qui se pressait dans le réfectoire qui lui était insupportable. Alors qu'ils étaient en train de se restaurer, deux amaut s'arrêtèrent à côté de leur table en échangeant des propos de leur idiome sifflant, à la cadence bizarrement heurtée. La main de Daniel commença à trembler quand il porta sa fourchette à sa bouche. Il reposa l'ustensile et tendit le bras vers son gobelet pour ne pas attirer l'attention. Quand Aïéla capta la pensée qu'il avait à l'esprit – le souvenir de la cage et de la traversée –, cela faillit lui couper l'appétit à lui aussi.

Ils sont convenables, lui assura le kallia en silence afin que les amaut ne s'aperçoivent de rien.

– Regarde comme les gens m'examinent quand ils croient que je ne les vois pas. Je pourrais aussi bien être exposé à la curiosité des foules dans un zoo. Et je connais les amaut. Je les connais bien, n'essaye pas de me convaincre du contraire, cela ne contribue pas à me donner confiance en toi.

N'y a-t-il pas de bandits, de criminels et de déviants dans l'espèce humaine ?

Aïéla accrocha un fugitif et inquiétant aperçu de l'histoire humaine tandis que Daniel méditait sur sa question. Celui-ci s'astreignit à chasser de son esprit le souvenir du voyage à fond de cale mais se refusa à regarder les amaut en face.

Aïéla. C'était Isande. Elle demanda au kallia s'il ne voyait pas d'objection à ce qu'elle les rejoigne. Comme il n'en éleva pas, elle entra dans le réfectoire et s'approcha de leur table après avoir pris une boisson chaude au distributeur. Par le truchement d'Aïéla, elle établit un contact mental avec Daniel et se présenta.

Son sourire éclatant – c'était une arme dont elle se servait en toute connaissance de cause – suscita une réponse timbrée de Daniel, qui redoutait toujours les réactions d'Aïéla. Mais elles furent approbatrices et l'humain abandonna sa réserve. Il sourit à son tour : c'était la première fois qu'il connaissait un instant de bonheur sans mélange depuis qu'Aïéla était mentalement en symbiose avec lui. La présence d'Isande était un rayon de soleil qui dissipait les ombres, le signe qu'il existait un monde sain et solide, une normalité que Daniel avait presque oubliée.

– Je suis vraiment au regret de vous avoir offensée, dit-il tout haut en se battant avec les sonorités étrangères du kallirien.

– Vous êtes un homme bon, répondit Isande en lui tapotant l'épaule.

Aïéla se félicitait d'avoir mis ses écrans en place. Il avait deviné ce qui se passerait. Il connaissait suffisamment Isande pour prévoir qu'elle chercherait délibérément à le défier d'une manière ou d'une autre. Le pauvre Daniel était subjugué et il ne savait quelle attitude prendre. Aïéla releva son écran du côté d'Isande pour lui faire part de ce qu'il pensait de cette mesquine *vaïkka.*

Arrêtez, Isande. Essayez pour une fois d'être une kallia. Ayez un peu de compassion.

Elle ne s'était pas rendu compte de ce qu'éprouvait Daniel, elle ignorait qu'il fût si vulnérable, qu'il eût si peur d'eux. Maintenant, elle le voyait à travers les yeux d'Aïéla.

– S'il vous plaît, murmura l'humain qui était resté en dehors de ce bref échange mais avait péniblement conscience du silence qui l'en excluait. Je sais que je suis un fardeau pour vous deux mais qu'il n'y ait pas de gêne entre nous. Dites-moi pourquoi je suis ici, pourquoi j'ai été ainsi, bien malencontreusement, lié à vous.

Isande était consternée et avait honte d'elle mais Aïéla éprouvait en cet instant pour l'humain plus de respect qu'il n'en avait jamais ressenti pour quiconque.

– Oui, je crois que le moment est venu pour nous trois.

Chimèle aurait dû avoir la magnanimité de faire en sorte que son entretien avec l'humain se déroulât dans des conditions de nature à l'effaroucher le moins possible, songeait Aïéla. Mais quand il entra avec ses deux asuthi dans le *parédré,* non seulement les *nasithi-katasakké* s'y trouvaient rassemblés, mais aussi, leur communiqua une Isande atterrée, le *Mélakhis* au grand complet. On avait repoussé l'écran bleu pour dégager la salle d'audience et près de cinquante iduvé les observaient. *Les kaméthi ne sont normalement pas admis en présence du Mélakhis,* projeta Isande. *Ensemble, les iduvé sont dangereux. Ils peuvent s'emporter et devenir violents sans raison apparente. Faites très attention, Daniel. Soyez extrêmement prudent et respectueux.*

Chimèle les accueillit avec bienveillance. Elle adressa un petit salut particulièrement courtois à Aïéla, puis détailla Daniel dont le cœur battait comme s'il y avait du meurtre dans l'air.

Sois calme, l'avisa Aïéla. *Sois calme. Isande et moi sommes là pour te conseiller.*

L'Orithaine les invita tous trois à s'asseoir et prit elle-même place dans le fauteuil qui occupait le centre du *parédré* – un siège de cérémonie, sans doute très ancien, décoré de serpents et de tout un bestiaire insolite ou mythique sculpté dans le bois, l'or et l'ambre.

– Comprenez-vous la raison de votre présence ici, Daniel? commença-t-elle.

– Oui. Ils m'ont expliqué qui vous êtes et m'ont dit que je devais être franc avec vous.

La réponse naïve de l'humain fit froncer les sourcils à quelques iduvé mais Chimèle approuva courtoisement du chef.

– Vous serez bien avisé de l'être, en effet. Où est située votre planète natale, Daniel, et comment êtes-vous tombé aux mains des amaut du *Konut*?

Le soupçon s'empara de l'esprit de Daniel : attaque, pillage... ces êtres en étaient les artisans, ils voulaient des renseignements. Isande était longuement revenue sur ce sujet avec lui, lui affirmant que l'*Ashanomé* était indifférent à son infime planète mais, soudain, l'humain cessait de le croire. Des pensées de résistance et de fuite lui traversèrent l'esprit. Cependant, il ne bougea pas de son fauteuil. Aïéla lui empoigna le bras pour l'en empêcher.

– Pardon, dit-il à mi-voix à Chimèle, sachant que le silence de Daniel la mécontentait au plus haut point.

Elle avait fait preuve de courtoisie envers cet être devant ses congénères rassemblés. Et Daniel, contemplant ses yeux dépourvus de blanc, y découvrait quelque chose à côté de quoi la spécificité étrangère des amaut était par comparaison de peu de poids. Aïéla et Isande lui avaient donné une image mentale des iduvé. Il avait même vu Chimèle dans sa cellule – sous l'aspect d'une ombre indistincte. Mais la présence physique de ces créatures, l'arrogance subtile qui émanait d'eux et leur absence d'émotivité suscitaient sa haine, son horreur et son effroi. *Leurs modalités sont différentes,* émit Aïéla. *Cela agit sur toi mais ne doit pas t'écraser. L'instinct n'est pas toujours favorable à la survivance quand on est hors-monde. Ici, c'est toi l'étranger.*

– Quel est votre problème, *m'métané?* s'enquit Chimèle en se forçant à la patience.

– Je... (Daniel plongea un instant ses yeux dans les yeux violets de l'Orithaine puis, s'arrachant à sa fascination, il fixa son regard sur la paroi à laquelle elle tournait le dos.) Je n'ai aucun moyen de savoir si nous ne sommes pas toujours dans l'espace humain ou si cet endroit ne se trouve pas dans la partie supérieure du vaisseau où j'étais retenu prisonnier. J'ai vu des amaut sur ma planète. J'ignore qui les y avait envoyés. Peut-être étaient-ils venus de leur propre volonté mais, sur ce navire, ils sont à vos ordres.

Ces paroles causèrent une vive agitation parmi les iduvé, une tension périlleuse et imprévisible, mais Chimèle, le menton dans la main, étudia Daniel avec un regain d'intérêt. Un sourire inattendu découvrit soudain ses dents.

– Vraiment? J'espère que vous n'avez pas trouvé beaucoup de ressemblance entre les installations de l'*Ashanomé* et ce rafiot galeux, *m'métané.* Je considère néanmoins votre circonspection comme digne d'admiration. Ainsi, les amaut sont venus sur votre planète? Et où est-elle située, Daniel? Certainement pas dans l'Esliph.

– Pourquoi? demanda l'humain bien qu'Isande eût tenté de le faire taire. Que voulez-vous savoir exactement?

– Il est venu à ma connaissance, *m'métané* – mais peut-être suis-je mal informée –, que votre peuple a été attaqué. Si tel est le cas, nous n'y sommes pour rien. Nous poursuivons nos entreprises nous-mêmes et vos asuthi vous diront que je suis d'une rare courtoisie. Mais, si vous espérez que votre espèce survive, je vous conseille de ne pas offenser cette courtoisie par vos atermoiements.

Que veut-elle dire? demanda Daniel, bouleversé, à ses asuthi. *Est-ce une menace contre l'humanité? Lui déclarerait-elle la guerre? La lui a-t-elle déjà déclarée?*

Au nom de la raison, n'essaie pas de tricher avec elle, lui répondit Aïéla. *Les iduvé ne bluffent pas.*

Daniel s'affaissa sur lui-même. C'était un être simple et les deux termes de l'alternative lui paraissaient aussi redoutables l'un que l'autre. Il était écartelé. Finalement, se rangeant au conseil d'Aïéla, il se décida à dire aux iduvé ce qu'ils voulaient savoir : sa naissance sur un monde nommé Konig, situé au delà de l'Esliph, l'existence qu'il y avait menée, son bref séjour dans l'armée, la conquête amaut. Ils l'écoutaient avec une patience exaspérante, l'interrompant parfois pour qu'il apporte davantage de précisions sur la vie de son peuple, en particulier quant à ce qui avait trait à la frontière de l'Esliph. A Rakhi qui l'interrogeait sur la retraite des humains, il répondit :

– Nous n'avons jamais consenti à quitter les mondes de l'Esliph de notre plein gré. C'étaient nos fermes, nos villages. Les amaut nous en ont chassés parce qu'ils disposaient d'un meilleur armement et nous nous sommes repliés sur les planètes sûres de l'autre côté de la Ceinture.

– Déplorable, ce problème des humains, dit Rakhi à ses *nasithi* en plissant le front. Il semble qu'en quittant la *métrosi* nous avons précipité les puissances amaut et killarienne dans la tourmente. Nous jouions apparemment pour elles un certain rôle économique. Tout porte à croire que, après notre départ, les amaut se sont trouvés confrontés à des difficultés considérables. Ils se sont retirés de l'Esliph. Puis les humains ont découvert celle-ci. Par la suite, sous la contrainte d'une recrudescence de la poussée démographique, les amaut sont revenus pour reconquérir l'Esliph. Il est tout à fait logique de leur point de vue de recourir à la force aussi bien pour reprendre un territoire qu'ils considéraient comme leur appartenant que pour faire face à leurs rivaux. Mais, *m'métané*, n'existait-il pas des accords, des traités?

– Le seul accord était qu'ils nous laissaient la vie sauve.

De tous les iduvé qui l'interrogeaient, c'était Rakhi qui obtenait de Daniel les réactions les plus sincères et cette question – il avait l'impression que les événements auxquels elle se référait remontaient à des siècles – déclencha sa colère. Les amaut, les iduvé et jusqu'aux kallia se confondaient en une seule et même entité dans l'image qu'il avait de l'évacuation forcée de son peuple. Les envahisseurs, en effet, étaient des êtres sans visage qui donnaient des ordres, enfermés dans leurs vaisseaux, et l'esprit humain avait tendance à mettre tous les non-humains dans le même sac.

– Nous avons été expulsés, parqués dans des navires de fortune, avant d'avoir pu organiser une évacuation en bon ordre. Certains ont purement et simplement refusé de monter à bord. Ils sont restés pour résister les armes à la main et leur sort ne laisse guère de doute. Quant à ceux qui ont émigré, vingt pour cent d'entre eux tout au plus ont survécu au voyage. Quand nous avons débarqué de l'autre côté de la Ceinture, nous manquions d'équipement et nous avions à peine les moyens d'affronter l'hiver. Les planètes qui nous attendaient étaient des mondes sous-développés, oubliés par la première colonisation, indésirables. Il nous a fallu, pour subsister, gratter le sable et le rocher, et, le plus souvent, les intempéries dévastaient les récoltes. Et puis, ils sont venus nous chercher là-bas.

Khasif intervint :

– Comme les humains abandonnés ne s'intégraient pas au tissu social amaut, la seule solution était sans aucun doute d'en faire une main-d'œuvre contractuelle. Des êtres incapables de se croiser avec les amaut ne pouvaient sortir du servage en utilisant les processus juridiques normaux de sorte que les humains étaient condamnés à la servitude perpétuelle.

– Pourtant, objecta un autre iduvé, on est en droit de se demander pourquoi, si ces mondes étaient à ce point inhospitaliers, les autres humains ne se sont pas mis en quête de territoires plus accueillants.

Répondez! émit Isande à l'intention de Daniel car c'était une question formulée de façon indirecte ainsi que l'exigeaient souvent les règles de la politesse iduvé.

– L'Esliph nous appartenait et nous avions toujours eu l'intention de revenir et d'en reprendre possession.

– *Prha,* lança Tchaïkhé à l'interrupteur, *vaïkka/tomès-mélakhia-sa, ékutikkasé.*

– Ce n'était pas tant la vengeance que nous voulions que la justice, expliqua Daniel qui avait saisi le sens de ce commentaire par l'intermédiaire d'Isande. Récupérer notre terre. Mais les amaut n'ont pas hésité à franchir la Ceinture pour venir nous chercher. Ils exterminent mon peuple.

– Pourquoi?

Chimèle avait parlé d'une voix soudain si dure que la panique s'empara de l'humain. La pensée de sa propre mort fusa dans son esprit. L'amabilité, l'insouciance avec lesquelles les autres posaient leurs questions... c'était un jeu, ils s'amusaient de lui. *Non!* projeta Isande. *Restez parfaitement immobile. Ne bougez pas. Répondez-lui.*

– Je ne sais pas. Ils sont venus... ils sont venus. Sans que nous les ayons provoqués.

– Les navires humains n'avaient pas franchi la Ceinture pour rallier l'Esliph?

– Non, se hâta de répondre Daniel, surpris de cette accusation. Non.

– Comment le savez-vous?

Il ne le savait pas. Il n'était rien. Il n'avait qu'une connaissance imparfaite des faits et gestes de son peuple. Aïéla lui enjoignit instamment de garder son calme car Chimèle avait pris une mine sévère.

– Il est fort malaisé de contester l'expérience d'autrui, *m'métané,* dit-elle. Toutefois, l'hypothèse d'une riposte amaut à une incursion des humains dans l'espace d'Esliph demeure. Il n'est pas dans la manière des amaut de se lancer dans des entreprises inconsidérées en l'absence de menaces sur leur territoire et ils n'ont pas davantage pour habitude de recourir à l'agression sans avoir la certitude d'en retirer des bénéfices. Quand ils sont mus par l'une ou l'autre de ces motivations, ils agissent alors avec autant de soudaineté que de décision. Nos relations avec les amaut remontent très loin mais je doute que vous les connaissiez aussi bien que vous le croyez. Examinez dans tous les détails la connaissance que vous avez de ces amaut peu ordinaires. Transmettez vos pensées à Isande.

Daniel s'exécuta. Un vaisseau, des visages d'amaut, un autre vaisseau, une ville, un incendie – il fit un retour en arrière à la recherche du début, du premier signe annonciateur d'un péril pour les mondes humains. Un navire de commerce, un navire de guerre – désintégrés, réduits à l'état de nuages gazeux. Des bâtiments cloués au sol. Un autre vaisseau. Etranger. Une flotte de guerre rameutée des mondes intérieurs de l'espace humain. Cette escadre constituait la véritable ligne de défense du territoire. Elle rassemblait de grosses unités technologiquement comparables ou peu s'en fallait à celles de la *métrosi*. Réduites en poussière, disparues sans laisser de traces. La panique qui s'abat sur les colonies humaines, l'affolement, des rumeurs incontrôlées de débarquements dans le système. Une seconde flotte locale anéantie, trente navires d'un seul coup.

Daniel continuait d'émettre mais Isande avait décoché un bref coup d'œil à Chimèle et Aïéla n'avait pas besoin de son interprétation pour comprendre. Les navires commerciaux des *karshatu* amaut étaient armés mais les amaut n'étaient pas en mesure de déployer de véritables flottes de combat : jamais les *karshatu* ne contractaient d'alliances entre eux. A cet égard, les amaut n'étaient pas moins loups solitaires que les iduvé.

Amaut, insista Daniel. Son esprit était rempli d'images de nefs amaut telles qu'il les avait vues sur son monde, énormes carcasses qui n'étaient pas conçues pour la bataille : bâtiments de fret destinés au transport du matériel et de la main-d'œuvre serve, navires commerciaux de moindre tonnage, ravitailleurs qui sillonnaient les routes ultrarapides et ne ramenaient que le seul produit d'exportation que les nouveaux mondes vierges pouvaient se permettre d'acquérir actuellement afin de ne pas faire de courses à vide – le matériel humain que l'on allait chercher pour un prix modique là où il pullulait dangereusement pour le livrer là où il constituait une denrée appréciée. Mais ces amaut-là n'étaient pas des guerriers, eux non plus. Daniel, désorienté, plongea dans des souvenirs plus obscurs.

Pénombre. Des images sur un écran d'observation, une silhouette argentée aux contours brouillés qui, à peine entrevue, s'efface et que l'on cherche en vain à retrouver. Isande fondit sur la vision remémorée, pressant Daniel de la détailler plus précisément, de se concentrer sur elle, de la mieux cerner.

– Il a vu un *akitès,* traduisit-elle. Loin. Son navire l'a pris en chasse mais il n'était pas assez rapide et il a perdu le contact. Il pense – il sait – qu'il était amaut. Toutes les défenses humaines ont été désorganisées. Les humains ont résisté... ils ont cru qu'il s'agissait de plusieurs navires... ils ne connaissaient pas sa vitesse... peut-être... peut-être plus d'un, je ne peux pas le dire... ils ont provoqué... ils ont provoqué sans se douter que... Daniel, non!

– Etait-ce un des vôtres? cria l'humain qui s'était levé en abaissant brutalement ses écrans mentaux.

Les iduvé s'agitèrent et Aïéla bondit sur ses pieds pour s'interposer entre Daniel et Chimèle.

– Assieds-toi! Assieds-toi, Daniel!

Le mépris jaillit comme une flamme des yeux et de l'esprit de l'humain. *Il était à eux. Tu n'es pas de leur race mais tu rampes à leurs pieds. Tu t'effiloches quand ils te regardent... Pardonne-moi.* Il ressentait la souffrance d'Aïéla et les larmes lui vinrent aux yeux. *Que nous fais-tu? C'est inhumain. Aïéla!*

Aïéla le prit à bras-le-corps et s'accrocha à lui, honteux de céder à une émotion que ne pouvaient éprouver ceux qui les observaient. Isande... lointaine, hautaine et furieuse. Le kallia se ressaisit, força l'humain à se rasseoir et resta debout devant lui, le tenant par les épaules.

Calme-toi, calme-toi. Au bout de quelques instants, Daniel se détendit et son esprit bascula sur un niveau plus apaisé, vibrant d'interrogation et de terreur.

Pourquoi me demandent-ils ces choses? répétait-il sans trêve. *Aïéla, Aïéla, aide-moi... si tu connais la vérité, dis-la-moi.* (Et au contact courroucé d'Isande, il émit :) *Qui est Téjef?*

Epouvante. Isande se rétracta et bloqua avec une telle violence que Daniel poussa un cri.

Les iduvé dont les yeux ne quittaient pas les trois asuthi étaient absolument immobiles. Le cercle des *nasithi* se rapprocha de Chimèle, si menaçants que l'on eût dit qu'ils avaient grandi et que la salle s'était rétrécie. D'autres – visages sombres, masques de fureur – avaient surgi et il en arrivait toujours de nouveaux que personne n'avait appelés. Cela commençait à prendre une allure de foule. Aucun ne parlait. On n'entendait que le martèlement de leurs pas et le froissement de milliers de corps qui se bousculaient.

– Ce moment d'égarement est-il terminé? s'enquit Chimèle d'une voix sereine, les yeux fixés sur Aïéla.

Il ne s'agit pas d'égarement, aurait-il voulu répliquer. *Vous ne le voyez donc pas?* Mais les iduvé ne pouvaient pas comprendre. Il s'inclina très bas.

– Il a eu peur. Il a perçu une menace dirigée contre son espèce.

Chimèle médita sur cette explication. Le regard des iduvé dont les yeux ne pouvaient tourner latéralement, direct et fascinant, ne trahissait rien des pensées qui se formaient derrière ces visages impassibles. Enfin, l'Orithaine leva la main et la tension qui régnait dans la salle s'atténua de façon sensible.

– Cet être est capable d'une certaine *éléthia,* concéda-t-elle. Mais il est malavisé de sa part de croire qu'*Ashanomé* n'aurait pas pu opérer de manière autrement efficace si notre but avait été la destruction de son espèce. Quand vos planètes ont-elles détecté la présence de ces vaisseaux, *ô m'métané?*

– J'ai perdu le compte du temps. (C'était la vérité.) Un an... peut-être un peu moins. Cela me fait l'effet d'une éternité.

– A l'échelle du temps humain?

– Oui. (Daniel ne put résister à la tentation d'une bravade suicidaire :) Qui est Téjef?

Ce fut comme s'il avait tiré une épée mais, cette fois, Chimèle ne céda pas à la provocation. Une expression intéressée se peignit sur ses traits et d'un geste vif de la main elle imposa silence à ses *nasithi.*

– Il a extrait cela de mon esprit quand j'ai pensé aux navires, Chimèle, dit Isandē d'une voix blanche.

– Juste à ce moment, tu es bien sûre?

– Absolument.

Mais une iduvé du *Mélakhis,* une grande et belle femme portant la tenue raide et collante qu'affectionnaient les iduvé mâles, entra dans le *parédré.*

– Chimèle-Orithaine, dit-elle, j'ai des questions à lui poser.

– Méjakh *sra*-Narach, *sra*-Khasif, vous n'avez pas la parole bien que je comprenne votre *m'mélakhia* dans ces circonstances. *Arrêtez, Méjakh!*

La voix mélodieuse de Chimèle était cinglante comme un fouet dans le silence et la femme s'immobilisa, lui faisant face.

– Cet humain n'est pas un kameth et je considère que c'est lui qui n'a rien à faire ici, Chimèle. Et il sait probablement plus de choses qu'il ne le prétend.

– Peut-être ne sait-il pas comment les dire. Mais il est à moi, ô compagne de Chaxal. Honneur à votre *m'mélakhia.* Elle est notoire. Ayez patience. Je ne vous oublie pas.

– Honneur à vous, dit doucement Khasif en attirant la femme vers lui. Honneur à jamais, *sra.* Mais ne tenez pas compte de cet être ignare. Il est inoffensif, seulement ignorant. Gardez votre calme.

Dans le silence revenu, Chimèle se tourna à nouveau vers Daniel et vers Aïéla.

– Convertissez une année humaine en temps Kej; Ashakh, assistez-les.

Cela prit un petit moment. Daniel se rétracta intérieurement au contact d'Ashakh mais grâce à ses questions précises l'iduvé obtint la comparaison demandée. Aussitôt, les données furent intégrées à l'ordinateur par l'intermédiaire du terminal du *parédré* et une projection s'amorça. Une vaste partie de la salle se métamorphosa en une étendue d'espace constellée et deux spots colorés et zigzagant entrèrent en coïncidence.

– A partir des archives de Station Kartos, expliqua Ashakh, nous avons reconstitué les récents mouvements de navires dans toute la zone de l'Esliph. Cette nouvelle information paraît concorder. Voyez... les déplacements des unités marchandes amaut, l'expansion des frontières de ce *karsh*... (Une autre image apparut : une plage rouge à la limite de l'espace humain le plus proche de l'Esliph). Une expansion due à l'absorption par la violence d'un *karsh* mineur et de ses voies de communication. Et ce brusque déplacement des activités commerciales ici (nouveau scintillement de lumières) indique la direction d'origine probable de cet *akitès* que nos instruments situent du côté de Telshanu, juste au delà de l'espace humain. Si les souvenirs de l'humain Daniel sont exacts, la date recoupe parfaitement celle de l'intrusion de l'*akitès*. Et cela s'accorde avec les déclarations de cette personne.

– En tous points? s'enquit Chimèle.

– En tous points.

A l'image de l'espace de l'Esliph se substitua la pénombre normale du *parédré*.

– En ce cas, nous mettons le cap sur Telshanu, ordonna Chimèle. Prévenez *Tchaganokh* de notre arrivée.

– Mais nous ne pouvons pas perdre davantage de temps, Chimèle! s'exclama Méjakh. Votre obstination à...

– Elle a jusqu'à présent protégé l'*Ashanomé* du désastre. Nous passons outre, Méjakh. Ashakh, établissez notre trajectoire. Vous pouvez disposer, mes *nasithi.*

Le *nasul* se dispersa aussi silencieusement qu'il s'était rassemblé, puis le *Mélakhis* et les *nasithi-katasakké* se retirèrent à leur tour. Chimèle, se laissant aller contre le dossier de son fauteuil, contempla Daniel d'un air songeur.

– Il semble que votre espèce a déclaré la *vaïkka* à l'un des *nasuli,* très probablement le *vra-nasul Tchaganokh.* Les amaut sont un problème secondaire, insignifiant en comparaison. Si vous avez été d'une franchise totale, je pourrai peut-être parer au danger le plus grave qui menace l'espace humain. Mais sachez, *m'métané,* que vous avez frôlé un grand péril. Vous êtes effectivement kameth pour l'*Ashanomé* même si les *nasithi* ne paraissent pas tous l'admettre. Néanmoins, pour des raisons qui me regardent, je ne vous autorise pas encore à porter l'*idoïkkhé.* Aussi vous faudra-t-il être d'une extrême prudence dans votre conduite. Je ne tiendrai plus compte, dorénavant, de votre ignorance.

– Vous niez être responsable de ce qui est arrivé à Konig?

– *Tékasuphrê*!

Chimèle se leva et, faisant comme si Daniel n'existait pas, elle se tourna vers Isande.

– Je crois qu'il serait bon que vous mettiez cette personne et Aïéla clairement au fait de mes obligations – et des leurs.

C'était dans l'appartement d'Isande, panneaux lumineux étincelants et brasillements de couleurs, qu'avait eu lieu l'instruction de Daniel avant l'audience : ce fut là qu'ils cherchèrent refuge après, Isande lovée dans son fauteuil favori, Aïéla affalé dans un autre, Daniel, inconsolable, allongé sur la couche. Leurs esprits étaient en contact. Aïéla et Isande essayaient de réconforter l'humain mais celui-ci, muré dans sa solitude, suicidaire et déprimé, les ignorait. Aïéla ne s'inquiétait pas outre mesure de ces pulsions autodestructrices : elles ne cadraient pas avec les autres attitudes de Daniel. On pouvait penser que c'était contre des tiers qu'il tournait son désir de mort mais pas contre ses asuthi. C'était d'ailleurs une des raisons de sa détresse. Il n'avait pas d'ennemis à portée de la main.

– Vous n'avez rien fait de mal, lui dit Isande. Vous n'avez pas fait tort à votre peuple.

Silence.

Je ne pourrais pas te mentir, Daniel, projeta Aïéla. *Tu devrais le savoir.*

Tu me dégoûtes.

C'était du subconscient de l'humain qu'avait fusé la riposte mais un vague sentiment de remords né au niveau supérieur de son esprit la balaya.

– Ce n'est pas tout à fait vrai, dit-il à haute voix. (Et il ajouta avec force :) Ce n'est pas vrai. Pardonne-moi.

Aïéla lui projeta un flot de totale sympathie car la proximité de Daniel lui mettait encore les nerfs à vif et lui tordait l'estomac. Mais, déjà, la réaction s'atténuait de plus en plus. Un jour, il cesserait de frissonner : ils seraient devenus un seul et même monstrueux hybride, ni kallirien ni humain. Mais c'était maintenant au tour d'Isande de se rétracter. Elle avait capté cette pensée et la repoussait avec horreur.

– Je ne vous en veux pas, lui dit Daniel.

Bizarrement, il ne trouvait pas anormal de répondre à la place d'Aïéla, tant il était intimement lié à celui-ci. Il rompit le contact, désolé de la répulsion qu'il provoquait chez Isande.

– Nous ne vous avons pas utilisé, protesta-t-elle.

Daniel entra à nouveau dans l'esprit d'Aïéla, plus profondément que le kallia l'eût souhaité.

– Ne l'avons-nous pas tous fait plus ou moins? soupira-t-il amèrement. Et, après tout, n'est-ce pas naturel?

Etait-ce cette créature fruste et accablée sur l'intelligence de laquelle ils s'étaient interrogés qui parlait ainsi? Aïéla, saisi d'une inconfortable intuition, le dévisagea et leurs trois esprits s'unirent à nouveau. Daniel laissa échapper un rire amer.

Vous m'avez appris une foule de choses que j'ignorais. Je ne me rappelle même pas qu'on me les ait enseignées pour la plupart. Il me suffit de toucher vos esprits et je sais. Et je suppose que, n'était votre apparence physique, vous pourriez passer pour des humains. Mais quel usage veulent-ils faire de moi sur l'Ashanomé? *Dites-le-moi si vous le pouvez.*

– On y mène une vie agréable, dit Isande.

– Avec les iduvé? (Daniel s'assit sur le lit.) Ils ne sont pas humains, ils sont même encore moins humains que vous, et je vous crois lorsque vous affirmez que, contrairement à nous, ils n'éprouvent pas de sentiments. Cela correspond à ce que j'ai pu voir ce soir.

– Si, ils ont des sentiments, rétorqua Isande sans relever la remarque de Daniel sur l'humanité des kallia. Chimèle ne vous veut pas de mal, Daniel.

– Prouvez-le.

Elle répondit à ce défi en lui ouvrant son esprit mais, pris d'une soudaine appréhension, Daniel battit en retraite. D'étranges choses, des choses iduviennes y étaient embusquées, et Isande continua à se concentrer sur elles, même quand elle se leva pour remplir trois verres de *marithé.* Elle se rassit après les avoir servis.

Eh bien, soit, émit finalement Daniel. C'était difficile, mais dans son désir de contenter Aïéla, de contenter n'importe qui dans ce lieu singulier, il abaissa toutes ses barrières.

Alors, avec cette brusquerie impatiente qu'elle

utilisait si bien et que Daniel n'employait que par instinct, Isande commença à projeter un torrent d'images si impétueux que le présent en fut momentanément aboli. Même Aïéla broncha sous leur déferlement, mais il se résolut à la laisser agir comme elle l'entendait, faisant confiance, sinon à son actuel état d'esprit, du moins à sa nature.

Des choses d'une incroyable ancienneté, glanées dans des enregistrements, des archives inaccessibles aux gens de l'extérieur. Kej IV et son soleil d'ambre, ses plaines et ses rivières aux reflets maussades. Des donjons et des guerriers d'une époque reculée, quand chaque *nasul* avait son *dhis*, sa tour de couvaison, quand défenseurs, *ghiaka* au vent, et assaillants s'affrontaient en des combats sans nombre; la *vaïkka-dhis*, l'attaque des nids, par laquelle un *nasul* cherchait à capturer des jeunes pour son propre *dhis*, et à faire des prisonniers des deux sexes pour la *katasakké*. Souvent, les captifs préféraient se suicider.

Les *dhisaïséï*, femelles ayant un jeune, de rouge vêtues, veillaient à préserver l'inviolabilité du *dhis*. La plupart des femmes ne se souciaient pas de leurs petits après leur avoir donné le jour mais il y avait dans le *nasul* un certain nombre de matrones d'une férocité indicible qui revendiquaient tous les jeunes, les gardaient et les élevaient jusqu'au jour où, guéries de la démence *dhisaïs*, elles étaient alors capables de recommencer à copuler. Elles terrorisaient même les mâles les plus athlétiques.

Le *dhis*, cœur et âme du *nasul*, constituait une société où les mâles n'avaient pas accès, fondée sur une hiérarchie et des privilèges rigides. Les dignitaires suprêmes étaient les *orithaïkhti*, filles des Orithains, et l'état le plus vil était celui de sans-nom : aucun mâle ne pouvait prétendre à parentèle sans le consentement de la femelle et si celle-ci déclarait : *Taphrek nasiqh – Je ne connais pas cet enfant,* il était ravalé, privé de nom, au rang le plus bas du *dhis.* En général, ces réprouvés périssaient, soit au sein du *dhis,* soit, et plus cruellement, quand ils atteignaient l'âge adulte.

Le *dhis* était l'objet de tous les conflits, le mobile de toute existence. Et pourtant, son entrée était interdite à tous ceux qui en avaient un jour franchi les portes, à l'exception des Gardiennes, des *dhisaï-séï* et des *katasathéï* aux robes vertes – les femmes enceintes proches du terme. Les *katasathéï* étaient pour le reste du *nasul* le symbole le plus visible du *dhis* vénéré : les mâles directement *sra* d'une *katasathé* chassaient son récent compagnon et tous les autres mâles de sa présence, les femelles du *nasul* lui offraient des présents et il était fréquent que les mâles non *sra,* abandonnés, les laissent quelque part où elle pourrait les trouver. Le seul danger qu'elle courait était qu'une Orithaine se trouvât par hasard *katasathé* elle aussi. Alors, elle risquait d'être chassée du *dhis* et son *sra* protecteur était mis en péril : la férocité des Orithaines était terrible lorsqu'elle s'exerçait sur une progéniture rivale et les autres *nasuli* s'inclinaient devant un *nasul* comptant une Orithaine *katasathé,* sachant que la folie, alors, y prévalait.

Ainsi en allait-il dans les temps anciens. Puis Cheltaris, cité aux mille tours, cité du paradoxe, naquit. Il n'y avait jamais eu ni gouvernement ni lois. Les *nasuli* s'amalgamaient, coexistaient, cimentés par les rites, se stabilisaient, progressaient. Cheltaris n'était plus, désormais, qu'un vague et lointain souvenir, un lieu à présent désert que les *nasuli* avaient abandonné les uns après les autres à mesure que les *akitoméï* s'élançaient dans l'espace. La curieuse logique qui les avait convaincus que leur survie résidait dans l'espace était sans nul doute raisonnable pour les iduvé – mais pour eux seuls.

Partout où il y avait un *dhis,* il y avait une patrie. Pourtant, si bien protégés que fussent les *dhis* à l'intérieur des puissants *akitoméï* errant parmi les étoiles où il n'y avait ni *vaïkka-dhis* ni capture à redouter, un danger menaçait les *nasuli :* celui de la consanguinité. Ainsi était née la coutume de l'*akkhrès-nasuli* ou jonction de deux *akitoméï* en vue de la *katasakké* commune. C'était potentiellement là pour les deux *nasuli* associés la plus aléatoire des aventures, civilisée et policée par les serments échangés, le rituel, un formalisme poussé à l'extrême et, lorsque tout le reste se révélait vain, par l'autorité et le bon sens des deux *orithainéï.*

Chaxal.

Mort, à présent.

Le père de Chimèle.

De son vivant, très loin au delà de la *métrosi,* dans les parages d'une étoile appelée Niloqhatas, il y avait eu un *akkhrès-nasuli.*

Une telle union était un événement exceptionnel pour *Ashanomé* et elle avait été occasionnée par quelque chose de plus rare encore : une cérémonie de *katabérihé.* L'Orithain Sogdriéni du *nasul Tashavodh* avait choisi Méjakh *sra*-Narach d'*Ashanomé* pour en faire sa conjointe et héritière et lui donner un enfant à qui reviendrait *Tashavodh.* L'institution d'un tel lien entre *Tashavodh* et *Ashanomé* était un sujet d'inquiétude pour les iduvé car c'étaient les deux *nasuli* les plus anciens et les plus redoutables. L'union envisagée apporterait de profondes modifications de statut et bouleverserait l'équilibre du pouvoir. Aussi la tension était-elle anormalement élevée.

Les difficultés commencèrent lorsqu'un kameth de *Tashavodh* encourut la colère de Méjakh *sra*-Narach dont le tempérament irascible n'était un secret pour personne. Elle tua le kameth.

Méjakh était déjà à bord de *Tashavodh* pour la

longue période de purification précédant la *katabérihé*. Mais rendu furieux par cette affaire, Sogdriéni surgit en trombe dans ses appartements, chassa ses kaméthi et se jeta sur elle. Peut-être, une fois calmé, l'aurait-il laissé reprendre les rites de purification, la *vaïkka* ayant été consommée. Mais c'était une situation compliquée : Méjakh avait désormais la quasi-certitude d'être en puissance d'enfant car la conception suivait presque infailliblement l'accouplement. Toutefois, il avait sous-estimé son *arastiéthé* : elle le tua et s'enfuit du vaisseau.

Dans la confusion qui s'ensuivit, *Tashavodh*, accablé par la mort de son Orithain, et *Ashanomé*, satisfait de se tirer au mieux d'une *vaïkka*, se séparèrent. C'était bien une *vaïkka-dhis*, en effet, le vol d'un jeune, et pour ajouter la *tchanokhia* à la *vaïkka*, dans l'heure qui suivit son retour à bord d'*Ashanomé*, Méjakh fit *katasakké* avec un iduvé de naissance inconnue.

Ainsi violait-elle, de son plein gré, cette fois, les rites de purification et dépouillait-elle son enfant de sa parentèle. Ayant prononcé sa condamnation – *taphrek nasiqh* –, elle confia, anonyme, l'héritier déshonoré de Sogdriéni-Orithain aux incubateurs du *dhis* d'*Ashanomé*.

Cette grandiose *vaïkka* conféra une telle *arastiéthé* à Méjakh qu'elle connut en *katasakké* Chaxal-Orithain et de cette union naquit Khasif, premier-né du *sra* régnant mais non son héritier. Chaxal prit pour compagne successorale Tusaïvré d'*Iqhanofré* qui, avant de retourner à son *nasul* d'origine, mit Chimèle au monde. D'autres *katasakké* eurent lieu : Rakhi, Ashakh et Tchaïkhé furent le fruit de ces unions.

Mais l'enfant survécut dans son *dhis* et, quand il en sortit, il se fit appeler Téjef.

Dans l'esprit d'Isande, Téjef ressemblait beaucoup à son jeune demi-frère Khasif mais, en dépit de sa force physique, c'était un homme tranquille et timoré que la violence de Méjakh et le mépris de Chaxal rendaient atrocement malheureux. Seule Chimèle, qui était sortie du *dhis* deux ans après lui, le traitait avec honneur car elle voyait que cela contrariait Méjakh – et celle-ci caressait encore l'espoir d'engager avec Chaxal une *katabérihé,* une union successorale, constituant un danger pour Chimèle.

Puis Chaxal mourut.

De nouveaux loyalismes émergèrent. Un jeune *srà* accéda au pouvoir avec Chimèle. Il y eut également des changements en dehors du *nasul* : de nouveaux pactes devaient redéfinir tous les rapports qu'il entretenait avec les *orith-nasuli,* les grands clans. Des cérémonies s'étalant sur au moins deux années devaient intervenir avant que l'avènement de Chimèle soit pleinement effectif.

La mort.

Les ténèbres de l'espace.

Réha.

Les écrans s'abaissèrent. C'était intolérable pour Isande. Aïéla les força. *Non!* projeta-t-elle, bloquant Daniel. *Ne lui faites pas cela!*

Elle saisit son verre de *marithé* et le porta à ses lèvres d'une main qui ne trembait qu'imperceptiblement. Ce que laissaient filtrer les écrans était insoutenable et Daniel se serait enfui avec joie si la distance et des murs avaient pu le couper d'Isande.

– Un Orithain ne peut pleinement assumer sa charge tant que toute la *vaïkka* de son prédécesseur n'est pas consommée, expliqua-t-elle d'une voix calme et précise en maintenant ses écrans abaissés. L'Orithain de *Tashavodh,* Kharxanen, qui était le frère de sang de Sogdriéni, avait, durant vingt ans, été frappé d'un grand *niseth* – un lourd handicap – du fait que Chaxal avait éludé toutes les tentatives qu'il avait faites en vue de parvenir à un règlement. Or, maintenant que la nouvelle Orithaine d'*Ashanomé* devait être en mesure d'exercer ses fonctions, une entente devenait possible. C'était aussi nécessaire pour Chimèle que pour Kharxanen. *Tashavodh* et *Ashanomé* se rencontrèrent donc. *Ashanomé* était tenu de faire des concessions. Kharxanen réclama Méjakh et Téjef : Méjakh étant *bhan-sra* de son *nas-katasakké* Khasif, son honneur le lui interdisait formellement. *Tashavodh* lui-même l'admit. Mais elle lui céda Téjef.

» Téjef fut abasourdi. C'était, certes, la solution logique mais Chimèle l'avait toujours traité comme un de ses propres *nasithi* et il avait fait preuve envers elle d'un dévouement sans faille. Et voilà qu'il se révélait que toutes les faveurs dont elle l'avait comblé n'avaient été que les préparatifs d'une *vaikka* dont il serait l'objet – quelque chose de plus horrible, j'imagine, que ce par quoi il était passé. Quand il apprit la nouvelle, il se rendit auprès de Chimèle, seul et sans y avoir été invité. Ce fut une terrible bataille.

» Normalement les iduvé n'interviennent pas dans ces combats entre mâle et femelle, même si l'un des deux se fait mutiler ou tuer : l'union est en général placée sous le signe de la violence et violer l'intimité de quelqu'un est *é-tchanokkia*, très inconvenant. Mais Chimèle n'est pas une femme ordinaire. Tout le *sra* d'un Orithain a un nom honorable et le *taphrek-nasiqh* ne s'applique qu'à la paternité. Le but de Téjef était de donner à sa progéniture le nom dont il était privé. Et même si sa tentative devait se solder par sa mort, elle aurait des conséquences néfastes pour Chimèle car il n'y aurait plus d'accommodements possibles avec *Tashavodh*.

» Mais les *nasithi-katasakké* de Chimèle firent irruption dans le *parédré*. Que se passa-t-il alors? Eux seuls le savent mais l'union n'eut probablement pas lieu : aucun enfant ne naquit. Téjef s'échappa, mais quand Méjakh se mit en travers de son chemin et essaya de l'empêcher de monter dans l'ascenseur, il fut le plus fort et il l'emmena en otage avec lui jusqu'au pont d'évacuation. L'*okkitani-as* de garde comprit qu'il se passait quelque chose d'anormal – les sirènes hurlaient, l'astronef était en état d'alerte générale car l'Orithaine était en danger et nous n'étions qu'à quelques encablures de *Tashavodh*. Seulement, les amaut ne sont pas des combattants et ils n'étaient pas de taille à arrêter un iduvé. Ils se contentèrent de se faire tout petits et le plus brave d'entre eux donna l'alerte après que Téjef se fut enfui.

» Réha, mon asuthé, fonçait vers le pont d'évacuation quand je rejoignis Chimèle dans le *parédré*. Il sauta à son tour dans une navette et se lança à la poursuite du fugitif. Un kameth jouit de l'immunité parmi les iduvé, même sur un pont étranger, et il pensait que s'il réussissait à rétablir la situation avant que *Tashavodh* soit en mesure d'exiger que Méjakh lui fût livrée, Chimèle pourrait la récupérer et sauvegarder l'*arastiéthé* d'*Ashanomé*. Mais ils le tuèrent.

Les écrans d'Isande étaient inébranlables. Elle protégeait farouchement son intimité où, d'ailleurs, Daniel ne cherchait nullement à pénétrer. Elle but une gorgée de *marithé*.

– Plus tard, ils ont juré qu'ils ignoraient qu'il n'était qu'un kameth. Il était inimaginable pour eux qu'un kameth ait pu être aussi téméraire. Quand Réha se rendit compte qu'il allait mourir, il tira sur Téjef mais celui-ci était déjà à l'abri de leurs blindages et ce fut comme s'il avait essayé de donner l'assaut à *Tashavodh* avec un pistolet.

» Quand l'enjeu est élevé, les iduvé sont raisonnables. Faire quoi que ce soit qui risque de mettre la survivance du *nasul* en péril est à leurs yeux un contresens. Et le danger était extrême. La *vaikka* échappait à leurs mains. L'acquisition de Méjakh et de Téjef avait de quoi réjouir *Tashavodh* mais un kameth d'*Ashanomé* était mort et Chimèle pouvait légitimement demander réparation. Il existe une autorité suprême, l'Orithanhé. Elle le convoqua, événement qui ne s'était pas produit depuis cinq cents ans. Il siège uniquement à Cheltaris et il fallut quatre années pour que les vaisseaux rallient cette planète.

» L'arbitrage que rendit l'Orithanhé ne satisfit totalement personne, ni Chimèle ni Kharxanen. Comme Méjakh était entrée à son corps défendant en *katasakké* avec un homme appartenant au clan de ce dernier, le Conseil décida que l'enfant à naître serait confié aux incubateurs de *Tashavodh* et que Méjakh serait rendue à *Ashanomé,* ce qui n'était qu'une bien maigre compensation. Chimèle réclama la restitution de Téjef mais l'Orithanhé, rejetant sa requête, le frappa d'exclusion : il le déclara *é-nasuli,* banni.

» En conséquence et en vertu d'une très ancienne coutume, Téjef bénéficiait d'une chance : il disposait d'une année Kej plus trois jours pour se mettre à l'abri et *Ashanomé* avait deux années et six jours pour le traquer. Si, au terme de ce délai, il ne l'avait pas capturé, il perdait à jamais ses droits sur lui.

– Et ils l'ont trouvé? s'enquit Daniel.

– Peut-être est-ce vous qui l'avez trouvé.

Isande s'interrompit pour remplir son verre vide. D'ordinaire, elle ne buvait pour ainsi dire pas mais elle avait les nerfs à vif et la communication était d'une telle intensité que Daniel et Aïéla respiraient avec difficulté et luttaient avec elle pour refouler la pensée de Réha. L'idée glacée de la vengeance irriguait son esprit et le chagrin y frémissait aussi. Aïéla tenta de l'atteindre mais elle ne songeait qu'à Réha et, même lui, elle le repoussa.

– Le *vra-nasul Tchaganokh,* reprit-elle. C'est un

clan vassal né d'une scission de *Tashavodh* remontant à six cents ans. Il est proche et hautement suspect. Il nous reste soixante-trois jours. Seulement, comprenez-vous, Chimèle ne peut pas accuser sans preuve *Tchaganokh* d'avoir aidé Téjef. Ce n'est pas une question juridique, c'est une question d'*haratchia* – de vision. *Tchaganokh* cherchera à savoir si elle est seulement venue pour satisfaire une petite *vaïkka* et leur donner un peu de fil à retordre ou si elle leur en veut à mort. Jamais un Orithain ne chercherait à leur nuire s'il n'est absolument sûr d'être dans son droit. Les *orithanéï* ne se trompent pas. C'est pourquoi *Tchaganokh* adoptera sa ligne de conduite en fonction de ce qu'il verra : par ce moyen, il déterminera jusqu'où *Ashanomé* entend aller. Si Chimèle lui montre la vérité, il viendra certainement à composition. Pour un *vranasul* pauvre, entrer en *vaïkka* avec le plus ancien des *nasuli* – *Ashanomé*, pour ne pas le nommer – serait commettre un suicide. Ils ne résisteront pas davantage.

– Et que veut-elle leur montrer?

– Vous.

Aïéla rompit instinctivement la liaison *tchiabrès*, épouvanté par la cruauté préméditée d'Isande : elle éprouvait une joie maligne à torturer Daniel. Elle vacilla, mortifiée et repentante, sous l'impact de son indignation.

– Nous vous avons cherché, dit-elle alors à l'humain. Oh! pas vous en particulier, mais Chimèle avait constaté un afflux d'humains venant d'au delà de l'Esliph. Au cours des derniers mois, nous avons suivi une foule de pistes, nous avons passé au crible toutes les anomalies concernant les iduvé, les kallia et même les amaut. Nous avons ainsi repéré un transport faisant route vers Kartos. Une opération de nature commerciale. Chimèle a eu la certitude qu'elle mettrait au moins la main sur des indices précieux en fouillant les archives de la Station. Vous étiez là. Et vous lui avez plu énormément – d'où l'extraordinaire patience dont elle a fait preuve avec vous. Espérons que vous ne l'avez pas induite en erreur.

– Absolument pas! protesta Daniel. Je n'ai jamais été en contact qu'avec des amaut, ces immondes bestiaux, et je n'avais jamais entendu parler des iduvé.

Il y avait, tapies au fond de son esprit, les images de ce qui l'attendait s'il était livré pour un contre-interrogatoire à *Tchaganokh* ou si, par la suite, il se révélait sans valeur aucune pour les iduvé.

– Vous êtes un kameth et on ne vous abandonnera pas, lui dit Isande. Mais sachez une chose : Chimèle est prête à bluffer pour autant qu'un iduvé puisse bluffer, et si elle fait fausse route, ce sera sa fin. On ne saurait considérer que trois kaméthi soient un *sérakh* – une immolation – digne de ce nom pour une dynastie aussi ancienne et honorable que la sienne. Ce serait, en tout cas, notre mort à tous les trois et celle de ses *nasithi-katasakké* : un *sérakh* qui conviendra à la chute d'une dynastie. Les iduvé peuvent exterminer des planètes entières de *m'métanéï* sans broncher alors que le trépas de Chimèle les laisserait désemparés. Alors, laissez-nous vous guider, Aïéla et moi. Si, la prochaine fois, vous vous comportez comme vous l'avez fait lors de la précédente audience...

C'était maintenant Daniel qui bloquait la communication pour repousser ce qu'Isande projetait. Elle interrompit le flux d'images.

Ne soyez pas cruelle avec lui, Isande, émit Aïéla. *Ce n'est pas nécessaire.*

Elle ne réagit pas tout de suite. Elle était habitée par la haine, par la pensée de ce qu'elle ferait subir à l'humain si Aïéla ne se trouvait pas là, entre eux – en même temps, une partie d'elle-même avait honte de ces sentiments. Les asuthi ne doivent pas se haïr. Elle était assez lucide pour le savoir et s'incliner devant la réalité : Daniel leur était à tous deux indissolublement lié.

Si vous ne parvenez pas à le retenir, vous le perdrez, projeta-t-elle à Aïéla. *Vous êtes tombé dans le piège. Je m'étais préparée à demeurer dissociée de lui mais, vous, vous êtes pris dans l'engrenage, vous êtes en train de fusionner. Et, parce que j'ai de l'attachement pour vous, je suis prise dans le même piège. Retenez-le. Retenez-le. S'il provoque la colère des iduvé, la mort de trois kaméthi sera pour eux une perte négligeable.*

6

L'Orithain de *Tchaganokh* se sentait bien solitaire dans le *parédré* d'*Ashanomé*. Il portait la tenue collante des iduvé mais elle était d'une blancheur insolite, surchargée de parures et de surplis. Un *ghiaka* se balançait à sa lourde ceinture d'argent. Il avait nom Minakh et, en cet équipage, tout ce blanc et tous ces miroitements argentés, il faisait tache au milieu de cette mer d'indigo et de noir qui l'entourait et dont, ici et là, l'uniformité était brisée par le contrepoint involontaire des kallia et de l'humain au teint clair. Chimèle, assise en face de lui, ceinte d'un *ghiaka* décoré d'une tête de rapace, avait également revêtu ses atours de cérémonie mais sa couleur était le violet sombre.

Il régnait dans le *parédré* une atmosphère électrique. Daniel eut un frisson à l'idée qu'il était le centre de l'attention et Aïéla le soutint mentalement. Le contact entre les asuthi était précaire, occulté par les effluves de terreur et d'hostilité remplissant la salle où se pressaient les iduvé par milliers, rigides, les pupilles sombres de leurs yeux sans blanc dilatées, la respiration saccadée. Une douzaine des dignitaires parmi les plus puissants d'*Ashanomé* s'alignaient derrière Chimèle et de part et d'autre d'elle : Khasif, Ashakh, hommes de haute stature à l'aspect redoutable, et deux femmes, Tahjekh et Nophrès, gardiennes du *dhis*, créatures au courroux terrible.

Minakh laissa son regard errer sur l'assistance. Bien qu'il fût loin de Chimèle, il s'agenouilla et leva les deux mains. Elle leva à son tour les siennes en signe de salut mais resta assise.

– Je suis l'Orithain du *nasul Tchaganokh*, dit Minakh. Que croisse le *dhis* d'*Ashanomé!* Nous vous saluons.

– Nous sommes *Ashanomé*, répondit Chimèle. Que votre œil soit aigu et longue la portée de votre bras! Quelle faveur sollicitez-vous?

– Nous sommes venus demander à l'*orith-nasul Ashanomé* l'autorisation de poursuivre notre route. Ce territoire est vôtre. Puissent vos entreprises fructifier.

– Honneur soit rendu au *vra-nasul Tchaganokh* pour sa courtoisie. Il nous est revenu que la zone de Kej est depuis quelque temps d'un rare agrément. Puissent vos entreprises y être florissantes.

Minakh s'inclina très bas bien qu'il dût être ulcéré, puis s'accroupit sur ses talons, les mains posées sur les cuisses, coudes écartés.

– L'attention que nous porte *Ashanomé* nous réjouit le cœur, fit-il d'une voix unie.

L'hostilité à peine dissimulée s'enfla à nouveau.

– Heureux moment que celui où des *nasuli* peuvent se séparer sans *vaikka*. Honneur à la sagesse de l'Orithanhé qui a rendu la chose possible.

– Longue vie à ceux qui respectent ses décrets.

– Longue vie à eux et puissions-nous nous remémorer cette rencontre avec joie et plaisir. Le *vranasul Tchaganokh* a loin voyagé et s'est couvert d'honneurs. Sa présence fait trembler l'Esliph et l'espace inconnu du peuple humain est désormais mesuré.

– Les éloges d'*Ashanomé*, chasseur de mondes, sont un compliment insigne.

Minakh était impassible mais le noir regard qu'il lança à Daniel était terrifiant.

– *Tchaganokh* mérite, en vérité, d'être loué. L'admiration que nous portons à la sagesse qu'il a acquise est si grande que nous lui soumettrons la préoccupation qui nous tient le plus à cœur. Nous sommes en quête d'un homme qui appartenait autrefois à *Ashanomé*. Peut-être cette personne d'importance négligeable a-t-elle croisé le chemin de *Tchaganokh*. Nous ne serions pas autrement surpris d'apprendre qu'elle a tenté de rallier les zones humaines inexplorées pour échapper à notre poursuite. La connaissance que *Tchaganokh* a récemment acquise de ces régions pourrait être une précieuse source d'informations. Grande est, bien sûr, notre hâte. Le temps nous presse et, en sa sagesse, *Tchaganokh* fera sûrement droit à notre impatience.

Silence de mort. La haine qui palpitait dans le regard de Minakh, braqué sur Daniel, était presque tangible et tous les iduvé présents étaient frémissants. Le sifflement menaçant qu'exhala une des gardiennes du *dhis* déchira le silence qui se prolongeait.

Minakh transpirait. Sa respiration faisait se soulever son abdomen. Enfin, il se prosterna, puis se rassit sur ses talons, l'air morne.

– Ce sera avec joie que nous vous dispenserons notre assistance. Cette personne nous a effectivement rejoints. Nous avons cessé de remarquer sa présence peu après que nous eûmes pénétré dans les zones humaines à proximité d'un monde que ces créatures nomment Priamos. A partir de ce moment, nous étions occupés par nos entreprises.

– Que notre *dhis* soit à jamais préservé, ô *Tchaganokh.* Qu'il nous soit permis de vous importuner en requérant encore votre gracieux concours. Les humains attribuent-ils aux amaut la triste condition dans laquelle ils se trouvent?

– Les *m'métaneï* ont-ils jamais fait preuve de discernement, ô *Ashanomé,* chasseur de mondes? Les amaut sont des charognards qui s'abattent sur ce qui reste après notre passage. En est-il jamais allé autrement?

– La sagesse de *Tchaganokh* est digne de louanges. Prospérité à ses entreprises et gloire à sa descendance. Passez votre chemin, ô *Tchaganokh.*

Minakh se releva et sortit du *parédré* à reculons. Ceux d'*Ashanomé* ne bougèrent pas. Ils retinrent leur souffle jusqu'à ce que la voix de Rakhi, au poste de contrôle, retentisse, annonçant que Minakh avait quitté le bord et que l'écoutille était scellée.

Chimèle éclata alors d'un rire léger.

– Honneur à la discrétion de *Tchaganokh!* Vous pouvez vous retirer, mes *nasithi.* Ashakh...

– Chimèle?

– Vous mettrez le cap sur les zones humaines dès que vous serez en mesure d'établir l'itinéraire, à partir des archives de *Tchaganokh.* Vitesse maxima et signal de priorité. Le secret est levé, que je me trompe ou non.

Ashakh opina, fit demi-tour et sortit. Les iduvé se dispersèrent en silence, seuls ou par deux, souriant maintenant qu'ils étaient hors de l'*haratchia* de Minakh. Chimèle se laissa aller contre le dossier de son fauteuil et, pour la première fois, elle regarda ses kaméthi.

– Et vous, mes pauvres *m'métaneï*... Cela a été un moment déplaisant. Avez-vous suivi ce qui s'est dit?

– Pour autant que les *m'métanéï* aient quelque discernement, répondit Aïéla.

Chimèle égrena un petit rire amusé, se leva dans un flamboiement de voiles violets et se défit de son *ghiaka*.

– L'Orithain de *Tchaganokh* n'est pas prêt d'oublier ce jour. L'infortuné pantin! *Tashavodh* lui a sans aucun doute flanqué Téjef sur les bras pour s'en débarrasser de sorte qu'il a été au moins obligé d'essayer, même si, dès le début, ses chances étaient minces.

Est-elle totalement indifférente aux malheurs qu'ils ont causés à mon peuple? demanda Daniel à ses asuthi.

Gardez votre calme, lui répondit Isande par l'intermédiaire d'Aïéla. *Vous ne connaissez pas Chimèle.*

– Vous paraissez troublé, Daniel.

– Que devient mon peuple, dans tout cela?

– Cela ne me concerne pas.

Elle dit ça sans méchanceté, répondit Isande pour apaiser l'indignation de l'humain. *Elle n'a pas l'intention de lui nuire.*

– Vous êtes responsable de ce qui lui est advenu, répliqua Daniel. Et vous nous devez, au moins...

Pressentant la suite, Aïéla empoigna son asuthé humain par le bras pour le retenir, mais de l'*idoïkkhé* émana une onde de douleur qui lui déchira le flanc et le paralysa momentanément. Il savait que Daniel subissait la même torture et qu'au lieu de l'inciter à se maîtriser, cela déclenchait sa fureur. Il le saisit de sa main valide.

La colère de l'humain les submergea tous les deux pour faire aussitôt place à l'affliction.

– Je regrette, dit-il à Chimèle, mais vous n'aviez pas de raison de le punir pour cela.

Les sourcils de l'Orithaine s'arquèrent imperceptiblement.

– Il est vrai. Mais Aïéla a de la *m'mélakhia* pour

vous, *m'métané-toj,* et il a agi de son plein gré. Songez-y et songez à vos asuthi la prochaine fois que vous présumerez de ma longanimité. Je regrette, Aïéla.

La lancinante douleur s'était effacée. Aïéla s'inclina car c'était une rare faveur que lui faisait Chimèle en lui exprimant ses regrets : les iduvé qui l'offensaient n'avaient pas droit à pareille gracieuseté. Elle lui retourna son salut, satisfaite.

– Daniel, reprit-elle, connaissez-vous un monde appelé Priamos?

L'humain était partagé entre la haine et la peur. Mais il avait peur aussi pour Aïéla et il fit litière de sa fierté.

– Oui. J'y suis allé plusieurs fois.

– Excellent! Nous vous fournirons tous les moyens et toute l'aide nécessaires. Je veux des cartes et des noms. Votre langue y est-elle en usage?

– Oui, c'est la même. (Il ne put se retenir d'ajouter :) Pourquoi voulez-vous ces renseignements? Qu'allez-vous faire?

Ignorant la question, Chimèle décocha à Aïéla un coup d'œil impérieux.

– C'est votre problème. A vous de le résoudre.

Ils étaient là. Quelque part sur une plaine herbeuse à cent *lioï* du village en bordure de la rivière, face au soleil levant, Téjef le savait. *Tchaganokh* avait baissé pavillon et *Ashanomé* était là.

Le silence avait été long, intolérablement long. Il avait bien souvent pensé que ce serait avec joie qu'il accueillerait le moindre contact avec les siens, même si cela signifiait sa mort. Une solitude qu'aucun *m'métané* ne pouvait comprendre sauf ceux qui avaient été séparés après avoir été *asuthithékkhé,* un terrible et profond silence mental, un désert où il n'y avait pas de frères, pas de *nasithi,* rien. Il était difficilement supportable pour un iduvé d'être coupé du *takkhénès,* ce sentiment permanent d'une présence fraternelle qui ne s'interrompait jamais, ni jour ni nuit, cet instinct de la horde qui était la force vive de sa race depuis l'aube des temps. Il l'avait connu dès sa naissance. Il était rare qu'il véhiculât des messages amicaux mais l'instinct était là, étoile polaire d'où rayonnait toute vie. Le *takkhénès* irriguait sa conscience comme le sang ses veines, pulsion unitaire qui lui communiquait l'état d'esprit changeant de ses *nasithi,* leur présence, leur *m'mélakhia,* leur *arastiéthé* ou leur manque *d'arastiéthé.*

Et le *takkhénès* était revenu. Il percevait le peuple d'*Ashanomé* qui lui avait donné naissance et avait prononcé son arrêt de mort. Et il savait que s'ils s'approchaient, si faible que fût son *takkhénoïs* solitaire, ils relèveraient sa trace. Cette éventualité fit se hérisser le fin duvet de sa nuque et l'instinct de vie qui s'était émoussé en lui se mua en colère.

Ils étaient en chasse et, cette fois, il était le gibier, lui qui avait chassé avec eux. Il identifiait deux des esprits qu'il connaissait le mieux – Khasif et Ashakh, des hommes sinistres, mortellement dangereux. Chimèle ne les avait sûrement pas accompagnés, elle n'était pas descendue sur cette planète déshéritée. *Ashanomé* devait être placé sur une orbite lointaine et Chimèle observait les abominations qui avaient lieu sur ce monde, elle les guidait dans leur traque. Un jour, bientôt, ils le découvriraient et la *vaikka* serait consommée. Ils auraient la victoire.

La logique lui disait qu'il pourrait encore marquer un point s'il se rendait, s'il rampait aux pieds de Chimèle comme une *katasathé.* Elle le repousserait dédaigneusement, le *nasul* se jetterait sur lui, l'écharperait jusqu'à ce qu'il tombe inanimé mais ils ne le tueraient vraisemblablement pas. Dès lors, il vivrait en chien couchant, en proie à une terreur perpétuelle, exposé aux humeurs et au mépris de tous et de chacun. Ce serait un acide qui le rongerait petit à petit. Le *takkhénès* abolirait ses instincts de résistance et, un jour, il se ferait finalement massacrer par quelque *nas* en *katasakké*, il mourrait de faim ou serait chassé pendant un *akkhrès-nasuli* parce qu'aucun des *nasuli* en présence ne le reconnaîtrait comme l'un des siens.

Tel était le sort qui attendait les bannis. Un long frisson de rage fit frémir ses muscles. Car Téjef avait recouvré ses esprits. L'*arastiéthé* interdisait toute capitulation. Ils le réduiraient littéralement en charpie s'ils parvenaient à mettre la main sur lui mais cela leur coûterait cher. Paradoxalement, alors qu'il n'avait jusqu'ici jamais pu se résoudre à affronter aucun des pitoyables humains que les amaut traquaient sur ce monde maudit, il commença à faire des plans pour nuire à *Ashanomé* et quitter la vie avec *tchanokhia*.

Ses ressources étaient maigres – une planète misérable, déchirée par la guerre, où les amaut avides de terres mettaient à sac une population humaine agonisante, une espèce qui avait sombré dans la folie et fournissait à présent des mercenaires aux brutes bestiales qui la pillaient et la dépouillaient. Les humains ignoraient le loyalisme, ils consentaient à l'*arrhéï-nasul* en échange de quelques marchandises ou d'un peu d'argent, ils s'unissaient en *katasakké* et égorgeaient ensuite leurs femelles, de malheureuses et pitoyables créatures. Aussi ne procréaient-ils guère. D'ailleurs, ils exterminaient tous les jeunes qu'ils découvraient – ce qui aurait, au moins, été compréhensible s'il y avait eu des *nasithi-tak* dans les rangs de ces bandes guerrières. Mais il n'y en avait pas, apparemment, et cela ne pouvait avoir d'autre aboutissement que le suicide final de l'espèce. La démence où avait sombré ce peuple furieux avait depuis longtemps cessé d'étonner Téjef. Peut-être cette sauvagerie était-elle un instinct de survivance qui avait fini par se retourner contre lui-même. Toujours est-il que les amaut avaient incontestablement su l'utiliser à leur avantage. Et qui sait s'il n'y avait pas aussi un moyen de l'utiliser au profit de Téjef *sra*-Sogdriéni, d'en faire l'instrument d'une *vaïkka* contre *Ashanomé*? Une *vaïkka* qui lui vaudrait leur respect quand ils le tueraient.

La nuit était tiède. La brise légère qui passait à travers le grillage protecteur dont était garnie la fenêtre faisait onduler la tenture derrière le lit. La lune projetait contre le mur les ombres dansantes des branches.

L'un des chiens se mit à aboyer, imité par les autres. La fillette endormie s'agita dans son lit et se redressa, les yeux grands ouverts. Elle resta un moment à écouter, puis se mit à genoux pour pouvoir se pencher sur l'appui de la fenêtre. Dehors, il faisait noir. Maintenant, les chiens étaient loin – peut-être s'étaient-ils lancés à la poursuite d'un maraudeur dans les champs. L'écho de leurs aboiements se répercutait dans les rochers qui cernaient la maison entourée d'un mur de pierre, protégée par une grille de fer et flanquée de deux falaises escarpées.

La maison était aux yeux de la petite Arle une forteresse inexpugnable. Il n'en avait pas toujours été ainsi. Le mur et la grille étaient de construction récente et, lorqu'elle avait neuf ans, les hommes ne prenaient pas leurs fusils quand ils partaient travailler dans les champs et il n'y avait pas de sentinelles postées sur les hauteurs. Mais le monde avait changé. Elle avait dix ans, maintenant, et elle savait qu'elle n'irait jamais plus jouer chez la voisine, qu'elle ne franchirait jamais plus la grille pour aller dans les champs ou dans le verger sans être accompagnée par un de ses frères qui, le fusil sous le bras, donnait le mot de passe aux sentinelles qui se succédaient sur leur chemin. Cela faisait plusieurs mois que la famille n'était pas allée à l'église ni au marché. Et personne ne faisait allusion à l'école, l'année prochaine. Oui, le monde avait bien changé. Et encore, il ne fallait pas se plaindre : selon les bruits qui couraient, des incendies avaient été allumés à l'embouchure de la Weiss, la rivière indolente qui coulait dans la vallée, irriguait les champs et faisait des Hauts de Weiss la terre la plus fertile de Priamos.

Arle avait une vague idée de ce qu'étaient les êtres de l'extérieur, elle savait qu'ils étaient venus de l'Esliph, qui était très éloignée, très verte et très belle. Mais était-ce vraiment vrai ou ne s'agissait-il que d'une de ces vieilles histoires comme les contes de fées et de héros que lui racontaient ses parents? Elle n'en était pas absolument sûre. Elle savait aussi que tout le monde, tous les humains qui existaient, habitaient autrefois une planète appelée Terre, mais il était difficile d'imaginer que la totalité de la population de tous les mondes qu'elle connaissait ait pu s'entasser sur un seul et même globe. Non, elle n'arrivait pas à le concevoir et se demandait quelles étaient les histoires qui se rapportaient à la Terre et quelles étaient celles qui se rapportaient à l'Esliph. Et même si la Terre et l'Esliph n'étaient pas, finalement, une seule et même chose. Elle se consolait en se répétant qu'elle comprendrait quand elle serait grande : c'était ce que lui disaient ses parents quand la réponse aux questions qu'elle leur posait dépassait sa compréhension. Elle ne cherchait pas plus loin, encore que, depuis quelque temps, elle eût l'impression qu'il y avait beaucoup de choses qu'elle était encore trop petite pour comprendre, des choses dont ses parents parlaient en grand secret avec ses frères aînés et les voisins, après avoir envoyé les plus petits jouer dehors sous bonne garde.

Arle savait que des choses épouvantables avaient lieu pas très loin. Parfois, elle surprenait une conversation entre adultes et elle ne dormait pas de la nuit. Le cœur barbouillé, elle se demandait alors si tout le monde n'allait pas vraiment mourir avant qu'elle ait eu le temps d'être assez grande pour comprendre. Et puis, elle se disait qu'elle grandirait et cela suffisait pour la convaincre que son avenir était toujours là, prêt à l'accueillir. Et les grandes personnes qui savaient de quoi il retournait continuaient de faire des projets pour l'année prochaine, de semer, d'espérer qu'il pleuvrait davantage, que le vent se lèverait assez tôt au printemps pour que la grêle ne saccage pas la récolte. C'étaient là des ennemis familiers et éternels. Alors que les méchants, tout gris, qui, disait-on, brûlaient tout sur leur passage, les bourgs et les fermes, et tuaient tous ceux qu'ils rencontraient, elle ne savait pas trop s'ils étaient réels. Quand elle était petite, alors qu'elle s'obstinait à grimper sur les falaises malgré leurs recommandations, ses parents lui avaient dit qu'il y avait dans les rochers un chien enragé qui guettait les enfants pour les dévorer. Ce chien avait hanté ses cauchemars pendant des années et rien n'aurait pu la persuader de se risquer à explorer les obscures crevasses de la paroi. Mais, maintenant, elle avait dix ans et elle savait que ce chien n'existait pas, que c'était une invention de ses parents pour qu'elle ne fasse pas de chute dangereuse. Le chien dans les rochers n'était rien d'autre que sa propre curiosité. Alors, les monstres de la plaine n'étaient-ils pas quelque chose de semblable que l'on avait imaginé pour que les petits enfants nigauds ne posent pas de questions auxquelles il n'y avait pas de réponse?

Deux jours plus tôt, on avait aperçu de la fumée à l'horizon. Toutes les sentinelles l'avaient signalée et les enfants avaient escaladé le gros bloc qui obstruait le défilé pour voir mais leur père les avait ramenés dans la cour et leur avait dit que les étrangers viendraient les prendre s'ils ne restaient pas à la maison. C'était comme le chien, pensait Arle. Une menace pour leur faire peur et qu'ils se tiennent sages, mais les grandes personnes savaient de quoi il s'agissait réellement et ce qu'il fallait faire. Elles prendraient les dispositions nécessaires et on rentrerait la moisson à l'automne, on ferait les semailles au printemps, la vie se poursuivrait comme d'habitude.

Elle se recoucha et tira le drap jusqu'au menton. Comme cela, elle se sentait à l'abri. Ses yeux ne tardèrent pas à se fermer et elle se rendormit.

Un grand fracas retentit, une secousse qui fit trembler le plancher et s'entrechoquer les flacons sur la commode tandis que les branches plaquaient un lacis d'ombres rouges sur le mur. Arle, mal réveillée et trop étourdie par le vacarme pour crier, se précipita à la fenêtre. Il y avait partout des gens qui couraient. La grille était défoncée et, derrière, on distinguait des silhouettes se détachant sur un rideau de flammes. Son frère surgit dans sa chambre, une torche électrique à la main. Il lui cria qu'il ne fallait pas qu'elle reste à la fenêtre; il la prit par le poignet et l'entraîna au pas de course. Elle savait où il l'emmenait : dans la cave où l'on avait toujours dit aux enfants qu'ils devraient se réfugier en cas d'urgence. Quand ils arrivèrent à l'escalier extérieur, elle commença à pleurnicher parce qu'elle ne voulait pas descendre dans l'abri et attendre dans le noir.

Soudain, une lueur aveuglante fulgura. Une chaleur et un bruit terribles. Des plâtras et de la poussière pleuvaient à la ronde. Arle se laissa choir de tout son long sur les marches qui lui meurtrirent les mains, les côtes, les genoux et se mit à fuir le brasier en rampant avant même d'avoir pris conscience qu'il y avait eu une explosion. Ce fut alors qu'elle vit son frère allongé dans l'escalier. Sa tête faisait un angle bizarre, ses yeux vitreux avaient le regard aveugle d'un animal mort et quand elle la prit dans la sienne, sa main était flasque. Une nouvelle lueur fusa, des pierres recommencèrent à dégringoler, accompagnées d'un nuage de poussière qui la fit suffoquer.

Ce ne fut que plus tard qu'elle se rappela ce qu'elle avait fait alors – son saut, son atterrissage au milieu d'un parterre de fleurs qui amortit sa chute, sa fuite, les ombres qui se bousculaient en tous sens...

Elle se tapit parmi les décombres devant la grille. Comme la cave, la cour était un cul-de-sac, un piège. Elle s'élança à toutes jambes dans l'espoir de gagner le défilé et de s'engager sur le sentier interdit qui montait à l'assaut des falaises pour s'y cacher en attendant de rentrer à la maison et de retrouver les siens.

Il faisait noir dans les éboulis car un méandre du chemin masquait la lumière de l'incendie. Soudain, au détour du sentier débouchant sur la partie la plus étranglée de la gorge, elle aperçut une obscure silhouette plantée devant le dôme rocheux qui bloquait celle-ci. L'homme se détachait en ombre chinoise sur la toile de fond de la lune et Arle le vit trop tard. Elle essaya de se perdre parmi les éboulis qui bordaient le chemin mais il se jeta sur elle, la colla d'un bras contre lui et plaqua une main sur sa bouche et son nez au risque de lui rompre le cou.

Quand la résistance d'Arle faiblit, il la lâcha, l'empoigna par le col de sa mince chemise de nuit et fit mine de vouloir la frapper mais comme elle défaillait, il la prit à bras-le-corps pour l'obliger à se redresser. Dans l'ombre, il riva son regard à celui de l'enfant, éclairé par la lune. Immobile, Arle le laissa lui prendre le visage entre ses mains rudes, lisser ses cheveux emmêlés, essuyer de ses pouces ses joues barbouillées de larmes.

– Venez à notre secours, lui dit-elle alors, pensant que c'était un voisin accouru à leur aide. Je vous en prie, venez à notre secours.

Les mains de l'homme lui meurtrissaient les épaules. Elle tremblait, prête à éclater en sanglots. Il resta quelques instants sans bouger puis, happant le bras de l'enfant, il l'entraîna à longues enjambées, tournant le dos à la maison, sur le chemin qui descendait vers les vergers.

La fillette trébuchait sur les pierres. Elle se tordit la cheville dans la terre meuble au pied des pêchers et des pommiers. Le remblai du fossé d'irrigation était envahi d'orties et de broussailles épineuses. L'homme le franchit et la tira de l'autre côté sans plus d'égards que s'il se fût agi d'une poupée. Dès qu'elle eut recouvré l'équilibre, il repartit, la forçant presque à courir jusqu'au moment où elle fit un faux pas et s'écroula en larmes.

Alors, il la poussa dans l'ombre des arbres, l'accota contre la branche basse d'un vieux pommier et l'examina sans relâcher son étreinte.

– Où est-ce que tu allais? lui demanda-t-il.

Elle ne répondit pas. Dans la clarté diffuse que laissait filtrer le feuillage, elle distinguait vaguement des bottes, un pantalon bouffant, un harnachement de cuir. Elle n'avait jamais vu de fermier vêtu de cette façon. Et le visage maigre et dur de l'étranger lui était inconnu. Il répéta sa question en la secouant et elle capitula.

– Je voulais me cacher et revenir plus tard, répondit-elle, les lèvres tremblantes.

– Il y a un endroit où tu peux trouver de l'aide?

Elle désigna du menton la ferme où habitaient Rachel Barney, son frère Johann et les Sullivan qui avaient une fille du même âge qu'elle.

– Tu veux dire la maison qui se trouve à cinq

kilomètres à l'ouest? N'y pense plus. Y a-t-il un autre endroit?

– Je ne sais pas, dit Arle. Je... pourrais me cacher dans les rochers.

Il prit à nouveau la main de l'enfant dans sa main sèche et dure. S'il serrait plus fort, il lui broierait les os...

– Et où irais-tu ensuite? Il ne reste plus rien là-bas.

– Je veux rentrer chez moi.

– Pas possible. Réfléchis. Essaie de trouver un lieu sûr où je pourrais te laisser.

– Je n'en connais pas.

– Si je t'abandonne ici, pourrais-tu descendre jusqu'à la rivière? Serais-tu capable de faire le chemin?

Elle le regarda avec épouvante. La rivière en contrebas était à peine visible tant elle était loin. Pour descendre dans la vallée, on devait prendre le camion et c'était une longue route. Elle n'imaginait même pas combien de temps il lui faudrait pour la faire à pied. Surtout qu'il faisait chaud pendant la journée et qu'il y avait des hommes comme celui-là dans la campagne. Elle fondit en larmes. Ce n'était pas seulement sur elle qu'elle pleurait, c'était sur tout, et elle sanglotait si fort qu'elle crut qu'elle allait vomir. Mais l'inconnu la secoua brutalement et la gifla. Sa souffrance intérieure était telle que cela ne lui fit presque pas mal. Tout ce qu'elle savait, c'était qu'elle avait peur de ces gens et qu'elle allait être malade. Et la peur lui fit ravaler ses larmes. Son malaise se dissipa.

– Il faut que tu trouves un endroit où je pourrais te déposer. Arrête de renifler et réfléchis.

– Je veux rentrer à la maison!

L'homme lui décocha un regard étrange et desserra son étreinte. Il lui passa la main sur les cheveux et lui caressa la joue.

– Oui, je sais, mais ce n'est pas possible.
– Laissez-moi partir.
– Tu ne comprends donc pas qu'ils sont tous morts, là-bas? Et maintenant, si les autres nous rattrapent, ils nous écorcheront vifs. Il faut que je te mette à l'abri.
– Je ne sais pas quoi faire. Je ne sais pas. Je ne sais pas.
Elle crut qu'il allait la frapper et poussa un cri. Mais au lieu de la frapper, il la prit dans ses bras, nicha sa tête dans le creux de son épaule et la berça comme un petit bébé.
– Eh bien, je vais voir ce que je peux faire.

Aïéla s'engagea dans la coursive menant au *parédré.* La colère bouillonnait en lui, il réprimait les jurons kalliriens et humains qui lui montaient aux lèvres et pesta contre la présence lénifiante d'Isande, tant et si bien qu'elle finit par se retirer de son esprit. Quinze jours qu'il surveillait tous les faits et gestes de Daniel! La langue humaine commençait à lui être plus familière que le kallirien. La crasse et les images humaines envahissaient constamment ses sens, estompant la perception de ce qui l'entourait, dévorant sa vie et ses pensées personnelles.
Ce fut tout juste s'il put expliquer dans une langue civilisée la raison de sa présence à l'iduvé de faction devant la porte. L'iduvé lui lança un regard aigu car son comportement trahissait un état de confusion mentale suspect mais Chimèle avait donné des consignes et il le laissa entrer.
– Aïéla?
Chimèle, assise à son bureau au fond de la pièce, se leva en haussant les sourcils, ce qui, chez un iduvé, pouvait passer pour un signe d'inquiétude. Aïéla s'inclina très bas. Compte tenu des nouvelles qu'il apportait, cette manifestation de civilité protocolaire s'imposait.

– Daniel est en difficulté, commença-t-il.
– Soyez plus précis.
Chimèle prit place dans un fauteuil et l'invita à s'asseoir.
– Le raid sur les Hauts de Weiss, fit le kallia d'une voix rauque. (L'Orithaine tenait à ce que les choses soient exposées de façon chronologique et Aïéla s'astreignit à remettre de l'ordre dans son esprit, à le fermer aux impulsions confuses émanant de Daniel et de l'inquiète Isande.) Tout s'est déroulé conformément aux plans. Le groupe Anderson a donné l'assaut au domaine de Mar. Daniel est resté en arrière...
– Il ne devait pas.
– Je l'ai mis en garde. Fermement. Il sait qu'Anderson a des doutes sur lui mais il ne peut pas faire ce que font ces hommes. Sa conscience... son *honneur,* rectifia-t-il, s'efforçant d'employer des mots dont le sens était clair pour Chimèle, son *honneur* s'insurge contre ces massacres. Il a été obligé de tuer un homme lors du raid précédent.
Chimèle balaya l'objection d'un revers de main.
– Il avait été attaqué.
– Je pourrais vous expliquer l'éthique humaine...
– Expliquez-moi plutôt la situation concrète.
– Il y avait un enfant... une petite fille. J'ai essayé de le raisonner. Il m'a expulsé de son esprit et il l'a prise avec lui. Il continue à s'entêter sans tenir compte d'Anderson – ni de nous.
Il n'existait pas de blasphèmes en iduvien. Peut-être était-ce une des raisons de la férocité des iduvé. Chimèle ne dit rien et Aïéla poursuivit :
– Je tâche de le raisonner, répéta-t-il. Il est épuisé. Il n'a pas dormi depuis vingt heures. La nuit dernière, il n'a pas fermé l'œil tant la perspective de ce coup de main le rendait malade. En outre, il n'a ni vivres ni eau et il ne pourra pas boire avant d'atteindre la rivière. Ils n'y arriveront pas.

– Ce n'est pas une réaction humaine rationnelle.

C'était une question. Posée d'une voix parfaitement calme, ce qui, chez un iduvé, était de mauvais augure.

– Elle est humaine mais elle n'est pas rationnelle.

Chimèle exhala un sifflement et se leva, les poings sur les hanches :

– Votre tâche n'est-elle pas de prévoir de pareilles réactions et d'agir en conséquence?

– Je ne le blâme pas. Ma seule crainte est que j'aurais peut-être eu un comportement différent.

Cela venait du fond du cœur et cette pensée était si accablante que les larmes vinrent aux yeux d'Aïéla. Chimèle le toisa d'un air incrédule.

– *Au,* mais par qui suis-je donc servie! Expliquez-vous. Je suis patiente. Est-ce là une réaction prévisible?

Le kallia eut envie de hurler. Le *parédré* s'évanouit. Il grelottait dans le froid de la nuit priamide, somptueusement diaprée de traînées d'étoiles, le corps tiède et fragile d'un autre être serré contre lui. Des larmes brouillèrent sa vision et l'air lui manqua.

– Aïéla...

Les iduvé étaient incapables de pleurer : c'était un réflexe qui leur faisait défaut. Quand ce fait lui revint à la mémoire, Aïéla se sentit honteux de se donner ainsi en spectacle.

– C'est probablement une réaction instinctive. Je... je me suis tellement assimilé à lui que... je ne sais pas. Je ne peux plus porter de jugement sur ses actes. Cela me paraît normal.

– Est-ce l'instinct du *dhis*? Une réponse à la présence de cet enfant?

– Quelque chose d'approchant.

Il savait gré à Chimèle de tenter de trouver une comparaison. Elle médita sur sa réponse, et il y avait plus de perplexité que d'irritation dans ses yeux.

– Il est difficile de tabler sur de telles inconnues, Aïéla. Je suis au regret que vous ressentiez ce que vous devez ressentir, encore que ces sentiments m'échappent. D'autres humains – Anderson, par exemple – sont inaccessibles à de pareilles émotions en face des jeunes. Pourquoi Daniel y succombe-t-il?

– Je n'ai pas fusionné avec Anderson et j'ignore ce qui se passe dans son esprit dévoyé. Tout ce que je sais, c'est que... cette nuit-là... Daniel ne pouvait pas agir autrement.

– Ayez l'obligeance de lui faire comprendre qu'il nous reste approximativement trois jours selon son échelle du temps. Que Priamos a à peine trois jours à vivre et que lui et cette enfant seront parmi les millions de victimes, si nous devons nous résoudre à lancer une offensive massive contre ce monde.

– J'ai essayé. Tout cela, il le sait intellectuellement, mais il ne veut pas y penser.

– Nous avons donc perdu quinze jours précieux.

– Et c'est tout?

Une note d'hystérie vibrait dans la voix d'Aïéla et Chimèle lui décocha un regard intrigué – l'embarras de l'observateur qui n'est pas partie prenante.

– Vous êtes exténué. Il serait bon que vous soyez mis sous sédation le reste de la nuit. Vous ne pouvez rien faire de plus avec cette personne et vous avez, je le sais, longtemps travaillé sans vous reposer vraiment.

– Non. (Aïéla lutta pour contrôler sa voix et respirer plus lentement.) Je connais Daniel. Son bon sens finira par lui revenir. Le secteur pullule de toutes sortes d'embûches. Il aura besoin de moi.

– Je rends hommage à votre ténacité. Restez dans le *parédré*. Si vous tentez de lui donner des conseils, je préfère savoir où vous en êtes. Et si vous changiez d'avis et vouliez une sédation, dites-le-moi.

Au cas où nous perdrions Daniel, votre connaissance des humains sera deux fois plus précieuse. Je ne veux pas que vous risquiez votre santé. Je vous laisse libre de votre décision. Reposez-vous, si vous le pouvez.

– Merci.

Il se leva et s'inclina.

– Aïéla.

Il se retourna.

– Quand vous aurez trouvé l'explication de son comportement, faites-m'en part. Cela m'intéressera.

Il s'inclina à nouveau, écartelé entre la haine et l'amour de l'iduvé. Pour le moment, ce fut le second qui l'emporta. Chimèle avait essayé. Avec sa raison, faute de pouvoir le faire avec son cœur; mais elle voulait savoir.

Il se nicha confortablement dans la corolle profonde d'un de ces fauteuils qu'utilisaient les iduvé quand ils voulaient se détendre, la tête renversée contre le bord du dossier, et laissa les rythmes mentaux du corps de Daniel l'engloutir. Une fois de plus, il redevenait un humain et éprouvait ce que Daniel éprouvait.

Dans le petit repli de son esprit où il était encore lui-même, le kallia connaissait la réponse. L'engrenage s'était déclenché dès l'instant où Daniel avait posé le pied sur la surface de Priamos.

Des années auparavant, à l'autre bout de l'univers, quand Aïéla était un petit garçon, les serviteurs avaient rapporté dans le pavillon du garde-chasse un de ces rapaces qui nichaient dans les falaises. Il avait une aile cassée. Aïéla l'avait soigné. Il était fier de lui et considérait que l'animal lui appartenait. Mais la première fois qu'il avait senti les vents de Ryi caresser ses ailes, l'oiseau avait pris son vol.

7

Aïéla était de retour. Daniel lui opposa un hermétique mur de silence. L'enfant qui le tenait par le cou resserra instinctivement son étreinte quand il fit passer d'un bras sur l'autre le poids de son corps frêle. Une étoile scintillait, plus brillante qu'aucun astre qui eût jamais flamboyé dans le ciel priamide. Quand les gens la voyaient, ils pensaient « amaut » et frissonnaient, conscients de son immensité mais sans avoir aucune idée de ce que c'était. Ils ne le sauraient peut-être jamais. Si elle se mettait sur une orbite plus basse, ce serait l'ultime spectacle que leur offrirait le firmament de Priamos qui, ces derniers temps, avait été le théâtre de tant d'allées et venues – sinistres lueurs rouges des vaisseaux amaut, blancs brasillements des embarcations humaines déversant leurs troupes de mercenaires à la solde des amaut. Quand *Ashanomé* arriverait, ce serait aussitôt le dernier grand crépuscule de la planète, l'ultime choix des iduvé dans une négligeable querelle qui menaçait l'existence de son espèce. Un homme, une civilisation mineure ne comptait pas dans le jeu auquel ils se livraient.

Sois raisonnable, émit Aïéla. Aux mots étaient associés la colère, le souci qu'il se faisait pour eux, la crainte de Chimèle. Daniel s'emporta contre cette timidité devant l'Orithaine, que le kallia nia avec véhémence.

Daniel. Réfléchis. Tu ne sais ni où tu vas ni ce que tu feras de cette fillette. D'accord. Défaite. Aïéla perçut le dégoût de Daniel pour ce que les iduvé lui avaient demandé de faire. Humain, il avait pu se déplacer sur Priamos sans se faire remarquer, perdu au milieu de la multitude des mercenaires qui, lâchés par petits groupes, pillaient et tuaient sur l'ordre des amaut. Un rude gaillard, Daniel. Il savait se servir du grossier pistolet au lourd canon qui se balançait à sa ceinture. Il pouvait supporter les longues marches, les bivouacs sous la tente, les terribles et primitives conditions de vie qui étaient le lot des troupes humaines. Mais cette opération lui répugnait. Il n'avait tué qu'une seule fois et cela l'avait à tel point bouleversé qu'Anderson, le chef des mercenaires, lui avait signifié qu'il prendrait des sanctions exemplaires si jamais il n'exécutait pas les ordres. Menace futile : si Daniel pouvait ne pas tenir compte des ordres de Chimèle d'*Ashanomé*, rien de ce que cette brute d'Anderson serait capable d'inventer ne suffirait. Mais, heureusement, cela passait au-dessus de la tête de l'intéressé.

Je ne peux pas t'aider, Daniel. Cette enfant en larmes n'avait plus de foyer et tu as perdu ton bon sens, tu as oublié tous les autres liens. Je suppose que, maintenant, je suis l'ennemi.

Non, répondit Daniel, irrité par l'analyse d'Aïéla. *Je préférerais,* ajouta-t-il, car c'était son humanité qui souffrait.

Ecoute-moi. Accepte mes conseils et laisse-moi te servir de guide pour sortir de cette invraisemblable situation.

Chimèle aurait pu dire exactement la même chose et Daniel ne fut pas dupe. *Tue la petite fille. – Pourquoi ne pas l'avoir dit franchement? – Tue-la, une vie de plus ou de moins... – Dis-le, Aïéla. Car c'est bien cela que Chimèle exige de moi, n'est-ce pas?* Il étreignit si fort l'enfant que celle-ci se réveilla et, la mémoire lui revenant, se mit à pleurer et à se débattre.

– Chut! fit Daniel. Est-ce que tu veux marcher un peu?

– Je vais essayer.

Il la déposa sur le sol et elle tira pudiquement sur le bas de sa chemise de nuit en lambeaux. Les épines avaient égratigné ses pieds, les pierres les avaient meurtris et elle boitait si fort, les bras tendus pour garder l'équilibre, que Daniel poussa un juron et fit mine de vouloir la porter à nouveau. Mais elle ne voulut rien savoir. Levant vers lui un pâle visage baigné de lune, elle protesta :

– Non, je peux marcher. C'est juste au début que ça fait mal.

– Quand nous arriverons à l'autre route, nous couperons par l'ouest. On trouvera peut-être des réfugiés. Il doit quand même bien y avoir des survivants.

– Est-ce que vous allez quitter ces hommes?

La question embarrassa Daniel et quand Aïéla lui fit écho à son tour, il abaissa ses écrans mentaux.

– S'ils me trouvent maintenant, ils voudront avoir ma peau. J'irai peut-être à la recherche d'une autre bande en poussant vers le nord-ouest. *J'ai besoin d'un répit d'une nuit, d'une journée au plus. C'est faisable. J'imaginerai quelque chose.* (Cela s'adressait à Aïéla.) A moins que je me dirige aussi vers l'ouest. Je ne ferai rien tant que tu ne seras pas en sécurité.

Un homme seul ne peut pas traverser cette région, insista le kallia. *Lâche-la, laisse-la tomber. Non! Ecoute... ne t'emmure pas. Je t'aiderai. Je ferai comme tu voudras. Donne-moi des informations et je plaiderai ta cause devant Chimèle.*

Daniel l'injuria et referma son esprit.

Le seul fait de lui suggérer de faire du mal à la fillette déchirait le cœur d'Aïéla mais il avait peur. Ceux de sa race apprenaient à craindre les iduvé dès l'enfance et il n'était pas un humain. Daniel connaissait bien le kallia et il y avait pourtant encore en lui des zones d'ombre, des réactions qu'il ne pouvait prédire, des choses liées à l'essence profonde des kallia. Ils n'étaient pas humains. Le peuple d'Aïéla était inapte au combat. La nature kallirienne ne pouvait enfanter la tyrannie. C'était incompatible avec une culture constituée par une hiérarchie de Conseils sans exécutif suprême. Un kallia n'avait tout simplement pas la motivation qui eût pu faire de lui un despote ou un rebelle. Le *giyrêh* était censé être mutuel et ils étaient totalement désarmés quand on trahissait leur confiance. Ils étaient des proies faciles pour les iduvé : ils se soumettaient toujours devant une autorité supérieure. Un kallia était dans l'incapacité de concevoir que pareille attitude était moralement erronée ou que l'Ordre auquel il croyait n'existait pas hors des limites d'Aus Qao.

Daniel. Le silencieux contact mental qui revenait à la charge l'irritait. Jamais encore l'humain n'avait senti une telle colère chez Aïéla. *Ton ignorance des kallia est considérable. Tu n'as pas la moindre idée de ce qu'est le* giyrêh. *Aussi, je suppose qu'il ne te vient pas à l'esprit que je l'ai pour tous les êtres à qui j'ai affaire – même pour toi. Je ne suis pas un humain. Je ne mens pas à mes amis, je ne détruis pas ce qui est inutile, je ne brise pas ce qui est intact. Et quand la défaite est là, je l'accepte. Abandonne cette enfant. Je la mettrai à l'abri, je m'y engage, même s'il faut pour cela que je vienne moi-même sur Priamos. Mais ne reste pas dans le secteur. Tu t'es déjà créé assez d'ennuis. N'achève pas de te brûler.*

Non, riposta Daniel. *Il suffirait qu'elle pose une seule fois les yeux sur ton faciès de kallia pour que tu ne puisses plus jamais la rattraper. Fais venir ton navire. Mais tu agiras selon mes instructions.*

Il n'y eut pas de réponse. Daniel leva à nouveau les yeux vers l'étoile qui était *Ashanomé.* Une deuxième étoile était née qui brillait à peu de distance de la première. Et il y en avait une troisième qui paraissait immobile. Elles étaient là, tout simplement, alors qu'un peu plus tôt elles n'y étaient pas.

Aïéla, projeta l'humain à destination de l'étoile *Ashanomé.*

Mais, cette fois, Aïéla avait mis son blocage mental en place.

Le *parédré* fut soudain baigné d'une clarté éblouissante et, tout au fond, dans la partie laissée vide, se matérialisèrent des terminaux, des écrans d'observation, des panneaux palpitant de couleurs. Au milieu de ces appareillages, Chimèle et son *nas-katasakké* Rakhi parlaient avec animation de l'arrivée inattendue de deux *akitoméï* dont l'image tridimensionnelle flottait à l'intérieur du cube noir posé sur la table, projection au sein de la projection, miroir dans le miroir.

Subitement, il n'y eut plus que Chimèle dans le *parédré* assombri, sa réalité retrouvée. Aïéla lui lança un regard embarrassé car l'accès des salles de contrôle était interdit aux kaméthi.

– J'ai fait mander Isande, dit-elle. Vous lui expliquerez la situation en détail. Faites barrage à Daniel. Aurez-vous la force de maintenir la barrière fermée?

– Oui. Sommes-nous attaqués?

La question parut surprendre Chimèle.

– Attaqués? Non. Les *nasuli* ne se lanceraient pas dans une action aussi inconsidérée. Il s'agit de l'*harathos,* l'Observation. *Tashavodh* est venu assister à l'exécution de la *vaïkka* et *Mijanothé* est l'observateur neutre qui signifiera aux *nasuli* que les règles ont été respectées. C'est une chose à la fois attendue et inattendue. On aurait pu s'en dispenser. Pour ma part, j'aurais préféré.

Aïéla voyait mentalement Isande qui se préparait à sortir de son appartement. Les cheveux en désordre, elle enfilait son chandail. Elle tira dessus pour l'ajuster en se hâtant dans la coursive. Il lui communiqua toutes les informations qu'il pouvait sous une forme cohérente et condensée ainsi qu'il avait appris à le faire.

Et Daniel? lui demanda-t-elle. *Qu'est-il devenu?*

L'interrogation faillit faire sauter le blocage et il s'employa à le consolider, incapable qu'il était de barrer l'humain et de parler en même temps de lui. Isande se rendit compte de sa difficulté mais au moment où il allait répondre à la question, une projection surgit à moins d'un pas de lui.

Méjakh! Il fit un bond en arrière tout en prévenant Isande. Ses contacts, et il s'en félicitait, avaient jusqu'ici été rares avec la mère de Khasif et de Téjef mais elle faisait plus fréquemment irruption dans le *parédré* maintenant que Chimèle était privée de l'assistance de ses *nasithi-katasakké* requis par d'autres tâches : Tchaïkhé, *katasathé* des œuvres d'un iduvé, était en effet désormais interdite de *parédré,* Khasif et Ashakh se trouvaient sur Priamos et le pauvre Rakhi était cloué dans la salle de contrôle où il s'efforçait à lui tout seul de remplacer tous ses *nasithi* indisponibles et de satisfaire à toutes les exigences de Chimèle. Dans ces circonstances, Méjakh excipait de son titre de plus proche membre de *sra* indirect, Chimèle n'ayant pas d'autre parentèle. Ses enfants étant adultes, elle devait avoir la quarantaine ou davantage mais elle n'avait pas le comportement effacé d'une femelle vieillissante. Ses mouvements avaient la grâce insolente de quelqu'un de beaucoup plus jeune car les iduvé vivaient jusqu'à un âge avancé quand ils ne périssaient pas prématurément de mort violente. Svelte, elle avait une beauté hiératique et un port majestueux, encore que son charme fût gâté par une voix de crécelle.

– J'ai entendu, Chimèle, dit Méjakh.

L'Orithaine aurait normalement dû accueillir le concours qui lui était ainsi offert par une formule de courtoisie : les iduvé n'étaient jamais avares de politesses. Mais Méjakh n'eut droit qu'à un regard qui eût convenu à un nas kamé présomptueux et son refus de baisser les yeux ne fit qu'alourdir ce silence de mauvais augure. Un être de l'extérieur ne se serait aperçu de rien mais Aïéla côtoyait maintenant depuis assez longtemps les iduvé pour être sensible à la tension de l'atmosphère.

La voix de Rakhi tomba de l'interphone :

– Chimèle, j'ai des projections en provenance de *Tashavodh* et de *Mijanothé.*

– Basculez-les sur le 9 et le 10.

Les projections prirent forme instantanément, leurs contours se chevauchant, fond rouge contre arrière-plan violet. A gauche, un homme debout, large d'épaules, le visage carré, le sourcil froncé, la bouche boudeuse. *Kharxanen.* Isande l'avait reconnu par le relais d'Aïéla et le nom qu'elle énonçait était nimbé de haine, tressé de souvenirs disparates : Réha mort, Téjef et le déshonneur de Méjakh. C'était le frère par le sang de Sogdriéni, l'oncle présumé de Téjef. A droite, une femme dans un fauteuil de bois, une iduvé si vieille que ses cheveux avaient la couleur de l'argent et que sa peau indigo paraissait pâle. De petite taille, elle avait des pommettes saillantes, un nez proéminent et de grands yeux brillants qui lui donnaient un air farouche et lui conféraient une immense dignité. Vêtue de noir, elle tenait une canne chromée sur ses genoux. Curieusement, la déférence que lui manifestait Chimèle à bord de son propre vaisseau ne semblait pas incongrue.

– Thiane, vocalisa Isande sur un ton de crainte respectueuse. Prenez garde de ne pas attirer son attention, Aïéla. C'est elle qui préside l'Orithanhé.

– Salut à *Ashanomé,* dit Thiane d'une voix douce. Pardonnez sa brusquerie à la vieille femme que je suis mais il me reste trop peu d'années à vivre pour gaspiller mon temps en interminables politesses. Il n'y a pas de *vaikka* entre nous.

– Non, répondit Chimèle, il n'y en a pas. Soyez la

bienvenue, Thiane. Et puisque Thiane est là, bienvenue aussi à Kharxanen.

Kharxanen s'inclina avec raideur.

– Salut à *Ashanomé*. Honneur à l'Orithanhé dont les décrets doivent être exécutés. Et salut à Méjakh de moindre honneur, qui fut, jadis, de *Tashavodh*.

Cette dernière émit un sifflement. Kharxanen sourit et s'adressa à nouveau à Chimèle :

– L'enfant du *sra* de Méjakh est florissant. Notre pacte a profité à notre honneur mutuel. Je vous dis adieu, *Ashanomé*. Cette visite était purement protocolaire. Vous savez maintenant que je suis là.

– Salut à *Tashavodh*, laissa tomber Chimèle d'une voix dépourvue d'expression tandis que Méjakh disparaissait à son tour avec un grondement de fureur.

Restèrent seuls, Chimèle Thiane et Aïéla, tapi dans l'ombre.

– *Au*, fit Thiane, manifestement affligée par cette scène.

Chimèle s'inclina très bas.

– Je suis confuse.

– Moi aussi.

– Vous êtes, bien sûr, la toute bienvenue. Que vous soyez venue en personne pour l'*harathos* est un grand honneur pour nous.

– Chimèle, Chimèle... vous et Kharxanen pouvez à vous deux faire s'affronter dans la colère les trois quarts de l'espèce iduvé. Cela ne justifie-t-il pas mon inquiétude?

– La conscience de notre responsabilité m'accable, ô notre doyenne à tous.

– Ce serait un désastre incalculable. Si quelque chose tournait mal, j'en porterais à jamais le déshonneur.

– Pouvez-vous croire que je violerais la convention, Thiane? Si j'avais désiré que la *vaikka* avec *Tashavodh* conduise à la catastrophe, aurais-je convoqué l'Orithanhé?

– Je vois seulement ceci : alors qu'il reste moins de trois jours, je constate que ce Téjef qui est localisé est indemne et je soupçonne la présence de personnes d'*Ashanomé* sur cette planète. Est-ce que je fais erreur, Chimèle *sra*-Chaxal?

– Vous ne vous trompez point, Thiane.

Thiane fronça les sourcils et enchaîna avec un tremblement de colère dans la voix :

– Une simple *vaïkka* ne fera pas l'affaire, en ce cas. Qu'adviendra-t-il si vous commettez une erreur de calcul, Chimèle?

– Je procéderai quand même à la *vaïkka*. (Les traits de Chimèle étaient tendus par l'effort qu'elle faisait pour se dominer.) Même si cela doit entraîner la destruction de Priamos. Moi seule suis responsable du risque que je prends et la décision m'appartient, Thiane.

– *Au*, vous êtes impétueuse, Chimèle. Détruire ce monde aurait suffi, bien que ce soit une *vaïkka* anonyme. Vous vous êtes engagée trop loin, cette fois-ci. Vous perdrez tout.

– Je suis seule juge en la matière.

– Il est vrai, convint Thiane. Mais ce ne le sera plus si, arrivée au dernier jour, vous n'avez pas entrepris l'action nécessaire. Je vous reprocherai alors de sembler délibérément vouloir provoquer *Tashavodh*, présent en *harathos*, par des manœuvres dilatoires. Il n'y aura pas d'accommodement sur ce point, Chimèle, même pas apparence d'accommodement. Il faudra que toute intervention de votre part sur Priamos ait cessé bien avant le terme de rigueur afin que *Tashavodh* sache que les choses se sont passées dans les règles. Je suis comptable envers l'Orithanhé et je dois, à ce titre, veiller à ce que cette affaire se termine sans nouvel outrage. Et s'il devait y avoir outrage, Chimèle, je serais à mon grand, à mon très grand regret, contrainte de proclamer que vous avez enfreint le décret de l'Orithanhé vous interdisant d'exercer la *vaïkka* sur *Tashavodh* lui-même. *Ashanomé* serait dès lors tenu à frapper son Orithaine de bannissement sous peine d'être rejeté hors du clan et mis hors la loi. Vous n'avez pas de descendance, Chimèle. Ai-je besoin d'ajouter que si *Ashanomé* vous exilait, ce serait la fin d'une dynastie vieille de douze mille ans et que, premier parmi ses pairs, il ne serait plus rien? La *vaïkka* contre ce Téjef est-elle donc si importante qu'elle vaille de courir un tel risque?

– Cette querelle agitait déjà *Ashanomé* avant que j'aie quitté le *dhis*, ô Thiane. Peut-être mes méthodes sont-elles très hasardeuses mais n'oubliez pas que défi a été porté à notre primauté. L'ampleur de l'enjeu ne justifie-t-elle pas le risque?

Thiane baissa les yeux et inclina respectueusement la tête.

– Salut à *Ashanomé*. Puisse votre *dhis* s'enrichir des fruits de votre esprit et votre *sra* continuer dans la voie de l'honneur. Mon admiration vous est acquise. Je souhaite qu'il en aille encore ainsi lors de notre prochaine rencontre.

– Honneur à *Mijanothé*. Que votre *dhis* fructifie à jamais.

La projection s'évanouit et la salle de contrôle se matérialisa à nouveau un court instant autour de Chimèle dont les yeux lançaient des éclairs.

– Rakhi, donnez l'ordre à Ashakh de rallier *Ashanomé*. Qu'il vienne au rapport dès qu'il arrivera.

Elle coupa avant même que Rakhi, qui acquiesçait, eût relevé la tête. Isande, qui avait préféré attendre au-dehors pour ne pas se trouver en présence de Thiane, entra timidement dans le *parédré* et l'Orithaine balaya les deux kaméthi du même regard.

– Installez-vous au bureau du fond. Je veux que vous me dressiez le plan de situation de tous les détachements amaut et mercenaires avec leurs coordonnées par rapport à la position estimée de Téjef. Daniel doit recevoir une nouvelle affectation.

Si ç'avait été un autre iduvé, même Ashakh, qui lui avait donné cet ordre, Aïéla se serait écrié qu'il n'avait pas dormi depuis près d'un jour et une nuit et qu'il ne pouvait rien faire qui exigeât tant soit peu de concentration intellectuelle. Mais il s'agissait de Chimèle et du salut de Daniel. Le kallia fit une révérence respectueuse et se dirigea vers le bureau indiqué.

Je pourrai faire le plus gros du travail, émit Isande. *Vous n'aurez qu'à rester à côté de moi pour m'aider un peu.*

Il s'assit et se prit la tête entre les mains. Sa pensée revint à Daniel, à la haine et à la fureur que lui vouait l'humain à cause de la fillette. Impossible de le convaincre qu'il devait se séparer d'elle. Il avait essayé et Daniel ne le lui pardonnerait sans doute pas. Quand même, il insista : la compagnie même de Daniel était un immense danger pour l'enfant. La sécurité de chacun d'eux commandait leur séparation. C'était dans l'intérêt de Priamos et si Daniel s'entêtait, ni lui ni la petite n'avaient de chance de survivre. L'abandonner constituait un risque mais un risque productif. C'était ce que la raison et la bonne tactique exigeaient. Mais Daniel le traita d'assassin et, s'enfermant obstinément dans une logique humaine qui dressait un mur de haine entre eux, il évacua Aïéla de son esprit. Les perceptions du kallia se brouillèrent. Un vent glacé lui arracha un frisson et il se rendit compte à retardement qu'il s'était laissé couler.

Aïéla. La présence d'Isande l'aspira. Il lutta pour reprendre pied de l'autre côté et sentit la pression de la main de son *asuthé* sur son épaule. La chaleur du *parédré* le baignait à nouveau. *Contact trop prolongé,* émit Isande. *Aïéla, Aïéla, concentrez-vous sur ce qui se passe ici. Décrochez d'avec lui, décrochez*

– Tout va bien, lui dit-il pour apaiser ses craintes.

Elle continua cependant à l'observer avec appréhension quelques instants encore avant de se le tenir pour dit et de tendre le bras vers la commande de l'ordinateur.

Mais tous deux sursautèrent quand la porte du *parédré* s'ouvrit inopinément et Isande se pétrifia sans aller jusqu'au bout de son geste à la vue de Méjakh écumante de fureur, et on ne peut plus présente. Elle faillit dans son épouvante appeler Chimèle mais l'Orithaine, installée à son propre bureau, leva la tête, décochant à l'intruse un regard courroucé.

– Je ne vous ai pas convoquée.

– Faites-les sortir, dit Méjakh en désignant Aïéla et Isande. Ce que j'ai à vous dire, Chimèle-Orithaine, n'est pas pour des oreilles de *m'métanéï*.

Chimèle se remit à écrire.

– Ils m'aident. Pas vous. Vous pouvez vous retirer, Méjakh.

– Vous êtes offensée parce que j'ai quitté le colloque. Mais vous, vous n'avez pas réagi quand Kharxanen m'a insultée. Vous y avez pris plaisir.

– Votre conduite incroyable ne m'a guère laissé d'autre choix. (Chimèle leva à nouveau la tête avec une répugnance extrême quand Méjakh s'avança jusqu'à son bureau. Elle posa sa plume et se mit debout d'un mouvement lent et souple.) Vous n'existez pas, Méjakh. Votre présence est ignorée, vos propos oubliés. Sortez.

– *Ashanomé* se déshonore en ne défendant pas les siens.

Chimèle rejeta la tête en arrière et son expression se glaça.

– Vous n'êtes pas de mon *sra*, Méjakh. Vous eûtes, jadis, de l'honneur et Chaxal a eu son attention attirée par vous mais, dans sa sagesse, il ne vous a pas élue comme *katabérihé*. Vous semez le désordre. Vous avez foulé aux pieds votre honneur en laissant Téjef vous entraîner à bord de *Tashavodh*. Ce fut le point de départ de nos présentes difficultés et votre retour au *nasul* ne méritait pas le prix qu'il nous a coûté, Méjakh.

– Vous ne parleriez pas ainsi si Khasif était là et vous entendait.

– C'est pour lui que je vous ai supportée. Mais c'est fini.

Méjakh lutta pour recouvrer sa respiration. Si les iduvé avaient pu pleurer, elle aurait peut-être pleuré. Son poing s'abattit sur le bureau avec un fracas d'explosion.

– Rappelez-les tous! Oui, rappelez Khasif et ce nas kamé humain... tous! Faites table rase de cette planète et qu'on n'en parle plus! Il est clair, Orithaine, que vous avez plus de *m'mélakhia* que de *sorithias*. C'est votre *vaikka* à vous que vous poursuivez, une *vaikka* pour laver l'affront que vous avez personnellement essuyé, pas pour venger l'honneur d'*Ashanomé*.

Chimèle fit le tour du bureau et les pensées d'Isande blêmirent sous l'effet de la peur. *Rakhi... Allez chercher Rakhi,* projeta-t-elle à l'adresse d'Aïéla – et elle tendit la main vers l'interphone.

Aïéla se rua sur les deux iduvé.

Ses genoux ployèrent sous lui tandis qu'une douleur sans nom lui vrillait le bras et irradiait dans sa poitrine. Il s'effondra, crachant le sang. Il entendait Isande sangloter, tout près de lui, mais ne parvenait pas à établir la liaison avec elle bien que, maintenant, la déchirante souffrance eût fait place à un sourd élancement. Ses membres n'obéissaient plus, il n'avait pas la force de bouger.

Chimèle se pencha sur lui. Elle lui souleva la tête.

– Debout! Debout, kameth!

Péniblement, il s'arc-bouta à un fauteuil pour se relever et s'y affala, cherchant désespérément à accrocher l'esprit d'Isande. Le contact était actif, faible et engourdi, mais elle était saine et sauve. Quand sa vision s'éclaircit, il la vit. Elle était assise, la tête dans les mains. Rakhi se tenait derrière elle.

– Tous les deux paraissent en bon état, annonça ce dernier. Quels sont vos instructions pour Méjakh ?

– L'accès du *parédré* lui est désormais interdit. (Chimèle se tourna vers ses kaméthi.) Méjakh voulait vous tuer mais j'ai neutralisé l'impulsion. Quelle tristesse ! Elle avait de l'*arastiéthé,* autrefois, mais quand Téjef l'en a dépouillée, cela a troublé sa raison et son sens de la *tchanokhia.*

– Elle a eu du malheur avec ses jeunes, ajouta Rakhi. Elle en poursuit un de sa *vaïkka* et elle a perdu son honneur à cause de lui. L'Orithanhé lui en a enlevé un autre. Ce n'est qu'en Khasif qu'elle a un *sra* honorable mais il est absent. Se pourrait-il qu'elle soit en train de devenir *dhisaïs,* Chimèle ?

– Prévenez les gardiennes que l'entrée du *dhis* lui est formellement interdite. Vous avez raison. Elle risque de subir son attraction et, n'y ayant pas d'enfant, on ne peut prévoir ce qu'elle pourrait faire. Elle a perdu tout contrôle d'elle-même. Son esprit est troublé depuis que l'Orithanhé nous l'a restituée sans son enfant et cette longue attente avec Priamos sous les yeux... *au,* n'importe quoi peut arriver. Je dois considérer, Isande et Aïéla, que vous êtes tous deux en danger mortel. Votre disparition dérangerait mes plans. Cela ne saurait lui échapper et les kaméthi sont sans défense en face d'elle.

– Si nous étions armés..., commença Aïéla.

– *Au!* l'interrompit Chimèle. Non, *m'métané.* Votre attitude est tout à fait compréhensible mais vous appréciez mal vos limites. Ne vous êtes-vous pas rendu compte que vous avez frôlé la mort, il y a un instant? L'*idoikkhéï* peut tuer. La *tchanokhia* interdit que des kaméthi soient l'objet d'une *vaikka* aussi extrême mais le sens de la *tchanokhia* fait malheureusement défaut à Méjakh.

– La guérison d'une *dhisaïs* peut prendre des années, objecta Aïéla.

– Oui, et vous voyez dans quelle situation nous a mis votre tentative d'intervention. Enfin, nous résoudrons ce problème d'une manière ou d'une autre et sans nouvelle *vaikka,* je l'espère.

– Le kameth n'a pas tort, Chimèle, fit Rakhi. Méjakh a été souvent une source d'ennuis pour nous dans l'affaire Téjef. L'interdire de *parédré* ne sera peut-être pas suffisant pour l'empêcher de nuire.

– Je m'en tiens néanmoins à ma décision.

– L'Orithaine ne peut pas se permettre d'erreur.

– Je préfère quand même progresser vers l'infaillibilité à mon pas – sans hâte, Rakhi. Avez-vous des nouvelles d'Ashakh?

– Il a accusé réception. Il a déjà quitté Priamos et il nous rejoindra le plus rapidement possible.

– Bien. Retournez à votre poste. Aïéla, Isande, si nous voulons récupérer Daniel, il faut lui trouver une unité adéquate et le débarrasser de cette enfant. Je présume, Aïéla, que vous continuez à le tenir dans l'ignorance de vos actions. Trop de connaissances accablent déjà son esprit. Et quand je vous donnerai licence de le contacter, vous pourrez lui faire part de mon mécontentement.

– C'est déjà fait.

– Ce n'est pas son enfant, fit Chimèle, revenant à la pensée qui la préoccupait.

– Elle s'est attachée à lui par besoin de protection et elle l'est devenue.

– Pas de *nasith-tak,* pas de femelle, pas de *katasa-*

thé, pas de *dhisaïs*... rien. Est-il raisonnable pour un mâle d'agir ainsi – tout seul?

– Sans aucun doute. Un iduvé ne le ferait-il pas?

C'était là une question entachée de présomption. Isande en fit le reproche à Aïéla mais Chimèle baissa les yeux pour manifester la confusion qui convenait, puis le dévisagea.

– Une femelle *katasathé* proche de son terme pourrait être tentée d'agir de la sorte. Mais pas un mâle en l'absence d'une femme avec laquelle il serait récemment entré en contact. Cette enfant n'est-elle pas proche de l'âge adulte? Peut-être a-t-il succombé à la pulsion de la *katasakké?*

– Non. Non, quand il songe à elle, c'est en tant qu'enfant. Cette pensée... déshonnête lui a traversé l'esprit et il l'a chassée. Avec honte.

Le kallia s'en voulut aussitôt d'avoir confié à Chimèle une chose d'un caractère aussi intime. S'il n'avait été si fatigué, il n'en aurait rien dit. Mais cet aveu ouvrait des horizons à l'Orithaine et la plongeait dans un abîme de perplexité.

– Elle est *tchanokhia* pour lui, poursuivit Aïéla. A ses yeux, elle représente la race humaine tout entière. Contrairement à vous et à moi, il lui trouve une beauté infinie.

Sur quoi, il rejoignit Isande qui, derrière le bureau, recommença à effleurer de ses mains tremblantes les touches du clavier. La carte de Priamos apparut sur l'écran et elle la mit à jour en y traçant les contours des zones occupées à partir des rapports du centre de commandement. Les secteurs tenus par les amaut étaient en rouge, ceux tenus par les humains en vert et il y avait deux points blancs pas plus gros que des têtes d'épingle : un dans une plage rouge, Weissmouth – c'était Khasif –, un autre dans les hauteurs à l'intérieur des terres à cent *lioï* de Daniel : la position estimée de Téjef.

Quand, plus tard, Aïéla leva les yeux, Chimèle était debout à côté de son bureau à l'avant du *parédré*, qui avait maintenant l'ampleur vertigineuse du pont-hangar d'*Ashanomé*. Elle était en grande conversation avec Ashakh.

L'aube se levait rapidement sur la vallée de la Weiss. La disparité entre les rythmes de l'astronef et ceux de la planète était l'une des causes, et non des moindres, du bouleversement que ressentait Aïéla depuis quinze jours. Daniel avait sûrement dû céder à l'épuisement et succomber au sommeil. Il ne lui restait plus assez de force pour poursuivre son chemin. Mais rien qu'en s'interrogeant sur l'humain, Aïéla risquait de laisser filtrer un élément d'information. Fermant son esprit à tout contact, le kallia se concentra sur sa tâche présente.

La clarté montante dissipait l'écharpe d'étoiles qui barrait le ciel de Priamos. La démarche de Daniel était mal assurée. Il s'arrêtait souvent pour contempler avec hébétude la route qui s'étirait au loin. Aïéla se taisait en lui. Il avait ressenti une atroce souffrance, suivi d'un long silence, si long que, oubliant la gravité de sa rébellion contre le kallia, il l'avait assailli de questions angoissées : Allait-il bien? Qu'était-il arrivé? Mais le silence s'était prolongé, à peine brisé par moments de communications désespérées. Daniel en avait conclu qu'Aïéla subissait la *vaïkka* de Chimèle, iduvé jusqu'à la moelle; mais quand elle s'en prendrait à lui et à Priamos tout entière, sa vindicte serait d'une autre virulence.

Dans la froide lumière du jour, Daniel se rendait compte de ce qu'il avait fait : un monde risquait d'être anéanti parce qu'il n'avait pas eu le courage de commettre un second meurtre. Mais il refusait obstinément d'envisager pareil geste, il refusait de croire que Chimèle elle-même serait capable de mettre une aussi cruelle menace à exécution – que la petite fille et lui étaient condamnés à être deux cadavres de plus parmi un million de corps sans vie à la surface d'une planète assassinée.

Il trébucha, reprit son équilibre et sentit les bras graciles de l'enfant se nouer plus étroitement à son cou.

– Laissez-moi essayer de marcher, s'il vous plaît, dit-elle.

Ses jambes, ses épaules, son dos étaient presque engourdis et être délivré de ce fardeau lui procura un indicible soulagement. Dans la clarté matinale, la fillette, minuscule dans sa chemise de nuit jaune toute déchirée, était pathétique. Errant ainsi vêtue à travers ce paysage désertique et sauvage, elle paraissait déambuler dans un cauchemar réfractaire à l'aurore. De temps en temps, elle le regardait comme s'il l'épouvantait plus que n'importe quoi d'autre et Daniel ne pouvait l'en blâmer. Que lui révélait le jour naissant? Un individu patibulaire au visage mangé par la barbe, un homme portant un horrible pistolet noir et l'attirail d'un assassin. Ce devait être un spectacle bien insolite aux yeux d'une petite campagnarde. Si ses parents l'avaient mise en garde contre les hommes de sac et de corde ou contre les hommes en général – n'était-elle pas assez grande pour saisir ce genre de choses? –, il correspondait parfaitement à l'image des personnages à éviter. Il aurait voulu lui dire qu'elle n'avait rien à craindre de lui mais il savait qu'il bafouillerait lamentablement s'il essayait de la rassurer et qu'elle aurait peut-être encore plus peur.

– Comment t'appelles-tu? lui demanda-t-elle pour la première fois.

– Daniel Fitzhugh. Je viens de Konig.

Il était probable qu'elle avait entendu parler de cette planète et ce nom familier parut, en effet, la rassurer.

– Moi, je m'appelle Arle Mar. (Et elle ajouta d'une voix tremblante :) C'était la ferme de mon père et de ma mère.

– Et quel âge as-tu? (Par ses questions, Daniel espérait chasser le souvenir des récents événements.) Douze ans?

– Dix. (Elle mordit sa lèvre inférieure.) Je ne veux pas continuer. S'il vous plaît, ramenez-moi à la maison.

– Tu sais bien que ce n'est pas possible.

– Ils se sont peut-être sauvés. (Daniel songea qu'elle avait dû longuement caresser cet espoir avant de l'exprimer.) Peut-être qu'ils se sont cachés comme moi et qu'ils attendent mon retour.

– Sûrement pas, je te dis.

Elle essuya ses larmes.

– Où pensez-vous qu'on devrait aller? Il faudrait qu'on appelle la Patrouille, qu'on trouve une radio dans une maison...

– L'ordre et la loi n'existent plus sur Priamos. Il n'y a plus de soldats, plus de police... rien. Sauf des hommes... comme moi.

Elle parut sur le point de défaillir comme si tout ce qui s'était passé avait fini par avoir raison d'elle. Le sang se retira de son visage. Immobile au milieu de la route, elle était au bord de l'évanouissement.

– Je vais te porter.

– *Non!*

Si sa taille avait été à l'égal de sa colère, elle eût inspiré la terreur. Mais elle se laissa brusquement choir par terre et s'accroupit, les coudes sur les genoux, la tête entre les mains. Daniel ne la bouscula pas. Il se contenta de s'asseoir en tailleur, les mains croisées derrière la nuque, attendant qu'elle recouvre sa dignité et son courage. Il aurait souhaité la toucher, la serrer dans ses bras, qu'elle pleure et se sente protégée mais il n'ébaucha pas un geste. Un humain aurait pu le faire, se disait-il, mais il n'était plus tout à fait un humain. Peut-être sentirait-elle qu'il y avait quelque chose d'étranger en lui. Et, cela, il ne le voulait pas.

Enfin, elle s'essuya les yeux une dernière fois, se releva avec raideur et souleva délicatement le bord de sa chemise de nuit en lambeaux pour examiner ses genoux écorchés.

– Tu dois avoir mal, dit Daniel en se mettant debout à son tour.

– Ça ira.

Elle laissa retomber sa chemise, exhala un sanglot étranglé et contempla la vallée ensoleillée qui se déployait à leurs pieds, la Weiss et ses méandres paresseux, les champs noircis, incendiés.

– Tout était vert, avant, murmura-t-elle.

– Oui, dit-il, acceptant le reproche implicite.

Elle le regarda en plissant les paupières.

– Pourquoi? (La question était terrible dans sa simplicité.) Pourquoi avez-vous fait ça?

Il haussa les épaules, incapable de lui fournir une explication. La vérité était pire que le mensonge. Il tendit le bras.

– Viens. Nous avons encore une longue route à faire.

Mais, refusant sa main, elle le précéda. Le chemin était sablonneux et il y avait de l'herbe au milieu. Arle marchait sur le bas-côté mais le soleil chauffait le sable et quand ils atteignirent la plaine, elle sautillait en grimaçant.

– Allez! fit Daniel bien décidé à la porter, qu'elle le veuille ou non. Peut-être que je...

Il interrompit son geste, alerté par un bruit lointain, un bourdonnement qui ne ressemblait en rien au grésillement des insectes. Arle avait entendu, elle aussi, et, suivant la direction du regard de Daniel, elle scruta l'étendue bleu pâle du ciel en quête d'un avion. Ce fut d'abord un éclat lumineux qui filait au-dessus d'eux. Arrivé à l'extrémité de la plaine, l'engin fit demi-tour.

– Bon, dit Daniel avec un détachement forcé. *Aïëla, Aïëla, entends-moi, je t'en supplie.* Voilà les ennuis qui commencent. Ecoute-moi, Arle. S'ils atterrissent, tu plonges dans les hautes herbes et tu te caches au fond du fossé. *Aïëla, j'ai besoin de ton aide!*

– Qui est-ce? s'enquit la fillette.

– Probablement des amis à moi. Des amaut, peut-être. J'ai travaillé pour leur camp, tu sais. Possible qu'ils me poursuivent pour désertion. Tu verras peut-être des choses qui ne te plairont pas. *Au nom du ciel, entends-moi, Aïëla!* Je pourrai toujours m'en tirer en leur racontant une histoire mais, pour toi, il n'y a rien à faire. S'ils te voient, ils m'écorcheront vif. Alors, je t'en prie : débrouille-toi toute seule, quoi qu'il arrive, et ne bouge absolument pas. Tu ne pourrais qu'aggraver mon cas et ils ont des capteurs avec lesquels ils te repéreraient en un rien de temps. Si jamais ils soupçonnaient que je ne suis pas seul, tu n'aurais pas la moindre chance de leur échapper. Tu m'as compris? Tu te fais toute petite et tu ne bouges pas.

L'appareil perdait de l'altitude, grand disque aux reflets argentés qui ne sortait pas des usines humaines. Le grondement de ses moteurs se mua en un sifflement quand il se posa en travers de la route, soulevant un nuage de poussière opaque. Daniel obligea Arle à s'aplatir au sol, puis l'exhorta à se sauver. Il pivota sur lui-même, s'abritant les yeux derrière ses bras pour les protéger du sable jusqu'à ce que l'appareil se soit immobilisé. L'éclat de l'engin que frappait le soleil était aveuglant. Une trappe s'ouvrit, tache noire sur son fuselage, et une rampe apparut.

Aïëla! Cette fois, l'appel suscita une réponse – un rapide coup de sonde, une excuse.

Amaut, émit Daniel – et il projeta le temps d'un

éclair l'image de l'appareil, des amaut qui descendaient la rampe et des humains qui les suivaient. *Parker, le second d'Anderson.*

Bribes de pensées hétéroclites, supplications serviles : que son asuthé lui pardonne sa révolte, qu'il parle à Chimèle, qu'il lui promette n'importe quoi, qu'il fasse quelque chose...

Aïéla s'y employait, Daniel le comprit. Il ressentait au niveau subconscient l'effroi du kallia et la rage de l'Orithaine, et cela eut raison de son courage. Baigné de sueur, il porta la main au pistolet qui battait à sa hanche. Non! lui ordonnait son cerveau.

Parker s'immobilisa au pied de la rampe. Deux autres amaut, d'une laideur repoussante, le rejoignirent en se dandinant, suivis d'un mercenaire, Quinn.

– Alors, on se promène? lança-t-il sur un ton qui était loin d'être affable.

– J'ai été coupé du détachement, cette nuit, répondit Daniel. Je n'avais pas de vivres. J'ai donc décidé de me diriger vers la rivière, dans l'espoir de rallier une autre unité. Je ne pensais pas que mon sort mettrait le capitaine dans un tel émoi.

C'était le meilleur – et le seul – mensonge qu'il était capable d'imaginer dans ces circonstances mais Parker n'en crut pas un mot. Il cracha de mépris dans la poussière.

– Fouillez-moi le secteur, ordonna l'amaut à ses compagnons. Nous avons eu un écho double. Il y a quelqu'un d'autre.

Daniel dégaina. *Non!* projeta Aïéla en entravant son mouvement.

L'amaut tira le premier. Atteint à la jambe gauche, Daniel bascula en avant. Le cri étouffé d'Arle parvint à ses oreilles. Un talon lui écrasa le poignet et son arme lui fut arrachée. Bien qu'ébranlé par la douleur, Aïéla s'efforçait de maintenir le contact, balbutiant des mots sans suite. Daniel ne voyait – à la périphérie de son champ de vision – que la petite

Arle qui, en larmes, se débattait, lançant des ruades à l'humain qui l'avait empoignée.

Daniel se redressa en chancelant et poussa un hurlement rauque lorsqu'un trait de feu vrilla sa jambe valide. Il retomba en se tordant sur lui-même. Parker lui paralysa la main sous sa botte et, sans hâte, visa son bras droit. Il fit mouche, Aïéla décrocha, renonçant à l'espoir d'aider son asuthé.

Méthodiquement, comme s'il était confronté à un problème réclamant toute son attention, Parker braqua son arme sur le bras gauche de Daniel. Les amaut observaient la scène, une expression de curiosité peinte sur leurs visages camus. Le cri strident d'Arle fit tressaillir la main de Parker.

– Non!

Daniel venait de se trahir : il avait parlé en kallirien. Le coup partit.

Mais l'intérêt de l'amaut était maintenant éveillé et il détourna le bras de Parker.

La loyauté envers les impitoyables iduvé ne valait pas que Daniel se condamne à une mort horrible pour les protéger. Il prit une inspiration et cracha une litanie de jurons en amaut et en kallirien jusqu'à ce que les visages tavelés qui l'entouraient s'empourprent de colère. Alors, il regarda l'amaut droit dans ses yeux de crapaud où s'affrontaient la peur et la fureur.

– Je suis au service des iduvé. (Il répéta la phrase en iduvien pour qu'il ne subsiste pas le moindre doute dans l'esprit de l'amaut.) Si vous avez le malheur de lever encore la main sur moi ou sur elle, il ne restera plus qu'un tas de cendres de votre vaisseau, et vous savez que ce ne sont pas des paroles en l'air, espèce de larve grise!

– *Hhhunghh.*

Aucune gorge humaine n'aurait pu émettre pareil grognement. Puis l'amaut s'adressa à Parker et à Quinn dans leur langue :

– Non. Nous prenons eux en charge. (Il désigna

successivement Daniel et Arle du doigt.) Vous et vous, présentez-vous à Anderson. Allez. Au revoir.

Il renvoyait les deux mercenaires à leur camp. A pied. Daniel, malgré la souffrance, éprouva un sentiment de satisfaction réconfortant. *Vaikka?* s'interrogea-t-il. Cette réaction du plaisir était-elle humaine? Il distingua vaguement quelque chose de jaune qui flottait devant lui et la petite main grenue de poussière d'Arle se posa sur sa joue. Se remémorant que la fillette était aux mains des amaut, il fit à nouveau un effort pour essayer de réfléchir.

Daniel. La voix revenue d'Aïéla était calme, efficace, consolante. *Persuade-les de te conduire à Weissmouth. Avoue que tu es au service des iduvé et que c'est là que tu travailles pour eux. C'est tout ce que tu peux faire pour le moment.* Chimèle était furieuse. Il percevait l'écho de sa colère et les implications de celle-ci étaient effrayantes. L'écran se rabattit.

– Le vaisseau qui est là-haut..., commença Daniel, ivre de souffrance, en dévisageant les amaut. Il n'y a pas un endroit sur ce monde où vous pouvez échapper à sa surveillance. Ils ont l'œil sur vous.

Les amaut levèrent la tête comme s'ils s'attendaient que la destruction s'abatte sur eux d'un instant à l'autre. Le capitaine rentra ses lèvres étroites à l'intérieur de sa bouche – l'équivalent, chez les amaut, du coup de langue des humains pour les humecter – et répondit en kallirien, avec aisance bien que son élocution fût saccadée :

– Nous petite importance. Un seul seigneur iduvé connaissons. Un seul nous servons. Notre salut est la fidélité.

– Mais écoutez-moi... Ils anéantiront ce monde. Emmenez-moi au port de Weissmouth. C'est votre unique chance de survivre.

– Non. Et j'ai fini de parler. Occupez-vous de lui, ordonna-t-il à ses subordonnés – dans la langue grinçante des amaut, cette fois – en se dirigeant vers la rampe. Il doit vivre pour que le seigneur des hautes plaines l'interroge. La femelle aussi.

– Il n'avait pas le choix, dit Aïéla.

Chimèle, les mains croisées derrière elle, lui tournait le dos. L'*idoikkhé* le picotait par à-coups. Quand elle lui fit à nouveau face, le fourmillement cessa et les yeux de l'Orithaine le contemplaient avec plus de sérénité. Aïéla avait mal. Même maintenant, il avait mal. Ses muscles contractés frémissaient au souvenir de la douleur et le choc lui tordait encore l'estomac. Curieusement, la seule idée claire qu'il avait à l'esprit était de ne pas avoir de malaise. Chimèle prendrait cela pour une insulte. Il fallait qu'il s'asseye. Il se laissa tomber sur un siège sans y avoir été invité.

– Est-il toujours évanoui?

A nouveau, la respiration de Chimèle était saccadée, sa lèvre frémissait – sa lèvre supérieure, pas sa lèvre inférieure, comme ç'aurait été le cas pour un kallia. *Attaque!* traduisit le subconscient d'Aïéla. Mais c'était Chimèle, elle était civilisée et, dans les limites de ses capacités affectives, elle était attachée à ses kaméthi. Il ne broncha pas.

– Nous avons un problème.

C'était un euphémisme. L'Orithaine émit un léger sifflement et s'assit à son bureau.

– La douleur s'atténue-t-elle?

– Oui.

Isande... Isande!

Son asuthé était derrière lui. Elle lui prit la main et s'interposa dans son esprit entre le souvenir et la réalité. *Soyez calme,* l'exhorta-t-elle. *Calme. Je ne lâcherai pas.*

– N'auriez-vous pas pu l'empêcher de parler? reprit Chimèle.

– Il était sourd à la raison. Il n'a fait que réagir immédiatement. Il était convaincu qu'il était perdu pour nous.

– Et son devoir?

– Il pensait à l'enfant, seule au milieu d'eux. Et il croyait que vous interviendriez s'il réussissait à survivre assez longtemps.

– Le *m'métané* a une extraordinaire confiance en sa propre valeur.

– Ça n'a pas été un choix conscient.

– Expliquez-vous.

– Pour ceux de sa race, la vie est ce qu'il y a de plus précieux au monde. Oui, je connais vos objections, mais admettez un instant que ce soit la vérité. C'était une conviction si profondément ancrée qu'elle allait de soi : s'il servait des êtres d'*arastiéthé,* il considérait que sauver sa vie et celle de la fillette serait plus important que de prendre la vie de Téjef.

– Il est fou.

Attention, lui souffla l'esprit d'Isande. *Doucement, soyez prudent.*

– Vous m'avez donné un asuthé humain, insista Aïéla, et vous m'avez ordonné d'explorer son esprit. Je suis kallia. Je crois, pour ma part, que le *kastien* compte plus que la vie – mais Daniel vous a servie jusqu'aux limites de son endurance morale.

– Dans ce cas, il ne m'est plus d'aucune utilité. Je vais devoir prendre moi-même les mesures qui s'imposent.

Le cœur d'Aïéla marqua un battement.

– Vous allez le tuer?

Chimèle se carra contre le dossier de son fauteuil. La protestation de son kameth lui fit hausser les sourcils mais sa main s'immobilisa sur la console.

– Avez-vous envie de rester *asuthithékkhé* avec lui pendant qu'il sera interrogé par Téjef? Ne vous désolez pas. Ce sera immédiat. Mais ceux qui lui ont fait du mal et ont contrecarré *Ashanomé* regretteront d'avoir vu le jour.

– Si vous pouvez intervenir pour le tuer, vous pouvez aussi intervenir pour le sauver.

– Pour quoi faire?

Aïéla déglutit péniblement et se ferma à l'ingérence d'Isande. Il transpirait. Il avait appris la leçon de l'*idoikkhé*.

– Il n'est pas plus *tchanokhia* de le détruire que de l'avoir utilisé comme vous l'avez fait.

Le douloureux picotement qu'il attendait ne se manifesta pas. Le regard de Chimèle le perçait jusqu'au fond de son cœur palpitant.

– Voulez-vous dire par là que je me suis fourvoyée?

– Oui.

– Evaluer correctement ses capacités était votre mission, lui assigner sa tâche était la mienne. Qu'il ait été fait mauvais usage de lui est sans rapport avec le fait qu'il convient maintenant de l'éliminer. Votre malencontreux *giyrêh* lui a imposé des souffrances inutiles et a porté atteinte à l'*arastiéthé* d'*Ashanomé*. S'il tombe vivant entre les mains de Téjef, il se peut fort bien qu'il demande pourquoi vous ne l'avez pas laissé mourir. Et chaque instant de retard rend l'intervention plus difficile.

– C'est un kameth et il jouit de la protection attachée à son statut. Téjef se déshonorerait en se livrant à des sévices sur lui.

– Téjef est *arrhéï-nasuli*, banni. Escompter qu'il se pliera à la *nasul-tchanokhia* serait imprudent. Il est affranchi de ce lien, de même que je suis affranchie de toute obligation envers lui. Il peut fort bien décider de le torturer. Nous perdons notre temps.

– Eh bien, prenez contact avec le navire amaut et exigez qu'on vous livre Daniel et l'enfant.

– Pourquoi?

Aïéla fut désarmé par cette question.

– Il n'est pas inutilisable, répondit-il, se rabattant sur un argument à la logique duquel les iduvé pouvaient être sensibles.

– Comment cela? Le secret n'est plus possible. Le

fait que j'aie un nas kamé humain alertera Téjef. D'ailleurs, les amaut du navire rejetteraient probablement mon ultimatum. Téjef est leur seigneur et maître. Ils l'ont précisé sans équivoque et les amaut ne sont plus rien s'ils renoncent à la fidélité. Formuler des exigences et les voir repoussées signifierait qu'une *vaikka* nous aurait été infligée et je serais encore dans l'obligation de détruire un de mes kaméthi sans avoir rien obtenu en échange. Je trouve parfaitement vain de prendre un pareil risque pour essayer de sauver ce que je dois fatalement perdre. Le jeu n'en vaut pas la chandelle. Je vois mal ce que vous attendez de moi.

– Faites-le revenir sur *Ashanomé*. Vous en avez sûrement le pouvoir.

– Il est trop tard pour envisager cette éventualité. Mettre davantage de monde aux trousses de Téjef? Le risque auquel je m'exposerais en agissant ainsi ne serait pas raisonnable.

– Non! s'écria Aïéla comme Chimèle se détournait.

Il se leva de son fauteuil et se cramponna à son bureau. L'Orithaine le regarda. Son affabilité et sa patience étaient en train de fondre rapidement.

– Que ferez-vous de Priamos quand vous l'aurez détruit? demanda le kallia. Il ne reste que trois jours. Qu'allez-vous faire? Réduire cette planète en cendres?

– Contrairement à une légende tenace, de tels expédients ne nous procurent aucun plaisir. Je sais que la tâche dont je vous ai chargé vous a considérablement éprouvé, Aïéla, et j'ai eu pour vous des trésors de patience. Je me rends également compte que vous essayez de me faire profiter de ce que vous avez appris. Mais ma patience n'est pas illimitée. Votre expérience vous suggère-t-elle une solution?

– Demandez à Téjef de faire sa soumission.

Chimèle eut un rire étonné.

– C'est une idée. Il se sentirait outragé. Mais trêve de plaisanterie ! Ce n'est pas le moment de faire de l'humour, *m'métané*. Proposez-moi quelque chose de réalisable. Et vite !

– Laissez-moi continuer de travailler avec Daniel. Vous vouliez qu'il soit à portée de main de Téjef. C'est fait. Et, de toute façon, Téjef ne peut pas l'asservir au moyen de l'*idoïkkhé*.

– Vous autres, *m'métanéï*, êtes des gens fragiles. Je sais bien qu'il y a *giyrêh* entre vous et votre asuthé mais à qui cela profite-t-il ? Certainement pas à lui.

– Donnez-moi un moyen de pression. Daniel se battra s'il a une raison de se battre. Autorisez-moi à lui donner l'assurance que vous expulserez les amaut de Priamos et que vous rendrez la planète à son peuple. C'est cela qu'il veut de vous.

A nouveau, Chimèle se carra au fond de son fauteuil et émit un léger sifflement.

– Suis-je en position de faiblesse pour avoir besoin de négocier avec cette insolente créature ?

– Daniel est un humain. N'est-il pas raisonnable de se mettre à sa portée ? Le *giyrêh* ne veut rien dire pour lui. L'*arastiéthé* échappe à sa compréhension. Une seule chose compte à ses yeux. Convainquez-le que vous vous préoccupez de ce que...

Un contact hésitant parvint à la conscience d'Aïéla et la prescience de la douleur imminente lui tordit l'estomac. Il essaya d'y opposer un barrage mental mais la symbiose le rendait vulnérable.

– Daniel est conscient. (C'était Isande qui parlait car, pour le moment, Aïéla n'avait pas encore mesuré l'étendue de la souffrance et c'était là-dessus que son esprit se concentrait.) Il entend les amaut parler. L'enfant Arle est près de lui. Il s'inquiète pour elle.

– Qu'il s'en dispense. Dites-lui que vous voulez un rapport.

Aïéla essaya et les larmes lui montèrent aux yeux. Une détresse et une lassitude insupportables... La douleur qui rayonnait des blessures estompait ses sens. Daniel, à demi conscient, projetait des bredouillements sans suite, entremêlés de vagues impressions d'environnement. Il était de retour à bord du transport amaut. Des grillages partout. *Aïéla, Aïéla, Aïéla,* répétait sans fin un unique fil ténu de conscience appelant à l'aide.

Je suis là, répondit rageusement le kallia. *Chimèle aussi. Raconte.*

– Je crains (Aïéla répéta à haute voix à l'intention de l'Orithaine) d'avoir pénétré... à l'intérieur du périmètre de défense de Téjef... dans des conditions quelque peu différentes de celles qu'elle avait prévues. Nous descendons, je crois. Reste avec moi... s'il te plaît, reste avec moi si tu peux tenir le coup. Je te communiquerai ce... ce que j'apprendrai.

– Et il dira à Téjef ce que Téjef voudra qu'il lui dise, il lui promettra n'importe quoi. Une créature qui attache un si grand prix à son existence est dangereuse. (Chimèle croisa les mains et se perdit dans leur contemplation comme si elle avait oublié les kaméthi ou réfléchissait déjà à un autre problème. Enfin, elle releva la tête.) *Vaikka.* Téjef a remporté une petite victoire. J'ai pesé vos arguments. Je ne peux plus intervenir, désormais, sans employer l'armement lourd d'*Ashanomé* pour percer les défenses de Téjef. Conséquences : il aura une mort rapide, Priamos sera détruite et atteinte sera portée à mon honneur. Je suis dans une situation préjudiciable.

– Daniel a encore des ressources, répliqua Aïéla. Je peux le conseiller.

– Vous n'êtes pas raisonnable. Vous êtes fatigué : vous ne tenez plus sur vos jambes, votre voix vacille. J'émets les plus vives réserves sur vos facultés de jugement. J'ai déjà commis une erreur en vous écoutant. (Chimèle repoussa le rapport doré-navant sans objet, enfonça une touche sur la console et plissa le front.) Ashakh, je vous attends immédiatement dans le *parédré.* Rakhi, appelez Ghiavré au laboratoire. Qu'il prenne ses dispositions pour traiter deux kaméthi qui ont besoin d'un repos forcé.

– Entendu, dit Rakhi à la grande consternation d'Aïéla qui se redressa en se cramponnant au bureau.

– Non, s'insurgea-t-il. Non, je ne m'y soumettrai pas.

Chimèle pinça les lèvres.

– Si vous étiez rationnel, vous conviendriez que vous avez dépassé vos limites à bien des égards. Mais puisque vous ne l'êtes pas...

– Envoyez-moi sur Priamos si vous avez peur que je transmette à mon insu des informations à Daniel. Expédiez-moi là-bas. Je suis prêt à tenter ma chance dans les délais qui restent.

L'Orithaine le jaugea du regard, la mine pensive.

– Coupez le contact avec lui. Bloquez toute communication.

Cela exigea un gros effort de la part d'Aïéla. Au fond de son esprit, Daniel criait sa méfiance à l'égard de Chimèle, une méfiance qui trouvait un écho dans les pensées du kallia.

– Très bien, je fais droit à votre requête, kameth, mais je veux que vous dormiez d'abord. Vous serez transportés sur Priamos sous sédation – tous les deux. Isande représente aussi un risque, maintenant.

Aïéla ouvrit la bouche pour protester mais Isande lui imposa silence. Elle avait peur mais était prête à tout pour lui. *Il n'en sortira aucun mal pour nous,* insista-t-elle. *Chimèle ne le permettra pas. Des kallia ne peuvent guère opérer secrètement sur un monde humain. Aussi, nous bénéficierons de la protection* *d'*Ashanomé. *D'ailleurs, vous l'avez déjà poussée aux limites extrêmes de sa patience.*

Aïéla se rendit à cette argumentation sans réplique et s'inclina respectueusement devant Chimèle.

– Merci.

C'était un merci qui venait du fond du cœur.

L'Orithaine fit un signe de la main pour lui donner congé.

– Je connais l'absurde joie que les kallia ressentent à l'idée d'être en mauvaise posture. Mais vous auriez tort de croire que j'ai pris cette décision uniquement pour vous faire plaisir. Gardez-vous d'agir de manière inconsidérée ou téméraire comme si je vous avais affranchi de vos devoirs envers *Ashanomé* ou de votre responsabilité envers moi. Soyez prudent. Préservez notre honneur.

– Me donnerez-vous des instructions?

– Non. (A nouveau mais, cette fois, avec plus d'énergie, l'ongle violet de Chimèle enfonça la touche.) Ashakh! Où que vous soyez, accusez réception et rejoignez immédiatement le *parédré.*

L'impatience la gagnait. Il n'était pas dans les habitudes d'Ashakh de la faire attendre.

La porte de la coursive s'ouvrit et ce dernier entra. Il referma manuellement. Il soufflait comme s'il avait couru.

Le regard interrogatif de Chimèle exigeait qu'il s'expliquât.

– Il y a eu un problème. Méjakh est d'humeur querelleuse.

– Vraiment?

– Rakhi lui a maintenant fait clairement comprendre que la salle de contrôle lui est également interdite. Que désirez-vous de moi?

– Vous allez conduire Aïéla et Isande à leurs appartements pour qu'ils prennent les affaires dont ils auront besoin sur Priamos, puis vous les escorterez jusqu'au laboratoire. Je donnerai mes directives à Ghiavré quand vous y serez. Ensuite, vous les ferez transporter sur Priamos. Peut-être ne serait-il pas mauvais de leur fournir des armes.

– J'en ai une, intervint Aïéla. Laissez-moi seulement la récupérer au magasin.

– Je suis sûre que l'armement dont nous pouvons vous doter sera plus efficace.

– Je suis kallia et si j'ai une arme mortelle entre les mains, je crains d'être incapable de m'en servir. Rendez-moi la mienne, faute de quoi, je ne pourrai pas me défendre en cas de besoin.

– La logique de votre peuple est très spéciale mais je comprends néanmoins votre raisonnement. Entendu, prenez votre arme. Je n'ai pas d'instructions à vous donner, kaméthi. Vous avez une connaissance approfondie de Priamos et de Daniel, j'en suis certaine, et je ne doute pas que vous vous rappellerez votre responsabilité envers *Ashanomé*. Il y a, toutefois, une chose que je vous interdis formellement : ne prenez pas contact avec Khasif. Il n'est pas question qu'il s'expose pour vous aider. Vous pouvez disposer.

Aïéla s'inclina une dernière fois en signe de remerciement, attendit Isande et suivit Ashakh d'un pas aussi ferme qu'il le pouvait. Isande le prit par le bras, s'efforçant de s'insinuer dans son esprit pour occulter en lui toute douleur et toute faiblesse mais il s'y opposa avec véhémence car cela la faisait souffrir, elle aussi.

Dans l'autre partie de sa conscience, on lui faisait brutalement descendre une rampe et il voyait vertigineusement tournoyer le ciel. Il faisait jour. Il n'osait songer à ce qui pouvait arriver à Daniel alors qu'il ne lui était pas possible de le conseiller et il imaginait ce que l'humain devait penser, abandonné à lui-même sans explication. *Tiens bon,* lui projeta-t-il au mépris des ordres de Chimèle. *Nous arrivons.* Mais Daniel était en train de s'évanouir. Aïéla trébucha et Isande le soutint de toute sa force.

– Ashakh!

Le grand iduvé qui les précédait s'arrêta net à l'intersection de la coursive et les poussa sans ménagement en arrière. Méjakh, échevelée et hagarde, leur barrait le chemin.

– Ils veulent me tuer! cria-t-elle d'une voix rauque. (Elle fit mine de se jeter en titubant sur Ashakh.) O *nas,* ils veulent me tuer...

– Ressaisissez-vous, *nasith,* dit sèchement Ashakh en la repoussant. Il y a des témoins.

Les yeux violets de Méjakh glissèrent un instant vers Aïéla. Ils laissaient voir un peu de blanc. Ses lèvres entrouvertes découvraient ses dents.

– Qu'est-ce que Chimèle prépare? s'exclama-t-elle. Quel projet insensé est-elle en train de concocter pour m'empêcher d'avoir accès à la salle de commandes? Pourquoi personne ne se rend-il donc compte de ce qu'elle fait au *nasul*? O *nas,* ne voyez-vous pas pourquoi elle s'est débarrassée de Khasif? Elle s'en est prise à moi. Khasif n'est plus là. Et vous vous êtes opposé à elle. Ne comprenez-vous pas? Tout ce qui se dresse contre elle... tout ce qui se met en travers de ses intentions est condamné à périr.

– Rentrez, siffla Ashakh en écartant les bras pour lui barrer la coursive.

La morsure de l'*idoikkhé* fit se plier Aïéla en deux mais Ashakh neutralisa l'impulsion et cria aux deux kaméni de prendre leurs jambes à leur cou. Le kallia, dont Isande avait pris la main, s'éloigna en chancelant, poursuivi par la voix grinçante de Méjakh. Devant lui, rien que des portes closes. Avisant un panneau de contrôle comme il y en avait à toutes les intersections, il se précipita sur lui et appuya sur le bouton d'alarme.

– Sécurité! (Il ne prit pas le temps de donner sa localisation : elle était automatiquement indiquée). Méjakh...

Par l'intermédiaire d'Isande qui s'était retournée, il vit Ashakh reculer avec surprise devant le pistolet que Méjakh braquait sur lui. La cloison devint charbonneuse à l'endroit où il se trouvait un instant plus tôt : s'il ne s'était pas jeté à plat ventre, il eût été réduit en cendres. Le contrôle qu'il exerçait sur l'*idoikkhé* se relâcha et un même hurlement s'échappa de la bouche d'Isande et d'Aïéla.

L'arme de Méjakh pivota dans leur direction. *A terre!* lança Aïéla à Isande, et ils s'aplatirent ensemble. Le coup passa au-dessus d'eux tandis que s'élevait une odeur de plastique brûlé et d'ozone.

Ashakh se releva et expédia d'un coup d'épaule Méjakh contre le mur opposé de la coursive qu'elle heurta avec un choc assourdissant. Mais elle ne tomba pas et il se rua sur elle pour tenter de s'emparer du pistolet et l'empêcher de faire feu à nouveau. Aïéla se précipita vers eux à quatre pattes. La terreur d'Isande qui lui disait qu'il courait à la mort déferlait dans son esprit. Mais Ashakh avait repris le contrôle de l'*idoikkhé* et neutralisait les impulsions qu'envoyait Méjakh. Le kallia emprisonna la main libre de celle-ci pour l'empêcher de saisir l'iduvé à la gorge.

Il avait l'impression de lutter avec une machine. Les muscles de Méjakh, tels des câbles d'acier, échappaient irrésistiblement à son étreinte et comme il s'obstinait, elle voulut le frapper mais ce fut la cloison qu'elle cabossa au grand dam de son poing. Elle essaya d'écraser ses deux adversaires contre la paroi et Aïéla prit conscience avec horreur qu'Isande s'était à son tour jetée dans la mêlée, cherchant en vain à distraire l'attention de la forcenée.

Soudain, Méjakh cessa de se débattre et Ashakh s'immobilisa. Plusieurs iduvé des deux sexes s'étaient rassemblés autour d'eux, une *dishaïs* en rouge et trois gardiennes du *dhis* arborant la tunique noire bordée d'écarlate et portant l'antique *ghiakaï*. Méjakh se dégagea et battit en retraite. Dans l'attitude de la dignité offensée, Ashakh ajusta ses vêtements déchirés et posa lentement son regard sur elle. Ce fut tout.

La porte du *parédré* s'ouvrit sur Chimèle. Méjakh, qui avançait dans cette direction, se figea sur place. On aurait dit qu'elle se recroquevillait sur elle-même. Elle hésita.

Et puis, avec un sifflement qui se mua en une clameur stridente, elle se tourna vers Ashakh. Les *ghiakaï* des gardiennes jaillirent de leurs fourreaux et Aïéla plaqua Isande contre la cloison à laquelle il se colla à son tour car ils étaient entre Méjakh et les autres. Des lèvres de la *dhisaïs* monta une sorte d'étrange et lugubre mélopée, une lamentation qui leur hérissa les cheveux.

– Méjakh.

A la voix de Chimèle, l'interpellée fit volte-face. Pendant un instant, régna un silence total. Puis Méjakh s'affaissa sur elle-même, cachant son visage dans ses bras repliés, et elle commença à osciller en gémissant comme si elle souffrait. Les autres firent un pas vers elle mais le sifflement impératif de Chimèle les arrêta net.

– Vous avez fait votre choix, Méjakh, dit l'Orithaine.

Méjakh fit demi-tour et commença à battre en retraite. Elle passa devant les iduvé en marchant en crabe, puis fit quelques pas en courant, les épaules voûtées. Elle prit juste le temps de jeter un coup d'œil derrière elle. Un terrible silence avait envahi le vaisseau, seulement brisé par le martèlement de plus en plus rapide des pas de Méjakh qui s'éloignait.

Les autres attendaient, solennels et graves. Prenant Aïéla et Isande chacun par un bras, Ashakh les escorta jusqu'à la porte du *parédré*.

– Etes-vous blessés? demanda Chimèle d'un ton froid.

– Non.

Aïéla avait du mal à parler dans ce silence absolu. C'était à peine s'il entendait sa propre voix. Le contact mental d'Isande était presque imperceptible.

– Alors, disparaissez d'ici au plus vite. Ne voyez-vous pas la *dhisaïs*? Vous êtes en danger de mort. Ne quittez pas Ashakh et sortez aussi discrètement que possible.

8

Enfin, cela y était. Téjef, qui observait derrière la vitre l'humain, le vit s'apaiser sous l'effet des anesthésiques. Il le confia aux bons soins du médecin amaut, perspective peu enthousiasmante si les blessures étaient plus graves qu'il n'y paraissait, si des articulations étaient déchiquetées ou si des tissus étaient à remplacer. Il faudrait alors avoir recours à l'art d'un iduvé appartenant à l'Ordre des Chirurgiens. Téjef n'avait lui-même qu'une idée des plus vagues des équipements du bloc opératoire de son navire, une installation de fortune qui avait néanmoins permis de sauver plusieurs vies humaines sur Priamos. Ces humains, il n'avait naturellement pas été les chercher. C'étaient ses *okkitani-as* qui les amenaient parfois et quelques-unes de ces malheureuses créatures, invinciblement attirées par les prairies qui entouraient le vaisseau, venaient témérairement demander asile à l'occasion. La plupart des blessés que Téjef avait soignés avaient survécu. Conscients de leur infériorité, ils lui avaient prêté allégeance et, selon la curieuse coutume de ce peuple, ils se faisaient un point d'honneur de le servir avec fidélité. Téjef en éprouvait quelque fierté. Il avait recueilli vingt-trois humains de cette manière. Ce n'étaient pas des kaméthi au sens propre puisqu'ils n'avaient droit ni au *tchiabrès* ni à l'*idoïkkhéï*. Pourtant, il considérait que cette suite lui conférait une certaine *arastiéthé* et quoiqu'il fût malséant d'avoir à son service des *m'métanéï* dont la soumission tenait non point à l'existence d'un honorable lien de loyauté mais à la reconnaissance de leur infériorité, Téjef acceptait cet hommage. Il avait aussi à son service une centaine d'amaut à titre d'*okkitani-as,* sans compter ceux qui étaient dispersés dans tous les centres d'autorité amaut de Priamos. Les amaut savaient pertinemment qu'il y avait un iduvé parmi eux et ils en tenaient compte dans les plans qu'ils élaboraient. En fait, Téjef avait fait directement pression sur le haut commandement pour que ce chirurgien fût détaché auprès de lui car il ne convenait pas qu'il pratique publiquement ce qui n'était à ses yeux qu'un talent de dilettante. Téjef avait appartenu à l'Ordre des Savants et, bien qu'il fût condamné à mourir comme un rampant, il lui restait encore assez d'amour-propre professionnel pour ne pas se salir les mains en effectuant un travail maladroit.

Comme il balayait l'infirmerie du regard, son attention fut à nouveau attirée par la petite créature de jaune vêtue qui avait si bravement cherché à défendre l'homme. Elle n'avait pas un seul instant quitté le blessé pendant qu'on le transportait, elle s'était inlassablement faufilée entre les amaut irrités pour ne pas le perdre de vue et elle en avait même attaqué un – un gaillard tavelé au cou épais qui avait voulu l'empêcher d'entrer dans la salle d'opération. Elle s'était jetée sur lui, prête à mordre – ses dents étaient ses seules armes – et, lorsqu'il l'avait repoussée, elle s'était juchée en haut d'une armoire dans un coin, les bravant tous. Téjef qui, pourtant, n'était pas souvent d'humeur à rire, s'était esclaffé à ce spectacle.

Maintenant, la pitoyable petite créature regardait le chirurgien opérer. Son visage avait pris une teinte terreuse, même pour une humaine. Sa main crispée sur son vêtement en loques était serrée contre sa poitrine plate. Ses pieds et ses genoux en sang étaient d'une saleté incroyable – ce qui, dans une salle d'opération, n'était pas recommandé! Elle avait perdu son agressivité. Chaque fois qu'un des assistants amaut passait à côté d'elle, elle se cabrait imperceptiblement mais, aussitôt, son regard méfiant revenait au chirurgien.

Téjef entra et fit signe aux amaut de ne pas s'occuper de lui. Elle le regarda, se demandant apparemment s'il fallait aussi qu'elle engage la bataille contre lui.

– Tout bien, lui dit-il dans sa langue qu'il maîtrisait imparfaitement.

Elle le considéra d'un air indécis, puis déplia ses jambes grêles et, les lèvres tremblantes, se laissa glisser à bas de son perchoir. Quand Téjef lui fit signe de s'approcher, elle noua, à sa grande consternation, ses bras maigres et crasseux autour de son cou et pressa son visage humide contre sa poitrine. L'iduvé eut un mouvement de recul, confus de se donner ainsi en spectacle devant les amaut qui eurent le bon goût de feindre de ne rien voir. Un véritable torrent de mots s'échappait de la bouche de l'enfant. Son débit était beaucoup trop rapide pour qu'il comprenne mais son attitude semblait signifier qu'elle lui demandait protection.

– Pas si vite. Je ne comprends rien.

– Est-ce qu'il va guérir? S'il vous plaît, s'il vous plaît, aidez-nous!

Peut-être était-ce à cause d'une certaine ressemblance physique entre les iduvé et les humains, songea Téjef. Peut-être que, dans sa détresse, elle le prenait pour un de ses congénères. Il avait appris à faire preuve d'une certaine patience avec les humains. Elle était très jeune et d'avoir été arrachée à la sécurité du *dhis* pour se trouver projetée dans cet effrayant magma de visages et d'événements avait sans aucun doute constitué pour elle un violent traumatisme. Certains jeunes iduvé se comportaient avec encore moins de *tchanokhia.*

– Chut! fit-il en la reposant par terre et en l'obligeant à redresser les épaules. Ils le font revivre. Toi, viens avec moi.

– Non. Je ne veux pas.

Téjef leva la main pour la frapper comme il l'aurait fait pour un jeune iduvé rebelle mais la stupéfaction et l'incompréhension qu'il lut dans le regard de l'enfant le firent se raviser et, embarrassée pour la seconde fois par la présence des *okkitani-as,* il modifia précipitamment son geste. Il la prit par le bras – avec précaution car la fragilité des *m'métanéï* était notoire et l'enfant était aussi gracile qu'un brin d'herbe – et l'entraîna fermement hors de la salle.

Un humain de sa suite était dans la coursive. L'enfant adressa à son frère de race un appel muet et éploré mais elle ne fit pas mine de se précipiter sur lui.

– Dites à Margaret de se rendre au *dhis,* ordonna Téjef à l'homme.

Il continua son chemin mais ralentit l'allure quand il s'aperçut que la fillette était presque forcée de courir pour le suivre.

– Où est-ce qu'on va? s'enquit-elle.

– Je te conduis à... un endroit convenable... pour toi. Quel est ton nom, *m'métané?*

– Arle. S'il vous plaît, lâchez mon bras. Je ne me sauverai pas.

Téjef la libéra avec un petit coup de menton approbateur.

– Arle, répéta-t-il. Moi, c'est Téjef. Qui est ton compagnon? Un... parent?

– Non. (Elle secoua énergiquement la tête.) Mais il est mon ami. Je veux qu'il aille bien... s'il vous plaît... je ne veux pas qu'il reste seul avec eux.

– Avec les amaut? Il est en sécurité. *Ami* – je comprends cette idée. Je l'ai apprise.

– Qu'est-ce que vous êtes? lui demanda-t-elle carrément. Et qui c'est, les amaut? Pourquoi est-ce qu'ils ont traité Daniel comme ils l'ont fait?

Téjef était désemparé par ce flot de questions. Il essaya de penser dans la langue de l'enfant mais y renonça.

– Je suis iduvé. Demande à ceux de ta race. Je ne connais pas assez de mots.

Il s'arrêta devant l'ascenseur et posa la main sur l'épaule d'Arle qui leva les yeux vers lui. Un visage ravissant et un corps d'une délicatesse inouïe. Un être d'air et de lumière, se dit-il en iduvien, mais c'était là une formule qui eût mieux convenu de la part de Tchaïkhé que de quelqu'un appartenant à l'ordre qui était le sien. Eût-elle été iduvé, cette chétive créature n'aurait guère eu de chances de survivre dans le *dhis* où le droit de manger reposait sur la force dont on faisait preuve pour s'emparer de la nourriture. Un *nas* de petite taille ou né sans nom avait besoin d'une intelligence et d'une volonté de vivre extraordinaires. Lui-même avait survécu en dépit des incessantes persécutions dont l'abreuvaient les *dhisaïséï* et Méjakh, et s'il y était parvenu, ç'avait été grâce à une détermination sans commune mesure avec ses origines. Et Téjef appréciait ces traits de caractère partout où il les rencontrait.

– Est-ce que vous nous aiderez?

Il la fit entrer dans l'ascenseur et actionna la commande de descente.

– Vous m'appartenez – toi, ton ami. Vous me devez obéissance et, moi, je dois prendre soin de vous. Tu n'as à avoir peur de personne, ni amaut ni humain. Je prendrai soin de vous.

La porte s'ouvrit. Ils étaient arrivés au niveau de ce qui avait jadis été le *dhis* et qui était maintenant un local obscur et clos.

Margaret était là. Il ne l'avait pas vue depuis deux jours. Il ne lui adressa pas un sourire, déconcerté qu'il était par l'attachement immédiat qu'elle manifesta pour l'enfant. Poussant une exclamation, elle lui ouvrit les bras et se mit à la caresser et à la dorloter, à lui prodiguer les marques de tendresse d'une *dhisaïs* en face d'un jeune.

Téjef en éprouva néanmoins un certain soulagement car il ne savait comment Margaret réagirait. D'un autre côté, cela le préoccupait : en effet, qu'elle accueillît ainsi l'enfant la rendait impropre à tenir son rôle de compagne et consacrait définitivement une séparation qu'il n'était pas encore certain de souhaiter. Margaret, avec sa somptueuse crinière de flammes qui faisait d'elle un être à la fois suprêmement exotique et suprêmement séduisant, était la plus belle des humaines. Téjef avait bien souvent fait *katasukké* avec elle mais son insistance à vouloir le toucher quand ils n'étaient pas seuls et les émotions auxquelles elle donnait libre cours quand ils l'étaient l'embarrassaient. Elle avait pleuré de désarroi quand il avait fini par lui avouer à son grand regret qu'il ne comprenait pas ce genre d'émotions auxquelles étaient enclins ceux de sa race. Après cela, il s'était vu obligé de lui interdire le *khara-dhis,* troublé par la chaleur et la violence qu'elle suscitait en lui, par les émotions qu'elle attendait qu'il exprimât. Elle ne se contrôlerait sûrement pas s'il s'oubliait à la traiter en *nas.* Il la tuerait, sans nul doute, et quand il redeviendrait lui-même, il le regretterait amèrement car les attentions de l'humaine, si irritantes qu'elles fussent, partaient d'une bonne intention et il nourrissait une profonde estime pour elle, presque comme si elle était de sa propre race, en vérité. C'était la limite de ce qu'il était prêt à lui offrir pour combler ses vœux.

– Margaret, dit-il avec la plus grande dignité, voici Arle.

– La pauvre petite! (Elle serrait dans ses bras la fillette loqueteuse.) Comment est-elle arrivée là?

– Demandez-le-lui. Je voudrais le savoir. C'est une enfant. Oui? Non?

– Oui.

La vue de ces deux créatures, la femme qui avait été sa compagne et cet être immature, le troublait vivement. Il avait été très mal avisé de conduire la jeune humaine dans le *dhis* au lieu de la laisser avec les kaméthi, mais ce qui était fait était fait. Et, somme toute, c'était une bonne chose que le *dhis* abrite au moins une vie et que Margaret, qu'il était contraint d'éloigner, ait près d'elle l'enfant qu'il ne pouvait lui donner. C'était là une solution honorable pour elle. Renoncer à Margaret était dur. Le désir l'enfiévrait encore quand il la regardait et elle ne comprenait pas pourquoi, soudainement, il la repoussait. Ses yeux l'imploraient.

– Elle est à vous, lui dit-il. Je vous la donne. Vous ferez porter vos affaires ici. Elle sera sous votre responsabilité. C'est entendu?

– C'est entendu.

Il fit brusquement demi-tour pour échapper à l'*haratchia* de Margaret et d'Arle. La porte s'ouvrit. Se referma. A présent, et parce que telle avait été sa volonté, le *dhis,* où aucun mâle, nas kamé ou amaut, n'avait peut-être jamais pénétré, appartenait à des humains. Il avait honte de ce qu'il avait fait mais il n'y avait pas à revenir là-dessus et un étrange et furtif sentiment d'exaltation chassa sa mortification. Il avait satisfait une petite *vaïkka,* non seulement en marquant un point sur Chimèle, mais en acquérant l'*arastiéthé* dont elle avait voulu le déposséder. Dans le *dhis* obscur et désolé, il y avait à présent de la lumière, de la vie et des *takéï* – des femmes. Le petit navire recelait désormais une douceur qui lui faisait défaut avant que ces lumières s'allument et que cette porte se referme.

Sa lucidité lui disait qu'il avait sombré au plus profond de l'opprobre en laissant pareille chose se produire. Mais ceux qui décrétaient ce que devaient être les traditions de l'honneur ne pouvaient pas comprendre la solitude d'un *arrhéï-nasuli* et le bonheur qu'il éprouve à savoir qu'il compte aux yeux de ses kaméthi. Cette pensée ragaillardit Téjef qui se persuada de ce qu'il savait être un grand mensonge : qu'il avait une *arastiéthé* et une *takkhénoïs* convenant à toutes les situations. Il s'accrocha à ce qu'il savait être un mensonge plus insigne encore : qu'il pouvait encore avoir raison d'*Ashanomé* et vivre.

Il sortit en trombe de l'ascenseur, sourit à quelques kaméthi stupéfaits et regagna le *parédré*. Il avait des plans à préparer et il fallait qu'il procède à l'inventaire de ses ressources.

– Seigneur...

Halph, l'assistant du chirurgien, encore vêtu de sa blouse et de tout l'attirail de ses fonctions, entra de sa démarche chaloupée.

– Je vous écoute, Halph.

– Le *tchiabrès* est en effet là, seigneur Téjef. L'honorable praticien Dleschish tentera de l'enlever si tel est votre désir mais l'extraire en le laissant intact est au delà de sa compétence.

– Non.

S'il laissait l'amaut tripoter le *tchiabrès*, le prisonnier serait irrémédiablement abîmé. L'humain représentait un danger mais, correctement utilisé, il pouvait constituer un avantage. Bien que ce fût un kameth, il était plus que vraisemblable que Chimèle ait l'intention de l'employer comme espion ou comme tueur. Quand l'adversaire était un *arrhéï-*

nasuli, la neutralité des kaméthi ne jouait pas et il n'était pas dans la nature de Chimèle de négliger une possibilité de parvenir à ses fins. La complexité de la manœuvre qu'il avait déjouée enchantait Téjef.

– Vous ne l'avez pas mis à nu, j'espère?

– Oh non, mon seigneur. Nous n'aurions pas pris cette liberté.

– Evidemment. En me consultant, vous faites comme toujours preuve d'une conscience digne de tous les éloges. Retournez auprès de Dlechish. Vous lui enjoindrez de ne pas toucher au *tchiabrès* et de prendre le plus grand soin de cet humain. Rappelez-vous que le patient comprend tout ce que vous dites. Si, compte tenu de son état de faiblesse, il y a un risque, maintenez-le sous sédation.

– Bien, seigneur.

Le petit amaut s'éclipsa. Téjef aperçut un autre de ses *okkitani-as,* une jeune femelle que ceux de son espèce considéraient comme extraordinairement attirante. Pour un iduvé, ce n'était pas évident mais Téjef appréciait son exceptionnelle discrétion et sa rare intelligence.

– Toshi, lui dit-il, prenez vos affaires. Vous irez à Weissmouth. J'ai une mission à vous confier.

– Les kaméthi ont été acheminés sur Priamos, annonça Ashakh. Ils ne s'en rendront compte que lorsqu'ils se réveilleront. La navette les confiera aux bons soins des autorités locales.

– Je regrette un peu de les y avoir envoyés.

Chimèle se leva et fit fonctionner l'immense écran mural de dix mètres de long auquel son bureau tournait le dos. Y surgit l'image de Priamos, lointain globe bleu et vert, escorté de sa lune pâle et démesurée, à la beauté rédemptrice. Chimèle soupira à cette vue. Les contrastes brutaux des abîmes de l'espace, les splendeurs ténébreuses et invisibles qui ne se révélaient que lorsque les illuminait le faisceau inquisiteur d'un astronef, l'éblouissante somptuosité des étoiles, les inflexibles jeux de l'ombre et de la lumière sur les pierres ou les machines l'émouvaient. Pourtant, elle ressentait une nostalgie, un désir insatisfait, une *m'mélakhia* : poser le pied sur les prairies et les déserts si peu attirants de cette planète inhospitalière, savoir comment vivaient les *m'métanéï*, comprendre pourquoi ils avaient choisi un pareil endroit.

– Quel genre de gens sont-ils? demanda-t-elle à Ashakh. Vous les avez vus de près. Allons-nous vraiment anéantir quelque chose d'unique?

Ashakh haussa les épaules.

– Je suis incapable de vous répondre. C'est une question à poser à Khasif. Moi, j'appartiens à l'Ordre des Navigateurs.

– Vous avez des yeux, Ashakh.

– Eh bien, mais je ne parle pas en expert, je dirais que les choses correspondent à ce que l'on peut attendre d'une civilisation qui se meurt : des victimes et des bourreaux, une destruction gratuite, une sorte de désir de *sérakh* collectif. Ces gens ont conscience de ne pas avoir de futur. Ils ne savent pas réellement ce que nous sommes et ils ont une peur démesurée des amaut, ignorant comment les affronter.

– Le *sérakh* de Téjef sera sans proportion avec ses mérites, s'il nous oblige à annihiler cette petite planète.

– Il est déjà hors de proportion avec ses mérites, répliqua Ashakh. *Tchaganokh* a sapé cette modeste civilisation en guidant Téjef jusqu'ici. Quelle ironie! Si ces humains avaient eu la bonne idée de laisser repartir tranquillement *Tchaganokh* après qu'il eut escorté Téjef, ils n'auraient pas vu anéantir leurs escadres, les amaut ne seraient pas venus et ils auraient à présent une flotte pour défendre leurs territoires en cas d'invasion. Nous n'aurions alors vraisemblablement pas pu repérer Téjef avant l'expiration du délai et ils ne seraient pas en danger de notre fait.

– Si les humains sont sages, ce désastre leur servira de leçon. Ils ne se dresseront plus contre nous et nous laisseront passer librement. Pourtant, sachant ce que je sais de Daniel, je me demande s'ils sont rationnels à ce point.

– Ils possèdent une certaine *éléthia,* fit Ashakh d'une voix unie.

– *Au!* Mais c'est vrai que vous les avez étudiés, après tout! Qu'avez-vous observé?

– Ils ressemblent assez aux kallia et n'ont pas de liens *nasuli* viables. Aussi ont-ils du mal à résoudre leurs divergences d'opinion – encore plus que les kallia, même. En vérité, les humains attribuent à ces divergences une valeur positive alors qu'ils attachent une valeur négative au fait de supprimer une vie, combinaison qui pose un intéressant problème éthique. Ils ont aussi, contrairement aux amaut et aux kallia, la capacité d'apprécier l'*arrhéï-akita.* Et pourtant, ils ont fortement tendance à établir des liens permanents à l'endroit des personnes et des lieux, ce qui est incompatible avec la notion de liberté telle que nous l'entendons. A l'instar des kallia planétaires, leur idéal est un lien conjugal durant la vie entière. Ils consacrent également une grande part de leur énergie à pourvoir aux besoins des membres de la société, et c'est là une activité ayant une valeur très positive dans leur culture. Chose surprenante, cela ne paraît pas les avoir affaiblis. Il semble que cela leur apporte un substitut au *nasul,* ce qui a pour effet de les souder. Tout se passe comme si cette réaction de protection des faibles était instinctive mais je vois mal quel sentiment l'*haratchia* de la faiblesse évoque chez eux. J'inclinerais à penser que ce comportement a été un élément fondamental de leur civilisation et que ce que nous constatons maintenant est l'œuvre d'humains dont ce mécanisme réactionnel a été brisé. La rationalité humaine fait, par conséquent, défaut à leurs autres conduites.

– D'après mon expérience, dit Chimèle sur un ton lugubre, le comportement lié à cette réaction de protection me fait aussi l'effet d'être hautement irrationnel.

La porte s'ouvrit et Rakhi entra. *Tchaïkhé,* dont la tunique verte des *katasathéi* proclamait l'état aux yeux de tous, se tenait à quelques pas derrière lui. Quand elle vit Chimèle, elle joignit les mains et, tremblant visiblement, s'inclina très bas.

– Tchaïkhé! dit l'Orithaine.

Ashakh, qui était membre du *sra* de Tchaïkhé, se plaça vivement entre les deux femmes, imité par Rakhi qui lui fit face. Ainsi le voulaient les convenances : protection à Tchaïkhé, respect à Chimèle.

– J'ai honte d'être dans cette situation au moment où vous avez le plus besoin de moi, fit Tchaïkhé.

Cette déclaration était à la fois conforme au cérémonial et à la vérité car le protocole exigeait qu'une *katasathé* proclame sa confusion devant une *orithaine-tak* et Chimèle avait témoigné envers elle d'une irritation qui était loin d'être de pure forme. (« Vous êtes une personne de *kutikkasé* », se rappelait-elle lui avoir dit, ce qui avait vivement embarrassé la douce Tchaïkhé qui s'enorgueillissait de sa *tchanokhia.* Toutefois ce n'était vraiment pas le moment pour la *nas-katasakké* de céder à ses penchants émotionnels.)

– Une date plus tardive eût été plus appropriée, convint Chimèle, mais approchez, Tchaïkhé. Je ne vous ai pas priée de venir pour vous faire du mal.

Comme Tchaïkhé conservait son attitude de soumission, Chimèle vint à elle et prit ses deux mains dans les siennes. Ce fut seulement alors que Tchaïkhé se redressa et se risqua à la regarder en face.

– Nous sommes *sra*. (L'Orithaine s'adressait aux autres aussi bien qu'à elle.) Nous avons toujours été proches l'une de l'autre.

D'un geste, elle invita tout le monde à s'asseoir et elle prit place elle-même sur une simple chaise au milieu d'eux. Elle ne fut pas surprise de la confusion de ses *nasithi*.

– Un vaisseau a été donné à Méjakh, commença-t-elle d'une voix douce. Vous savez qu'elle voulait qu'il en fût ainsi. Elle a eu de l'honneur autrefois. J'ai mûrement réfléchi, compte tenu de la situation présente, mais il m'a paru que c'était juste. Elle est *é-takkhé* et, par conséquent, *arrhéï-nasul*.

– Salut à Méjakh, fit sourdement Ashakh, car elle avait véritablement l'intention de vous tuer, Chimèle, et son *takkhénoïs* était presque assez fort pour qu'elle essaie.

– J'ai conscience de votre désapprobation.

– Je suis *takkhé*. J'approuve votre décision en cette affaire. Au moins, la probabilité qu'elle cherche à s'allier avec *Tashavodh* ou avec Téjef est-elle exclue.

– J'espère qu'elle prendra contact avec *Mijanothé* et que *Mijanothé* jugera bon de l'accueillir. Je suis soulagée d'être débarrassée d'elle, encore que je redoute qu'elle ne tente d'exercer une *vaïkka* personnelle contre Téjef. Mais la détruire sans le consentement de Khasif aurait créé des difficultés avec lui et affaibli le *nasul*. Ma marge de choix était étroite. Elle s'est mise en situation d'*é-takkhé*. Qu'aurais-je pu faire d'autre?

Rien, évidemment. Les *nasithi* étaient mal à l'aise et chagrins mais ils ne soulevèrent pas d'objections.

– *Mijanothé* et *Tashavodh* ont été avertis de l'état d'irresponsabilité de Méjakh et j'ai prévenu Khasif, poursuivit Chimèle. Rakhi, je veux qu'elle soit surveillée et qu'on sache en permanence où elle est. Incitez-la dans toute la mesure du possible à rejoindre *Mijanothé* ou à quitter purement et simplement les parages de cette étoile.

– Soyez assurée que je m'y emploierai.

– Nous avons de pénibles décisions à prendre en ce qui concerne Téjef. Vous savez que nous avons perdu Daniel. Face à l'*arastiéthé* d'*Ashanomé,* Khasif lui-même est maintenant devenu sacrifiable.

Ashakh fronça les sourcils.

– Avez-vous un projet en tête, Chimèle, ou demandez-vous un avis?

– J'ai un projet mais ce n'est pas un choix agréable. Comme Khasif, vous êtes tous sacrifiables.

– Et nous mourrons? demanda Rakhi avec une certaine aigreur. Je suis d'un naturel indolent, Chimèle, je l'avoue. Médiocre est ma *m'mélakhia* et poursuivre une *vaïkka* est beaucoup trop fatigant pour mon goût... (Les *nasithi* sourirent car c'était là une exagération patente et Rakhi était excessivement *takkhé.)* Mais... bon, si nous sommes condamnés, est-il indispensable que ce soit selon une procédure inconfortable? Peut-être un transfert vers la Terre au moment de l'effacement suffirait-il? Ou, sinon, peut-être Chimèle nous fera-t-elle l'honneur de nous mettre dans la confidence?

– Non, Rakhi, non. Un avertissement est tout ce qui peut vous être accordé à l'heure présente. Mais, ajouta-t-elle avec une expression de grande sincérité, je le regrette. Ce que je dois faire, je le ferai, et jusqu'au dernier d'entre vous.

– Eh bien, dit Ashakh, j'irai le premier parce que je sais que Rakhi serait vraiment très malheureux et parce que je ne veux absolument pas que Tchaïkhé y aille. Rayez-la de vos tablettes, Chimèle. Elle est *katasathé* et porte une vie en elle. *Ashanomé* n'en a pas en nombre suffisant pour les gaspiller.

– Si inopportune que soit sa condition, Tchaïkhé me sera utile quand il le faudra. Mais ce sera avec joie que je ferai droit à votre requête de partir le premier et je ne disposerai pas de Tchaïkhé avec légèreté.

– Je ne le désire pas, dit la pauvre Tchaïkhé, mais je suis prête à confier ce jour même mon enfant au *dhis,* si cela peut procurer avantage à *Ashanomé.*

Chimèle se pencha pour prendre la main de la *nasith* et la serra doucement.

– Hommage à la vaillante Tchaïkhé. Je n'ai nulle propension à devenir un jour *dhisaïs.* J'enfanterai pour *Ashanomé* comme je fais d'autres choses pour *Ashanomé* – par *sorithias.* Je sais néanmoins combien votre *m'mélakhia* pour l'enfant doit être forte : vous êtes née pour cela, votre nature y aspire comme la mienne est tendue vers *Ashanomé.* Je suis désavantagée face à l'énormité de votre don mais j'entends le refuser. Je pense que c'est telle que vous êtes que vous me servirez le mieux.

– Ma vue ne vous fait donc pas horreur?

Chimèle eut un léger rire.

– Tchaïkhé, vous êtes une grande artiste et votre perception de la *tchanokhia* est habituellement infaillible. Mais je ne trouve rien de répugnant ni à votre bonheur ni en votre personne. C'est un hommage à double tranchant que je vous rends, ajouta Chimèle avec gravité, mais Téjef vous a toujours grandement honorée. Aussi, *katasathé,* ayant jadis été objet de son désir, vous êtes maintenant une arme entre mes mains. Aurez-vous assez de force d'âme, Tchaïkhé? Jusqu'où irez-vous pour me servir?

– Chimèle..., commença à protester Ashakh. Cependant le visible déplaisir de l'Orithaine lui imposa silence et le refus de Tchaïkhé de le voir prendre sa défense régla la question : il allongea les jambes et, l'air sombre, se plongea dans la contemplation du plancher.

– Il est vrai que j'ai été autrefois attirée par Téjef, dit Tchaïkhé, mais je suis *takkhé* avec *Ashanomé* et j'aimerais mieux le voir mort que de le voir nous dépouiller de notre *arastiéthé*.

– Partout où sera Tchaïkhé, les entreprises d'*Ashanomé* seront menées avec *tchanokhia*, murmura Chimèle.

9

– Mon seigneur nas kamé.

Emergeant de l'inconscience, Aïéla avait devant les yeux le visage gris et tavelé d'un amaut dont les épais doigts froids lui effleuraient la figure et, frissonnant, il se rétracta à ce contact. Il sentait sous son dos la surface élastique d'un lit. Il jeta un coup d'œil circulaire autour de lui. Isande était allongée à son côté. Ils se trouvaient dans une pièce aux murs nus, une porte vitrée s'ouvrait sur un balcon.

Il sonda mais l'esprit de Daniel était opaque et l'étau de la peur l'empoigna. Il tenta de se lever et s'écroula dans les bras de l'amaut.

– O seigneur, le supplia celui-ci car Aïéla continuait à se débattre, s'efforçant de poser les pieds par terre.

Finalement, l'amaut dut recourir à la puissance de ses longs bras pour la maintenir étendue sur le dos. Aïéla ne cessa de résister frénétiquement que lorsque le léger contact mental d'Isande qui se réveillait lui rappela qu'il avait un autre *asuthé*. Elle sentit sa panique, sa crainte que Daniel ne fût mort et lança par son truchement un coup de sonde en direction de l'humain.

Pas mort, jugea sa conscience encore incohérente. *Renoncez, Aïéla.*

Se fiant au bon sens d'Isande, il obéit et regarda l'amaut en battant des paupières. Ses yeux n'étaient plus hagards.

– Etes-vous remis, mon seigneur nas kamé?

– Oui. (L'amaut le lâcha et Aïéla s'assit au bord du lit, la tête entre les mains.) Quelle heure est-il?

– Il est à peu près la neuvième heure.

Presque le soir. Les amaut utilisaient la division du jour en dix heures selon le système iduvé et la journée commençait à l'aube. Aïéla était surpris. Weissmouth était située très à l'est du point où se trouvait le navire de Téjef et il aurait dû faire noir. Il essaya de comprendre ce qui s'était passé et demanda la date avec appréhension.

– Le dix-neuvième du Dushap, de notre colonie le cent vingt et unième...

Au juron que poussa Aïéla, l'amaut déglutit précipitamment et ses yeux globuleux clignotèrent. Un jour, un jour précieux de perdu à cause de la mise sous sédation ordonnée par Chimèle! Et l'esprit de Daniel qui restait silencieux à cette heure alors que le monde devait être éveillé.

– Et qui êtes-vous?

L'amaut fit un pas en arrière et dodelina du chef à plusieurs reprises avec toutes les marques d'une politesse inquiète.

– Moi, très honorable seigneur? Je suis Kleph, fils de Kesht, fils de Griyash, fils de Kleph, fils d'Oushuph, fils de Melkuash du *karsh* Melkuash de la colonie de la troisième de Suphrush, tout dévoué à votre service, seigneur.

– Honneur à Kleph, fils de Kesht, murmura Aïéla en essayant de se lever.

Il examina le plâtre écaillé des murs, le mobilier

vermoulu. Kleph, anxieux, les mains tendues, se tenait prêt à le soutenir. L'épaule de l'amaut était ornée d'un emblème indiquant un rang élevé, ce qu'Aïéla trouva en contradiction avec son attitude qui était plus celle d'un débardeur d'une planète arriérée que d'un haut dignitaire colonial. Cette impression tenait en partie au physique de Kleph : celui-ci était, en effet, affreusement laid, même selon les critères amaut. Des yeux glauques sous des arcades sourcilières saillantes, un front ridé qui disparaissait presque entièrement sous une frange d'un gris terne. En général, les cheveux des amaut étaient raides et disciplinés, taillés au bol : ceux de Kleph se hérissaient en épis rebelles. L'amaut moyen arrivait à la hauteur de la poitrine d'Aïéla : la tête de celui-là dépassait à peine la taille du kallia mais ses bras démesurés descendaient presque jusqu'à ses genoux. Quant à ses tavelures, l'élément le plus disgracieux du teint des amaut, c'était une palette hétéroclite où se fondaient toutes les nuances du gris.

– Puis-je vous aider, seigneur?

– Non.

Aïéla repoussa les mains de l'amaut et sortit sur le balcon, Kleph sur ses talons.

Weissmouth était un champ de ruines. La ville n'était plus qu'un amas de carcasses éventrées et calcinées. Seuls demeuraient intactes deux rues de l'autre côté de la Weiss dont les eaux vertes allaient se mêler aux eaux salines de la mer intérieure où elle se jetait. L'ancienne cité humaine était désormais réduite à cet étroit secteur mais ces bâtiments de brique rouge, carrés et trapus, ces édifices de verre et de ciment qui enserraient les rues sans arbres n'avaient jamais été beaux. Weissmouth, unique métropole d'un monde appauvri et en décadence, portait la marque d'un exotisme sordide de conception étrangère. Peut-être cette terre ravagée refleurirait-elle un jour grâce aux soins des amaut dont l'habileté à faire fructifier les sols les plus ingrats et la résistance physique les mettaient en mesure d'irriguer les champs, de faire jaillir une végétation luxuriante sur les pentes rocailleuses. L'eau précieuse, ils la faisaient venir à l'aide de pompes à main, appareillages aussi anciens que la civilisation des zones de Késuat; ils creusaient leurs villages souterrains en se servant de pelles et de paniers pour dégager les gravats là où l'utilisation de machines perfectionnées aurait été ruineuse, puis ils croissaient et multipliaient. Quand la population aurait atteint son plafond, ils créeraient autant de nouvelles colonies que la planète pourrait en nourrir. Alors, instinct ou volonté consciente, le taux des naissances accuserait une chute brutale et les individus en excédent seraient expulsés de Priamos et livrés à eux-mêmes. C'était ainsi que cela se passait invariablement.

Aïéla eut soudain froid dans le dos en se rappelant qu'en moins de deux jours, ni les talents des amaut ni ceux des humains ne suffiraient pour sauver cette terre. Il n'y aurait plus que scories et que cendres, la verte Weiss et la mer saline elles-mêmes disparaîtraient.

– Que faites-vous ici? demanda-t-il à Kleph. Qui vous a envoyé?

Nouvelles courbettes en série.

– Seigneur nas kamé, je suis Maître des Comptes de *bnêsych* Gerlach. Et j'ai aussi l'honneur insigne de servir le *bnêsych* en communiquant avec le seigneur des étoiles dans le port.

– Vous voulez parler de Khasif?

Le visage rond de Kleph revêtit une expression d'effroi et ses lèvres commencèrent à trembler. Aïéla comprit instantanément quelle était la cause de cette terreur – c'était lui, l'étranger. Kleph détourna son regard.

– Seigneur, ils ne prononcent pas de noms devant nous. Le navire qui est dans le port de Weissmouth, si c'est à celui-là que vous pensez.

– Et qui vous a détaché ici?

– Le *bnêsych* Gerlach, honoré seigneur. Pour veiller sur votre sommeil.

– Eh bien, je vous autorise à attendre dehors.

Kleph leva la tête, cligna des yeux et, comprenant que c'était un ordre, il s'inclina et sortit en multipliant les plongeons du menton. La porte se referma derrière lui. Sans doute ne s'en éloignerait-il pas.

Le soleil sombrait rapidement à l'horizon. S'accoudant à la balustrade et regardant sans les voir les nuages embrasés d'or, le kallia tenta une fois encore d'établir la liaison avec Daniel. Isande lui avait assuré qu'il n'était pas mort. Donc, il se réveillerait et, à cet instant, Aïéla serait projeté à travers un espace sans dimension pour fusionner avec l'humain, quelle que soit la condition physique de ce dernier. Son blocage mental était de plus en plus précaire. La sueur jaillit de ses pores : il se sentait aspiré par le vide intime de Daniel. Il s'efforça de résister à l'absorption. La balustrade perdait sa consistance.

Isande perçut son désarroi. Elle se leva pour le rejoindre en toute hâte mais, quand elle eut fait deux pas, son contact se mua en un cri de panique. Aïéla la saisit à bras-le-corps au moment où elle entra en collision avec la porte du balcon, les mains tendues pour agripper la balustrade. Elle était toute raide dans ses bras. La tête levée, elle regardait fixement le ciel et son esprit sombrait dans les horrifiantes profondeurs de cet abîme bleu et or, ce gouffre sans limite.

Il posa la main devant les yeux d'Isande et l'obligea à enfouir son visage contre sa poitrine, étourdi par le vertige dont elle était la proie et qu'elle lui communiquait, par la terreur à l'état pur que provoquait en elle la vision de ce ciel qui, tour à tour, se déployait à l'infini et se contractait, devenant d'un poids intolérable. Pour la fière Isande, si à l'aise et efficace dans l'univers d'*Ashanomé,* relever la tête pour affronter la vue du ciel était un acte de courage qui la fit tituber.

Après neuf mille ans dans l'espace, elle avait perdu le sens planétaire.

– Voir le ciel à travers vos yeux est une chose, dit-elle à Aïéla. Mais, maintenant, je le sens, Aïéla, je l'éprouve ! Oh ! C'est abominable ! Je crois que je vais être malade.

Le kallia l'aida à rentrer dans la pièce et, s'asseyant à côté d'elle sur le bord du lit, il l'étreignit doucement jusqu'à ce qu'elle eût cessé de trembler. Elle ne défaillit pas, son orgueil l'en empêcha, et avec l'entêtement qui la caractérisait, elle s'arracha aux bras du kallia et revint vers le balcon, décidée à surmonter sa faiblesse. Il eut juste le temps de se précipiter pour la retenir avant qu'elle ne s'écroule et la soutint avec la même force et la même douceur qu'elle lui prodiguait quand c'était lui qui avait besoin de son assistance. Elle s'accrocha à lui. Elle absorba pendant un bref instant la ferme sûreté d'Aïéla, heureuse de pouvoir simplement respirer.

La sensation de désorientation persistait. Elle ne connaissait qu'un univers concave tournant sur lui-même en cycles perceptibles au fil des millénaires. L'immense convexité de Priamos lui paraissait redoutablement immobile, c'était une stabilité qui défiait à la fois la raison et la pesanteur, qui entrait en conflit avec la science et avec ses sens.

– Comment servirais-je à quelque chose alors que mon esprit ne peut que vous transmettre mon vertige ? s'exclama-t-elle. O Aïéla, Aïéla, cela arrive parfois aux nôtres, cela arrive... mais oh ! pourquoi moi ? Moi entre tous ! Pourquoi ?

– Chut!

Derechef, il la guida jusqu'au lit, l'obligea à s'y allonger, glissa des coussins derrière sa tête, puis s'assit près d'elle en la tenant par sa taille gracile. Avec une profonde tendresse, il effleura sa joue, essuya ses larmes de frustration. Quand sa main se posa sur l'épaule d'Isande, il fut une fois encore assailli par le désir familier de cette femme, désir que les circonstances présentes et leur commune détresse étouffaient. Mais sa souffrance serait la sienne, son soulagement serait le sien pour une raison qui n'avait qu'un lointain rapport avec le *tchiabrès.*

C'est mon égoïsme, mon maudit égoïsme qui vous a entraînée ici, songea-t-il avec amertume. Et il sentit l'esprit d'Isande s'ouvrir comme jamais encore, venir à sa rencontre, terrorisé : il ne la tiendrait pas à l'écart, il ne l'oublierait pas pendant qu'il se lancerait à la poursuite de fantômes humains, il n'était pas question qu'elle le retrouve agonisant et hors d'atteinte.

Ce ne fut qu'au prix d'un gros effort qu'il rétablit le barrage mental.

Daniel, comprit-elle en versant des larmes de colère et de jalousie. *Daniel, Daniel, ses pensées, il...*

Les êtres humains. L'éthique humaine, l'obscénité humaine – l'expérience d'un être étranger qui avait connu la lie de ses semblables et des amaut, des choses dont elle avait seulement entendu parler mais qui étaient son vécu à lui – les attitudes, les habitudes, la *conscience* d'un être humain. L'*asuthithékkhé* durait depuis trop longtemps, était trop profond. Avec toutes les zones d'ombre, tous les secrets qui demeuraient – Aïéla était humain. Désespérément humain.

– Aïéla, l'implora-t-elle.

Et, le prenant par le cou, elle approcha son visage

du sien, posant tour à tour ses joues contre les joues du kallia. Les humains avaient une manière différente d'exprimer leur tendresse. Même en cet instant, il ne fallait pas l'oublier. Il repoussa les mains d'Isande – trop brutalement : il lui effleura le visage du bout de ses doigts tremblants.

Un humain se serait répandu en jurons ou aurait frappé quelque chose. Peut-être l'aurait-il frappée, elle. Aïéla s'écarta, s'assit au pied du lit en lui tournant le dos, les mains nouées avec tant de force que l'azur de ses phalanges en pâlissait et, pendant quelques secondes, il lutta pour rassembler les fragments brisés de son *kastien.* Frapper était improductif. Haïr était improductif. Eprouver du ressentiment envers Daniel, parfait dans son humanité, allait à l'encontre de l'Ordre qui dressait de rigides frontières entre leurs espèces respectives. C'étaient les iduvé qui, en faisant fusionner deux êtres en un seul, étaient à l'origine de ce chevauchement, et les iduvé étaient, selon leur éthique, suprêmement conformes à l'Ordre.

Sentant Isande bouger, il devina qu'elle allait tendre vers lui sa main déliée. Et, elle, qu'il la refuserait. *Ce n'est pas* éléthia *de m'exclure,* émit-elle. *Non. Vous pensez que vous pouvez m'abandonner et faire les choses à votre manière. Mais je vous suivrai, même si je ne puis vous accompagner qu'en esprit.*

Cessez! Aïéla se leva, fit barrage aux pensées d'Isande et alla sur le balcon.

Ashanomé brillait dans le ciel telle la première étoile du soir, astre de mauvais augure annonçant l'inéluctable destruction de Priamos. Peu de temps auparavant, Aïéla commandait dans l'Esliph un navire qui lui paraissait maintenant un havre de sécurité. Son *giyrêh* n'offrait guère de complication, alors. A présent, il était l'émissaire de l'Orithaine et détenait des secrets que les amaut ne pouvaient en aucun cas connaître : une journée perdue, la nuit qui tombait, son asuthé indisponible, une mission qu'il ne lui était pas possible de mener à bien. Le lendemain à midi, le délai expirerait.

Brusquement, le doute l'envahit. Chimèle avait-elle vraiment voulu qu'il réussisse? Il n'était même plus sûr que l'*arastiéthé* de l'Orithaine lui permettrait de secourir deux kaméthi perdus avant que la planète soit réduite en cendres. Et même s'il la bravait et annonçait à cor et à cri l'anéantissement imminent de Priamos, il ne sauverait personne : les amaut ne pourraient pas évacuer sa planète à temps. Il serait témoin de la destruction de ce monde, du début à la fin. Comme il regrettait que l'*idoïkkhé* soit à sens unique! S'il avait pu émettre, il aurait supplié Chimèle de rapatrier au moins Isande.

Elle ne nous abandonnera pas, projeta celle-ci. Mais sa pensée manquait d'assurance. Chimèle ne faisait jamais rien à la légère : si elle les avait envoyés inconscients et impuissants parmi les amaut, ce n'était pas insouciance ou négligence de sa part. Les motivations des iduvé n'étaient jamais faciles à démêler.

Le pouls d'Aïéla s'accéléra sous l'effet de la rage, une colère qu'Isande, à qui l'idée de défier les iduvé faisait toujours peur, essaya d'apaiser. Mais il y avait un navire iduvé tout près et il faudrait bien que celui-là parte avant l'attaque. A ce souvenir, un plan prit aussitôt naissance dans l'esprit d'Aïéla; et Isande, étreignant les colonnes du lit, fut envahie d'épouvante.

M'envoyer à lui? Non, Aïéla! Vous n'y pensez pas!

Sourd à ses protestations, le kallia ouvrit sa valise, enfila un blouson en prévision de la fraîcheur nocturne et fixa son pistolet d'ordonnance à sa ceinture. Isande, cependant, furieuse du soulagement qu'il éprouvait d'avoir trouvé un moyen de la protéger, donnait libre cours à son courroux. Ses souvenirs déferlaient : Khasif jeune vu par les yeux d'une jeune kallia terrorisée, des attentions qui allaient beaucoup plus loin qu'elle ne l'avait encore jamais avoué à quiconque – des attouchements, elle était prise au piège dans un local exigu en tête à tête avec un iduvé dont les intentions étaient infiniment plus dangereuses que le désir d'entrer en *katasukké*. Tout cela, elle le faisait expérimenter à Aïéla et cela les embarrassait tous les deux.

– Chimèle nous a interdit de prendre contact avec Khasif, dit-elle en sachant que la bataille était perdue d'avance.

Cela appellerait une *vaïkka,* Aïéla n'en disconvenait pas, mais il espérait qu'il aurait quand même une chance. Déjà, son esprit se détachait de celui d'Isande et se tendait vers le plus obscur de la conscience de Daniel, vers ce qu'il était venu faire.

Il est HUMAIN! Le mot qui vrilla ses pensées avait une coloration si odieuse qu'Isande elle-même se rétracta de honte.

Vous voyez pourquoi je ne peux pas vous toucher. Aïéla s'en voulut aussitôt de cette inutile franchise. Ce n'était pas la faute d'Isande : quelque chose en elle déclenchait une réaction de défense chaque fois qu'elle trouvait que Daniel s'approchait trop d'elle, bien qu'elle s'efforçât à une amabilité de surface. *Mâle et étranger,* clamait-elle. Dans cet ordre.

Khasif vous a-t-il fait cela? s'étonna Aïéla sans chercher à ce qu'elle capte l'interrogation. Peut-être celle-ci était-elle trop précise : elle abaissa ses écrans, inébranlablement. Sa main chercha celle d'Aïéla mais son esprit était inaccessible.

– Comment pensez-vous que vous pourrez l'aider? demanda-t-elle tout haut.

– J'ai toutes les ressources de Weissmouth à ma disposition. Avec les forces conjointes des amaut et des mercenaires humains, il y a une chance raisonnable de parvenir jusqu'à lui.

Elle essaya consciencieusement d'oblitérer ce qui

filtrait de son jugement sur ces chances – des prévisions sinistres et apocalyptiques.

– Je plais à Khasif, dit-elle. Beaucoup. Il m'écoutera. Et je me tapirai quelque part pour ne compromettre ni sa sécurité ni celle de Chimèle, pour que vous puissiez communiquer avec *Ashanomé* par mon intermédiaire – instantanément si besoin est. Peut-être que Chimèle acceptera – et peut-être est-il heureux que ce soit Khasif et non un autre : hors de l'*haratchia* de Chimèle, il est capable de faire preuve d'un entêtement et d'une indépendance extrêmes. Il est possible qu'il décide de nous porter assistance.

Khasif pouvait aussi faire preuve d'entêtement pour d'autres choses. Isande le redoutait mais elle était prête à courir ce risque pour l'inciter à aider Aïéla. Ce dernier fut atterré quand il appréhenda cette pensée et elle lui fit presque renoncer à son projet. Mais il n'y avait pas d'autre solution pour Isande, c'était l'unique espoir. Il saisit la petite valise de son asuthé, posée sur la commode, et prenant Isande par la taille, il la guida vers la porte. Le vague espoir qu'elle cesserait d'avoir l'impression de tomber quand elle se mettrait en mouvement vola immédiatement en éclats : cela ne s'arrangeait pas du tout. Elle redoutait plus que tout de se trouver dehors, avec le gouffre sans fond du ciel au-dessus d'elle.

Kleph n'était pas seul derrière la porte : il avait de la compagnie. C'étaient maintenant non pas un mais trois amaut qui se confondaient en salutations. Aïéla fut surpris de voir que le col de l'un d'eux, un individu de haute taille doté d'une impressionnante bedaine, s'ornait du disque d'or, emblème du commandement.

– *Sushaï,* seigneur et haute dame! s'exclama-t-il en s'inclinant très bas.

Le kallia répondit par la politesse à la politesse :

– *Sushaï-khruuss, bnêsych* Gerlach?

Nouvelle courbette à trois étages.

– Etre reconnu par le seigneur nas kamé m'honore grandement. Je suis Gerlach, fils de Kor, fils de Thagrish, fils de Tophash, fils de Kor, fils de Merkush, fils de la quatorzième génération de Gomek du *karsh* Gomek.

Le *bnêsych*, gouverneur de la colonie, avait abrégé : s'il s'en était tenu à la stricte étiquette, il aurait pu réciter la liste nominative de tous ses ancêtres jusqu'au dernier. Son assurance était celle d'un homme d'une importance immense car quiconque avait jamais fait commerce dans la *métrosi* connaissait le *karsh* de Shaphar dans l'Esliph, le plus grand et le plus riche des *karshatu* des mondes coloniaux. Gomek contrôlait déjà l'économie de l'Esliph et son intrusion dans l'espace humain n'était pas une aventure fortuite dans laquelle se serait lancée une poignée de coloniaux faméliques. Le *karsh* Gomek possédait les moyens techniques et les ressources nécessaires pour que ce soit une opération rentable. Transportant la main-d'œuvre amaut sous contrat sur de grandes distances à des conditions économiques pour les compagnies, il constituait un grand péril pour les voyageurs aux abois et plongeait dans une misère sans fin les humains assez dociles et assez robustes pour survivre au travail forcé auquel les soumettaient les amaut. Cette planète pouvait devenir une base de départ viable en vue d'explorations ultérieures, prometteuses de plus riches butins. Les congénères de Daniel étaient, à la vérité, en danger si leur lutte contre les iduvé les avait affaiblis ou désorganisés. Aussi longtemps que la culture humaine serait susceptible d'engendrer des Priamos à la chaîne, les humains se vendant les uns les autres à qui mieux mieux, les amaut, qui n'étaient pas des guerriers, pourraient continuer à gagner du terrain.

– Et voici mon assistante, Toshi, ajouta le *bnêsych* en désignant d'une main aux doigts effilés la jeune amaut qui se tenait à côté de lui.

– Toshi, fille d'Igrush, fils de Toshiph, fils de Shuuk du *karsh* Shuuk.

De taille moyenne, Toshi était aussi belle que Kleph était hideux – pas selon les canons esthétiques kalliriens, certes, mais son teint était d'un gris des plus pâles. Sa poitrine était aussi plate que son ventre, elle avait un maintien plein de grâce mais sa généalogie était fort modeste et Aïéla soupçonna non sans quelque cynisme que c'était cette qualité qui avait séduit le grandissime *bnêsych*.

Etes-vous satisfait de vos alliés? C'était sa xénophobie qu'exprimait avec mordant Isande qu'il sentait s'agiter nerveusement – il la tenait toujours par la taille. A ses yeux, les amaut étaient de pitoyables créatures, des épaves velléitaires à la moralité douteuse.

Essayez d'avoir un peu de tenue, riposta Aïéla. *J'ai besoin de la coopération du* bnêsych.

Ne vous inquiétez pas pour cela. Donnez un coup de pied à un amaut : il se prosternera et vous remerciera de l'honneur que vous lui faites. Vous êtes un nas kamé. Sur un monde extérieur, vous n'avez pas à demander : vous ordonnez.

Aïéla ne répondit pas.

– Vous pouvez nous rendre service, *bnêsych,* en nous fournissant le moyen de nous rendre au port.

– C'est que les noï kamé ont dit que vous deviez rester ici, seigneur, balbutia l'amaut. Les aménagements ne sont peut-être pas à votre goût? Ils sont affreusement humains, en effet, et nous vous en demandons humblement pardon. Mais vous êtes depuis si peu de temps parmi nous... Nous avons rassemblé des travailleurs qui remettront vos quartiers en état et les décoreront en suivant vos desiderata avec la plus scrupuleuse exactitude. Nous ferons tout ce que nous pourrons pour vous donner satisfaction, nous en serons très honorés.

– Je rends hommage à votre courtoisie. (La formule de politesse kallirienne était sortie le plus naturellement du monde de la bouche d'Aïéla et elle irrita Isande. C'était un coup porté à l'*arastiéthé* d'*Ashanomé*. Chimèle aurait été furieuse si elle avait entendu. Mais Aïéla passa outre aux objections de son *asuthé* et poursuivit :) Mais je compte rester. Ma compagne, elle, ne reste pas. Aussi me faut-il un moyen de transport, je vous le répète. Et j'ajoute que je suis pressé.

Le *bnêsych* Gerlach, visiblement embarrassé, ouvrit et referma la bouche, replia ses lèvres et fit une courbette. Puis il commença à donner ses ordres. Tandis que Toshi et Kleph détalaient pour les exécuter, il escorta Aïéla et Isande, réussissant l'exploit de trottiner pour ne pas se laisser distancer, sans cesser pour autant de multiplier les révérences et de les assurer avec prolixité de sa collaboration, de son désir qu'elle soit portée à la connaissance des hauts seigneurs, de la joie que lui causait l'honneur de leur présence sous son toit et qu'il éterniserait en érigeant une stèle commémorative dans son *karsh* sur Shaphar. Devant ces protestations de zèle, Isande, malade de vertige, rongeait son frein mais, se pliant aux vœux d'Aïéla, elle s'abstint de prier l'amaut de les laisser en paix. Dans l'antique ascenseur à câbles qu'ils empruntèrent, toute agressivité l'abandonna et elle se contenta de s'abandonner à l'étreinte d'Aïéla en maudissant les neuf mille années d'existence des noï kamé qui avaient produit une créature comme elle.

Arrivés au rez-de-chaussée, ils se trouvèrent dans un hall monumental dont les portes de verre donnaient sur une rue où se pressaient des amaut. Un aéroglisseur surgit en soulevant un tourbillon de poussière et se posa lourdement devant le bâtiment.

– Voici le véhicule que vous réclamez, annonça le *bnêsych* tandis que Toshi et Kleph rejoignaient le trio. C'est bien lui, n'est-ce pas, Toshi?

– Parfaitement, confirma Toshi en faisant la révérence.

– Veuillez escorter nos honorables visiteurs, Kleph.

Coupant court à la rafale de courbettes de ce dernier, Aïéla, impatienté, adressa un bref signe de tête à Gerlach et à Toshi et se dirigea vers la sortie en soutenant son asuthé chancelante. Kleph se précipita pour leur ouvrir la porte, s'empara de la valise du kallia et se rua vers l'aéroglisseur. En un clin d'œil, il fit sortir la rampe d'accès et l'escalada derrière le couple après que celui-ci eut pris place dans l'étroit habitacle.

– Quel navire voulez-vous rallier?

Aïéla le dévisagea.

– Comment ça, quel navire?

Kleph s'humecta les lèvres.

– Un second vaisseau a atterri à midi, expliqua-t-il. Dans ma présomption, j'avais pensé que, peut-être... pardonnez-moi, très honorable seigneur nas kamé. Nous rejoignons donc le premier vaisseau? Je ne voulais certainement pas me mêler de ce qui ne me regarde pas, croyez-le bien, très honorables noï kamé. Il n'est pas dans mes habitudes d'être indiscret.

C'est sûrement Ashakh qui est revenu, émit Isande. Cela l'ennuyait car Ashakh constituait une inconnue dont ils n'avaient pas tenu compte.

– Oui, le premier.

Kleph sortit son mouchoir et s'épongea le visage. Dans cette cabine où ils étaient à l'étroit en compagnie de deux amaut nerveux, ils ne pouvaient pas ne pas remarquer une légère odeur de pétrole. A bord d'*Ashanomé,* où l'air était filtré, c'était une chose qui n'existait pas. Les effluves des amaut et de la terre humide, de la matière en décomposition, de la maçonnerie pulvérulente et de la rivière gênaient même Aïéla et ils étaient insupportables pour Isande.

Le petit engin au bourdonnement assourdissant soulevait sur son passage des nuages de sable qui leur masquaient fréquemment la vue. Le soir approchait et c'était le moment de la journée où les amaut aimaient à se réunir. Ayant le soleil en aversion, ils s'enterraient pendant le jour pour fuir son éclat et ne remontaient à la surface qu'à la tombée du soir pour profiter de la fraîcheur. La musique allègre du *geshê* et du *rékeb* s'échappait des *habishu* qui ouvraient leurs portes et devant lesquelles étaient installées des tables. Après le passage de l'aéroglisseur, les *habishaapu* furieux étaient obligés de les essuyer. Les amaut qui déambulaient dans les rues faisaient volte-face et se cachaient la figure pour ne pas être aveuglés par le sable qui tourbillonnait. Ces appareils n'étaient pas faits pour les villes mais l'urbanisme était encore une nouveauté pour les amaut. Défigurer la surface en y élevant des constructions était contraire à leur éthique.

L'aéroglisseur franchit la rivière dans un geyser d'embruns et, ruisselant, négocia une rampe de terre, un pont accessible mais dont quelques-uns des piliers de soutènement étaient en mauvais état. Les combats avaient causé d'importants dégâts dans ce secteur. De lugubres carcasses d'édifices déchiquetés se dressaient à l'assaut du ciel obscurci. L'aéroglisseur qui s'était engagé le long d'une rue matérialisée par des cordons et des drapeaux était par moments obligé de zigzaguer d'un bord à l'autre de la voie et des sauts de puce pour passer par-dessus les tas de décombres des bâtiments effondrés.

Devant eux apparut le port. Le gigantesque vaisseau-base brillamment éclairé tranchait, resplendissante silhouette argentée, sur les navires amaut. Il y en avait un second, une unité de reconnaissance, semblable mais de plus petites dimensions. On ne pouvait s'empêcher de penser à une sorte de monstrueux couvain à la vue des deux étincelantes unités iduvé semblables à de parfaits insectes frais éclos au milieu des chrysalides grises et desséchées des bâtiments amaut.

L'aéroglisseur mit le cap sur le plus grand des deux vaisseaux iduvé mais le pilote se posa à bonne distance. Des manutentionnaires humains s'agglomérèrent autour de lui et la rampe fut déployée.

Isande trouvait ce voisinage répugnant. Elle s'était habituée à l'aspect de Daniel et, parfois, elle arrivait même à oublier à quel point il était différent, mais ces êtres étaient laids et l'odeur de la crasse humaine était pestilentielle. Leur vue était déplaisante à Aïéla lui-même qui aida personnellement son asuthé à descendre, afin que leurs mains ne la touchent pas. Puis il prit pied à son tour sur la chaussée de ciment et examina les deux navires miroitant sous les projecteurs. Une bonne trotte pour aller jusqu'à eux. Heureusement, Isande était maintenant plus solide sur ses jambes. A présent que le soleil était couché, les premières étoiles apparaissaient et leur brasillement familier et amical faisait oublier l'horrible couleur qu'avait le ciel en plein jour.

Je crois être capable de marcher, dit Isande. (Et elle ajouta avec un vague regret :) *S'il s'agissait seulement de me déplacer de nuit, je pourrais sans doute...*

Non, non. Vous serez plus en sécurité avec lui. Venez, les amaut ne s'approcheront pas davantage de ces navires. D'ailleurs, son arastiéthé *interdira à Khasif d'ergoter avec nous devant pareils témoins. Si nous voulons que le vaisseau s'ouvre pour nous, il vaut mieux y aller seuls.*

Vous commencez à comprendre les iduvé, convint Isande. *Mais il nous fera entrer avant de poser des questions. Et puis...*

La morsure incandescente des *idoïkkhéï* aveugla leur esprit. Quand Aïéla se rendit compte qu'ils étaient encore vivants tous les deux, il s'aperçut qu'il était tombé sur Isande. Il avait heurté le sol dans sa chute et sa tête était douloureuse. Son bras droit était complètement paralysé jusqu'à l'épaule. Il effleura de la main gauche le visage de son asuthé et un frisson glacé le parcourut en constatant qu'elle avait les lèvres en sang. Voilà la punition que les iduvé réservaient à leur présomption. Une bouffée de haine l'envahit. Cela avait beau ne pas être *ikas,* elle était d'une telle violence qu'Isande en fut terrorisée.

– Ils vous tueront! s'écria-t-elle.

Les *idoïkkhéï* recommencèrent à pulser. Mais différemment. Ils n'irradiaient plus de lancinements déchirants mais une palpitation irrégulière qui n'était que l'anticipation de la douleur. Et c'était une autre forme de supplice.

Deux esprits. Aïéla s'en rendit brusquement compte. *Deux esprits qui s'affrontent.* Sa rage se transforma en étonnement. Isande tenta de se relever avec son aide mais elle n'y parvint pas. Par son truchement, Aïéla eut la vision du second vaisseau. L'écoutille en était ouverte et une haute et mince silhouette en émergeait.

Un iduvé qui posait le pied sur le sol d'une planète au milieu d'êtres de l'extérieur!

Même Téjef ne s'était pas mêlé à eux. Qu'un *nasul* s'expose de la sorte était inconcevable. En dépit de l'épouvante à laquelle Aïéla et Isande étaient en proie, l'idée leur vint simultanément que ce pouvait être là l'arrêt de mort de Priamos. Sur Kartos, la présence d'un iduvé aurait provoqué une vague de panique et de suicides collectifs.

Méjakh! Dès qu'Isande l'eut reconnue, ses pensées ne furent plus qu'un incohérent tourbillon tant son effroi était dévastateur. Elle avançait vers eux. A mesure qu'elle approchait, l'interférence de Khasif se neutralisait et le lancinement des *idoïkkhéï* recommençait à faire mal.

Aïéla aida Isande à se remettre debout dans l'intention de prendre la fuite avec elle, mais la souffrance était maintenant insupportable. Ils s'effondrèrent à nouveau.

Le navire-base s'ouvrit à son tour et, sans se soucier qu'il y eût des témoins, un iduvé en sortit. Le spectacle était si hallucinant qu'Aïéla en fut pétrifié. Quand ils se décidaient à courir, la vitesse des iduvé dépassait l'imagination. Khasif franchit la distance qui le séparait de Méjakh et s'immobilisa brutalement à quelques mètres d'elle.

Ce fut une explosion de bruit et de flammes. Le sol trembla et l'effet de souffle renversa Aïéla. En même temps, de la poussière et des fragments de ciment se mirent à pleuvoir tandis qu'il tentait de protéger Isande de cette avalanche. Une fumée noire et suffocante se confondait avec l'obscurité. Plus une lumière ne brillait aux alentours. Des amaut et des humains se bousculaient en tous sens en poussant des cris inintelligibles. Les projecteurs qui, plus loin, balayaient le voile de fumée, ne faisaient que rendre les ténèbres plus impénétrables.

Isande! cria Aïéla. Mais ses efforts pour atteindre l'esprit de son asuthé furent vains. Il ne fit que s'enfoncer dans une nuit qui le fit vaciller. Le corps d'Isande était flasque et inerte contre le sien. La main de son asuthé était humide. Pris de terreur, il l'essuya sur son blouson.

Il se sentit soudain empoigné à bras-le-corps, soulevé. C'étaient des humains qui essayaient de le maîtriser. Il tira à l'aveuglette et en toucha au moins un. Mais quand il se fut dégagé et qu'il tâtonna à la recherche d'Isande, il ne la retrouva pas. Là où elle aurait dû être allongée, les paumes d'Aïéla ne rencontrèrent qu'une surface cimentée jonchée de débris.

Un engin décolla, tout près, dans un bruit de tonnerre. C'était à peine si ses feux avant réussissaient à percer les tourbillons tumultueux de fumée. *Ne le laissez pas partir!* supplia Aïéla à l'adresse de la masse silencieuse du vaisseau-base. Mais il était coupé de ses deux asuthi réduits à l'impuissance et le navire n'était apparemment pas disposé à intervenir. Un feu roulant déchirait l'obscurité de traînées embrasées. D'autres silhouettes de stature humaine couraient dans sa direction. Aucun signe de l'aéroglisseur. Il les avait désertés. Un projectile s'enfonça dans le sol, près de lui, et des fragments de ciment écorchèrent la jambe du kallia.

Aïéla s'élança au pas de course. Finalement, la douleur qui lui martelait le crâne et lui déchirait le flanc l'obligea à chercher refuge au milieu des ruines. Il devait souffler un instant avant d'avoir à nouveau la force de courir.

10

Téjef quittait rarement son navire. Compte tenu de la proximité d'*Ashanomé,* il eût été imprudent de s'éloigner si peu que ce fût du poste de contrôle. Mais ce qu'amenait l'appareil n'était pas ordinaire. Le premier à sauter au bas de la rampe fut Gordon, un humain maigre et noueux, amputé de deux doigts. Il n'était pas beau mais il l'était encore moins lors de son arrivée. C'était le kameth qui avait le rang le plus élevé. Seule Margaret avait la primauté sur lui.

– Toshi a un rapport à présenter, dit-il en tendant le bras vers la petite amaut qui surveillait le débarquement des trois civières. Elle vous rendra compte mieux que moi des événements. Nous avons subi des pertes : Brown, Ling et Stavros n'ont pas pu être récupérés.
– Ils sont morts?
– Oui.
– C'est regrettable.
Ils avaient été dévoués et remplis de zèle. Mais c'étaient les créatures que l'on sortait de l'appareil qui retenaient l'attention de Téjef.
– C'est un mâle et une femelle de votre espèce, dit Gordon. Et une autre créature... quelque peu différente. Une kallia, d'après Toshi.
Les civières se rapprochaient. Khasif gisait sur la première. Quand il regarda ce visage si semblable au sien, Téjef ressentit l'impact de son *takkhénès* car il avait les yeux entrouverts. Ils avaient dû l'assommer de drogues. C'était le seul moyen de le transporter. Sinon, il se serait emparé des commandes et aurait fracassé l'appareil au sol. Même dans l'état où il se trouvait présentement, il émanait de Khasif une force perceptible.
– Mettez-le dans le compartiment 12 dans l'entrepont, ordonna-t-il aux porteurs. Là, il n'y aura rien à craindre. Et postez des sentinelles pour empêcher les humains d'approcher. Je pense que vous mesurez le danger qu'il représentera quand la drogue aura cessé d'agir.
– Oui, maître. Nous ferons attention.
Isande reposait sur la deuxième civière. C'était une vieille connaissance et Téjef fut heureux de voir qu'elle respirait car la *tchanokhia* de la kallia était grande.
– Conduisez-la au laboratoire. Dlechish s'occupera d'elle.
Du sang sourdait de la couverture qui envelop-

pait le troisième corps. C'était l'usage des humains : ils dissimulaient leurs morts.

Ce devait être la femelle de son espèce dont avait parlé Toshi. Téjef, mal à l'aise, se perdait en conjectures. Il s'approcha. Ce n'était certainement pas Chimèle : l'Orithaine d'*Ashanomé* n'aurait pas péri dans des circonstances aussi malencontreuses ni de façon aussi indigne. Mais si c'était une autre Orithaine – la douce Tchaïkhé, la vieille et féroce Néphros, Tahjekh –, il en éprouverait du regret.

L'*haratchia* du visage défiguré qui lui rendait son regard le fit blêmir et lui arracha un sifflement de consternation. Méjakh! Il se hâta de laisser retomber la couverture.

– Y a-t-il des rites que vous observez, maître? demanda Gordon.

– Comment?

Téjef ne connaissait pas ce mot.

– Des cérémonies. Des funérailles. Que faites-vous de vos morts?

Méjakh était de son *sra*. Il n'eût pas été conforme à la *tchanokhia* de laisser des *m'métanéï* la placer dans la chambre de désintégration. C'était à lui qu'incombait cette tâche. Méjakh avait remporté sa *vaïkka* finale sur lui en le contraignant de lui rendre cet honneur : il n'y avait pas d'autre iduvé pour le faire à sa place.

– Je me chargerai d'elle. Posez-la... Posez-la.

Il avait haussé le ton, *é-tchanokhia,* ce qui le déconsidérait aux yeux de ses *m'métanéï* dont les traits trahissaient la stupéfaction. Il s'éloigna de la civière pour s'arracher à l'*haratchia* de la situation et reprendre contenance.

– Maître... (C'était Toshi qui faisait des courbettes à n'en plus finir, manière de la prévenir qu'il n'avait peut-être pas de raison d'être satisfait d'elle.) Ai-je bien ou mal fait?

– Comment est-ce arrivé?

– J'ai exhorté les autorités de Weissmouth à se rappeler leur loyalisme envers vous, seigneur, et j'ai été entendue, bien qu'il m'ait fallu toute ma force de persuasion. Je me suis heurtée à des lenteurs innombrables. Il a fallu organiser le transport, engager des mercenaires. Cela ne devait pas se faire au quartier général même. Finalement, tout a été mis en place. Notre seul objectif était les kaméthi accessibles, mais lorsque les grands vaisseaux se sont ouverts et que l'occasion s'est ainsi présentée... Vos ordres, seigneur, nous enjoignaient de saisir toutes les occasions qui pourraient s'offrir...

– Vous avez agi ainsi qu'il convenait.

Toshi exhala un soupir qui trahissait un vif soulagement et elle se plia presque en deux, ses longues mains jointes sur la poitrine.

– Mais, seigneur... l'autre nas kamé... je confesse ma faute : nous l'avons perdu dans le noir. Nos agents sont en train de ratisser Weissmouth pour le retrouver. Il nous fallait nous hâter de décoller avant que les grands seigneurs, vos ennemis, décident de nous en empêcher. Je crois que nous avons même eu de la chance de réussir à nous échapper.

– Avec Chimèle, il est bien rare que les choses soient le fruit du hasard. Comment s'appelle ce kallia que vous n'avez pas pu capturer?

– Aïéla.

– Aïéla? (Téjef eut beau fouiller ses souvenirs, ce nom ne lui évoquait rien.) Retournez à Weissmouth et n'ayez aucun remords, Toshi. Vous avez agi avec sagesse. Si vous aviez attendu, ils vous auraient sûrement capturés. Essayez maintenant de voir si vous pouvez opérer plus discrètement.

– Oui, seigneur.

L'amaut poussa un nouveau soupir de soulagement, fit la révérence, recula d'un pas, puis se retourna et sortit en criant des ordres à son équipage. Téjef faisait confiance à sa compétence.

Restait à s'occuper de Méjakh, ce qui n'était pas une plaisante obligation. Téjef ordonna d'une voix sèche aux kaméthi de reculer, puis, mettant un genou en terre, il prit dans ses bras le cadavre disloqué de l'iduvé.

Il se lava méticuleusement et se changea avant de regagner le *parédré*. Le souvenir du visage de Méjakh et la présence de Khasif enfermé un peu plus loin dans la coursive agissaient sur ses nerfs et son humeur. L'effet corrosif du *takkhénès* de Khasif s'intensifiait. L'iduvé devait émerger de l'inconscience de la drogue.

Téjef activa mentalement l'appareil à projection devant lequel il se tenait et le mit en communication avec l'unité qui se trouvait dans la cellule de Khasif.

Le *nasith* présentait un triste spectacle. Il était debout, couvert de poussière, blessé et en sang, mais il tenta néanmoins de manifester son hostilité.

Téjef constata avec étonnement qu'il avait l'avantage sur son fier *iq-sra*. Peut-être était-ce la drogue qui embrumait encore son esprit ou le fait qu'il savait que Méjakh était morte et qu'il avait été capturé par des *m'métanéï* et des amaut. Khasif avait sans aucun doute déjà sondé la porte et s'était aperçu que son mécanisme d'ouverture était inviolable pour un iduvé – c'était une serrure primitive à fonctionnement manuel. Maintenant, il gagnait en trébuchant le coin le plus éloigné de sa cellule et il s'accota au mur comme s'il avait de la difficulté à tenir sur ses jambes.

– J'ai procédé à l'évacuation de Méjakh, dit doucement Téjef, mais elle n'avait rien pour son *sérakh* en dehors des vêtements qu'elle portait et de la couverture dont on l'avait enveloppée. J'ai dispersé ses cendres qui ne quitteront pas ce monde. Hommage à Méjakh qui nous était *sra* à tous les deux.

Cette mesquine *vaïkka* aurait dû déclencher une réaction mais Khasif ne fit pas un mouvement. Téjef sentit sa propre force vibrer le long de ses nerfs, sentit l'impuissance et la peur de son *nasith.*

– Vous recouvrerez votre liberté, reprit-il, si vous vous déclarez *arrhéï-nasul* et si vous me faites votre soumission. Je l'accepterai.

Khasif se contenta d'émettre un grondement de colère. C'était un aveu de défaite.

– Maître...

C'était la voix de Gordon qui s'élevait derrière les murs de la cellule. Téjef coupa la projection et se retrouva dans le *parédré,* face au kameth et à l'homme Daniel.

– Ses liens ne sont pas nécessaires. Détachez-le.

Gordon obéit. Le prisonnier était échevelé et qu'il eût été tiré de son sommeil n'expliquait pas tout le désordre de son apparence. Dès qu'il fut libre, il essuya le sang qui souillait sa bouche mais il ne paraissait pas disposé à chercher noise à un iduvé. D'un coup de menton, Téjef congédia Gordon.

– Je présume que vous êtes en contact avec votre asuthé, dit-il quand ils furent seuls.

– Isande est-elle sur ce navire?

Si l'humain avait porté l'*idoïkkhé,* son ton agressif aurait été immédiatement puni, mais il n'en avait pas. S'il persistait dans son insolence, il risquait un châtiment plus rigoureux.

– Oui, elle est à bord mais j'imagine que celui qui a posé cette question est un homme du nom d'Aïéla.

– Je croyais que l'*arastiéthé* interdisait que l'on se livre à des conjectures...

– Une supposition qui n'est pas déraisonnable. Je ne me trompe pas, n'est-ce pas? C'était bien Aïéla?

– Oui, reconnut Daniel.

– Dites à cet Aïéla que s'il manifestait le désir de se rendre, il retrouverait cette personne.

– Arle... la petite fille, implora Daniel d'une voix

cassée, sans relever la flèche. Où est-elle? Est-elle vivante?

La *vaïkka* était pratiquement sans objet contre une créature aussi vulnérable, aussi dépourvue de fierté. Téjef s'était laissé aller à son dépit mais, écœuré, il refoula sa colère et haussa les épaules. Que pouvait-on espérer d'autre quand on avait affaire à des humains?

– Chimèle vous a envoyé sur Priamos avec des asuthi pour vous guider sans l'*idoïkkhé* – sans le danger et la protection de l'*idoïkkhé*. Pourquoi? Pour me tuer? Pour m'approcher en ayant seulement l'apparence d'un humain?

– Oui.

La réponse était si franche que Téjef eut un rire de surprise et de plaisir. Instantanément, l'expression de l'humain changea. Il explosa de fureur et l'iduvé, qui ne s'attendait pas qu'il se jette sur lui comme un insensé, réagit instinctivement. Il frappa main ouverte. Le coup n'était pas destiné à tuer mais il fut cependant assez brutal pour que la fragile créature s'effondre. Téjef attendit patiemment que l'humain reprenne connaissance. Quand il commença à bouger, Téjef se pencha, l'empoigna par un bras et le remit debout.

– Vous êtes sans doute kameth depuis peu de temps car je ne peux pas croire que Chimèle aurait choisi un être aussi stupide pour la servir. J'aurais pu vous briser le cou, *m'métané*. Si je ne l'ai pas fait, c'est que je ne l'ai pas voulu.

Il lâcha l'humain quand ce dernier fut à nouveau ferme sur ses jambes. Son hostilité semblait avoir abandonné le *m'métané* qui était à présent sur la défensive. Il recula en vacillant et faillit trébucher en heurtant un siège.

– J'aurais préféré discuter raisonnablement avec vous, enchaîna Téjef.

– Si c'est vraiment votre but, essayez plutôt de

raisonner Chimèle. N'avez-vous pas assez de bon sens pour savoir que vous allez être tué?

– Dans ce cas, il est important de procéder correctement, n'est-il pas vrai? Qu'a à répondre votre asuthé?

Daniel le lui dit sans fard et Téjef s'esclaffa de nouveau.

– Je vous en prie, supplia Daniel. Où est Arle? Va-t-elle bien?

– Oui. Elle est parfaitement en sécurité.

– S'il vous plaît, laissez-moi la voir.

– Non.

Pourtant, Téjef se rendait compte que son irritation était irrationnelle, humainement parlant. La fillette elle-même ne cessait d'implorer cette rencontre. Bien qu'enfant du *dhis,* elle était humaine, seulement humaine, et voyait en Daniel un *nas* – un ami, comme elle disait. Ce n'était pas comme si elle avait été une jeune iduvé, il serait bon de ne pas l'oublier.

Soudain, l'idée vint à Téjef qu'en vertu de son éthique particulière, un humain se sentirait lié par certaines obligations en échange d'une telle faveur – *niseth-kamé,* si paradoxal que fût le terme.

– Arle n'appartient pas à *Ashanomé,* insista Daniel. Elle ne peut vous nuire en rien.

Téjef réprima son dégoût. Il était parfois indispensable de traiter avec les *m'métanéï* tels qu'ils étaient sans attendre d'eux la moindre *arastiéthé.*

– Je vais vous conduire auprès d'elle, laissa-t-il tomber.

Quand Margaret ouvrit la porte du *dhis,* Arle était sur ses talons et Téjef fut pris au dépourvu lorsqu'elle se rua dans les bras de Daniel en poussant un hurlement sauvage. Tout en la submergeant de questions sur son état de santé, l'humain l'étreignit si fort que la fillette en perdit la respiration. Il la reposa par terre mais elle fit aussitôt mine de vouloir se jeter aussi au cou de l'iduvé que cette seule idée glaça. Quand il recula, elle refréna son élan et resta les mains tendues comme si elle ne savait qu'en faire.

– Tu vois, lui dit Téjef. Daniel marche. Il va bien. Contrôle-toi un peu, Arle.

Elle s'essuya docilement les joues et se réfugia à nouveau dans les bras de Daniel. Assister à cette scène mettait la sensibilité de Téjef à rude épreuve.

– Il ne t'a pas fait de mal? s'enquit Daniel. Il ne t'a pas touchée?

Arle répondit qu'elle avait été très bien traitée et l'humain parut à la fois dérouté et soulagé. Il caressa de la main la joue de la petite et adressa un coup de menton poli à Margaret et à Téjef.

– Merci, dit-il en kallirien. Mais quand Chimèle passera à l'attaque, à quoi lui serviront vos bontés?

– Je serai au grand regret pour mes kaméthi mais ce sera sans remords que j'en sacrifierai quelques-uns pour le *sérakh* de Chimèle.

– Tuer tant de monde n'a aucun sens. En quoi est-ce *arastiéthé?* Pourquoi ne pas mettre bas les armes?

– Ces propos sont entièrement irrationnels, *m'métané.* L'*arastiéthé* est une chose que l'on possède et à laquelle on ne renonce pas. Je suis un iduvé. Exprimez-moi votre pensée dans ma langue si vous en êtes capable.

Cette réplique laissa l'humain déconcerté car il y avait là une contradiction qu'une traduction ne pouvait rendre. Néanmoins, il ne se tint pas pour battu :

– Les iduvé prétendent que leur espèce est la plus intelligente de toutes. Chimèle et vous ne pouvez-vous donc pas régler votre querelle sans recourir à de telles extrémités?

– Votre espèce fait la guerre, pas la nôtre, rétorqua Téjef. J'ai très sincèrement une grande *m'mélakhia* pour votre race, humain. Je n'ai nulle envie de vous causer du tort et, si j'en avais la possibilité, je consacrerais mes loisirs à visiter vos planètes afin d'apprendre à vous connaître. Mais, bien que vous ne soyez kameth et asuthé que de fraîche date, vous connaissez mon peuple. Suffisamment, je pense, pour comprendre. Il s'agit d'une *vaïkka* et capituler, c'est mourir. Moralement et physiquement. On ne peut survivre sans *arastiéthé*.

– De quelle *arastiéthé* pouvez-vous vous prévaloir si vous êtes incapable de sauver vos propres kaméthi qui ont confiance en vous? s'écria Daniel.

– Ils m'appartiennent.

La logique confuse de l'humain plongeait Téjef dans le désarroi.

– Parce que vous les abusez! Parce que vous leur cachez la vérité. Parce qu'ils croient que vous les protégerez.

– Daniel! cria Arle.

Si le sens de ces paroles lui échappait, elle était alarmée par le ton de Daniel. Ce fut ce qui le sauva : elle s'interposa entre lui et l'iduvé, et sa voix grêle et aiguë détendit l'atmosphère.

Téjef se détourna avec brusquerie, péniblement conscient des illogismes qui l'écartelaient. Son pouls battait la chamade, son cuir chevelu le picotait, sa respiration s'accélérait. Il fallait absolument qu'il se retire de l'*haratchia* de ces créatures avant de perdre toute dignité. Le *takkhénès* de Khasif et l'*haratchia* du cadavre de Méjakh avaient semé le trouble en lui et la proximité des autres iduvé lui rappelait la réalité, la *tchanokhia* oubliée. Il avait fait entrer les humains dans le *dhis* et, maintenant, ils échappaient à son contrôle. L'enfant n'aurait jamais dû en sortir. C'était lui qui y avait fait pénétrer un mâle étranger, considérant que sa *tchanokhia* était différente. Mais cela avait été une erreur. Il s'était mis en fâcheuse posture, il avait infligé un camouflet à l'honneur de Margaret qui était presque *nas* et il avait laissé ce *m'métané-toj* voir – et toucher – l'enfant qu'il lui avait confiée. Le soin attentif avec lequel il manipulait les humains perdait son importance quand c'était la simple décence qui était en cause. L'*haratchia* perturbait ses sens, c'était presque comme si ces trois humains – le mâle, la femelle et l'enfant – possédaient un *takkhénès* uni contre lui alors que des *m'métanéï* ne pouvaient en aucun cas en avoir. C'était lui qui leur avait donné ce pouvoir, des verges pour se faire battre. Ce qui s'appelait perversion en kallirien. L'iduvien n'avait même pas de concept capable de formuler ses appréhensions.

– Téjef! (Le pas léger de Margaret derrière lui, sa main sur son bras.) Téjef? Que se passe-t-il? Qu'a-t-il dit?

– Retournez là-bas! cria-t-il, s'apercevant avec un pincement au cœur qu'elle avait abandonné Arle et le *dhis* ouvert à Daniel. Allez!

Mais Margaret insista :

– Qu'y a-t-il? Téjef...

Cette femme, il l'avait désirée, il la désirait encore, et, à son contact impur, la fureur lui noua la gorge. Ses paroles, il ne les entendit pas et il ne se rendit qu'à moitié compte du mouvement instinctif de son bras et du cri d'effroi, brutalement interrompu, qu'elle exhala. Mais ce cri eut raison de sa colère. Il se retourna, la vit s'écraser contre la cloison et s'affaisser. L'enfant poussa à son tour un hurlement. Téjef tomba à genoux devant Margaret, lui caressant la figure, et essaya d'allonger ses membres contractés, repliés en porte à faux sous le poids de son corps.

Quand Daniel l'empoigna par l'épaule pour le tirer en arrière, Téjef le frappa avec une violence délibérément meurtrière. Mais l'humain était agile. Il para avec son bras et, sous le choc, il s'écroula. Mais il roula sur lui-même et se releva pour attaquer.

– Non! gémit Arle.

Cet appel à la raison arrêta Daniel et Téjef tourna à nouveau son attention vers Margaret.

Elle était consciente et elle sanglota de douleur quand il s'efforça d'allonger ses jambes. Il y renonça et s'essuya les mains sur ses cuisses. Il brûlait de l'envie de tuer l'humain qui avait été témoin, qui avait été la cause de cette scène. Mais Arle était entre eux deux et quand Margaret commença à pleurer, Daniel repoussa l'enfant sans se soucier de l'iduvé, s'agenouilla devant elle et lui dit des mots de réconfort dans sa langue.

Téjef lui happa le poignet lorsqu'il s'aventura à la toucher mais l'humain se contenta de le regarder fixement, comme s'il était stupéfait qu'un iduvé perde son empire sur lui-même.

Il fallait appeler les amaut, et il s'y résolut. En un rien de temps, ils étendirent Margaret sur une civière et prirent le chemin de l'infirmerie. Téjef les regarda s'éloigner. Il aurait voulu les accompagner, redoutant d'être obligé d'attendre sans rien savoir mais il ne ferait ainsi que perdre encore davantage la face devant les amaut et, cela, il s'y refusait.

Il baissa les yeux en sentant les doigts légers d'Arle se poser sur sa main. L'expression de l'enfant était grave et sérieuse.

– Je peux aller avec elle, s'il vous plaît, monsieur?

– Non.

Le mince visage de la fillette se crispa et des larmes jaillirent de ses yeux. Téjef se tourna vers Daniel.

– Quelles sont vos coutumes? lui demanda-t-il avec désespoir. Que doit-on faire?

Daniel s'avança alors, prit Arle dans ses bras et lui dit tous les mots humains capables de tarir ses pleurs :

– Peut-être qu'ils te permettront d'aller la voir plus tard quand elle pourra se rendre compte que tu es là. Mais elle va s'endormir dans quelques instants. Allez, rentre chez toi et rafraîchis ton visage. Cesse de pleurer.

Elle resta un instant blottie contre la poitrine de Daniel, puis se précipita dans le *dhis* aux échos sonores où ni l'iduvé ni l'humain ne pouvaient la suivre.

– Je tiendrai la promesse que vous lui avez faite, dit Téjef à Daniel au prix d'un gros effort. Maintenant, montez dans la salle de chirurgie. Je veux qu'il y ait quelqu'un qui puisse servir d'interprète entre elle et les amaut. Dlechish ne maîtrise qu'imparfaitement la langue des humains.

– Et si vous perdez à nouveau votre sang-froid avec Arle, comme cela vient de vous arriver avec cette femme?

Téjef ravala sa colère.

– Je n'avais pas l'intention de faire de mal à mes kaméthi.

Daniel se borna à le dévisager en réfléchissant – à moins qu'il fût en communication avec son asuthé. Enfin, il hocha lentement la tête.

– Vous êtes attaché à eux, fit-il, comme si cette observation était de la plus haute importance.

– La *m'mélakhia* ne s'applique pas. Ils sont miens.

Téjef ne comprenait pas ce qui le poussait à discuter avec un *m'métané,* sauf que la remarque de l'humain l'avait plongé dans la perplexité. Il eut brusquement l'impression de toucher du doigt la barrière de la langue et regretta une fois encore que le comportement *m'métané* fût pour lui lettre morte. Mais son *arastiéthé* lui interdisait d'interroger Daniel.

– Appelez *Ashanomé* et faites votre reddition, lui suggéra celui-ci d'une voix posée. Les kaméthi ne doivent pas mourir.

Téjef frissonna car il n'y avait plus rien de risible dans ce conseil : Daniel parlait sérieusement. Il était humain d'agir de la sorte, de faire litière de son *arastiéthé* et de n'être plus rien. La logique à l'envers qui autorisait pareil raisonnement acquérait en cet instant une effrayante réalité.

– Vous ai-je demandé votre avis? riposta Téjef. Montez à la salle de chirurgie.

– Elle serait peut-être contente de vous voir. C'est là notre *arastiéthé :* savoir que quelqu'un a de l'attachement pour nous. Et nous pouvons mourir quand cela nous est refusé.

Téjef médita sur cette déclaration. Elle expliquait beaucoup de choses et suscitait en même temps de nouvelles questions. Que signifiait cet « attachement »? Et exigeait-il toujours que l'on renonce à son *arastiéthé* en manifestant le souci que l'on avait de l'autre? Mais si l'honneur se mesurait pour les humains à la capacité de cristalliser l'intérêt d'autrui sur soi-même, cela entraînait à rechercher et accepter des faveurs. La perversité d'une telle notion faisait sombrer la raison. A côté, la propreté de la mort dispensée par *Ashanomé* était une perspective presque attirante. L'honneur de Téjef n'était pas en sécurité entre les mains des humains. Et peut-être blessait-il de la même manière la sensibilité de ses kaméthi – et de Margaret.

– Vous viendrez? lui demanda Daniel.

– Montez, ordonna Téjef. Vous demanderez à un kameth de vous conduire.

– C'est entendu, maître.

Daniel s'inclina avec une courtoisie tranquille et s'éloigna en direction de l'ascenseur. Téjef se rendit compte à retardement que le kameth s'était exprimé en kallirien et le fait qu'il avait adopté cette attitude respectueuse lui fit chaud au cœur car les humains ne se pliaient généralement pas à cette coutume. Et l'iduvé ressentit la nostalgie de l'immensité transparente d'*Ashanomé,* des gens familiers aux mœurs honorables et à la nature prévisible qui l'habitaient.

L'ascenseur se mit en marche et Téjef se tourna vers la porte du *dhis,* troublé par l'*haratchia* du lieu où, tout à l'heure, gisait Margaret. La cloison métallique était bosselée là où son corps fragile l'avait heurtée. Margaret l'avait souvent mis dans une fausse position, l'avait empêché d'exercer sa *vaïkka* contre les humains et les amaut, l'avait humilié par les attentions qu'elle lui prodiguait. Ce n'était pas la déférence de kameth, c'était la *m'mélakhia* tenace d'une *nasith-tak* – mais, évidemment, sans *takkhénès,* sans communion. Et lui n'y était absolument pour rien. Elle avait simplement choisi de lui appartenir et décidé qu'il lui appartenait, et il y avait dans sa détermination solitaire une *arastiéthé* qui faisait suspecter à Téjef qu'il était l'objet d'une *vaïkka* qu'il ne comprenait qu'obscurément.

Il avait amèrement honte du chagrin que son émotion pervertie avait dans tous les domaines apporté à Margaret car, au plus intime de lui-même, il savait parfaitement ce qu'il avait fait, il n'était pas dupe de ses propres simulacres et il commençait à soupçonner qu'il l'avait blessée d'une manière qu'aucun iduvé ne pouvait concevoir. Pour la première fois, il sentait pleinement à quel point il était désarmé au milieu de gens incapables de lui témoigner l'*arastiéthé* à laquelle son cœur aspirait. Qu'ils lui refusent cette offrande l'affligeait et le désespérait. C'était un délire de contradictions qui l'enveloppait tel un voile de ténèbres où rien n'était intelligible.

– Monsieur? (Arle, devant la porte de *dhis,* le regardait avec de l'angoisse – *arastiéthé? vaïkka?* –

dans ses yeux si semblables à ceux des kallia.) Monsieur, où est Daniel?

– Parti. En haut. Avec Margaret. Avec Dlechish. Il pourra parler à sa place. Elle a une grande aversion pour les amaut. Je crois que c'est pareil chez tous les humains. Mais Dlechish... il a de l'attachement pour elle. Et Daniel restera à ses côtés.

C'était une des plus longues explications en langage humain à laquelle Téjef s'était jamais essayé avec quiconque en dehors de Margaret ou de Gordon. Le regard de l'enfant s'adoucit et s'embua. Il ne savait si c'était là un bon ou un mauvais signe. Les humains pleuraient pour tant de raisons!

– Est-ce qu'elle va mourir?

– Peut-être.

La franchise de la réponse parut déconcerter la fillette. Téjef ne comprit pas pourquoi. Les blessures de Margaret étaient visiblement sérieuses. Peut-être était-ce le ton qu'il avait employé. Arle fondit en larmes.

– Pourquoi est-ce que vous l'avez frappée? s'écria-t-elle.

Il eut une grimace d'impuissance. Même s'il avait été capable de parler couramment la langue humaine, il n'aurait pu répondre à cette question. Et, summum des contradictions qui constituaient le tissu même des humains, l'enfant lui tendit les bras. Devant le mouvement de recul de Téjef, elle joignit les doigts, comme si la tentation de le toucher était irrésistible, et ravala ses larmes.

– Elle vous aime. Elle m'a dit que vous ne voudriez jamais faire de mal à personne.

– Je ne comprends pas, protesta l'iduvé. (Mais il songea que la détresse de la fillette réclamait un geste de courtoisie et, parce que c'était ce que Margaret aurait fait, il la caressa délicatement.) Retourne dans le *dhis*.

– J'ai peur là-bas.

Ses larmes se remirent à couler mais elles se tarirent brusquement quand Téjef, la saisissant par les épaules, l'obligea à se redresser. Il lui donna une tape légère ainsi que l'aurait fait une *dhisaïs* avec un enfant chéri mais qui se conduirait mal.

– Ce n'est pas bien... d'avoir peur. Tiens-toi droite. Tu es une *nas*.

Il la lâcha abruptement en se rendant compte de l'énormité qu'il avait étourdiment proférée, envahi par la honte. Mais Arle obéit et se ressaisit comme Téjef lui-même jadis, devant la vieille Nophrès.

– S'il vous plaît, monsieur, est-ce que je peux monter aussi pour rester avec Margaret?

– Plus tard. Je te le promets.

L'idée qu'elle quitte le *dhis* ne l'enchantait pas mais il fallait dans leur intérêt à tous deux en finir avec les illusions : cette enfant était une humaine et il n'y avait plus personne dans le *dhis* pour s'occuper d'elle. Il ne restait plus guère de temps et il n'était pas juste qu'elle demeure seule dans cet immense local pour y mourir. Elle devait être auprès d'adultes dont la *tchanokhia* lui servirait d'exemple.

– Vous y allez maintenant? lui demanda-t-elle.

– Oui. (Il se retourna. Elle était immobile, les doigts toujours noués.) Viens, dit-il en lui tendant la main. Viens avec moi.

Les lampes du *parédré* d'*Ashanomé* étaient toutes éteintes à l'exception de celles qui brillaient au-dessus du bureau, mais Chimèle reconnut sans hésiter la silhouette qui poussait la porte et identifia l'iduvé de petite taille et quelque peu bedonnant dont le tapis étouffait les pas. Elle se redressa, souleva son menton qui reposait entre ses mains en coupe et posa les yeux sur le visage replet et grave de Rakhi.

– Vous devriez dormir, dit-il, grondeur. Il faut que vous vous reposiez, Chimèle.

– C'est bien mon intention mais je tenais à savoir comment vous vous portiez. Asseyez-vous, Rakhi. Comment va Tchaïkhé ?

– Aussi bien que possible. Elle se dirige vers Weissmouth. Après réflexion, nous avons estimé que le mieux était d'opérer à distance.

– Mais l'*asuthithékkhé* est-il supportable ?

Le *nasith* eut un pâle sourire et massa sa tempe que zébrait la cicatrice encore fraîche.

– Tchaïkhé fait le vœu que prospèrent vos entreprises, Chimèle-Orithaine. Elle est intensément avec moi en ce moment.

– Je souhaite très sincèrement que prospèrent les siennes. Mais il faut que nous parlions tous les deux. Pouvez-vous couper le contact ?

– J'apprends. (Rakhi poussa un soupir et se pencha en arrière.) C'est fait. *Au,* Chimèle, cette intimité est effrayante. Et embarrassante.

– O mon Rakhi ! s'exclama Chimèle avec angoisse. Khasif est perdu. J'ai envoyé Ashakh prendre sa place. Et, maintenant, c'est vous et Tchaïkhé que je risque à la fois...

– Bah ! c'est bien peu de chose, rétorqua Rakhi. De simples *m'métanéï* ne sont-ils pas capables de s'y adapter ? Notre intelligence ne vaut-elle pas la leur ? Avons-nous moins de contrôle sur nous-mêmes ?

Le courage de Rakhi arracha un sourire contraint à Chimèle. Ce n'était pas aussi facile qu'il le prétendait et ni le tremblement de ses mains ni la souffrance que trahissait son regard n'échappaient à l'Orithaine. Et, pour Tchaïkhé, *katasathé,* un contact aussi immédiat avec un demi-*sra* mâle devait être un supplice. Mais l'appariement de ces deux *nasithi-katasakké* sur les trois qui restaient avait paru être la meilleure solution car, compte tenu de sa nature qui était essentiellement celle d'un solitaire, l'*asuthithékkhé* aurait été une épreuve encore plus pénible pour Ashakh.

– Tchaïkhé supporte vraiment très bien la situation, reprit Rakhi, mais je crains la réaction d'Ashakh quand il la verra sur Priamos et qu'il saura que, d'une certaine façon, je l'ai touchée. Et je ne vois pas comment nous pourrions le lui dissimuler s'il doit diriger les opérations à Weissmouth. Il sentira à dix *lioï* qu'il y a quelque chose d'anormal.

– Vous recommanderez à Tchaïkhé d'éviter l'*haratchia*. Il est impératif qu'Ashakh reste dans l'ignorance de cette situation car il risquerait, j'en ai peur, de créer des complications irrémédiables. Et ne me trahissez pas, Rakhi. J'ai déjà eu la surprise de voir un mâle humain se comporter comme une *dhisaïs*. Si jamais certains symptômes se manifestent, avertissez-moi sur-le-champ.

Rakhi se força à rire bien que, sous l'effet de la confusion, il ait intensément rougi.

– En vérité, Chimèle, contrairement à ce que l'on a toujours pensé, l'*asuthithékkhé* n'est pas quelque chose de totalement impossible pour les iduvé. Tchaïkhé et moi... nous conservons une certaine distance mentale entre nous. Chacun garde ses émotions pour soi. Je suppose, d'ailleurs, que ma paresse congénitale et le fait que la *m'mélakhia* soit dirigée sur ses chansons et sur l'enfant qu'elle porte nous ont aidés.

– Ah! Rakhi, quand cesserez-vous de vous déprécier? C'est une caractéristique *métané*.

– C'est pourtant la vérité. J'ai une théorie à ce sujet, une théorie qui va très loin. Autrement, nous serions à couteaux tirés, Tchaïkhé et moi. Essayez d'imaginer ce que donnerait un *asuthithékkhé* entre Ashakh et moi! Cette seule idée me donne des frissons. Son *arastiéthé* me dévorerait. Mais l'essentiel, c'est la direction de la *m'mélakhia*. Tchaïkhé et moi n'avons pas de *m'mélakhia* l'un envers l'autre. En fait, enchaîna-t-il, pris d'une autre pensée, les *m'métanéï* nous ont induits en erreur en disant qu'une puissante *m'mélakhia* mutuelle est capitale. Je ferai un compte rendu détaillé de cette expérience. Je crois qu'elle est sans précédent.

– Je le lirai avec un vif intérêt. Mais grande serait ma tristesse s'il arrivait malheur à l'un de vous deux.

– La nouveauté de cette expérience est captivante mais elle engendre une tension éprouvante. Je me demande si les *m'métanéï* ont raison quand ils affirment qu'elle s'atténue avec le temps. Peut-être est-ce le contraire pour les iduvé. Franchement, j'espère que non.

– Moi aussi, *nasith*. Vous devriez vous reposer, maintenant.

– C'est ce que je vais faire.

– Avertissez seulement Tchaïkhé qu'Ashakh sera à Weissmouth et qu'elle doit demeurer isolée en attendant mes ordres. Je regroupe tous nos bâtiments sauf les deux qui resteront dans le port. Méjakh nous a coûté cher et je crains que ce ne soit qu'un début.

– Ashakh ?

Chimèle feignit de ne pas avoir entendu.

– Que votre sommeil soit propice, ô *nas*.

– L'honneur vous accompagne, Chimèle.

Une fois la porte refermée, l'Orithaine reprit son attitude première. Rakhi était le dernier, songeait-elle, le front dans les mains, le dernier de ses vaillants *nasithi*. C'étaient d'autres, maintenant, qui assuraient la navigation. Pour la première fois depuis 9000 ans, *Ashanomé* n'était plus guidé, même théoriquement, par quelqu'un de son *sra*. C'était sa faute. La violence de son *arastiéthé* lui avait fait retarder le moment de concevoir son indispensable héritier. A présent, il était trop tard, le temps lui manquait pour se plier au long cérémonial du *katabérihé* et sa *vaïkka* avait fait des coupes claires autour d'elle. Méjakh n'était plus et son *sra* – Khasif et Téjef – était sur le point de s'éteindre. Celui de Tamnakh – Ashakh, Tchaïkhé et l'enfant qu'elle portait – était en péril. Et si Rakhi *sra*-Khurétekh devenait fou et mourait, elle serait, elle, Chimèle, le seul représentant de l'*orith-sra* d'*Ashanomé*.

Elle éprouva un intense élan de *m'mélakhia* pour Téjef, pour l'adversaire qu'il avait été. Il leur avait imposé une superbe traque loin des espaces explorés, dans des *likatis* et des *tomès* ignorés des iduvé. Et la victoire d'*Ashanomé* serait amère à *Tashavodh*. Dangereusement amère.

Pour en atténuer la cuisante âpreté, peut-être pourrait-on demander à Kharxanen un *nas-katasakké* pour une *katabérihé*. La *m'mélakhia* de *Tashavodh* d'accéder au *sra* au sein de l'*orith-sra* d'*Ashanomé* était ancienne. Chaxal, le prédécesseur de Chimèle, avait refusé et cette seule idée révoltait l'Orithaine. Dès que sa santé le permettrait, elle concevrait l'héritier indispensable à *Ashanomé* – elle en porterait même deux pour avoir une marge de sécurité. Après, elle n'aurait qu'à se déclarer mécontente de son compagnon et à le réexpédier, déshonoré, à son *nasul* d'origine. Il ne s'agirait pas d'une *vaïkka* en bonne et due forme – l'Orithanhé la proscrivait – mais ce serait plaisant.

Mais la défaite... Téjef accueilli en triomphateur par *Tashavodh*... c'était impensable. Elle ne le supporterait pas.

Et il y avait cette crainte qui grandissait en elle : *Ashanomé* avait été tenu en échec et c'était là une chose inaccoutumée. Sacrifier Khasif avait été une décision difficile à prendre. Des iduvé acceptaient des risques mais ils détestaient l'irrationnel, les situations qui comportaient trop de variables. S'il y avait eu le choix, le bon sens aurait imposé de battre en retraite. Seulement, il n'y avait pas eu de choix et Téjef tirerait parti de la moindre manifestation de faiblesse, de la plus petite hésitation : il était certes non conformiste et impétueux, *é-tchanokhia,* mais ces qualités réservaient quelquefois des surprises désagréables à ses adversaires. Isande pouvait parfois gagner la partie dans un duel de raison. L'humain Daniel avait élaboré des plans d'une habileté renversante en faisant ce qu'aucun iduvé n'aurait jamais fait. Et Aïéla, natif de Oao, avait imposé sa façon de voir à une Orithaine bien plus souvent que ce n'aurait dû être le cas. Le fait était là : les *m'métanéï* en prenaient fréquemment à leur aise avec les voies de la prudence. Ils n'hésitaient pas à bluffer, à affronter, les mains nues, des forces qu'ils comprenaient mal en mettant tout dans la balance. Ce n'était pas du courage au sens où l'entendaient les iduvé pour qui agir comme si l'on possédait ce que l'on ne possédait pas, en réalité, relevait de la ruse et de la déraison, ce qui était le symptôme d'une certaine tendance à la démence.

Pour l'Orithaine d'*Ashanomé,* bluffer était impossible : l'*arastiéthé* et la *sorithias* l'interdisaient formellement.

Mais, en inversant la proposition, laisser un autre croire qu'il possédait ce qu'il ne possédait pas était *tchanokhia,* c'était une *vaikka* qui ne manquait pas d'humour. Si cela réussissait. Autrement, la perte était en proportion du manque à gagner.

Le regard de Chimèle se posa distraitement sur l'horloge. Au même moment, le chiffre changea. La dernière heure de la nuit commençait. Bientôt, la première heure du matin inaugurerait le jour qui verrait la fin de Téjef – ou la sienne.

– Chimèle! (La voix venant de la salle de commandes était celle de Raxomeqh, le quatrième navigateur.) Projection en provenance de *Mijanothé.*

C'était prévisible bien qu'elle n'y eût pas songé.

L'Orithaine se leva en poussant un bruyant soupir.

– Accepté, répondit-elle.

Instantanément, le *parédré* de *Mijanothé* l'environna et elle s'inclina respectueusement devant la vieille Thiane.

– Hommage et honneur à Thiane la vénérable parmi nous.

– Hommage à *Ashanomé.* (Les yeux de Thiane, appuyée sur sa canne, lançaient des éclairs.) Mais dois-je saluer votre témérité ou simplement votre insouciance?

– Je sais que le temps nous talonne, ô notre doyenne à tous.

– Je veux croire que la mémoire ne vous fait pas défaut non plus.

– Je suis consciente de votre mécontentement, révérende Thiane. Je sais aussi que l'Orithanhé m'a accordé ce jour supplémentaire. En conséquence, en dépit de votre désir, vous n'avez pas pouvoir de m'ordonner une autre ligne d'action.

Thiane martela le tapis du bout de sa canne.

– Vous encourez un risque plus grave que mon déplaisir. Détruisez Priamos!

– J'ai des kaméthi et des *nasithi* qu'il me faut évacuer. J'estime que c'est possible dans les limites de temps imparties par l'Orithanhé. Je me soumettrai aux conditions imposées par le décret originel dans les délais qui conviennent.

– Les tergiversations ne sont plus de saison. *Tashavodh* est en position au delà de la lune, au cas où vous l'auriez oublié. Ce n'a pas été sans difficulté que j'ai dissuadé Kharxanen de chercher à avoir une entrevue avec vous en ce moment.

– Je rends honneur à votre sagesse, Thiane.

– Détruisez Priamos!

– Je m'en tiendrai à ma ligne de conduite jusqu'au terme du délai prescrit. Priamos sera détruite ou Téjef tombera entre nos mains.

– Si votre action donne le sentiment d'être *vaikka* contre *Tashavodh,* riposta Thiane, qu'*Ashanomé* fuie loin car, ou je vous bannirai, Chimèle, et vous serez pourchassée jusqu'à ce que vous ayez le sort de Téjef, ou je veillerai à ce que le *nasul Ashanomé* lui-même soit traqué d'étoile en étoile, sans rémission. Voilà ce que je ferai.

– Vous ne ferez ni l'un ni l'autre, Thiane, car si je suis frappée d'exil, je poursuivrai *Tashavodh* et je tuerai Kharxanen et tous ceux de son *sra* qui seront à ma portée, quand il me prendra à son bord. Je suis sûre qu'il me fera cette grâce.

– Le plus simple serait de m'écouter et de détruire Priamos. Longues ont été mes années et nombreux mes voyages, Chimèle. J'ai vu les trésors de multitudes de mondes et je connais la valeur de la vie. Mais Priamos n'est pas unique. Cette planète n'est pas le seul asile de cette espèce, pas plus qu'elle n'est essentielle pour la continuation de la culture humaine. Nous savons par nos informations que les autorités humaines l'ont abandonnée, jugeant que sa défense ne justifiait pas qu'elles prennent de gros risques. Ai-je besoin de vous rappeler les proportions que pourrait prendre un conflit entre *Tashavodh* et *Ashanomé,* combien de systèmes planétaires y seraient impliqués et dans quel péril cet affrontement mettrait notre propre espèce et la vie en général?

– Ce n'est pas seulement au nom de la vie sur Priamos que j'ai décidé ce sursis. Mon *arastiéthé* est en jeu. J'ai entrepris une *vaikka* et je la mènerai à son terme ainsi que je l'entends.

– Votre *m'mélakhia* est sans limites. Si votre *arastiéthé* peut soutenir une pareille ambition, fort bien. Sinon, vous périrez misérablement et votre dynastie périra avec vous. *Ashanomé* ne sera plus qu'un soupir parmi les *nasuli,* une ombre, rien.

– Je vous ai fait part de mon choix.

– Et je vous ai fait part du mien. Hommage à *Ashanomé.* Je vous rends honneur maintenant. La prochaine fois que nous nous rencontrerons, il se pourrait fort bien qu'il en aille différemment.

– Hommage à *Mijanothé.*

Chimèle se rassit et la projection s'évanouit. Quelques instants s'écoulèrent. Puis l'Orithaine appela Raxomeqh.

– Transmission pour la base II à Weissmouth, ordonna-t-elle d'une voix unie.

Le *parédré* de la petite unité posée sur Weissmouth se matérialisa autour d'elle. Ashakh la salua courtoisement d'un coup de menton.

– Tchaïkhé va atterrir mais je vous interdis de la rencontrer ou d'entrer en contact avec elle.

– Puis-je connaître la raison de cette consigne?

– Non. Quelle est la situation d'Aïéla?

– Indéterminée. Les amaut fouillent la ville rue par rue. La confusion est considérable. J'attendais vos instructions sur ce point.

– Armez-vous, localisez Aïéla et rejoignez-le. Vous suivrez ses conseils.

– Vraiment?

Ashakh paraissait offensé et il se pouvait fort bien qu'il le fût effectivement. L'intensité de son *arastiéthé* avait fini par incommoder le *nasul :* elle avait déjà gravement souffert au service de Chimèle. L'Orithaine jugea préférable de fermer les yeux sur sa réaction et l'ahurissement se peignit sur les traits d'Ashakh.

– Il y a pour cela un motif évident, lui expliqua Chimèle. Un iduvé ne peut pas prédire la pensée d'Aïéla mais il n'est cependant pas dépourvu de *tchanokhia.* Recherchez et suivez les avis de ce kameth dans toutes les choses que l'honneur permettra.

– Je n'ai jamais enfreint vos ordres, même quand c'était à mon désavantage, Chimèle-Orithaine. Mais, en ce qui concerne Tchaïkhé, je proteste...

Chimèle, sourde à ses objections, l'interrompit :

– Pouvez-vous sentir si Khasif ou Méjakh sont vivants ?

– Pour Méjakh, je... ce que je ressens est différent. Quant à Khasif, je pense qu'il l'est mais je perçois aussi une grande désorganisation. Je regrette de ne pouvoir être plus précis. Quelque chose est déréglé mais je suis incapable de dire si cela vient de Téjef ou de Khasif.

– Ce sont tous deux des hommes violents. Leur *arastiéthé* a toujours été source de trouble. Il sera étrange de penser à Méjakh comme à une morte. Elle était une grande force dans le *nasul* !

– En avez-vous du regret ?

– Non. Mais j'en aurais beaucoup pour Khasif. Salut à vous, Ashakh. Que votre œil soit acéré et votre esprit nôtre, fidèlement.

– Salut à vous, Chimèle. Que vive le *nasul*.

C'était le salut de celui qui ne reviendrait peut-être pas, songea Chimèle tandis que la projection se dissociait. Un kameth y verrait un sinistre présage. Mais les iduvé n'étaient pas fatalistes.

11

Isande reprenait lentement conscience. Ses muscles étaient endoloris et elle éprouvait un sentiment de désorientation à cause de drogues qui lui avaient été administrées. Par réflexe, elle sonda, en quête d'Aïéla, et sut immédiatement que ce n'était pas sur le ciment du port qu'elle gisait. Elle se demanda avec inquiétude si elle n'était pas mutilée, car cela avait été une terrible explosion.

Isande. La pensée d'Aïéla qui investissait son esprit rayonnait de joie. Puis ce furent la douleur, le noir et le froid du sol mais, par-dessus tout, le soulagement. Se rendant compte de la confusion mentale de son asuthé, il lui communiqua à de multiples niveaux l'idée qu'elle devait être à bord du navire de Téjef et que, s'il en était ainsi, c'était en raison de la trahison des amaut aidés des humains. Un projectile avait éclaté tout près d'eux. Il était indemne. Et elle? Et les autres?

Sous ce bombardement de questions et d'informations, la vision brouillée d'Isande s'éclaircit et elle confirma qu'elle devait, en effet, se trouver à bord d'un navire. Khasif et Méjakh... elle ne savait pas. *Non. Méjakh... morte, morte...* souvenir de cauchemar de la cabine d'un avion. Le cadavre déchiqueté et sanglant de Méjakh. Elle se trouvait presque à l'épicentre de l'explosion.

Etes-vous indemne? insista Aïéla en essayant de sentir ce qu'elle sentait.

Je crois que oui. Elle était engourdie. Sa main droite était l'objet d'une restructuration plasmique. La chair était noircie. Elle prit brutalement conscience que, comme Daniel et comme Téjef, elle était prisonnière de Priamos. Aïéla pouvait s'évader de la planète. Pas elle. Aïéla vivrait. Au moins avait-elle cette consolation.

Non! En même temps que ce démenti frénétique, Aïéla lui transmit l'image d'un horizon sur le fond duquel se détachaient les hérissements de bâtiments déchiquetés, sous un ciel que noyait la froide lueur laiteuse des étoiles. Souffrance de sa tête qui avait heurté le ciment, brûlure des ecchymoses et des écorchures sans nombre que lui avait infligées sa longue marche à travers les ruines pour fuir... *Fuir quoi? Le vaisseau est inaccessible.* La panique s'empara d'Isande et Aïéla la supplia de se ressaisir car elle lui communiquait sa peur et il était infiniment fatigué.

Une autre présence s'insinua dans l'esprit du

kallia : Daniel. Ses pensées allaient jusqu'à Weissmouth d'où elles rebondissaient, et pourtant il était à proximité dans une chambre. Une enfant pâle – Arle, jamais son image n'avait été aussi nette – dormait sous sédation et il s'inquiétait pour elle. Il y avait aussi dans la même pièce une femme qui se nommait Margaret, pitoyable créature brisée, bardée de tubulures et d'appareils de réanimation. Un homme au teint sombre assis à côté d'elle lui parlait doucement. C'était Téjef.

Un flot de haine, que Daniel repoussa immédiatement, fusa de l'esprit d'Isande : *Assassin!*

Lui, au moins, se soucie de ses gens, rétorqua l'humain. *On ne peut pas en espérer autant de Chimèle.*

Aveugle!

Mais Daniel ne se laissa pas convaincre.

Chimèle serait une cible que je regretterais moins.

Pareille déloyauté bouleversa à tel point Isande qu'elle se jeta à bas de son lit et tituba jusqu'à la porte qu'elle secoua tout en abreuvant mentalement l'humain d'épithètes malsonnantes qu'elle se gardait de proférer quand son esprit fonctionnait normalement.

Je ne peux pas faire entendre raison à Daniel, lui communiqua Aïéla. *Mais il sait à quel choix est confronté ce monde et il se le rappellera quand il le faudra. Les humains sont ainsi.*

Tuez-le! projeta furieusement Isande à l'adresse de Daniel. *Vous en avez maintenant l'occasion : tuez-le, tuez-le, tuez-le!*

Daniel, désarmé comme il l'était, savait d'avance que c'était voué à l'échec et Isande recouvra son sang-froid. Elle eut pitié de l'humain qui avait aussi peur qu'elle et dont l'imprudence était presque semblable à la sienne. Pourtant, Aïéla avait raison : le moment venu, Daniel prendrait une initiative bien calculée. C'était ce que commandait la raison et il avait appris des iduvé à prendre la mesure des choses. Mais ce n'était pas de gaieté de cœur : Chimèle disposait d'une marge de liberté que n'avait pas Téjef et elle se refusait obstinément à négocier sur quoi que ce soit.

Qu'ils perdent ou qu'ils gagnent, les iduvé ne négocient pas, riposta Isande que la cécité sélective des humains, leur entêtement à prêter à tout le monde des réactions humaines mettaient hors d'elle. *Et ce Téjef que vous honorez a déjà causé la mort de millions d'êtres. Pour les iduvé, c'est lui qui a tout déclenché. Il savait ce qui se passerait quand il s'est réfugié sur Priamos au milieu des humains.*

Téjef nous a fait cadeau de notre vie, rétorqua Daniel en mettant dans le mot *vie* toute la déférence qu'un kallia aurait mise dans le mot *giyrêh.* Téjef se battait pour sauver la sienne et cela faisait vibrer chez l'humain une corde primordiale. Et pourtant, Daniel le tuerait. Ces contradictions étaient tellement déroutantes qu'Isande, s'arrachant au labyrinthe tortueux de la logique humaine, convint qu'il serait conforme à son *giyrêh* envers ses asuthi et envers *Ashanomé* de le faire.

Ce fut presque un gémissement qui fit écho à cette pensée : *Pour sauver la vie d'Arle, de cette femme, Margaret, la vôtre, celle d'Aïéla, j'essaierai de le tuer. Je crains que ce ne soit aussi pour sauver la mienne – j'en ai honte. Et, de toute façon, ce sera inutile.*

Vous ne mourrez pas, leur assura Aïéla. Les étoiles parurent soudain basculer et des fragments de briques crissèrent sous ses pieds quand il se releva en vacillant. *Je vais faire quelque chose. Je ne sais pas encore quoi mais j'essaierai, si je parviens à regagner la partie civilisée de cette ville.*

Isande lut dans sa mémoire que c'était ce qu'il avait tenté de faire pendant la majeure partie de la nuit et qu'il avait été obligé de se terrer, pour échapper aux humains munis de projecteurs et aux aéroglisseurs au bruit assourdissant qui fouillaient les rues saccagées. De temps en temps, un coup de feu déchirait l'obscurité. Il était épuisé. Il était si souvent tombé qu'il avait les genoux en sang et ses jambes avaient du mal à le porter. S'il était contraint de courir à nouveau, ce serait sa fin.

Essayez le vaisseau, le supplia Isande. *Chimèle souhaitera que vous reveniez. Aïéla, je vous en prie... tant que vous pourrez rester en communication avec Daniel et moi...* (Même en un pareil moment, elle se rétracta avec répulsion.) *Nous représenterons une menace pour Téjef.*

Ce n'est pas la peine d'y songer. Je ne pourrai pas atteindre le port. Ils m'en barrent l'accès. Mais même si j'obtiens de l'aide, tout ce que je veux, c'est un avion et quelques okkitani-as. *Je viendrai vous chercher.*

Le plus simple serait que je dise à Téjef où vous êtes, répondit Isande avec indignation. *Je suis sûre qu'il enverra un appareil spécialement pour vous transporter. Vous êtes fou, Aïéla.*

Un navire de Téjef constitue une possibilité. Je suis prêt à en prendre le risque si tout le reste échoue.

C'était une fois encore l'entêtement glacé d'un kallia né sur une planète, ignorant et béatement sûr de lui, mais Isande crut déceler dans cette réponse une pointe d'humanité qu'elle attribua à Daniel.

Cette fois, Aïéla ne fit pas barrage assez vite et l'humain capta cette pensée.

Non, dit Daniel, *je crains que ce ne soit là un trait kallirien car je lui ai déjà dit qu'il est insensé. Je ne peux pas vraiment le lui reprocher. Il vous aime. Mais je suppose que vous le savez.*

L'intrusion de l'humain dans leur intimité était mal venue. Isande le lui dit sans fard, ce qu'elle regretta aussitôt car il se retira avec tristesse. Il l'aimait aussi à sa manière, émit-il en battant en retraite, sans doute parce qu'il la voyait avec les yeux d'Aïéla et que celui-ci était incapable de méchanceté véritable. Il n'était coupable que d'aveuglement.

Isande lança une insulte qu'elle regretta aussitôt.

Arrêtez, vous deux, lança Aïéla. *Vous me faites du mal, et vous le savez. Si vous continuez, je couperai le contact. Et je me sens très seul sans vous.*

– Ce sont vos asuthi? demanda Téjef – et la question atteignit ces derniers par l'entremise de Daniel. (L'iduvé s'était levé car Margaret s'était endormie et il contemplait l'humain d'un œil pensif, le front plissé.) Cet air concentré signifie-t-il que vous êtes en communication?

– Aïéla émet seulement par intermittence. *Imbécile!* projeta le kallia. *Ne joue pas au plus fin avec lui.*

– Et j'imagine que si Isande était consciente, vous le sauriez aussi. L'est-elle, Daniel? Elle devrait.

– Oui, elle est consciente.

Daniel avait l'impression de commettre une trahison mais Isande, surmontant son effroi, le conjura de dire la vérité : il était capital qu'il soit libre et qu'il capte la confiance de Téjef, qu'il le convainque de sa docilité. Les iduvé n'avaient pas coutume de considérer les *m'métanéï* comme une menace. C'étaient simplement des instruments que l'on s'appropriait quand l'occasion s'en présentait, et que l'on utilisait.

Elle vit, par le relais de Daniel, Téjef quitter la pièce et s'éloigner dans le couloir, et elle sentit l'inquiétude de l'asuthé qui aurait bien voulu que les amaut ne soient pas là à observer. Ce n'étaient pas les objets pouvant faire office d'arme qui manquaient dans l'infirmerie, mais un humain ne pouvait rien devant la force d'un amaut. Il se risqua à s'aventurer dans la coursive et referma la porte, les yeux fixés sur Téjef.

Le déclic de la serrure retentit et Isande recula en chancelant, heurtant une table. Téjef entra. Son *haratchia* emplissait le local exigu, une ombre indigo obscurcissait sa vision brouillée et l'impact de la présence de l'iduvé engendrait en elle un sentiment d'impuissance qu'elle éprouvait avec encore plus d'intensité qu'elle ne recevait les appels frénétiques d'Aïéla.

– Isande...

Quand Téjef la toucha, elle se rétracta. Son ton était aussi amical que la dernière fois qu'il lui avait parlé, avant la mort de Réha. C'était le plus débonnaire, le plus tolérant de tous les iduvé, il n'avait jamais fait subir de sévices à un kameth – à l'exception de Réha. Peut-être ne lui venait-il même pas à l'idée qu'un kameth pouvait garder aussi longtemps sa rancune. Elle le haïssait, et ce d'autant plus qu'il ne s'en rendait pas compte.

– Etes-vous en contact avec vos asuthi? lui demanda-t-il. Lequel? Daniel? Aïéla?

Dites la vérité, projeta le kallia. *Répondez à toutes ses questions.* (Et comme Isande résistait encore, Aïéla ajouta :) *Je resterai avec vous et si vous le poussez à activer* l'idoïkkhé, *je souffrirai également.*

– Seulement Aïéla, dit-elle.

– Ce kameth m'est inconnu.

– Je ne vous aiderai pas à le trouver.

Un léger sourire flotta sur les lèvres de Téjef.

– Votre attitude est compréhensible. Je n'aurais peut-être pas dû vous demander cela.

– Où est Khasif? fit-elle, relayant la question d'Aïéla.

La pièce s'effaça. Ils étaient maintenant dans la chambre de Khasif par projection interposée. L'iduvé était couché, à demi habillé. Une expression d'affolement se peignit sur ses traits. Sautant hors du lit, il battit en retraite. Que cet homme qu'elle avait tant redouté paraisse si vulnérable effrayait Isande. Elle frissonna quand Téjef saisit sa main.

– *Au, nasith sra-Méjakh,* dit-il avec un sourire à son demi-frère, la *m'métané-tak* s'est enquise de vous. Je me rappelle les sentiments que vous éprouviez pour elle. Chimèle vous l'a interdite mais tous les autres *nas* qui l'ont approchée l'ont fait à leurs risques et périls. Aussi n'a-t-elle pas connu le *katasukké*. Je vous fais compliment de votre goût, *nasith*. Elle est de grande *tchanokhia*.

Connaissant le caractère emporté de Khasif, Isande trembla. Mais l'athlétique iduvé se borna à baisser la tête et se laissa choir au bord du lit. Elle eut un élan de pitié qu'elle n'aurait jamais cru éprouver – mais c'était pour elle que cet homme souffrait.

La pièce s'évanouit et elle se retrouva à nouveau dans sa propre chambre. Poussant un cri de rage, elle s'arracha à l'étreinte de Téjef. Aïéla essaya de lui dire quelque chose mais elle refusa de l'écouter. Elle ne voyait que Téjef qui la regardait d'un air goguenard et elle n'avait plus qu'un désir : le tuer ou mourir. Elle empoigna les pieds de la table métallique et la brandit pour l'assommer.

La force du coup qu'elle lui porta lui engourdit les mains. Téjef, surpris, recula en trébuchant et se protégea le visage de son bras. Elle réitéra, insensible au métal qui meurtrissait ses mains, à la raideur de ses bras que gagnait l'ankylose mais, cette fois, Téjef lui arracha son arme improvisée et se jeta sur elle.

Le choc étourdit Isande. Quand elle fut à nouveau capable de voir et de respirer, elle était allongée sur le sol, écrasée sous le poids de l'iduvé. Il se redressa et, du même mouvement, la remit brutalement debout. Elle poussa un cri. Téjef la ceintura et l'attira contre lui avec une violence telle qu'elle crut qu'il allait lui broyer la colonne vertébrale. Ses pieds ne touchaient presque plus terre et elle n'osait pas se débattre. Le cœur de Téjef cognait à un rythme effréné, sa respiration soulevait les muscles durcis de son ventre, son rictus découvrait ses dents, une arme que les iduvé ne dédaignaient pas d'utiliser dans les affrontements qui les opposaient entre eux. Ses yeux étaient noirs tant ils étaient dilatés et à la vue de la dangereuse flamme de folie qui y luisait, Isande hurla.

Rançon de sa témérité, les décombres cédèrent sous son poids et Aïéla glissa, s'écorchant les mains en essayant d'arrêter sa chute, au milieu d'une avalanche de briques dont le fracas aurait réveillé toute la rue s'il s'y était encore trouvé des habitants. Il percuta le sol, enveloppé dans un nuage de poussière qui le fit suffoquer, toussa, se releva tant bien que mal mais il ne put faire que quelques pas vacillants : ses genoux ployèrent sous lui. Dans une conscience parallèle, il suivait en titubant une coursive – le contact d'Isande était si hermétiquement bloqué par la honte qu'il ne pouvait l'analyser. Des gardes devant une porte : Daniel se ruait sur eux avec une sauvagerie insoupçonnée, faisait place nette en cognant de droite et de gauche, actionnait le mécanisme d'ouverture, s'acharnant à le protéger en cet instant crucial tandis que les sentinelles, se relevant, se ruaient sur lui pour le repousser.

– Khasif! cria l'humain d'une voix implorante.

L'un des gardes emprisonna sa main et Daniel se planta dans l'encadrement de la porte quand l'autre voulut actionner la commande de fermeture. Aïéla tressaillit et cria, sentant déjà le battant fracasser les os et déchiqueter les chairs mais la porte se grippa, son mécanisme enrayé par le contact mental de Khasif surgissant en trombe. Les gardes humains bondirent sur lui pour l'arrêter. L'un d'eux fut projeté contre le mur et l'écho de l'impact se répercuta d'un bout à l'autre de la coursive. Un seul coup eut raison des autres qui s'effondrèrent, les os rompus, et Daniel, se jetant de côté pour éviter la charge furieuse de l'iduvé forcené, cria qu'Isande était en danger – la troisième porte...

Khasif fonça, Daniel sur ses talons tandis qu'Aïéla conjurait l'humain de protéger Isande; crispant ses mains moites, il s'efforçait de fracturer l'écran mental de cette dernière pour la mettre en garde.

L'écran céda. Double vision. Le masque brouillé de Téjef en surimpression sur Daniel dans l'embrasure de la porte, la silhouette menaçante de Khasif, son visage dément qui avançait et son dos en même temps. Cri de douleur d'Isande quand Khasif l'arracha à l'étreinte de Téjef et la lança dans les bras de Daniel, le visage de l'humain incrusté sur le dos de Khasif, chevauchement délirant et puis, plus rien. Isande avait enfoui sa figure dans la poitrine de l'être qu'elle exécrait quelques instants plus tôt et se cramponnait à lui, tandis que Daniel, bouleversé, s'accrochait à elle avec le même et farouche désespoir de noyé.

Fracas de métal. Khasif qui cède peu à peu du terrain. Maintenant, il ne fait plus que batailler pour empêcher Téjef de sortir de la pièce...

La salle des commandes! hurla Aïéla à ses asuthi.

Ils essayèrent de la rejoindre, mais les panneaux d'isolement bloquèrent la coursive, leur barrant le chemin, tandis que des humains surgissant de tous côtés les contraignaient à reculer. Khasif, cloué sur place par une dizaine d'armes pointées sur lui, était aussi impuissant qu'eux.

Téjef, la tempe maculée de sang noir... En termes laconiques, il donna l'ordre aux humains de tenir en respect son *nasith* au fond de la coursive. Aïéla frissonna quand le regard de l'iduvé se posa sur Isande et sur Daniel.

– Regagnez vos quartiers, dit Téjef avec le plus grand calme.

Mais lorsque Daniel s'ébranla pour obéir, l'iduvé rejeta la tête en arrière et le dévisagea. Ses yeux n'étaient plus que des fentes étroites.

– Non. Pas vous.

Oh! Aïéla, venez à son aide! Venez à son aide! supplia Isande – car elle savait ce que Daniel avait fait pour elle.

Fais ce que Téjef te dit de faire, Daniel... obéis. Quoi qu'il arrive, ne t'emporte pas, ne résiste pas. Toute résistance déclenche une réaction de leur part. Autrement, ils sont indifférents.

– Je n'ai pas agi contre vous, maître, dit alors Daniel sans avoir besoin de se forcer pour que sa voix tremble. C'était pour Isande.

L'iduvé le contempla pendant de longues secondes, puis exhala un sifflement.

– Partez! Rentrez chez vous et restez-y ou je vous tue.

Va-t'en! projeta Aïéla avec force. *Baisse la tête et ne le regarde pas dans les yeux. Va-t'en!*

L'humain, contre tous ses instincts, eut l'intelligence de se rendre à ce conseil et il s'éloigna. *Il est sain et sauf, il est sain et sauf,* dit Aïéla à Isande qui s'était effondrée en larmes dans sa cabine dévastée. Il la sonda délicatement pour savoir si elle n'était pas blessée.

Non, fit-elle. *Non.* A travers sa honte filtrait sa peur, la certitude finale de la défaite. *Partez, partez! Oh, partez, précipitez-vous sur le navire et partez! J'ai appris à survivre après la mort de Réha. C'est votre tour. Si nous avons perdu le peu de chances que nous avions, c'est à cause de moi, c'est moi qui ai tout déclenché, c'est moi, c'est moi, nous n'avons rien gagné.*

Tout va bien.

C'était Daniel qui intervenait sans y avoir été invité. Seul dans sa chambre, il tremblait comme une feuille, en proie à la peur. Pour un homme de sa race, abaisser ses écrans en un moment pareil était une chose terrible mais un autre ferment que la peur était au travail en lui : il mobilisait ses forces mentales pour un nouvel assaut. Brusquement, cette ténacité humaine, si différente des méthodiques processus kalliriens, fit à Isande l'effet d'une sorte d'*éléthia.* Consciente de l'aveugle détermination de Daniel, elle implora à travers ses larmes Aïéla de le raisonner.

La chance, lui dit ce dernier, *est ce que les humains se souhaitent les uns les autres quand ils sont dans cet état d'esprit. Je ne crois pas à la chance : le* kastien *l'interdit. Mais faites-lui confiance, Isande. Tout ira bien pour vous.*

Cet espoir était tout aussi irrationnel que celui de Daniel et non moins fallacieux. Aïéla voulait conserver son intégrité mentale mais le triple flux de pensées qui se heurtaient dans son esprit déformait sa perception et brouillait ses émotions. Finalement, il dut se résigner à décrocher de ses asuthi car, comme Daniel, il était décidé à essayer. Et il savait ce qu'ils diraient.

Il était enfin arrivé aux abords des quartiers habités. Les bruits et les odeurs d'un *habish* le lui révélaient et, se laissant guider par eux, il s'enfonça dans une venelle. Le jour se lèverait d'ici quelques heures mais, pour l'instant, même les amaut les plus noctambules avaient abandonné et étaient rentrés chez eux. Tout était calme.

Il n'y avait plus, au pire, qu'une rue qui les séparait de la sécurité du quartier général mais cela représentait encore de longues déambulations à travers le dédale des ruelles de Weissmouth dont les méandres débouchaient bien souvent sur des ruines qui formaient des obstacles infranchissables. Aïéla ne se sentait plus en veine de témérité mais, d'un autre côté, il ne lui restait pas assez de force pour un effort inutile. Aussi secoua-t-il la poignée du *habish,* ouvrit brutalement la porte de derrière et traversa la salle en soulevant les protestations indignées des quelques consommateurs ivres qui s'attardaient encore dans l'établissement.

Quand il sortit par la grande porte, il s'aperçut avec consternation que la rue sur laquelle elle donnait n'était pas celle qui conduisait au quartier général. Néanmoins, elle était déserte et se trouvait dans le bon secteur. A partir de là, il connaissait le chemin. Le quartier général était plus haut et il partit dans sa direction. Il avançait d'un bon pas en essayant d'éviter les lampadaires dont, ici et là, l'éclat trouait la nuit.

Il arriva à une rue transversale plongée dans l'obscurité et s'y engagea en pressant l'allure. Des pas claquèrent derrière lui – des hommes qui couraient. Il prit une profonde inspiration et se mit à courir à son tour dans l'espoir d'atteindre l'artère principale qui représentait la sécurité.

Il tourna à l'angle de la rue. Maintenant, il apercevait les bâtiments du quartier général à sa gauche. Ses poursuivants se rapprochaient. Sans cesser de courir, il sortit son revolver, faillit le laisser tomber et pivota sur lui-même pour faire feu.

Quelqu'un entra brutalement en collision avec lui et, sous le choc, il perdit l'équilibre. Il se sentit empoigné, on lui arracha son arme et on lui cogna la tête contre le pavé jusqu'à ce qu'il perde à moitié conscience. Alors, ses agresseurs le remirent debout et l'entraînèrent sur le bas-côté de la rue où l'ombre était épaisse. Il se laissa faire. Il ne résisterait pas tant qu'il n'aurait pas recouvré ses esprits. Ils lui tenaient les bras et il avançait en flageolant sur ses jambes. C'était vers le quartier général qu'on l'emmenait.

Soudain, il fut poussé vers un escalier sombre qui débouchait dans la cave d'une boutique. En dépit de tout, il s'était raccroché à l'espoir que ses ravisseurs étaient des mercenaires au service des amaut qui s'étaient embrouillés dans leurs consignes ou, tout simplement, avaient sauté sur l'occasion de donner libre cours à leur haine de l'étranger. Il ne pouvait le leur reprocher mais cette dernière hypothèse était la plus inquiétante.

Il se rua en avant, prenant par surprise ses adversaires qui dégringolèrent pêle-mêle au bas de l'escalier, se dépêtra du magma, envoya un coup de genou dans le ventre du plus rapide qui essayait de le rattraper. D'autres mains se tendirent vers lui. Il frappa un des hommes à la gorge et escalada les marches quatre à quatre, s'attendant à recevoir à tout instant une balle dans le dos.

Le perron du quartier général était devant lui. Pendant quelques secondes épouvantables, il martela de ses poings les portes de verre, baigné dans la lumière des projecteurs qui illuminaient la façade de l'édifice.

Une sentinelle amaut surgit en se dandinant dans le vestibule, le considérant en clignant des yeux, puis se hâta de lui ouvrir. Aïéla bouscula l'amaut, s'adossa à un mur le temps de reprendre son souffle, puis se dirigea d'un pas mal assuré vers le bureau du *bnêsych* Gerlach dont la porte était ornée du blason symbolisant l'autorité du *karsh* Gomek.

– Très honorable seigneur! s'exclama l'amaut en se précipitant, le *bnêsych* sera prévenu. (Il chercha la bonne clé dans son trousseau et ouvrit le bureau.) Veuillez vous installer. Je vais l'avertir moi-même.

Pendant qu'Aïéla se laissait tomber avec satisfaction sur la moelleuse banquette de l'antichambre, le factionnaire décrocha le téléphone pour appeler le *bnêsych*. Maintenant, c'était la réaction : le kallia était secoué de frissons et l'absence de chauffage le faisait grelotter.

– Seigneur, dit la sentinelle, le *bnêsych* se réjouit profondément que vous soyez revenu sain et sauf. Il vous prie de patienter. Il arrive.

Aïéla se leva doucement. S'appuyant au bureau, il prit le récepteur et appuya sur la touche d'appel. La réponse qu'il obtint en amaut lui écorcha les oreilles.

– Passez-moi le navire iduvé dans le port, ordonna-t-il dans la même langue. Je suis nas kamé, ajouta-t-il, pour couper court aux protestations inquiètes de l'opérateur. Mettez-moi en contact avec mon vaisseau sinon vous aurez de mes nouvelles.

L'opérateur se retrancha derrière le fait qu'il n'avait pas de ligne disponible et, dans son exaspération, Aïéla lança un juron, mais il resta la bouche ouverte en voyant apparaître une amaut qui s'inclina respectueusement par trois fois. C'était Toshi.

– Seigneur Aïéla, fit-elle, exécutant un nouveau plongeon. Merci, Aphash. Retournez à votre poste. Puis-je vous offrir mes services, très honorable seigneur nas kamé?

– Mettez-moi en liaison avec mon navire. L'opérateur refuse de le faire.

Toshi lui adressa encore une révérence, ses longues mains jointes sur la poitrine.

– Acceptez toutes nos excuses, mais ce poste n'est pas sûr. Ayez l'obligeance de m'accompagner jusqu'à mon bureau. Je serai honorée d'autoriser l'opérateur du port à établir sans délai la liaison que vous réclamez. Et j'ai un flacon d'excellent *marithé*. Vous paraissez en avoir besoin.

Le comportement de Toshi était tout à fait surprenant et ne disait rien qui vaille à Aïéla. Mais elle conservait son attitude placide et ses yeux gris-vert débordaient d'innocence. Soudain, il songea que c'était une bonne excuse pour passer devant elle et gagner le hall éclairé. Mais s'il faisait un mouvement brusque, elle se conduirait vraisemblablement comme une jeune femme effrayée, rien de plus. Il se ressaisit pour dominer sa nervosité.

– J'en serai honoré, dit-il.

Toshi s'inclina derechef et s'effaça pour le laisser la précéder. Dans le hall, Aïéla fit halte et elle lui indiqua d'un geste le couloir de gauche. Le second bureau était ouvert et éclairé. Les choses avaient l'air normales et il se remit en marche, la jeune amaut sur ses talons.

La pièce était un poste de transmission. Il exhala un soupir de soulagement et rendit son salut au technicien qui s'était levé à son entrée.

Et un objet dur s'enfonça dans ses côtes. La menace chuchotée de Toshi lui enjoignant de ne pas bouger était bien inutile! Sans se presser, le technicien sortit un rouleau de fil de fer de la poche de sa combinaison, passa derrière lui et lui ligota les poignets dans le dos.

Aïéla se laissa faire sans résister, muré dans un silence maussade. En effet, si Toshi tirait, il ne pourrait plus être d'aucun secours pour ses asuthi. Il allait très certainement retrouver Isande et Daniel, et tout ce qu'il pouvait faire désormais était de s'arranger pour arriver en entier afin d'avoir la possibilité de les aider. Sa survie était parfaitement indifférente à Téjef.

Ils lui firent franchir une porte et descendre une volée de marches aboutissant à une porte dérobée. Toshi extirpa une clé de sa poche, fit jouer la serrure et referma quand ils furent à l'air libre en haut d'un escalier latéral. Ce côté du bâtiment n'était pas éclairé.

Des coups de feu fulgurèrent dans l'obscurité. Le technicien s'écroula avec un hoquet d'agonie. Toshi exhala une plainte étranglée et dégringola les marches tandis qu'Aïéla prenait ses jambes à son cou. Il tomba, se releva et continua de courir avec l'énergie du désespoir en direction des lumières de la rue principale.

Il entendit des pas derrière lui, plus rapides que les siens. Quelque chose le heurta dans le dos et il s'étala de tout son long. Il roula sur lui-même pour protéger sa tête et se reçut sur l'épaule. Des humains fondirent sur lui, le remirent debout et l'entraînèrent. Il en reconnut un, à ses cheveux ras : c'étaient les mêmes hommes que tout à l'heure.

Ils s'engagèrent dans une rue latérale et poussèrent Aïéla à l'intérieur d'une ruelle. Là, il tenta de résister, mais un coup de genou – un prêté pour un rendu – le fit se plier en deux et ses ravisseurs l'obligèrent à descendre des marches conduisant au sous-sol d'une maison obscure. Arrivé en bas, il recommença à se débattre, à lancer des ruades mais coups de poing et coups de pied se mirent à pleuvoir, ce fut tout ce qu'il y gagna.

Une lueur indistincte traçait des zigzags dans les ténèbres humides, celle de la lampe-globe qu'un amaut portait au poignet, plaquant une hideuse danse d'ombres sur les murs. Aïéla se remit debout avec effort et se précipita vers l'escalier mais ses agresseurs se jetèrent sur lui et le renversèrent à nouveau. Il vit l'amaut fourrer des papiers dans les mains d'un des humains, arracher de sa ceinture à l'improviste le pistolet kallirien dont celui-ci s'était emparé et le glisser dans sa volumineuse poche abdominale.

– Tzinq s'f-conduits, dit-il en humain. Tous libres, tous partir campagne, adieu.

– Comment pouvons-nous savoir s'ils feront ce que vous avez promis? s'enhardit à demander l'un des humains.

– Partir, répéta l'amaut. Dans montagnes, libres, plus amaut, adieu.

Renonçant à discuter davantage, les humains décampèrent. L'amaut alla refermer la porte de la rue et redescendit en levant le bras pour éclairer les marches. La lumière que diffusait sa lampe éclairait aussi Aïéla étendu sur le sol.

C'était Kleph. Son visage hideux était encore plus

sinistre dans la pénombre. Un courant d'air froid et humide s'échappait de quelque trou invisible au delà du cercle de clarté. Ils étaient dans un terrier amaut, fouillis de boyaux se croisant et s'entrecroisant sous la surface de la ville. Aïéla n'avait pas imaginé que ces dédales souterrains existaient encore mais cela n'avait rien de surprenant. Il se rendait également compte qu'un infortuné kallia pouvait fort bien se faire massacrer et enterrer dans ce labyrinthe de galeries, y disparaître à jamais. Certes, l'*idoïkkhé* serait une balise révélatrice mais on pouvait faire confiance à l'ingéniosité des amaut pour résoudre ce problème.

– Que voulez-vous? demanda Aïéla. Etes-vous ici pour couvrir les bévues de votre haut commandement?

– Vous me voyez accablé de confusion, très honorable. J'avais mission d'assurer votre protection.

Aïéla laissa échapper un bref soupir de soulagement : logiquement, l'amaut n'avait nulle raison de vouloir le tromper. Néanmoins, il n'oubliait pas que Kleph – et celui-ci venait de lui en fournir la preuve – était de connivence avec des humains de l'étoffe de ceux qui avaient tendu cette embuscade au port.

La créature s'approcha en se dandinant, le détacha, l'aida à se relever et l'entraîna aussitôt dans les profondeurs de la galerie.

– Il faut que je trouve un moyen d'entrer en contact avec mon navire, protesta Aïéla.

– C'est impossible, absolument impossible.

L'avorton le força malgré sa résistance à s'engager dans un tunnel latéral. Mais Aïéla parvint à se libérer et se mit à courir, se cognant dans le noir aux parois recouvertes d'un rudimentaire enduit de plâtre. Il revint sur ses pas en faisant glisser sa main le long du mur pour se guider mais, contrairement à son attente, il ne trouva pas la sortie là où il supposait qu'elle devait être et, au bout d'un moment, il se rendit à l'évidence : il était perdu, totalement et irrémédiablement perdu. Quand il se laissa choir sur le sol pour retrouver sa respiration, adossé au mur froid, il distingua les soubresauts de la lampe de Kleph dont la lueur se rapprochait et, bientôt, le repoussant visage du petit amaut se matérialisa à l'angle du boyau. Kleph exhala un gargouillement réprobateur et s'accroupit en face de lui.

– Très honorable, dit-il alors en se balançant d'avant en arrière, les bras noués autour des genoux, position qui représentait le summum du confort pour les amaut, très honorable, nous avons un mot dans notre langue : *shakhshoph*. Cela veut dire « figure cachée ». Et, pauvre seigneur, vous avez eu *shakhshoph* en abondance depuis votre arrivée chez nous. Il en va toujours ainsi avec les extérieurs : c'est que, parfois, le *shakhshoph* dissimule le mensonge. Ne prêtez pas attention aux paroles de mes congénères. Prenez garde à celui qui ne vous regarde pas en face et, surtout, méfiez-vous de l'homme poli.

– Comme vous.

Kleph réussit à effectuer une oscillation en forme de courbette.

– Comme moi, très honorable, mais, heureusement, je suis votre humble serviteur. Tout le monde dans la colonie vous dira qui est Kleph. Je suis de naissance insignifiante, originaire d'un monde arriéré et mes manières pèchent par manque de raffinement. Ayant commencé, vu l'obscurité de mes origines, par être apprenti commis aux écritures du grand *karsh* de Gomek, je suis devenu comptable navigant avant de parvenir à la très insigne position que j'occupe actuellement. Mon seigneur comprendra combien je répugne à enfreindre les ordres de Gerlach. Mais nous obéissons à une règle fort simple : quand nous avons décidé de servir un maître, nous lui demeurons fidèle. Telle est notre loi dans toute sa sagesse. Le *bnêsych* Gerlach m'a affecté au service du vaisseau qui est dans le port et puisque vous faites partie de la maison du seigneur auquel appartient ce vaisseau, je suis comptable de votre vie.

– Vous... vous avez eu une bien curieuse façon de le montrer.

– Ils vous ont maltraité. (Kleph tapota le cou et l'épaule d'Aïéla, ce dont ce dernier se serait très volontiers passé.) Si j'en avais eu l'opportunité, très honorable, je les aurais tous tués. Mais, avec leurs sauf-conduits, ils disparaîtront dans les montagnes. Quand on se résout à utiliser l'arme de la corruption, on doit payer ses dettes en homme d'honneur. Ces humains sont des brutes répugnantes mais ils ne sont pas stupides : il suffirait que l'on découvre quelques cadavres pour les dissuader tous de travailler pour moi à l'avenir. Toutefois, en échange de laissez-passer leur permettant de quitter nos lignes, ils ne demandent pas mieux que de faire tout ce que je leur demande, quelque prix qu'il leur en coûte, et de me servir avec joie!

– Comme ceux qui nous ont grenadés sur le port, par exemple?

Kleph leva la main en signe de protestation :

– Mon seigneur s'est certainement rendu compte que je n'y étais pour rien. Mais je suis Maître des Comptes. A ce titre, je sais quand il y a des mouvements d'hommes et de vaisseaux et j'ai des serviteurs humains. Je sais quand de tels mouvements se produisent et s'ils ne sont pas dûment enregistrés. Aussi suis-je en danger. En dehors de moi, il n'y a que deux hommes sur Priamos qui peuvent tricher avec les archives : le sous-*bnêsych* Yasht et le *bnêsych* Gerlach.

– Qui a passé le contrat?

– L'un des deux. Ce n'est pas du *shakhshoph*. Je

vous dis la vérité. Une fois que l'on a fait son choix, on y demeure fidèle. Le loyalisme est le seul moyen de survivre. Par exemple, en cette affaire, mes seigneurs savent où doit logiquement aller ma loyauté. Aussi me faudra-t-il disparaître jusqu'à ce que la crise présente soit réglée. Une coupe de vin empoisonné ou quelque chose du même genre... il est de bonne politique d'éliminer les hommes dont on sait qu'ils travaillent pour l'adversaire. Je suis loin d'être irremplaçable. Je n'appartiens pas à ce *karsh* et c'est pourquoi j'ai été donné au seigneur du port. J'étais également désigné pour passer de vie à trépas. Et, maintenant, il est capital que nous soyons tous les deux réduits au silence.

– Pourquoi ?

Aïéla ne s'étonnait même plus. Son esprit ne pouvait tout simplement pas appréhender les subtilités de la logique amaut.

– Mais, seigneur nas kamé, si la population prenait conscience que le *bnêsych* est au service de l'autre seigneur, la colonie ferait scission et il y aurait un bain de sang. Nous ne sommes pas un peuple guerrier, certainement pas, mais, après tout, chacun défend son nid et, dans cette affaire, le *bnêsych* Gerlach a derrière lui beaucoup de gens qui ne sont pas du *karsh* Gomek – des hors-*karsh*, des exilés comme moi. Leur loyauté est susceptible de retournements rapides. Il y a toujours, et c'est bien naturel, des rancœurs quand un grand *karsh* est mal géré. Et s'il apparaît que l'incident du port n'est pas dû à l'initiative des humains, je connais des personnes qui passeront des moments pénibles, extrêmement pénibles. (Kleph posa ses doigts spatulés sur la bosse qui grossissait au front d'Aïéla.) *Aï*, seigneur, je suis navré des brutalités dont vous avez été victime. J'ai essayé de vous trouver avant que vous ne vous jetiez dans un piège mais impossible de mettre la main sur vous. Lorsque j'ai su que vous aviez pénétré au quartier général et que j'ai vu s'éteindre les lumières du côté nord du bâtiment, j'ai immédiatement fait intervenir mes agents humains. Sinon, vous seriez tombé au pouvoir de l'autre seigneur avant le jour.

– Conduisez-moi au vaisseau ou trouvez un moyen de me faire entrer en contact avec lui. Sinon, il arrivera malheur.

Une expression angoissée se peignit sur le visage camus de Kleph. Il déglutit à plusieurs reprises, ce qui était un signe de détresse chez les amaut.

– Maître, faut-il que les grands seigneurs condamnent l'innocent? Voyez! le hors-*karsh* que je suis ne cherche-t-il pas à vous aider? Vos maîtres comprendront sûrement que les gens de la colonie ne sont pas tous à blâmer. Ils se rendront sûrement compte de la fidélité avec laquelle nous les servons.

Comment expliquer à Kleph que les notions de services rendus et de récompense étaient lettre morte pour les iduvé, que, pour eux, nuire et aider étaient tout un? Il se rabattit sur une demi-vérité :

– Je parlerai peut-être en votre faveur si vous m'apportez votre concours.

– Seigneur, ce que vous demandez est impossible pour le moment – si seulement vous...

– Il serait préférable que ce ne soit pas impossible.

Kleph oscilla d'avant en arrière avec embarras.

– Le port... les galeries ne sont pas terminées. Elles ne sont pas très bien étayées... et votre... *hhhunhh*... votre stature vous permettrait difficilement de passer. Mais, à l'heure qu'il est, les honnêtes gens sont au lit et on ne risque pas de rencontrer de mercenaires humains. Les souterrains leur font peur.

– Eh bien, conduisez-moi au port.

Aïéla se leva péniblement – ses jambes étaient ankylosées – et se redressa autant que le lui permettait le plafond bas. Kleph se mit debout à son tour avec beaucoup plus d'agilité et le kallia, songeant soudain qu'il pourrait détaler et l'abandonner à une mort certaine dans ce ténébreux fouillis de boyaux semés d'embûches, l'agrippa par le col. Il savait très bien que, dans un corps à corps, il ne serait pas le plus fort et qu'il ne pourrait pas le retenir si l'autre était déterminé à lui fausser compagnie, mais il entendait faire clairement comprendre à l'amaut que ce dernier serait obligé de recourir à la violence s'il voulait lui désobéir.

– Vous avez récupéré mon pistolet, lui dit-il. Rendez-le-moi.

Ce n'était pas du goût de Kleph qui manifesta sa désapprobation par des gargouillements mais qui finit par sortir l'arme de sa poche. Aïéla s'en empara sans le lâcher, après quoi il le poussa en avant. Ils enfilèrent une succession de galeries. Pas une seule fois Kleph n'hésita sur la direction à prendre.

Subitement, il y eut une explosion de lumière, une clarté aussi éblouissante qu'un soleil. Une onde de chaleur les gifla tandis qu'une bouffée d'air imprégnée d'une irritante odeur d'ozone parvenait à leurs narines. Une silhouette d'aspect humain surgit dans leur champ de vision et Aïéla tira Kleph en arrière dans l'intention de prendre la fuite. Mais la morsure de l'*idoikkhé* rayonna dans son bras, le paralysant, et il s'écroula à genoux. Kleph était déjà à plat ventre, poussant des balbutiements de terreur. Il devait avoir les yeux atrocement brûlés car les amaut supportaient à peine la lumière du jour et cette lueur était infiniment plus aveuglante.

– Aïéla, dit une voix froide et familière.

Le fourmillement de l'*idoikkhé* n'était plus qu'un attouchement léger, une simple signature : *Ashakh.*

Le soupir qu'exhala le kallia était un sanglot de soulagement. Il se releva pour faire face à l'iduvé, debout au milieu des gravats qui recouvraient le sol de la galerie, éclairée par le lampadaire de la rue.

L'*idoïkkhé* vibra, posant une question : *Que faut-il faire de cet amaut? Voulez-vous que je vous en débarrasse?*

– Non, rétorqua vivement Aïéla.

Je ne vois aucune sagesse dans cette réponse.

Ashakh glissa son arme dans sa ceinture et abaissa son regard sur l'amaut.

– Relevez-vous.

Kleph obéit, s'inclina très bas, multipliant les plongeons avec toutes les marques d'une vive agitation. Sa lampe de poignet, prise de moulinets frénétiques, projetait une sarabande d'ombres déformées sur les murs rugueux. Ashakh, sombre de teint et de noir vêtu, n'était qu'une silhouette obscure mais ses yeux lançaient d'insolites reflets d'un rose diffus qui s'estompaient quand il bougeait la tête.

Cette personne vous est-elle venue en aide? s'enquit-il.

– Si Kleph dit vrai, le *bnêsych* Gerlach était l'instigateur de l'embuscade du port et il a pris un gros risque en venant me porter assistance.

– Vraiment? fit pensivement Ashakh à haute voix. Vous croyez cela?

– J'ai de bonnes raisons de le croire.

De même que vous avez de bonnes raisons pour laisser la vie sauve à cet amaut? Vos motifs m'échappent.

– Kleph connaît Weissmouth et il nous prêtera son concours.

Le kallia était moite de sueur car l'expression sévère d'Ashakh trahissait sa hâte et la notion de reconnaissance était incompréhensible aux iduvé. Il lui répugnait de se faire l'avocat de Kleph mais cela valait encore mieux que de se résigner à l'exécution du petit amaut.

Chimèle attache du prix à votre jugement. Je ne partage pas son appréciation.

En tout cas, Ashkah ne parlait plus de tuer Kleph et Aïéla comprit ce que cela impliquait : c'était sur ses épaules à lui que reposait la responsabilité, et gare à la *vaikka* s'il se trompait.

– Qu'allons-nous faire? demanda-t-il à l'iduvé.

– Avez-vous une suggestion?

– Trouver un navire et délivrer les autres que Téjef a capturés.

Ashakh plissa le front.

– Et vous avez un moyen pour exécuter ce plan?

– Non.

– Eh bien, rejoignons le port. Cette personne nous guidera.

Ashakh tourna les yeux vers l'amaut tremblant qui se précipita pour ouvrir la marche et le trio s'enfonça dans les méandres des galeries. A cause de sa taille, l'iduvé était obligé de se courber pour avancer.

– Savent-ils? L'Orithaine sait-elle ce qui s'est passé? s'enquit Aïéla.

Tésyel, qui commande le navire-base, nous a transmis un rapport détaillé. Et, sans transition, Ashakh se laissa aller à vider son cœur d'une manière qui ne lui ressemblait guère : *Chimèle m'a chargé de vous retrouver. J'ai d'abord été intrigué par la direction d'où venait le signal mais, me rappelant le mode de vie souterrain des amaut, j'ai résolu l'énigme – non sans donner à d'éventuels poursuivants une claire indication de notre destination. Nous avons intérêt à nous hâter le plus possible. Et je persiste à me méfier de cette furtive petite créature, Aïéla-kameth.*

– Je ne peux juger qu'en tant que kallia.

Honneur à votre perception. Pour quelles raisons vous défiez-vous de Gerlach?

12

Le contact mental de Rakhi était léger, infiniment léger. Il lui était arrivé d'être douloureux et Tchaïkhé, dont cette présence masculine faisait se hérisser les cheveux, s'y soumit avec circonspection. Elle lutta pour contenir la rage qui lui brûlait les veines et sentit que Rakhi se battait, lui aussi, pour surmonter une répulsion fort naturelle. La *tchanokhia*, en effet, interdisait toute intimité avec une *katasathé*. Une *katasathé* était faite pour recevoir des dons et être honorée, on ne la touchait pas.

Et il y avait l'*haratchia* particulière de Rakhi, une présence sourde et enjouée. Son *arastiéthé* souffrait terriblement, beaucoup plus que celle de Tchaïkhé, car bien qu'il fût aux yeux des iduvé scandaleusement indifférent à sa réputation, Rakhi n'était pas réellement quelqu'un de *kutikkasé* et son sens de la *tchanokhia* était à certains égards aigu. Il était extrêmement sensible à l'opinion d'autrui et la réprobation, même d'un nas kamé, lui était pénible. Toutefois, alors que d'autres se courrouçaient, avaient recours à l'*idoïkkhé* ou se lançaient dans une mesquine *vaïkka*, Rakhi se contentait d'en rire et s'enfermait en lui-même. C'était là la défense d'un tempérament aussi solitaire à sa façon que celui d'Ashakh, d'un homme d'une surprenante intelligence. Chimèle elle-même comprenait mal à quel point il redoutait d'être percé à jour, combien il détestait toucher et être touché. Mais Tchaïkhé le devinait et elle gardait ses distances.

– *Nasith.*(Rakhi avait vocalisé. D'autres modalités étaient plus rapides et convoyaient aussi bien les images sensorielles, mais ce moyen de communication lui permettait de protéger ce qui constituait son essence même.) *Nasith,* Chimèle est auprès de moi. Elle s'inquiète de votre état de santé.

– Je vais très bien, *nasith-toj.*

– Elle vous fait savoir qu'Ashakh est présentement en train de récupérer le kameth Aïéla. Il n'a pas communiqué avec vous?

– Jamais l'idée ne m'aurait effleurée, *nasith,* d'enfreindre les ordres exprès de Chimèle à cet égard. Non. Et je n'aurais pas accepté s'il m'avait contactée.

Mais vous êtes iq-sra, pensa Rakhi, *et Ashakh agit comme il lui plaît quand un ordre comme celui qui vous enjoint de rester séparés ne lui convient pas. Nous aurons tôt ou tard à compter avec lui.*

– Prenez contact avec le *bnêsych* Gerlach et rétablissez les communications avec les autorités amaut. Ne laissez en aucun cas les humains pénétrer dans votre périmètre de sécurité. Ils ne vous connaissent pas et ils ont une violente *m'mélakhia,* tempérée par un fort médiocre sens des réalités ainsi qu'en témoignent les actions qu'ils ont menées contre Khasif et Méjakh. Ils manifestent aussi une certaine tendance à l'*arrhéï-akita* de sorte qu'une *vaïkka* en visant un petit nombre ne donne pas la garantie que pareille démonstration soit de nature à dissuader les autres. Beaucoup de leurs initiatives procèdent de structures logiques fondées sur des mécanismes biologiques que nous ne comprenons pas encore ou sur leur ignorance des iduvé. Rappelez-vous Khasif et usez du discernement qui s'impose.

– Je m'en souviendrai.

– En ce qui concerne Khasif, quelqu'un qui se trouve à Weissmouth a infligé une *vaïkka* à *Ashanomé.* Chimèle s'en remet totalement à votre savoir-faire, *nasith-tak.* Quel que doive être le destin de Priamos en tant que tel, cette *vaïkka* doit être lavée. C'est la tâche qui vous incombe car nous avons été humiliés au su et au vu de *Mijanothé* et de *Tashavodh.*

– Chimèle n'a-t-elle pas un moyen à suggérer?

demanda Tchaïkhé, à la fois fière et anxieuse.

L'*arastiéthé* d'*Ashanomé* était un lourd fardeau pour ses seules épaules.

L'*haratchia* de Chimèle apparut par le relais de Rakhi, contact quelque peu incertain du fait de la distanciation qu'il maintenait. La *takkhénoïs* de l'Orithaine était dans un tel tumulte que Tchaïkhé frissonna.

– Dites à Tchaïkhé que Weissmouth est à elle et qu'il lui appartient de décider du sort de ces êtres, mais je lui interdis de prendre le risque de risquer sa vie sans me consulter préalablement.

– Rassurez Chimèle : je respecterai ses instructions, répondit Tchaïkhé qui n'était pas réconfortée pour autant.

L'inquiétude de l'Orithaine demeurait, bouleversant Tchaïkhé qui sentait son estomac se nouer.

Tchaïkhé. Rakhi laissa se dissiper l'image de Chimèle.

– Le jour se lève sur Weissmouth. Je vous conjure de faire diligence.

– Soyez tranquille. Retirez-vous, maintenant. Je vais me mettre immédiatement à la tâche.

Rakhi coupa la liaison mais il était de retour avant que Tchaïkhé eût franchi la distance qui la séparait du pupitre de commandes. *Comprenez-moi, Tchaïkhé. Je dois...* Son trouble fit grincer les dents de Tchaïkhé et le choc en retour fut si violent que Rakhi battit précipitamment en retraite. Elle se raccrocha fermement à sa raison et le rappela.

Tchaïkhé, je... dois rester. Ce n'est pas manque de tchanokhia, je ne suis nullement insensible à votre détresse, croyez-moi. Cette proximité m'est détestable. Elle écorche, elle griffe... Mais je dois garder le contact. Ce sont les ordres de Chimèle, *nasith*. Elle estime que c'est nécessaire. *Mais, elle, elle ne souffre pas, elle ne ressent pas cela.*

Ils eurent tous deux le même frisson. La conscience de l'enfant qu'elle portait souleva une vague de furie en Tchaïkhé, une pulsion de meurtre dirigée contre Rakhi et elle en fut déchirée d'angoisse. Quelque chose d'irrésistible bouillonnait dans son sang. Toute une chimie échappant à son contrôle était déjà en train d'opérer de subtiles modifications de son être, elle était presque entièrement esclave de ses humeurs. Son *takkhénoïs* était dévastateur et la puissance qui l'habitait l'épouvantait. *Est-ce cela, être* katasathé?

– Tchaïkhé. (La pensée que projetait Rakhi était faible et timide.) Honneur à vous, Tchaïkhé, *nasithtak,* mais je suis contraint de faire ce que l'on m'a dit de faire. Chimèle...

– Je perçois, je perçois, je perçois.

– Pendant quelques instants, sa faculté d'avoir des réactions rationnelles l'abandonna, elle était le jouet de la fureur qui l'emportait. Soudain, la froide clarté de la pensée de Rakhi investit son esprit. *Au, Tchaïkhé, Tchaïkhé, que se passe-t-il?*

Tchaïkhé abaissa son regard sur ses voiles verts, honneur de la *katasathé,* et elle fut saisie d'une panique fugitive, du désir de s'en débarrasser et de se débarrasser en même temps de l'enfant, d'être à nouveau elle-même. La violence qui la travaillait prenait possession de son esprit, était la négation de ce qu'elle avait toujours honoré. Et c'était l'enfant qui en était responsable.

Pourtant, l'idée de renoncer à lui avant le terme lui était odieuse. Elle ne le pouvait pas. Les choses suivraient leur cours inexorable et l'insanité, l'honorable démence fondrait sur elle, folie contre laquelle la logique était sans pouvoir.

Dhisaïs!

Derechef, elle sentit la présence mentale de Rakhi. D'abord timorée, puis irradiant l'humour qui le caractérisait.

– O *nasith-tak*, l'état de *katasathé* est le comble de la frustration pour un mâle. Si je tombais, moi aussi, *dhisaïs*, je ne sais ce que je ferais. Me laisserait-on entrer dans le *dhis*, selon vous? *Ou est-ce que je mourrais*, nasith-tak? *Ce serait préférable que de perdre la raison.*

Venant d'un autre mâle, de tels propos auraient été un outrage suprême, une insulte intolérable car être *katasathé*, c'était détenir une *m'mélakhia* si intime et si possessive que la proximité d'autres sur un plan d'égalité était une chose insupportable. Eût-elle été à bord d'*Ashanomé*, Tchaïkhé aurait renoncé à toute autre activité pour s'installer dans une période d'attente, acceptant les dons du *nasul* et la protection d'Ashakh, se concentrant toujours davantage sur ses propres pensées. Mais Rakhi participait étrangement, bien que ce ne fût pas une participation réelle et qu'il ne fût pas une menace, et tout se passait comme si cette situation d'infériorité était aussi la sienne. Leur *arastiéthé* ne faisait plus qu'un ou presque, et il avait le droit de s'exprimer avec cette franchise.

Nous avons commencé à fusionner, émit-il tout à coup. *Au, Tchaïkhé, Tchaïkhé*-nasith, *qu'est-ce que je vais devenir?*

Partez. Quels que soient les ordres de Chimèle, retirez-vous. Je ne sais pas ce qui m'arrive. J'ai peur... j'ai peur...

Elle est malade, Chimèle, capta-t-elle.

L'angoisse de Rakhi était vive car il ressentait ce qu'elle éprouvait.

– Non, répondit l'Orithaine. (Tchaïkhé devinait l'expression de celle-ci au ton qu'elle employait.) Non, il ne s'agit pas d'une maladie. Ce qu'on lui a administré pendant son sommeil n'est rien de plus que ce que la nature aurait bientôt fait sécréter à son organisme. Tous mes regrets, Tchaïkhé.

Si je suis dans cet état, c'est vous qui m'y avez mise!

C'était une brutale révélation et le flot de colère qui l'accompagna meurtrit tout autant Rakhi. Tchaïkhé perçut son frémissement et la honte qu'il éprouvait d'y avoir inconsciemment participé. Un rire amer monta en elle. *Honneur à Chimèle* sra-*Chaxal.* Vaïk-ka, vaïkka, *ô Chimèle qui opères dans l'ombre! Je savais me défendre contre tous les autres mais malheur à ceux qui s'interposent entre Chimèle et la nécessité. Oh oui, honneur à vous,* nasith!

– Je n'étais au courant de rien, protesta Rakhi. Je ne savais pas, Tchaïkhé.

Nous avons été manipulés tous les deux, nasith-toj. *Avoir affaire à Chimèle, qui en a jamais tiré profit? Retirez-vous. Partez.*

Rakhi, désemparé, obtempéra et Tchaïkhé se laissa choir devant la console de commandes. Les phalanges de ses doigts indigo enlacés pâlissaient tant elles étaient crispées. Enfin, au prix d'un énergique effort de volonté, elle dirigea son attention sur la tâche qu'elle avait à accomplir et donna ses ordres à Tésyel, le nas kamé responsable du navire-base : *Tésyel, dites à Néya de conduire immédiatement le* bnêsych Gerlach *auprès de moi. Et sans tergiverser. Même s'il dort ou s'il est aussi nu qu'au jour de sa naissance, tout de suite. Sans délai. S'il n'est pas seul, qu'on amène tout le monde et s'ils résistent, détruisez-les. Prenez tous les* okkitani-as *dont vous aurez besoin pour cela.*

Une lampe témoin s'alluma : Tésyel accusait réception. Considérant que c'était là une affaire réglée, Tchaïkhé transféra le panoramique du navire-base sur ses propres lecteurs.

Un éclair fulgura à la périphérie de l'écran. Elle se mit en situation de feu, presque négligemment car son intention était d'interdire l'espace aérien de Weissmouth à tout bâtiment jusqu'à ce que l'on ait des nouvelles d'Ashakh; si ce vaisseau avait été celui de ce dernier, elle en aurait certainement été avisée.

Le navire inconnu esquiva l'attaque sans modifier son cap si peu que ce fût. Sa vitesse et son potentiel défensif étaient très largement supérieurs aux capacités des amaut en ce domaine. Immense, il était juste en deçà du seuil opérationnel intra-atmosphérique.

Il fallut moins d'une seconde à Tchaïkhé pour identifier l'agresseur – juste le temps nécessaire pour prévenir Tésyel.

Téjef! hurla-t-elle à Rakhi sur un ton atrocement hystérique tandis qu'un désir meurtrier jaillissait du plus profond de ses entrailles.

Son tir d'interdiction fut sans effet. Visiblement, l'intrus avait l'intention de se poser. Tchaïkhé était réduite à l'impuissance. Si elle intensifiait sa puissance de feu, elle risquait d'anéantir Weissmouth et toute la vallée sans avoir pour autant la garantie de percer les défenses de l'adversaire.

Du sang-froid, lui enjoignit Rakhi. *Calmez-vous. Pensez comme Tchaïkhé, pas comme une* dhisaïs. *O* nasith-tak, *c'est le moment ou jamais de faire appel à votre intelligence. Ménagez votre puissance d'attaque, ne la dilapidez pas et ne le laissez pas massacrer ceux des nôtres qui sont dans la ville. Vous êtes notre citadelle sur Priamos. Si vous perdez la partie, c'en est fait. N'enrichissez pas de votre personne le* sérakh *de Téjef.*

Les fluctuations de l'énergie étaient vertigineuses. En symbiose mentale avec l'appareillage du navire, Tchaïkhé les ressentait comme autant de blessures. Un frisson la parcourut. *Nous sommes attaqués. Et Tésyel ne peut pas contrôler le navire-base comme le ferait un iduvé.* Mais alors même que l'assaut se développait, elle se concentra sur une seule et unique tâche, ô combien délicate, sorte de chirurgie électronique destinée à modifier les contacts, et elle entreprit de greffer en quelque sorte son petit vaisseau au gros bâtiment de Tésyel, de mettre les systèmes en communication afin de pouvoir utiliser l'armement plus puissant de ce dernier et de contrôler l'ordinateur qui commandait ses défenses. Cela fonctionnerait aussi longtemps que son navire serait capable d'émettre des impulsions de commande. Après, elle perdrait la maîtrise du navire-base. Alors, Téjef serait maître de Priamos.

Il ne restait qu'une demi-journée. Lorsque le soleil atteindrait le zénith de Weissmouth, le délai aurait expiré. Et Téjef, en pilonnant ses défenses et en l'obligeant à faire appel à la puissance de feu qu'elle avait en réserve, pouvait l'asphyxier par manque d'énergie longtemps avant le terme de ce délai.

13

– Ils ont atterri, dit Aïéla.

Il coupa la liaison mentale avec ses asuthi et se rendit alors compte qu'Ashakh l'observait à la lueur diffuse de la lampe fixée au poignet de Kleph, dont les yeux de l'iduvé reflétaient en rose le vacillement de feu follet. Il eut l'impression affolante d'être enfermé en compagnie d'un grand fauve et quand Ashakh posa une main sèche sur son épaule, ce seul contact fit battre à coups redoublés le cœur du kallia. Les iduvé étaient plus lourds qu'ils n'en avaient l'air. Des muscles d'acier, une force explosive mais leur endurance était limitée. Même leur texture était différente. Aïéla s'efforça de demeurer de marbre et se concentra sur le message que lui envoyaient ses asuthi : les moteurs s'étaient tus et, prisonniers dans leurs quartiers, ils se rongeaient, réduits à l'impuissance.

Je ne me suis pas senti en sécurité tant que nous n'avons pas décollé, projetait Daniel qui s'en voulait à mort. *J'ai attendu, j'ai attendu en espérant qu'une occasion se présenterait à nouveau mais, maintenant, la porte est fermée – scellée.*

Le message s'infiltra à travers les galeries souterraines de Weissmouth jusqu'à Aïéla qui le relaya à Ashakh d'une voix étranglée.

– Khasif est-il conscient? s'enquit l'iduvé.

– Non, répondit Daniel. En tout cas, j'en doute.

– Cela confirme mes propres déductions. Mais libérez-le si vous en avez la possibilité. Mobilisez tous vos efforts pour le délivrer.

– Je comprends, projeta Isande.Où êtes-vous?

– Ce n'est pas une question à poser, fit sèchement Ashakh.

Il activa l'*idoïkkhé* d'Aïéla juste ce qu'il fallait pour que ce soit un douloureux avertissement et le kallia rompit la liaison, sachant que, fatigué comme il était, il risquait de révéler des choses qu'il n'aurait pas dévoilées volontairement. Ses asuthi lui lancèrent une dernière objurgation strictement personnelle : *Quittez ce monde. Si vous le pouvez, hâtez-vous de quitter cette planète.* Et Isande ajouta quelque chose de très tendre et de très triste qui l'émut profondément.

– Que disent-ils?

Ashakh accentua sa pression sur l'épaule d'Aïéla mais même s'il lui avait cassé le bras, le kallia ne se serait pas départi de son mutisme. Ses asuthi occupaient son esprit et ses yeux étaient aveuglés par la lumière diffuse qui l'environnait.

Pars d'ici.

La pensée de Daniel perçait ses écrans défaillants et, de son côté, Isande joignait ses exhortations à celles de l'humain – elle voulait qu'Aïéla quitte Priamos, elle le mettait en garde contre Ashakh, le suppliait de ne pas faire confiance à l'amaut. Et puis, ce fut un grand vide.

– *M'métané!* (Ashakh broyait l'épaule d'Aïéla

mais, cette fois, il ne se servit pas de l'*idoïkkhé*.) Qu'est-ce qui ne va pas?

– Ils... sont incapables de nous aider. Ils ne savent que faire.

Les sourcils de l'iduvé étaient froncés et sur son visage étiré se lisait une fureur qui détonnait avec sa personnalité qui, pour être violente, n'en était pas moins disciplinée.

– Je perçois sa présence même s'il ne perçoit pas la mienne, ce que j'ignore... et Tchaïkhé... Tchaïkhé...

Quelque chose troublait Ashakh. Il y avait presque de la démence dans son regard, à tel point que Kleph se recroquevilla sur lui-même et qu'Aïéla se contraignit à observer une parfaite immobilité, de crainte que l'iduvé ne frappe au moindre geste brusque. Cependant, celui-ci demeurait à genoux comme s'il écoutait une voix que lui seul pouvait entendre. On eût dit qu'il prêtait l'oreille à un asuthé. Ses yeux étaient fixes, il avait la bouche entrouverte comme s'il allait crier mais, avec un effort visible, il sortit de sa transe et s'exclama :

– Il y a quelque chose d'anormal! Une... peur. Un de mes *nasithi* a peur mais je ne sais pas lequel. C'est peut-être Téjef. Nous étions du même *nasul* et nous sommes *takkhé*, lui et moi. Peut-être est-ce sa mort que je ressens.

Qu'il dise cela à haute voix devant un *m'métané* et un être de l'extérieur témoignait de l'émoi qui l'agitait. Il s'en rendit compte et ses traits reprirent leur dureté habituelle.

– Vous êtes en empathie, laissa tomber Aïéla sans réfléchir.

– Non... non, pas exactement, *m'métané*. Mais je reçois le *takkhénès* de deux esprits qui se trouvent dans le port... Tchaïkhé... Téjef... je ne parviens pas à établir la distinction. Peut-être consacrent-ils la majeure partie de leur attention aux commandes du vaisseau, ce qui expliquerait cette anomalie mais...

ce n'est pas normal, *m'métané*, ce n'est pas normal. Et je ne reçois rien de Khasif... tout au moins, je présume que son esprit est l'esprit silencieux.

Ashakh s'était exprimé en iduvien, pour être compris d'Aïéla mais pas de Kleph qui, terrifié, se faisait tout petit, collé à la paroi.

– Nous rejoignons le port, il n'y a rien de changé, dit-il à l'amaut en le transperçant du regard. Et vous êtes impliqué dans nos affaires comme jamais un être de l'extérieur ne l'a été. A partir de maintenant, vous êtes *okkitan-as* d'*Ashanomé,* le *nasul* auquel nous appartenons l'un et l'autre.

– *Aï,* maître et puissant seigneur! gémit Kleph en exhalant le borborygme guttural qui était l'équivalent des pleurs chez les amaut. Je ne suis personne, je ne suis rien du tout, je suis d'une totale insignifiance. Je vous supplie de laisser partir la malheureuse créature que je suis. Je suis un employé d'administration, pas un combattant. Je ne connais rien aux armes et je ne désire aucunement être un *okkitan-as* voué à voyager à jamais.

Ashakh demeura muet. Pas un mot de colère, pas une menace. Mais son regard se fit songeur. De toute évidence, il se demandait à quel moment il serait le plus rationnel de liquider Kleph. Aïéla s'empressa d'interposer son *haratchia* apaisante entre l'iduvé et l'amaut, et enfonça ses doigts dans l'épaule de ce dernier pour lui faire comprendre qu'il allait trop loin.

– C'est vrai, Kleph est un administratif, confirma-t-il, et il voulait très vraisemblablement devenir agriculteur. Il n'est pas intellectuellement préparé à l'idée d'être au service d'un *nasul.* Cela étant dit, il est intelligent, il a l'esprit fertile et il nous serait utile.

– A lui de faire son choix. Mon sens de l'orientation me permettrait de rejoindre le port même par ces tunnels mais il serait plus pratique qu'il nous montre la route la plus rapide.

– Oui, seigneur. (Kleph avait apparemment compris comment se posait le dilemme car ses yeux pâles et globuleux s'exorbitèrent.) Je vous guiderai.

Il fit volte-face et se précipita. Les autres le suivirent.

De petits bruits assourdis parvenaient par intermittence à l'oreille d'Aïéla : c'étaient les sanglots que laissait échapper le gosier caverneux de l'amaut. Heureusement pour lui que les iduvé fermaient les yeux sur les libertés que se permettaient ses semblables, tenant compte de leur nature considérée comme immorale. Mais Ashakh ne comprenait très probablement pas mieux les mécanismes intellectuels de Kleph que ceux d'un serpent. Les besoins et les pulsions qui animaient l'avorton étaient inexprimables en iduvien et il n'hésiterait certainement pas à le tuer si son incompréhension atteignait des proportions telles qu'elle risquerait de compromettre sa supériorité. Les iduvé étaient des êtres essentiellement prudents. Et pourtant, se disait le kallia, Kleph se serait vendu corps et âme à Ashakh si celui-ci lui avait fait miroiter la promesse de dix *lioï* de terre. Mais, à présent, il était trop tard.

Soudain, Kleph fourra sa lampe dans la poche de sa combinaison. Ashakh bondit sur lui pour le ceinturer en bousculant Aïéla qui se trouva projeté contre le mur de terre, ce qui lui valut quelques contusions. Le petit amaut, immobilisé, exhala un sifflement de machine à vapeur, exactement ce qu'il fallait pour provoquer la colère d'un seigneur des étoiles. Mais il s'efforçait de balbutier des mots entre ses plaintes de douleur et Aïéla tâtonna dans l'obscurité pour tenter d'empêcher l'iduvé de le tuer.

– Arrêtez, *aï*, arrêtez! bredouilla Kleph quand Ashakh desserra son étreinte et qu'il put parler. (Il ressortit sa lampe, grimaçant d'effroi.) Ce n'était pas une ruse, seigneur... de grâce! Nous arrivons à un secteur habité. Ne faites pas de bruit, mes maîtres, ne faites pas de bruit!

– Il n'y a pas d'autres chemins? l'interrogea Ashakh.

– Non, si mon seigneur souhaite gagner le port. Mais ce n'est plus très loin. Et ils dorment tous. Il n'y a pas de gardes. Les humains ne se risquent pas à descendre. Ils craignent les profondeurs.

Ashakh se tourna vers Aïéla pour lui demander son avis. Il faisait du kallia l'arbitre de la situation, il lui accordait la considération qui allait à un *nas*. Et Aïéla comprit avec un coup au cœur que l'iduvé le traiterait comme un *nas* s'il se trompait. Mais refuser cette responsabilité le rabaisserait encore davantage dans l'estime d'Ashakh. Subitement, il comprit ce qu'était l'*arastiéthé* : un besoin viscéral de prendre et de ne pas céder. La notion de *giyrêh* ne s'appliquait pas à Ashakh : on n'abdiquait pas sa responsabilité en se rabattant sur son supérieur hiérarchique, on l'assumait et on l'assumait jusqu'à l'extrême limite de ses possibilités. Et si l'on se trompait, on le payait chèrement. L'*arastiéthé* était une partie intégrante de soi-même et grande était sa valeur.

– Je me chargerai de Kleph pour le meilleur et pour le pire, seigneur. Oui, je me charge de lui et il a tout intérêt à se le tenir pour dit.

– Je n'ai pas l'intention de vous faire faire fausse route, protesta l'amaut dans un soupir.

Il désigna quelque chose du doigt en camouflant la lumière de sa lampe. On distinguait au loin une vague lueur, une lueur qui paraissait presque une illusion.

Aïéla empoigna fermement l'amaut par le coude et ils se remirent en marche. Maintenant, le sol était dallé et la voûte maçonnée suffisamment haute pour qu'Ashakh puisse se redresser sans risquer de se cogner le crâne. Ils atteignirent un endroit éclairé par des globes lumineux à la lueur diffuse. La galerie s'élargissait et elle longeait maintenant un chemin qui s'enfonçait dans les entrailles de la terre, bordé de demeures amaut serrées les unes contre les autres et qui suivaient ses méandres – de simples excavations creusées dans les fondations mêmes de la ville. De cette fosse montait une odeur d'eau croupie. Aïéla se dit que s'il y laissait choir un caillou, celui-ci parcourrait une longue distance avant de parvenir à la nappe phréatique. Ils étaient encore sur les hauteurs de Weissmouth et les galeries pouvaient atteindre des profondeurs considérables. C'était là, du point de vue des amaut, une parfaite zone résidentielle; l'obscurité était agréablement fraîche et humide. Si jamais Kleph criait, il réveillerait des milliers de dormeurs. Et il serait assez vigoureux pour le précipiter dans l'abîme si la peur du seigneur des étoiles armé qui se tenait derrière lui ne le retenait pas.

Ils s'engagèrent dans un boyau plus étroit, encore que l'on pouvait y tenir debout. Des lumières brillaient aux intersections des galeries secondaires qui y débouchaient, de sorte que le lumignon de Kleph était inutile.

D'un de ces tunnels émergea un groupe d'amaut, pique à l'épaule et lumiglobe au poignet, des amaut qui, à leur vue, s'égaillèrent en poussant des piaillements d'effroi. Quelques instants plus tard, l'alerte était donnée et toutes les galeries résonnaient de hurlements affolés dont les échos se répercutaient de proche en proche. Aïéla se tourna vers Ashakh au moment où celui-ci rengainait d'un air farouche l'arme qu'il avait extraite de sa ceinture.

– Ils ne comprendraient pas et cela n'arrêterait pas ce vacarme. (L'iduvé décocha à Kleph un regard meurtrier.) Rachetez votre erreur. Conduisez-nous là où nous serons en sécurité.

L'amaut ne demandait pas mieux. Il saisit Aïéla

par le bras pour que le kallia se hâte mais, ne pouvant se résoudre à toucher Ashakh, il se contenta de lui faire signe de se presser et il les guida vers une galerie latérale. Son lumiglobe était maintenant leur seule source de lumière. Kleph les entraînait toujours plus loin dans l'inconnu et, finalement, Aïéla refusa de le suivre plus avant. Quand il l'accula contre une paroi, le petit amaut exhala un sifflement strident et essaya de disparaître dans un autre passage mais Ashakh mit fin à sa résistance en plaquant ses mains sur son large thorax et lui lança un regard qui aurait été capable de transformer l'eau en glace.

– Où avez-vous l'intention de nous amener? interrogea Aïéla, voyant que l'iduvé demeurait dans l'expectative. Nous ne cessons de descendre.

– C'est nécessaire, seigneur nas kamé. Nécessaire. Nous approchons de la rivière. Ecoutez... N'entendez-vous pas les pompes?

En effet, on décelait une sourde pulsation tel le cœur d'un géant battant dans ce dédale. C'était le seul son qui brisait le silence. Les cris d'alarme s'étaient tus depuis longtemps. Ils ne se trouvaient vraisemblablement pas dans une galerie maîtresse.

– Il n'existe pas un chemin plus direct? demanda Aïéla.

– Le grand seigneur m'a ordonné de vous conduire à la sécurité et je m'y emploie. Vous voyez bien que l'alerte n'est pas donnée.

– Taisez-vous et cessez de feindre d'avoir oublié ce que nous voulons. Quelles que soient vos préférences personnelles, nous tenons à sortir à proximité du port, et vite.

A la lueur vacillante de sa lampe, le visage disgracieux de Kleph était encore plus grimaçant qu'à l'ordinaire. Il passa en gargouillant devant les deux autres sans affronter leur regard et, revenant sur ses pas, se dirigea vers un boyau qu'il ne leur avait pas signalé et qui s'élevait en pente douce.

– O grands seigneurs, marmonna-t-il sur un ton funèbre, vos ennemis sont si puissants et si nombreux! Et je ne suis pas un guerrier, mes maîtres, je serais incapable de faire du mal, ne l'oubliez pas, je vous en prie.

Ashakh le frappa. Ce n'était pas une taloche mais un coup brutal qui catapulta le petit amaut ahuri contre l'angle du boyau. Kleph resta tapi là où il était tombé, protégeant sa tête derrière ses bras en laissant échapper un sifflement d'alarme, une sorte de gazouillement spectral, aigu et ténu. Aïéla le prit par l'épaule, effrayé par ce déchaînement de violence, et son effroi ne s'atténua pas lorsqu'il leva les yeux vers Ashákh. L'iduvé, adossé au mur, s'agriffait à la pierre. Ses yeux aux reflets roses que masquaient à moitié ses paupières étaient pâles.

Alerté par le crépitement d'une petite avalanche de gravier, Aïéla fit volte-face en sortant vivement son pistolet. Kleph, qui était en train de se relever, se pétrifia.

– Même si vous éteignez cette lampe, l'avertit le kallia, je pourrais encore vous arrêter avant que vous n'atteigniez la sortie. Jusqu'à maintenant, je me suis interposé entre Ashakh et vous. Ne poussez pas ma générosité au delà de ses limites.

– Eloignez-le! gloutonna Kleph dans sa langue. Eloignez-le!

Aïéla jeta un coup d'œil à l'iduvé et la vue du visage glacé et égaré de ce dernier lui donna la chair de poule : Ashakh, le plus brillant des *nasithi*, le maître cérébral des ordinateurs d'*Ashanomé*, le navigateur qui calculait la course de l'astronef, n'avait plus sa raison. Bien que kallia, Aïéla percevait son *takkhénès*, la force intérieure de cet homme, un élan vital qui emplissait l'obscur et étroit passage, en guerre ouverte avec tout ce qui n'était pas *nas*.

Une lente vibration commença à rayonner de l'*idoïkkhé* et la panique grandit dans l'esprit d'Aïéla à mesure que cette trépidation épousait le rythme des battements de son cœur. Ses asuthi qui la percevaient essayèrent de s'accrocher mais il les repoussa. Le sol meurtrissait ses genoux, les graviers lui brûlaient les paumes, le pistolet échappa à sa main droite paralysée. Kleph, ses yeux gris-vert écarquillés, fit mine de s'en emparer.

La douleur cessa. Il frappa l'amaut de la main gauche et Kleph se pelotonna à nouveau contre la paroi, protestant de son innocence : il avait seulement voulu rendre service.

Aïéla, Aïéla. Les asuthi s'inquiétaient de son sort mais, faisant la sourde oreille, Aïéla se releva d'un bond. Ashakh était toujours à la même place, les traits hagards, et le kallia pressentit que l'iduvé n'était pour rien dans la torture qui lui avait été infligée, qu'il l'avait, au contraire, abolie. Il l'empoigna pour le retenir. Le corps à la fois mince et lourd d'Ashakh était secoué de frissons et il s'en fallut de peu qu'il ne s'écroule. L'iduvé serra si fort les épaules d'Aïéla que le sang se retira de ses mains. Ses yeux dépourvus de blanc étaient fixes et vitreux.

– Tchaïkhé, balbutia-t-il. Tchaïkhé, *nasith-tak, prha-Ashanomé-ta-é-takkhé, au,* Tchaïkhé... Aïéla, Aïéla-*kameth*...

– Je suis là.

– Un être... dont le contact est d'*Ashanomé* mais qui m'est inconnu... *il,* il sonde... hypothèse : Téjef, Téjef un-et-non-un, Khasif... Tchaïkhé... Tchaïkhé... contrôlant une machinerie, une force vitale magnifiée, insensible... *é-takkhé, é-takkhé, é-takkhé!*

Arrêtez-le! projeta Isande dans un cri d'angoisse. *Arrêtez-le! Il a le cerveau dérangé, il peut mourir...*

Il... a besoin de quelque chose? s'étonna Daniel. Il

exécrait Ashakh du plus profond de son humanité. Téjef avait une certaine compassion mais Ashakh était aussi impitoyable que les machines d'*Ashanomé*. Et Daniel se réjouissait avec perversité qu'il souffre.

Daniel, qu'est-ce qui vous prend? s'exclama Isande, horrifiée.

Aïéla coupa le contact : si ses asuthi se querellaient, il risquait de devenir fou. La présence d'Isande – abasourdie et en proie à la crainte de Daniel – demeurait d'un côté et celle de l'humain de l'autre, dévoré par la haine, haine des iduvé d'*Ashanomé*, haine de la mort. Tout était cristallisé autour de cela – la haine de la mort à laquelle il avait été envoyé par des êtres comme Ashakh et Chimèle qui n'aimaient rien, ne craignaient rien et n'avaient besoin de personne.

– Ashakh.

Aïéla plaqua brutalement le corps flasque de l'iduvé contre la paroi. Le choc parut réveiller celui-ci mais plusieurs secondes s'écoulèrent avant que ses yeux perdent leur fixité et qu'il revienne à lui. Il parut alors embarrassé, repoussa Aïéla et rajusta son vêtement.

– *Niseth,* j'ai perdu la face devant vous, dit-il en évitant le regard du kallia.

– Non. Je crois que vous m'avez sauvé la vie.

D'une inclinaison du menton, Ashakh rendit hommage à la courtoisie du kallia et tapota l'arme fixée à sa ceinture en contemplant l'amaut d'un air pensif. Que ce dernier ait été témoin de son effondrement était pour lui une condamnation et jamais Kleph n'avait été aussi près de la mort. Il l'ignorait mais son instinct lui dicta l'attitude appropriée : il se fit le plus petit possible, se gardant de manifester la moindre apparence de satisfaction.

– Vous avez raison, Aïéla, fit Ashakh. Vous étiez en danger mais ce n'était qu'un effet secondaire, des impulsions désordonnées. Même à ce moment, j'éprouvais la sensation de quelque chose d'incohérent, une dissociation insurmontable. Téjef dirigeait son esprit vers nous et jamais je n'avais senti sa présence de façon aussi forte. C'est presque un être de l'extérieur... pas au sens d'*é-nasuli* mais d'*é-iduvé.* Je n'arrive pas à séparer les esprits. Ils... lui... Tchaïkhé... sont intégrés aux machines... leurs pulsions... il est difficile de débrouiller cet inextricable écheveau. C'est une étrangeté douloureuse... troublante...

– Peut-être a-t-il été trop longtemps parmi les humains, suggéra Aïéla sans se soucier de la muette indignation de Daniel.

Ashakh fronça les sourcils.

– Vous êtes un *m'métané* et il y a des bornes que vous n'êtes pas censé franchir. Téjef est redoutable et, quels que soient les ordres de Chimèle, vous n'avez pas d'obligations envers moi. Vous sacrifier sans motif est déraisonnable et j'aurais sans aucun doute à affronter sa colère si je lui désobéissais. Si vous pouviez m'aider véritablement, il en irait différemment mais l'arrivée de Téjef à Weissmouth a modifié la situation. Elle ne l'envisageait pas quand elle vous a donné ses instructions.

– Mes asuthi sont à bord de ce navire.

– *Au,* kameth, que voulez-vous faire? J'aurai déjà assez de mal à me défendre et je ne pourrai pas vous protéger indéfiniment de lui. Si ma tentative échoue, et il est certain qu'elle échouera, vous resterez avec *ça* à votre poignet et cette arme ridicule à votre côté. En premier lieu, vous me gênerez et, au bout du compte, vous mourrez pour rien.

Aïéla posa la main sur le pistolet qui attirait les sarcasmes d'Ashakh et, serrant les dents, dévisagea l'iduvé avec détermination.

– Nous autres kallia ne sommes pas des tueurs,

dit-il. Mais cela ne signifie pas pour autant que nous ne nous battions pas pour sauver notre peau.

Ashakh eut un sifflement de dérision.

– *Au.* Les kallia peuvent se donner le luxe de préserver la vie depuis que nous sommes venus mettre de l'ordre sur vos mondes. Mais Téjef ne reculera devant rien pour me détruire. S'il réussit, vous serez réduit à l'impuissance. Ce serait avec joie que je vous ferais cadeau de mon arme mais, comme vous voyez, elle n'a pas de contrôle extérieur. Vous ne pourriez ni la régler ni tirer. Non, Chimèle a donné ses ordres et je présume qu'elle m'a sacrifié comme elle a sacrifié Khasif. Elle m'a défendu d'entrer en rapport avec Tchaïkhé mais vous n'êtes pas lié, vous, pas cette interdiction. Je ne tiens pas à ce que vous participiez à mon *sérakh*, encore que j'en serais honoré. Je préférerais que vous mettiez Tchaïkhé en contact avec vos asuthi qui sont à bord du vaisseau de Téjef.

Ecoutez-le! l'exhorta Isande, rayonnante de joie et de soulagement. Mais la volonté de résistance d'Aïéla coupa court à ses espérances.

– Non, dit-il. Je vous accompagnerai.

Il s'attendait que la morsure de l'*idoïkkhé* le punisse de son insolence, mais Ashakh se contenta de le regarder avec désapprobation.

– *Tékasuphrê,* laissa-t-il tomber. Chimèle avait raison de dire que vous étiez imprévisible.

– Je vous accompagnerai à moins que vous ne m'en empêchiez.

Le sourire que cette déclaration fit naître sur les lèvres d'Ashakh était plus inquiétant encore que son froncement de sourcils.

– Eh bien, va pour une *vaïkka-dhis,* kameth. Nous ferons ce que nous pourrons et Téjef s'en repentira avant que Chimèle ne réduise cette misérable planète en cendres.

– *Aï,* seigneur! gémit Kleph.

Il porta aussitôt les mains à sa bouche, épouvanté d'avoir laissé échapper cette exclamation intempestive.

Puis il éteignit sa lampe et tenta de prendre la fuite. Aïéla ne put que le rattraper par son vêtement mais Ashakh arrêta net le fuyard d'un mouvement du bras. Il l'aurait étranglé si le kallia n'était pas intervenu. L'iduvé laissa choir l'avorton.

– Debout! ordonna Aïéla à Kleph qui, ramassé sur lui-même, se balançait en geignant.

Il le souleva par le col. L'autre se laissa faire mais en gardant les yeux obstinément baissés tandis que des borborygmes s'échappaient de sa gorge.

– Cette personne est intouchable, déclara Ashakh.

Dans sa langue, le mot était *é-takkhé*, c'est-à-dire hors *takkhénès*.Il n'existait pas en iduvien de vocable plus proche du concept d'ennemi et une flamme meurtrière brillait dans les yeux habituellement placides d'Ashakh.

– Il est à moi, dit Aïéla.

– Gardez-le.

Ashakh n'en dit pas plus. Les iduvé faisaient peu de cas des querelles oiseuses et s'abstenaient de s'immiscer dans les choix délibérés d'autrui.

Mais qu'est-ce qui vous prend? C'était Isande dont la pensée s'infiltrait à travers les écrans d'Aïéla. *Que faites-vous?*

Il la chassa d'un froncement de sourcils mental. *Ce n'est pas juste, ce n'est pas juste!* insista-t-elle en battant en retraite. *Ecoutez-moi, Aïéla.*

Le kallia empoigna Kleph par le bras et le secoua rudement :

– Est-ce que vous me croyez, maintenant? Que ce monde soit réduit en cendres, cela vous laisse-t-il indifférent? Si vous ne le voulez pas, conduisez-nous au port. Peut-être pourrons-nous l'empêcher. Est-ce que vous avez compris, cette fois?

– Oui. (Kleph regarda Aïéla droit dans les yeux : cela ne lui était pas encore arrivé depuis l'apparition d'Ashakh.) Oui, maître.

L'amaut passa devant lui pour ouvrir la marche. Son front bas était si plissé de rides que ses cheveux décolorés arrivaient presque au ras de ses yeux et ses lèvres minces ne cessaient de remuer. Aïéla ne savait pas très bien ce qu'il était exactement capable de comprendre et il souhaitait presque que le petit amaut trouve le moyen de leur fausser compagnie quand ils atteindraient le port.

Que faites-vous, Aïéla? projeta Isande. *Pourquoi mettez-vous un blocage?*

Aïéla décrocha. La pitié était dangereuse. S'il commençait à s'y abandonner, les écrans sauteraient les uns après les autres. Il fallait que, pour un temps, il soit aussi glacé que l'iduvé. Qu'il soit capable de tuer.

Il se remémora fugitivement la civilisation policée d'Aus Qao où la délinquance était généralement la manifestation d'un dérèglement purement personnel, où le vol était exclusivement le fait des êtres de l'extérieur et des riches astucieux, où le meurtre était une anomalie, une aberration ayant pour sanction immédiate la restructuration du coupable. Depuis cinq mille ans, jamais un officier kallirien n'avait fait usage d'une arme mortelle sur Aus Qao.

Le pourrait-il? Il en doutait. Ashakh, lui, n'hésiterait pas à tirer sans même imaginer que cela pût faire problème : il ne faisait que répondre aux impératifs du *takkhénès.* Il était en quelque sorte innocent. Un kallia devait, lui, en appeler à toute la violence de la haine avant de pouvoir passer à l'acte.

Il était incapable de tuer, et cette conviction qui se faisait de plus en plus clairement jour en lui l'affolait. Sa conscience exigeait qu'il fasse part de cette faiblesse à Ashakh avant qu'elle ne lui coûte la vie, mais quelque chose – l'*arastiéthé* ou la peur, il ne savait lequel des deux – scellait ses lèvres. La *giyrêh* était inapplicable avec cette créature : s'il essayait de s'expliquer, l'iduvé se séparerait de lui. Tout ce qu'il pouvait faire était de s'accrocher à sa conscience et à son *kastien* et de rester aux côtés d'Ashakh aussi longtemps qu'il le pourrait.

14

Rakhi transpirait à grosses gouttes. La sérénité du *parédré* d'*Ashanomé* s'imposait et se dissolvait par à-coups au rythme saccadé d'un contact mental hésitant avec l'appareil à projection. Mais ce n'était pas une projection. Pendant les temps morts, l'air oppressant était imprégné d'une pestilentielle odeur de brûlé. Rakhi occupait un corps féminin, il éprouvait l'intensité du *takkhénès* de la vie dont celui-ci était le réceptacle, une impatience étrange alors qu'il n'y avait ni mouvement ni intellect développé – ce n'était que la forme d'existence la plus primitive mais qui avait une précieuse personnalité. Ses nerfs frémissaient d'une rage froide. Des lumières pâlissaient, des lumières flamboyaient, des écrans s'illuminaient et s'éteignaient. Il n'osait faire autre chose que de suivre le mouvement, fusionner, guider par moments l'esprit fatigué de Tchaïkhé quand elle bronchait. Elle était dotée de membres démesurés, son esprit recouvrait cent circuits. Il ressentait ce qu'elle ressentait chaque fois qu'elle effleurait et manipulait psychiquement les contacts, transférant l'énergie d'un système à l'autre avec la coordination fluide d'un organisme vivant.

Et il percevait les impacts crachés par l'armement de Téjef sur le vaisseau/corps, les ruissellements d'énergie sur les boucliers, une déperdition de puissance exigeant un vaste effort pour équilibrer la défense et faire face à l'affaiblissement, à l'usure, à la destruction de la cité. Il commençait à paraître évident que le navire de Téjef, un petit *akitès*, surclassait la puissance de feu des deux unités de moindre taille dont disposait Tchaïkhé. Son habileté et son efficacité stratégique lui permettraient de prolonger le combat mais elle était dans l'incapacité de lancer une action offensive. Téjef ne pouvait pas percer ses boucliers car les navires de reconnaissance et de transfert du type de ceux dont elle avait le commandement étaient puissamment protégés mais leur armement combiné, s'il convenait pour raser une ville, était sans effet contre un *akitès*. Le chronomètre continuait inexorablement à grignoter les secondes. Le temps d'*Ashanomé* glissait vers les ténèbres et le soleil Kej, à des années-lumière de distance, avait déserté la mer ambrée de Thiphrel : l'ombre envahissait la plaine littorale à l'est du mont Im, avançait vers l'antique Cheltaris. Le temps de Priamos s'égrenait plus lentement mais il n'en restait plus guère. Depuis minuit, neuf heures s'étaient déjà écoulées. Encore trois, et Priamos flamberait comme une nova, Priamos périrait.

On avait coupé le système de refroidissement partout, sauf dans la salle de commandes, et tout éteint, à l'exception du panneau de contrôle. Dans le navire-base, Tésyel et son équipage s'agglomé-raient sur la passerelle où la température était de cinq degrés plus basse que dans le poste de commandes de Tchaïkhé. Les amaut qui entouraient Tésyel souffraient cruellement de la chaleur. Apathiques, allongés sur le plancher, ils tamponnaient leur peau sèche avec des linges humides. Les communications étaient presque totalement interrompues. Seuls les capteurs qui maintenaient le champ de force et les boucliers fonctionnaient à plein régime.

L'attaque, maintenant, marquait le pas. Cela se produisait à intervalles irréguliers et Tchaïkhé enclencha le réducteur automatique du navire secondaire. Mais les palpeurs au sol décelaient quelque chose qui bougeait dans une zone considérée comme déserte. Tchaïkhé projeta son esprit vers l'image et la silhouette sombre d'un iduvé se forma sur l'écran. Non, cette ombre mince aux mouvements prompts n'était pas un humain. L'impact de *takkhénès* le confirma. A ce contact, la silhouette hésita et Tchaïkhé capta la férocité caractéristique d'Ashakh.

Les ordres de Chimèle! émit Rakhi. *Coupez la liaison, vite!* Dans le *parédré,* Chimèle s'était levée d'un bond, le visage assombri par la fureur. Sa rage, relayée par Rakhi, fit tressaillir Tchaïkhé mais ses réflexes avaient joué avant qu'elle eût enregistré le conseil de bon sens de celui-ci : elle se remit en configuration d'attaque et lança un assaut massif contre les boucliers de Téjef.

Réfléchissez! intervint Rakhi. *Rien ne peut survivre au milieu de ces torrents d'énergie. Arrêtez avant de tuer Ashakh.*

Elle réduisit brusquement le déferlement. La riposte détériorait les systèmes. Et elle prépara de nouveaux plans. Mais dans une autre partie de son esprit, elle savait qu'Ashakh était toujours vivant et qu'il mourrait si elle maintenait ses boucliers déployés comme elle était obligée de le faire. *Avertissez-le, avertissez-le. Espère-t-il que je vais abaisser mes défenses pour lui et mourir? Que fait-il?*

Calmez-vous! Rakhi grimaça devant la furie qui habitait l'esprit de Tchaïkhé. La *m'mélakhia* de la *nasith* pour Ashakh livrait un combat sans merci contre sa *m'mélakhia* pour l'enfant qu'elle portait. La violence de cette fureur emportait toute raison. *Tuez!* L'impulsion irradiait dans tout son être mais l'entêtement de Rakhi lui fit recouvrer son contrôle d'elle-même et elle se projeta en esprit pour suivre l'avance d'Ashakh.

Des humains ineptes se glissaient hors de leurs abris comme si des dizaines et des dizaines de cadavres, humains et amaut mêlés, ne suffisaient pas pour leur faire comprendre le péril qu'il y avait à se montrer à découvert près des vaisseaux qui s'affrontaient. Et ces créatures obtuses suivaient Ashakh et ses deux compagnons.

Tchaïkhé identifia l'être à la peau d'azur qui marchait à côté de l'iduvé. En revanche, qui était le petit amaut qui les escortait?

Tésyel, demanda-t-elle par le truchement de l'*idoïk-khé, avez-vous envoyé un* okkitan-as *à Weiss-mouth?*

– Négatif, répondit le nas kamé en vocal. Nous n'avons pas eu le temps. Je décèle celui-là mais je ne le connais pas.

C'était un amaut priamide! La légèreté d'Ashakh l'atterrait. Devant le manque de *m'mélakhia* pour *Ashanomé* dont il faisait preuve en s'encombrant d'un pareil serviteur, son visage s'enflamma. *Ashakh!* Il ne pouvait pas recevoir sa pensée mais le *takkhénès* véhicula peut-être sa fureur : Ashakh, en effet, marqua une hésitation et leva les yeux vers le vaisseau.

Soudain, il se plia en arrière et tomba en faisant en même temps le geste de dégainer. Tchaïkhé poussa un sifflement de colère, comprenant ce qu'avaient fait les humains : ils avaient tiré dans le dos du *nasith.* Ashakh fit feu. Dans un rayon d'une centaine d'*ehsim,* la plaine se transforma en un globe de feu. Une poignée d'humains et un bâtiment amaut s'étaient volatilisés après que la sphère embrasée eut implosé et se fut éteinte. La luminosité était maintenant étrange. Sous le ressac de l'énergie libérée, les boucliers d'absorption de Téjef devinrent incandescents. Tchaïkhé réagit instantanément en voyant les lointaines silhouettes du nas kamé et de l'amaut qui halaient Ashakh pour le mettre à l'abri. Elle déchaîna sa puissance de feu contre les défenses de Téjef. Elle avait beau sonder, son esprit ne captait plus rien, la conscience d'Ashakh était inaccessible, et une rage frénétique s'empara d'elle – la volonté de tout détruire, d'obliger *Ashanomé* à anéantir l'*akitès*, le port, toute la population... Si son *sra* devait périr, il était digne d'un tel *sérakh* – lui, elle, Ashakh et son enfant.

– Non! (Le hurlement de Rakhi vrilla son esprit.) Chimèle l'interdit! Chimèle l'interdit, Tchaïkhé!

Elle exhala un gémissement de fureur et capitula. Mais une autre impulsion s'empara d'elle, l'impétueux désir d'infliger sa *vaïkka* à la puissance contre laquelle Ashakh et elle se battaient, que ce fût Chimèle ou que ce fût Téjef.

Tchaïkhé! cria Rakhi. Son esprit irradiait la terrible colère de Chimèle mais, enfermée dans le cocon glacé de son *arastiéthé*, Tchaïkhé transféra brutalement l'énergie alimentant les écrans aux systèmes de transmission, semant la dévastation dans les circuits mentaux du navire, jusqu'à ce qu'elle parvienne à se brancher sur le réseau de communication de la ville. Toute l'opération fut effectuée en un éclair. Elle captait maintenant une rumeur de voix amaut terrifiée.

Prenez garde à ce que vous allez faire, l'avertit Chimèle par le truchement de Rakhi. Mais son *takkhénoïs* avait perdu de sa férocité. Il acquiesçait, nourrissait la volonté de Tchaïkhé et la renforçait dans sa résolution, à présent qu'elle avait l'esprit clair.

– Ouvrez le système de communication public de la ville, ordonna Tchaïkhé.

Quand l'amaut terrorisé qui en avait la charge lui eut confirmé que le réseau était à sa disposition, elle commença sur un ton uni :

– Je suis le plénipotentiaire de l'Orithaine... (La

formule déclenchait l'épouvante des décrets iduvé depuis l'aube de la civilisation de la *métrosi.*) Salut à Priamos. Nous vous soumettons notre ultimatum. Si l'iduvé rebelle ne nous est pas livré avant midi, nous procéderons sur Weissmouth et sur la planète à toutes les destructions nécessaires à sa capture ou à sa liquidation. Si cette colonie fait cause commune avec lui, elle sera éliminée. L'évacuation est impossible pour des raisons d'ordre logistique et nous vous conseillons fermement d'éviter la plaine qui est extrêmement périlleuse. J'ai dit.

Ce fut avec satisfaction que Tchaïkhé enregistra la réaction : c'était le chaos. Des appels s'entrecroisaient dans tous les sens, amaut qui demandaient des instructions, officiers en plein désarroi et, de temps en temps, une voix humaine, incompréhensible et chargée d'angoisse.

La panique s'était déclenchée. Elle allait se communiquer d'un bout à l'autre de la cité, gagner les galeries souterraines et chaque poste de commandement de la colonie amaut. *Vaïkka,* exultait Tchaïkhé. *Maintenant, ils ont compris que nous sommes là.* Et le fait de savoir que ces pitoyables créatures étaient en pleine débandade engendrait en elle le désir – un désir qui la faisait trembler – de poursuivre sa *vaïkka* plus avant. Mais d'autres devoirs l'appelaient. Téjef. Téjef était l'objectif.

L'attaque reprit, vaine *vaïkka* de Téjef en réponse aux dommages infligés aux amaut qui s'étaient placés sous sa protection. Aïéla avait transporté Ashakh hors du rayon d'action des armes des vaisseaux et le cœur de Tchaïkhé se dilata de joie quand elle perçut que son nasith reprenait conscience.

Non! émit Rakhi. *Chimèle a interdit que vous entriez en contact avec lui.*

L'assaut redoublait d'intensité. Certains systèmes avaient des défaillances. L'heure n'était pas aux disputes.

La riposte fut brève. Et lorsque la lueur qui auréolait les vaisseaux iduvé s'éteignit, les humains se risquèrent à nouveau en terrain découvert. Quand il les vit avancer, Aïéla sortit son pistolet et fit feu pour les arrêter provisoirement. Ils ne s'étaient pas encore rendu compte que son arme était inoffensive et il craignait qu'ils ne mettent pas longtemps à s'en apercevoir – dès que le premier qu'il avait visé se relèverait. Mais il était impossible de faire fonctionner l'instrument iduvé, cette sorte d'ovoïde noir et allongé, autrement que par contrôle mental.

– Repartons, s'il vous plaît, repartons, supplia Kleph. Regagnons la sécurité de l'obscurité, ô maître.

Un petit projectile éclata à peu de distance et l'amaut se roula en boule en poussant des gémissements plaintifs – ce n'était plus qu'un nœud de bras et de jambes.

C'était vraiment trop près. Aïéla empoigna Ashakh par un bras et enjoignit sèchement à Kleph de l'imiter. Pour la première fois, l'amaut obéit de bon cœur à un ordre et tous deux se hâtèrent de tirer l'iduvé jusqu'à la cave d'où ils avaient émergé un peu plus tôt. Leur seule source de lumière était la lampe de Kleph et la vague clarté qui venait de la porte. Les explosions ébranlaient les fondations de l'édifice. De toute part retentissaient les hululements des sirènes.

Ashakh, enfin, remua. Il avait eu des retours de conscience intermittents mais sans reprendre vraiment ses esprits. Sa blessure aurait vraisemblablement été mortelle pour un kallia mais son cœur, situé au milieu de sa poitrine, continuait de battre avec force. Ses yeux, quand il les ouvrit, étaient clairs et son regard lucide.

– C'était une arme humaine? demanda-t-il.

– Oui.

– *Niseth,* fit le fier iduvé pour la seconde fois. *Au, kameth, Téjefu – prha-idoikkhé...*

– Il n'y a pas recouru.

Cette réponse intrigua vivement Ashakh et Aïéla lut la perplexité dans ses yeux. Tant bien que mal, et malgré les protestations du kallia, il glissa les mains derrière son dos.

– Ou Téjef est trop occupé pour s'intéresser à vous ou c'est Tchaïkhé qui vous a protégé, kameth. Je pencherais pour la seconde hypothèse. Ce serait une grave erreur de la part de Téjef.

– Tchaïkhé lui a donné des raisons de se faire du souci. Les haut-parleurs ont transmis sa proclamation sur toute la plaine. (Elle a averti Priamos du sort qui l'attend. Et je ne doute pas que la ville soit aussi au courant. Cela a été aussitôt le sauve-qui-peut général. Seule une poignée d'irréductibles est restée sur place. Nous avons vu un appareil essayer de décoller.

– Il s'est fracassé contre les boucliers, précisa Kleph en écarquillant les yeux. Il s'est transformé en torche, ô grand seigneur.

– *Tékasuphrê.*

Ashakh se borna à ce commentaire et s'assit. L'effort devait être fort douloureux mais il n'en laissa rien paraître. Il souffrit en silence tandis qu'Aïéla le bandait à l'aide du mouchoir de Kleph. Il avait extraordinairement peu saigné mais sa peau, normalement froide, était brûlante, et il semblait avoir la tête ailleurs. L'esprit avait une telle part dans la vie des iduvé qu'Aïéla se demanda si celui d'Ashakh ne s'était pas déconnecté pour remplir d'autres fonctions, pour réparer son corps.

– Vous avez besoin d'assistance et je ne sais que faire, lui dit-il. Est-ce que vous êtes gravement atteint?

La question était maladroitement formulée. Aïéla s'en rendit compte instantanément car le visage d'Ashakh s'assombrit et l'*idoïkkhé* entra en action. Mais sa morsure n'était qu'un chatouillement à peine perceptible. Bien que l'*arastiéthé* l'interdît, ce fourmillement était un signe d'emportement.

– Je voulais dire, corrigea Aïéla, que j'ignore quel organe est touché et que je ne sais pas comment vous soigner. Pour un kallia, ce serait une blessure sérieuse mais je ne connais rien à l'anatomie des iduvé.

– C'est douloureux, convint Ashakh, et cela nuit forcément à ma concentration. Je regrette, kameth, mais je vous avais avisé de tenter de joindre Tchaïkhé à la première occasion. Je vous rappelle que j'avais prédit ces événements.

– J'ai appris depuis longtemps qu'il est inutile d'espérer que quelque chose de censé puisse sortir d'un échange de vues entre les iduvé et les kallia, dit Aïéla tandis que ses asuthi s'efforçaient de le convaincre d'accepter la suggestion d'Ashakh. Mon intérêt est lié à mes asuthi et à vous, et, avec Tchaïkhé, je ne pourrais pas faire grand-chose, ni pour eux ni pour vous.

Ashakh fronça les sourcils.

– Vous êtes un kameth, pas un *nas*.

Aïéla haussa les épaules. Discuter avec un iduvé ne servait à rien. La seule chose qu'ils ne pouvaient combattre était le silence. Il se contenta de se tourner vers Kleph qui, profitant de ce qu'on l'avait oublié, rampait vers l'entrée obscure de la galerie.

– Restez là où vous êtes!

– Mais je n'avais pas...

Brusquement, l'amaut ouvrit et referma la bouche, et recula précipitamment. Ashakh porta la main à sa ceinture mais son arme était maintenant glissée dans celle du kallia qui l'avait récupérée lorsqu'elle était tombée.

Toshi, Gerlach et deux humains, bloquant l'embouchure du tunnel, les mettaient en joue.

Tire! cria Daniel. Mais Isande conjura Aïéla de n'en rien faire.

Maudissant son imprévoyance, Aïéla se leva avec

dignité et sans hâte, laissa tomber à terre l'arme d'Ashakh et la sienne, puis se baissa pour aider l'iduvé qui paraissait résolu à se mettre debout. Kleph haussa les épaules et s'épousseta d'un air affairé comme si sa présence était la chose la plus naturelle du monde.

– Que je suis content, maître! s'exclama-t-il à l'adresse de Gerlach. Puis-je vous aider à vous assurer de ces personnes?

Aïéla n'avait encore jamais vu un amaut céder vraiment à la colère mais Gerlach répondit par un grondement féroce, on eût dit qu'il crachait à la face de Kleph qui, grimaçant de peur et de rage, battit en retraite pour se mettre hors de la portée du *bnêsych.*

– Kleph à double visage et à double langage, vous êtes responsable de ce désastre.

Gerlach paraissait prêt à se jeter sur Kleph mais il se contint et se tut. Il sembla prendre pour la première fois conscience de la situation en voyant Ashakh se dresser de toute sa taille, croiser placidement les bras et le toiser de haut en bas.

– *Prha,* kameth? demanda-t-il à Aïéla, son *arastiéthé* lui interdisant de s'adresser directement à des êtres tels que Gerlach et Toshi.

– Gerlach sait bien que s'il vous tuait, le *karsh* Gomek le paierait cher, seigneur, répondit le kallia. Tous ses vaisseaux dans l'Esliph et dans la *métrosi.* S'il a tant soi peu de sagesse, il laissera les iduvé s'occuper des affaires des iduvé.

– Nous voulons Priamos, se récria Gerlach. Priamos avec ses champs en bon état.

– Cela ne pourra se faire que si vous vous tenez à l'écart.

– Si mes seigneurs avaient la bonté de se soumettre, je ferais en sorte que ce conflit soit effectivement réglé par les iduvé eux-mêmes, par le seigneur de Priamos.

– Vous avez mal choisi votre allégeance.

– Nous n'avions qu'un seul choix, rétorqua Gerlach. Nous savons que le seigneur-de-Priamos veut que cette planète demeure intacte et que le seigneur-qui-est-au-dessus-de-Priamos veut nous anéantir. Peut-être est-ce le mauvais choix mais c'est celui que nous avons fait. Nous savons ce que nous avons à attendre du seigneur-qui-est-au-dessus-de-Priamos, si nous perdons la protection du seigneur-de-Priamos. Nous sommes un petit peuple. Nous nous abritons dans l'ombre qui nous est offerte et seul le seigneur-de-Priamos projette de l'ombre sur ce monde.

Aïéla estima que c'était à Ashakh de répondre mais l'iduvé se contenta de regarder fixement le petit amaut. Evidemment, discuter n'eût mené nulle part. Quand on n'avait par d'argument convaincant à faire valoir, l'*éléthia* imposait le mutisme. Et, en attendant, il ne restait plus à Gerlach qu'à suer sang et eau pour tenter d'émouvoir un seigneur des étoiles qui n'était pas d'humeur à argumenter.

– Surveillez-les, lança soudain le *bnêsych* à Toshi. J'ai d'autres affaires qui m'appellent. (Il escalada quatre à quatre les marches non sans pousser un nouveau grognement en passant devant Kleph.) Celui-là, abattez-le au moindre prétexte, dit-il en se retournant vers Toshi avant de disparaître.

– Quel bénéfice retirerez-vous de tout cela? demanda alors Aïéla dans l'idiome humain aux deux mercenaires. Qu'avez-vous à gagner sinon un monde en cendres?

– Nous vous connaissons, fit celui qui avait le teint sombre. Votre dernière visite dans cette ville, à vous et à vos compagnons, nous a coûté trois bons amis.

– Mais qu'avez-vous à espérer de Téjef? insista le kallia.

L'autre haussa les épaules ainsi que le faisaient les humains.

– Nous ne vous écouterons pas.

Comment puis-je lui faire entendre raison, Daniel?

Inutile. Ses kaméthi ont choisi de faire cause commune avec Téjef.

Ils ont de la giyrêh.

Crois-moi, ils n'hésiteront pas à te tuer sur place. Si Ashakh s'effondre, cette diablesse de petite amaut les lancera à la curée et ils n'auront pas plus qu'elle pitié de toi.

Aïéla jeta un coup d'œil inquiet à Ashakh qui avait reculé avec la plus grande dignité jusqu'au mur de brique et s'était adossé à l'angle de la maçonnerie, les bras croisés sur la poitrine, un pied posé sur un morceau de tuyau. L'iduvé contemplait simplement les humains et Toshi. Il paraissait capable de leur sauter à la gorge mais, quelques instants plus tôt, il était dans un état de prostration complet et Aïéla avait le sentiment peu encourageant que c'était pure arrogance iduvé, que seule l'*arastiéthé* le maintenait debout. Et cela ne serait pas éternel.

Il y avait quelque chose d'anormal à bord du navire. Des amaut couraient dans tous les sens dans la coursive et la lumière avait des à-coups. Derrière la vitre de l'infirmerie, îlot de sécurité, Arle voyait l'agitation devenir frénésie. Il y eut une nouvelle coupure de courant et elle se précipita sur les batteries d'instruments alignés devant le lit de Margaret en se demandant avec angoisse si leurs variations tenaient à la panne ou si c'était parce que l'état de Margaret s'aggravait. Elle dormait depuis si longtemps...

(« Tu restes. Tu surveilles », lui avait enjoint Téjef avant que le vaisseau, avec des secousses à vous donner la nausée, eût pris l'air et se fût à nouveau posé. Pendant tout ce temps, l'horrible petit chirurgien amaut, Dlechish, n'avait pas quitté le chevet de Margaret.)

Dlechish n'était plus là, maintenant, et Arle était seule dans l'infirmerie depuis que les lumières avaient commencé à s'affoler. Elle était cependant soulagée d'être délivrée de la présence des amaut.

Mais comme Margaret était pâle! Comme sa respiration était pénible! Quand les instruments avaient des ratés, Arle agrippait le bord de son siège inconfortable et retenait son souffle jusqu'à ce que les lignes reprennent leurs zigzags réguliers sur les écrans. Les appareils eux-mêmes, elle en ignorait tout, mais ces lignes étaient la vie de Margaret et si elles s'arrêtaient, c'était l'existence de Margaret qui s'interromprait.

Les lumières vacillèrent encore une fois. Margaret s'agita dans son sommeil, s'efforçant de remuer malgré les contentions qui la maintenaient et les tubes dont elle était prisonnière. Arle essaya de l'immobiliser mais elle ne fit que se débattre plus violemment pour se dégager de ses entraves. Elle commença à libérer sa main droite. L'enfant se répandit en supplications mais Margaret était en proie au délire. Elle se mit à pousser des cris de douleur.

Arle se précipita sur l'interphone.

– Téjef!

Comme son appel demeurait sans réponse, elle sortit dans l'espoir de trouver quelqu'un, un garde, n'importe qui, et, haletante, elle s'élança de pièce en pièce.

La quatrième porte qu'elle essaya d'ouvrir cracha un amaut qui baragouina quelque chose d'incompréhensible en la menaçant de son arme. La fillette poussa un cri d'effroi et ses yeux s'arrondirent quand elle vit qui gisait dans la pièce, inconscient ou mort, ligoté et cerné d'instruments étranges.

Elle tenta de se mettre hors d'atteinte de l'amaut mais celui-ci la happa par un bras qu'il tordit sauvagement, puis il la lâcha. Arle lui lança une ruade et fila mais entra en collision avec un homme vêtu de noir. Elle leva la tête et ne se rendit compte que c'était Téjef qu'au moment où la main de l'iduvé s'écrasa sur sa figure.

Sous le choc, elle perdit l'équilibre, se fit mal à la mâchoire en tombant et ses oreilles tintèrent. Pourtant, bien qu'étourdie et contusionnée, elle savait que ce n'était qu'une taloche, qu'un accès de mauvaise humeur passager. Avec un sanglot farouche, elle se releva et retourna en courant à l'infirmerie, vers Margaret et la sécurité.

Téjef l'avait suivie. Il tourna l'angle de la coursive au moment où elle se barricadait et elle se pétrifia d'horreur quand la porte s'ouvrit sans que Téjef eût même touché la serrure. Elle bondit vers le lit de Margaret au bord duquel elle se laissa choir, hors d'haleine, s'efforçant de ne pas regarder l'iduvé, de faire comme s'il n'était pas là. Elle n'avait pas d'autre défense.

– Tu es blessée? lui demanda-t-il.

Elle fit non de la tête. Il ne fallait pas parler à Téjef quand il était en colère, c'était le conseil que lui avait donné Margaret. Elle était malade de peur.

– J'ai dit rester avec Margaret, *m'métané-tak*. Je fais erreur sur le sens de... *rester?*

– L'état de Margaret empirait. J'ai cru que c'était vous qui étiez là-bas. Je vous demande pardon.

– Moi? (Téjef avait l'air fort surpris, déconcerté même, et il caressa doucement du bout des doigts la marque brûlante qu'avait laissée la gifle sur la joue d'Arle.) Tu es une petite fille, Arle. Une petite fille doit obéir.

– Oui, monsieur.

– *Niseth.* Je regrette de t'avoir frappée.

Elle leva les yeux, comprenant qu'il était sincère, et devina qu'admettre qu'il avait eu tort l'embarrassait terriblement. C'était cela, être un homme : ne pas avoir tort. Son père était pareil.

– Téjef, murmura Margaret. (Elle avait ouvert les yeux.) Téjef, où sommes-nous?

– Toujours sur Priamos.

Comme si c'était un geste très difficile, Téjef prit dans sa main les doigts que Margaret tendait vers lui.

– J'ai eu l'impression que nous bougions.

– Oui.

Elle parut totalement désemparée. Poussant un soupir à peine audible, elle serra plus fort la main de l'iduvé, mais celui-ci se dégagea doucement et se saisit d'une seringue. Les lumières recommencèrent à papilloter. Les instruments tremblaient dans ses mains.

– Monsieur! s'écria Arle, prête à se lever.

Le courant revint et Téjef reprit ses préparatifs. Il s'approcha du lit et, ignorant les questions dont le pressait l'enfant à propos des lumières et des appareils, il administra une piqûre à Margaret et attendit qu'elle fasse son effet.

– Téjef, implora Margaret d'une voix assoupie.

Il serra les lèvres et son regard resta un moment fixé sur les appareils. Mais il finit par se pencher pour que les lèvres de Margaret effleurent sa joue. Il lui rendit délicatement son baiser, se redressa et, émettant un très léger sifflement, sortit de l'infirmerie. On entendit le bruit de ses pas s'éloigner dans la coursive.

Quand Arle se tourna vers elle, Margaret, apaisée, était endormie.

– Il reste une heure, temps de Priamos, annonça Rakhi.

Alors, laissez-moi l'utiliser sans me mettre de bâtons dans les roues, répliqua Tchaïkhé sans prendre la peine ni de vocaliser ni de bloquer sa pensée. Ces rappels périodiques de Rakhi nuisaient à sa concentration et amoindrissaient son efficacité. Elle avait sa propre horloge interne et la comparer à celle de son *nas* lui était une gêne.

L'épuisement abaisse votre efficience, émousse vos perceptions et vous rend très irascible, Tchaïkhé. Lui-même paraissait quelque peu tendu. Chimèle était à ses côtés, telle la prémonition du désastre imminent. *Je sais que vous êtes fatiguée, à bout de nerfs. Moi aussi. Il est absurde de vous opposer à moi.*

Allez-vous-en. Tchaïkhé s'arracha à la console, abandonnant les commandes manuelles et mentales. C'était une imprudence. Si, depuis une demi-heure, les assauts de Téjef étaient moins fréquents, ils n'étaient pas moins violents pour autant. Il savait, lui aussi, de combien de temps il disposait et il devait certainement économiser ses réserves au maximum pour une offensive de dernière minute.

– Pensez-vous donc que cet homme qui nous a imposé une si longue traque aura finalement un comportement prévisible ?

Rakhi contint son impatience. Il combattait les caprices de sa mauvaise humeur fouettée par l'adrénaline en s'astreignant à une froide précision qui était étrangère à sa nature mais dont il savait faire preuve quand il en décidait ainsi.

En définitive, vous avez un peu du sang de Chaxal dans les veines, Rakhi, émit Tchaïkhé, hors d'elle. *On croirait entendre Ashakh ou Chimèle.*

Reprenez votre place, lui intima-t-il avec rudesse, *et rappelez-vous que Téjef a suffisamment d'*arastiéthé *pour choisir son heure. Quelles chances a-t-il de tenir plus longtemps que nous avec* Ashanomé *au-dessus de sa tête ? Il sait qu'il est condamné mais il fera tout pour que sa mort nous soit une médecine amère. Ce n'est pas le moment de perdre son sang-froid,* nasithtak.

Tchaïkhé eut un mouvement de colère mais elle était sensible au langage de la raison et elle balaya les instruments du regard, recensant pour Rakhi les indications sur l'affaiblissement des niveaux d'énergie et les circuits brûlés. *J'ai fait tout ce qu'il était raisonnablement possible de faire avec ce petit bâtiment, Rakhi, et, appartenant à l'Ordre des Artistes, j'estime avoir rempli ma tâche au delà de toute espérance.*

– Absolument, *nasith-tak.*

Au point où nous en sommes, Ashakh lui-même ne pourrait pas maintenir ce navire en état opérationnel, poursuivit âprement Tchaïkhé. *Chimèle savait de quelle puissance nous disposions respectivement, moi et Téjef. Or, elle a retiré un vaisseau qui aurait pu être ici. Elle aurait pû me fournir des moyens d'attaque et pas seulement de défense. Ne suis-je qu'un appât,* nasith? *N'étais-je qu'un leurre et m'a-t-elle abusée comme elle a abusé Khasif et Ashakh à coups de vérités tronquées?*

– Impertinence! fit Chimèle quand Rakhi lui eut relayé ces propos.

L'impact de sa colère était inquiétant.

M'avez-vous menti?

– Votre question n'a pas été entendue et votre attitude est ignorée, *nasith.* Quelle que soit l'utilisation que je fais de vous, j'entends ne pas être contestée. Obéissez à mes ordres.

Dites-lui que mes boucliers commencent à être défaillants.

– Tenez-vous-en à mes ordres.

Hommage à Chimèle, projeta sombrement Tchaïkhé – mais Rakhi ne traduisit pas l'amertume de son ton. *Dites-lui que la difficulté que je lui cause m'honore. Mais je me conformerai, bien sûr, à ses instructions. Honneur à* Ashanomé *et aux derniers d'entre nous. Soyez prudent, Rakhi. Que vive le* nasul!

Rakhi cessa de traduire. *Une* katasthé *devrait faire preuve de plus de respect envers quelqu'un qui peut la détruire ou la bannir pour toujours. L'honneur de l'Orithaine est l'honneur* d'Ashanomé. *Etes-vous* takkhé? *Au, Tchaïkhé, êtes-vous* takkhé?

Je suis dhisaïs! gronda-t-elle. *Je suis* akita! Même Chimèle n'a pas pouvoir sur moi!

Rakhi décrocha un instant pour dominer les impulsions qui le secouaient. Son sang roulait plus impétueusement, troublé qu'il était par l'*haratchia* de Chimèle, et sa rigueur forcée lui mettait les nerfs à vif.

Nous devrions tous les deux porter des tuniques rouges, émit-il, mais l'humour habituel de son contact mental était maintenant timide et conciliant. *Ne me harcelez pas davantage, Tchaïkhé.*

Autour du vaisseau, les écrans, une fois encore, flamboyèrent sous l'impact d'une nouvelle attaque et quand leur incandescence vacillante mourut en passant par toutes les nuances du spectre, ce fut comme une surnaturelle aurore sous le soleil proche du zénith. Tchaïkhé, ressentant l'agonie du navire, frémit, déchirée par de furieuses impulsions de *sérakh* et de mort, en guerre ouverte avec la vie qu'elle portait dans ses flancs.

Raisonnez! lui enjoignit le bon sens masculin de Rakhi.

Tésyel! Elle activa l'*idoïkkhé* du kameth du navire-base pour un dernier message. *Je vous laisserai assez d'énergie pour vous protéger et quitter la zone planétaire. Vous n'êtes pas nécessaire au* sérakh. *Un monde suffira amplement. Agissez pour votre survivance.*

– Etes-vous blessée?

L'anxiété vibrait dans la voix kallirienne de Tésyel. C'était un homme de qualité mais il avait comme ses semblables tendance à s'impliquer personnellement dans les tragédies des autres. Peut-être dans les méandres de son éthique kallirienne, considérait-il que, tout *m'métané* qu'il fût, il avait subi une sorte de *niseth* en se montrant incapable de détourner le malheur d'*Ashanomé*. Dans certaines circonstances, un kallia avait une vive *m'mélakhia* de responsabilité.

Non, je ne suis pas blessée et vous êtes relevé de toute responsabilité, kameth. Vous avez fait preuve à mon service d'une grande éléthia. Je vous restitue à présent à votre nasul. *Ne prenez aucune initiative sans consulter* Ashanomé.

– Je suis honoré de vous avoir servi, répondit tristement le kameth dans un crépitement de parasites. Mais si je...

Le reste fut noyé par la statique. Un instant plus tard, les boucliers claquèrent. La salle de commande s'éteignit quelques secondes. Tchaïkhé tenta désespérément de remettre en marche les mécanismes défaillants en neutralisant les systèmes de sécurité.

L'attaque reprit. La puanteur du métal surchauffé était insoutenable. Les lumières vacillèrent et leur intensité baissa. Une sonorité plaintive, qui était presque une vibration harmonique, parcourait les œuvres vives du vaisseau. Il était en panne d'énergie.

Tchaïkhé, que le manque d'air faisait suffoquer, actionna mentalement les tambours du sas. Les batteries de secours touchaient, elles aussi, à leur fin. Titubant, à demi asphyxiée, elle s'efforça de trouver la porte en tâtonnant dans l'obscurité et la fumée. Elle s'écroula.

La première chose dont elle eut conscience, ce fut des supplications de Rakhi s'efforçant de lui insuffler sa volonté, de communiquer une volonté nouvelle à son corps sans force. Puis elle perçut quelque chose d'autre – une présence dans la coursive et sa *m'mélakhia* l'aida à se relever pesamment. Vacillant sur ses jambes, elle chercha une arme dans le noir.

– C'est interdit par Chimèle, lui rappela Rakhi.

Interdit? Qu'est-ce qu'elle veut faire encore?

Elle ne savait plus où elle en était. La fumée lui piquait les yeux, la faisait pleurer. Elle se rua à l'aveuglette dans le couloir.

La forme d'un amaut trapu se dessinait dans la clarté diffuse du sas. Jamais auparavant Tchaïkhé n'avait senti quoi que ce fût de réellement dangereux chez un non-iduvé mais cet être était environné d'une aura menaçante et la *m'mélakhia* glacée et repoussante qui émanait de lui agressait sa sensibilité exacerbée par la situation critique qu'elle vivait. Elle avait déjà capté des esprits kalliriens, particulièrement à l'occasion du *katasukké,* ce qui était là un talent suspect et dont on ne se vantait pas, *é-tchanokhia.* Les kallia étaient une pépinière de tensions et d'inhibitions enchevêtrées mais qui se caractérisaient par un ordre rigoureux. Cette créature, elle, était venimeuse.

– *Bnêsych* Gerlach à votre service, haute dame, se présenta l'amaut avec un profond salut.

Tchaïkhé ressentit la quasi-*takkhénès* de l'enfant qu'elle portait en elle. Ses lèvres frémirent. Son champ de vision se brouilla à la périphérie et la vulnérabilité de ce Gerlach lui apparut clairement. Elle pourrait lui rompre le cou avec une merveilleuse facilité. Il verrait venir sa mort et sa terreur serait un régal.

Non! lui cria Rakhi. *Reprenez-vous, Tchaïkhé. Contrôlez-vous. Soyez calme.*

La *m'mélakhia* se cristallisa un bref instant sur son asuthé – savoureuse, satisfaisante, embaumant le sang.

Je suis vous! protesta Rakhi, horrifié. *Ce n'est pas raisonnable.*

Il souffrait le martyre. Leur *arastiéthé* était « une » et, pour vivre, chacun devait transiger. C'était une situation qui défiait la raison.

Laissez-moi, l'implora-t-elle.

Gerlach la dévorait des yeux et les ordres de Chimèle lui interdisaient de porter remède à cette indignité.

Rakhi était impuissant à décrocher. Leur *arastiéthé* commune lui faisait éprouver la même peur, la même honte, la terreur du mal qui pouvait être infligé à l'enfant, il sentait physiquement son *takkhénoïs* – toutes choses logiquement impossibles.

Est-ce cela que les m'métanéï *appellent la* m'mélakhia *de l'un pour l'autre?* se demanda-t-il dans le tumulte de son esprit où se bousculaient les pensées. *Au, je me noie, Tchaïkhé, j'étouffe et je suis trop las pour faire l'effort de décrocher. S'il vous touche, je crois que je vais vomir.*

Gerlach était devant elle. Des flammes avaient envahi la coursive et les systèmes de la salle de commande étaient trop endommagés pour circonscrire l'incendie. La fumée prenait à la gorge. Le navire se désagrégeait. Gerlach empoigna Tchaïkhé et la tira. La rupture des circuits avec lesquels elle était mentalement en contact la désorienta et la plongea dans le désarroi.

Lâchez, la pressa Rakhi, *lâchez, lâchez!*

Elle se retira en elle-même, se ferma à l'environnement extérieur. Elle eut la vision fugitive du *parédré* d'*Ashanomé.* Puis Rakhi s'intériorisa à son tour et tout s'effaça. Toute force avait déserté ses membres. Les mains rugueuses de Gerlach s'emparèrent des siennes et le souffle lui manqua quand il la balança en travers de son épaule. Pendant un instant, ce fut un passage à vide total. La secousse douloureuse qui l'ébranla quand Gerlach trébucha la libéra brutalement.

Tuez-le! Les échos caverneux de la voix de Rakhi se répercutaient dans les corridors sans fin. Les ongles durs de Chimèle qui s'enfonçaient dans leurs épaules à l'un et à l'autre leur ordonnaient de recouvrer leur calme. D'autres esprits venaient à la rescousse : celui de Raxomeqh, froid et lucide, ceux d'Achiqh, de Najadh, de Tahjekh, infimes lucioles ponctuant des ténèbres sans bornes. Mais Tchaïkhé se concentrait délibérément sur l'horreur qu'était Gerlach, son onctuosité, son déhanchement grotesque, sa respiration poussive et sifflante, elle s'ouvrait à ce que les *m'métanéï* appelaient la haine, une désunion *é-takkhé,* un désir dépassant la *vaïkkanasul,* une convoitise au delà de toute raison.

Dhisaïs, dhisaïs, lui rappelait Rakhi, et les ordres de Chimèle se nouaient, s'emmêlaient dans son esprit. *Restez encore quelque temps, Tchaïkhé. Reprenez-vous!*

Elle n'avait jamais été traitée de la sorte. Même dans la féroce frénésie du *katasakké,* nul ne l'avait contrainte à se laisser toucher contre sa volonté. Les *m'métanéï* subissaient-ils cet avilissement en devenant *kaméthi,* en participant à la *katasukké?* Cette seule idée l'épouvantait.

Arrêtez, lui ordonna la pensée frémissante de Rakhi. *Au, Tchaïkhé, c'est obscène.*

Mâle... lui... il – dhisaïs, dhisaïs, akita – *je... le tuerai. Mon honneur... à moi... mâle, mâle, mâle,* é-takkhé, *je...*

Les poings de Rakhi martelèrent le bureau... douleur, douleur, plastique qui s'écaille, sang qui sourd, poignets déchirés. Le choc physique retentit dans le corps de Tchaïkhé. Ses propres poignets étaient ouverts, elle sentait le sang chaud couler sur ses mains et la tension s'atténuer.

Nous, répétait inlassablement Rakhi. *Nous, ensemble, nous.*

Au cours des dernières minutes, Ashakh n'avait pas bougé. Aïéla le regarda intensément, se demandant combien de temps encore il parviendrait à tenir debout. L'iduvé immobile était adossé à l'angle que faisait la maçonnerie, les bras étroitement serrés sur la poitrine, les yeux clos. Il faisait trop sombre dans la cave pour qu'il fût possible de dire s'il avait recommencé à saigner. Par moments, ses paupières se relevaient et le globe lumineux que Toshi portait au poignet éveillait des brasillements rosâtres dans ses yeux. L'arme que la petite amaut pointait sur eux ne vacillait pas. Aïéla commençait à craindre que la situation ne tarde pas à se dénouer, que l'affaiblissement grandissant d'Ashakh ne mette fin à l'impasse – et c'en serait fait d'eux.

Il faut que tu te précipites au-dehors, lui conseilla Daniel. *Quand Ashakh s'écroulera, cela monopolisera leur attention. Alors, fonce. Isande, Isande, raisonnez-le !*

Laissez-moi en paix. Aïéla songeait à quelque chose d'autre : prendre les devants et attaquer avant que nécessité ne fasse loi. Toshi portait un pansement, souvenir, sans nul doute, de l'embuscade tendue par Kleph à la sortie du quartier général. Et si celui-ci, pour l'instant pelotonné sur lui-même à côté d'Ashakh, avait la volonté de se battre, il pourrait la neutraliser – d'eux trois, il était désormais le seul à avoir la vigueur voulue. Restaient les humains. Aïéla s'efforça de les jauger en se demandant quelles chances il aurait contre eux.

Bien peu, estima Daniel. *Tu n'as pas l'instinct qu'il faudrait. Décampe et va retrouver Tchaïkhé. Si tu ne peux plus émettre, nous serons séparés, Isande et moi, et autant dire que ce sera la mort pour nous. Sans toi, il ne nous restera rien.*

Isande ne discuta pas mais le message qu'elle envoya eut encore plus de poids et il déchira le cœur d'Aïéla. Le kallia hésita.

Les paupières d'Ashakh battirent.

– Vous avez encore une alternative, dit-il à Toshi. Vous pouvez jeter vos armes et sauver votre vie.

La jeune amaut eut un rire nerveux et gloussant. Les humains ne réagirent pas : ils n'avaient pas compris.

– Il vous dit de filer d'ici, traduisit Aïéla.

Les deux hommes considérèrent Ashakh comme s'ils étaient prêts à s'esclaffer mais ils changèrent d'avis. L'humour iduvé était une chose qui échappait aux extérieurs et qui passait au-dessus de leur tête quand il se manifestait. Un frisson glacé parcourut Aïéla quand il se rendit compte qu'Ashakh se livrait à une *vaïkka*. Son expression était rigide et il ne bluffait absolument pas : sa mort était vraisemblablement imminente et l'*arastiéthé* lui interdisait d'avoir un comportement inconvenant en un moment pareil.

L'un des humains prit ses jambes à son cou. Toshi ne se laissa pas distraire par sa fuite.

Une lueur aveuglante jaillit, puis ce fut la nuit et la cave s'effondra dans un vacarme assourdissant. Aïéla et Kleph se roulèrent en boule pour tenter de se protéger de l'avalanche de gravats et de briques et le kallia, qui ne savait pas quel poids pouvait représenter la masse de ciment qui les surplombait, crut un instant que sa dernière heure était arrivée. Un gros bloc lui tomba sur la tête, lui meurtrissant les doigts – il se protégeait le crâne de ses mains –, mais, songeant à Ashakh, il s'approcha de lui à quatre pattes pour tenter de le mettre à l'abri.

D'un seul coup, le jour entra par la brèche qui avait été la porte. Toute la partie de la cave où se terraient Toshi et le second humain n'était plus qu'un impénétrable monceau de décombres.

Ashakh, sanglant et couvert de poussière, se mit debout avec effort et, vacillant sur ses jambes, s'accota au rebord de l'escalier.

– *Niseth,* dit-il. L'effet a considérablement dépassé mes calculs.

Sur quoi, il fut pris d'une défaillance et serait tombé si Kleph et Aïéla ne l'avaient soutenu et aidé à monter les marches.

– Que s'est-il passé, grand seigneur? balbutia l'amaut quand ils furent à l'air libre.

– Aïéla, fit l'iduvé en luttant pour recouvrer sa respiration, redescendez et tâchez de retrouver nos armes.

Le kallia dévala l'escalier et entreprit de fouiller le tas de décombres, redoutant, tandis qu'il écartait les briques, que le reste de la voûte ne s'écroule. Il avait compris : Ashakh avait actionné par contrôle mental l'arme qu'il avait laissé choir avec tant de désinvolture.

Il n'eut pas de mal à récupérer son propre pistolet. Celui d'Ashakh paraissait intact, lui aussi.

– Détérioré, déclara l'iduvé sur un ton de regret quand Aïéla le lui eut remis. (Son visage indigo avait pris une teinte grisâtre et il eut de la difficulté à glisser l'instrument dans sa ceinture.) Tchaïkhé...

Mais il ne put en dire davantage. Il repoussa Kleph avec une telle brutalité que le petit amaut en eut le poignet froissé et se mit en marche d'un pas mal assuré, sourd aux protestations de ses compagnons. Devant eux se déployait l'étendue plate et nue du port. La rampe du vaisseau de Tchaïkhé était sortie. Le navire-base se dressait un peu plus loin. Plus près, celui de Téjef. L'écoutille en était ouverte et l'on distinguait une silhouette rabougrie qui se dirigeait péniblement vers sa coupée.

– Revenez, ô grand seigneur, supplia Kleph. Revenez, laissez-moi vous aider.

L'hésitation d'Aïéla fut brève : l'iduvé n'avait peut-être plus sa raison mais la rampe était baissée et l'accès du vaisseau était possible. Le soleil approchait du zénith et ils n'auraient pas une seconde chance. Il s'élança pour rattraper Ashakh et Kleph, exhalant un piaillement de détresse, se mit à courir à son tour. Il prit l'iduvé sous le bras tandis que le kallia, qui tenait Ashakh de l'autre côté, s'efforçait de l'empêcher d'épuiser ses forces dans trop de hâte.

Ashakh, une lueur de folie dans ses yeux violets, le frappa mollement mais, se rendant compte qu'Aïéla ne voulait que le soutenir, il s'appuya sur lui sans plus chercher à résister. Mais au bout de quelques *méïs*, il apparut à l'évidence qu'il était à bout de force. Son *arastiéthé* ne pliait pas mais son corps délié le trahissait. Ses genoux s'affaissèrent sous lui et, sans le robuste Kleph, il aurait chaviré.

– Il ne faut pas rester là! s'écria l'amaut avec affolement. O seigneur nas kamé, conduisons-le jusqu'à l'autre navire et demandons-leur de nous laisser entrer.

Ashakh se dégagea de son étreinte, fit encore quelques pas, puis tomba sans pouvoir se relever.

– Partons! cria Kleph.

C'était ce que commandait l'instinct de survie. Le navire-base décollerait avant qu'*Ashanomé* ne frappe. Daniel et Isande plaidaient dans le même sens, eux aussi. Mais l'objectif d'Ashakh était devant leurs yeux : une écoutille ouverte qui constituait leur meilleure – et leur dernière – chance.

– Portez-le au grand vaisseau, ordonna Aïéla à Kleph en prenant le pas de course. Il fera jouer le mécanisme de verrouillage par commande mentale. Montez à bord... Vite!

Il se dit qu'il avait au moins sauvé la vie d'Ashakh car Kleph, qui voyait en celui-ci la garantie de sa propre sécurité, ne l'abandonnerait pas, et le petit amaut aux jambes torses était assez vigoureux pour soutenir jusqu'au bout le corps lourd et musclé de l'iduvé.

Aïéla, Aïéla! Oh non, Aïéla!

Sourd aux lamentations d'Isande, Aïéla courait, calculant la distance qui les séparait, lui et l'amaut ployant sous le poids de son fardeau, de l'écoutille béante. Il avait une chance d'arriver jusqu'à elle. L'effort lui déchirait la poitrine, sa tête bourdonnait mais il pourrait peut-être l'atteindre un instant avant que l'iduvé, maître du navire, ait le temps de le tuer.

Faites une diversion, ordonna-t-il à ses asuthi. *N'importe quoi... une tentative d'évasion quelconque. Je vais avoir besoin de toute l'aide possible. Détournez de moi l'attention de Téjef.*

Daniel jeta un coup d'œil circulaire en quête d'une arme, arracha une chaise de son ancrage et, hurlant comme un fou, commença à en assener des coups violents sur l'écran de surveillance, la porte, les murs, pour tenter de faire le maximum de dégâts.

Que seulement un humain de l'équipage s'amène! Une rage meurtrière l'animait. La facilité avec laquelle il avait basculé dans cet état d'esprit mit Aïéla et Isande mal à l'aise. Cela éveillait en eux quelque chose de primitif qui leur faisait honte.

Isande se mit en devoir d'arracher la plaque du commutateur dans l'espoir d'y déceler un point faible, quelque chose qui déclencherait une alarme, si insignifiante soit-elle, mais Aïéla était incapable de lui donner des conseils. Il ne pouvait penser à autre chose qu'à l'amaut qui, maintenant, essayait de courir malgré son fardeau.

Soudain, il vit ce que le *takkhénoïs* d'Ashakh lui avait déjà fait percevoir à distance.

Le paquet vert que portait l'amaut était une femme au teint indigo vêtue de la tunique des *katasathé.*

Bien que son pistolet ne fût pas conçu pour tuer, l'idée de tirer sur une femme enceinte le fit réfléchir – la commotion et la chute risquaient d'être fatales à la *katasathé.*

Brusquement, l'amaut fit volte-face. L'arme serrée dans la main avec laquelle il soutenait Tchaïkhé était, elle, tout à fait mortelle.

Aïéla tira – ses réflexes avaient été plus rapides que ses mécanismes de décision – et tous deux, l'amaut et la femme iduvé, s'affaissèrent, inertes.

Pas question de s'arrêter pour porter secours à Tchaïkhé. Aïéla, comprimant son flanc douloureux, n'interrompit pas sa course. Il escalada en titubant la rampe à la surface glissante sur laquelle il dérapait, n'osant l'activer de crainte d'alerter Téjef. L'écoutille était devant lui. Si elle se refermait, il risquait d'être coupé en deux.

Elle ne se referma pas. Il faillit s'écrouler dans le sas et se jeta à corps perdu dans la coursive déserte où ses bottes éveillaient des échos caverneux.

La griffe de l'*idoïkkhé* le déchira – lente pulsation qui s'amplifiait progressivement, débilitante. Sa coordination se dissocia et il bascula. Il s'efforça d'assurer sa prise sur son pistolet, cette arme indispensable, attendant, espérant que Téjef surgisse. Ah! si seulement l'iduvé pouvait commettre une fois l'erreur d'être trop présomptueux!

Laissez-moi! Retirez-vous! cria-t-il à ses asuthi qui tentaient de s'interposer entre lui et la douleur.

Quelque chose était en train de se briser. La lumière était redevenue stable depuis quelque temps mais, maintenant, un violent fracas retentissait dans la coursive, un vacarme assourdissant qui traversait même le sommeil où les drogues avaient plongé Margaret. Elle était de plus en plus agitée et la main caressante d'Arle ne l'apaisait pas.

Quelqu'un poussait des cris, assourdis par la distance. Ils furent plus audibles quand la fillette eut ouvert la porte de l'infirmerie.

C'était la voix de Daniel, Daniel qu'elle avait entendu hurler pareillement sous les coups des amaut et ces chocs lui rappelaient le bruit que Margaret avait fait en tombant lorsque Téjef l'avait frappée. Margaret disloquée par un seul coup involontaire...

Elle se précipita vers le compartiment, au coin de la coursive, d'où provenait ce tintamarre. Ses genoux flageolaient quand elle l'atteignit. Ce fut à peine si elle réussit à réunir assez de courage pour actionner le mécanisme mais quand la porte s'ouvrit, elle se jeta en arrière avec un hurlement à la vue de la chaise transformée en projectile qui se fracassa à côté d'elle. Soudain, Daniel fut là. Il se jeta à genoux, aida Arle à se relever, palpa anxieusement sa tête meurtrie et la serra contre lui à la broyer pour faire taire ses sanglots. Puis, se redressant sans la lâcher, il se rua sur la plaque d'ouverture d'une autre porte.

Une femme comme Arle n'en avait encore jamais vu vint à leur rencontre. Sa peau avait la couleur du ciel d'été, sa chevelure celle du soleil vu à travers des duvets de chardon. Mais la tendresse possessive avec laquelle elle étreignit Arle comme si c'était une parente insoupçonnée était encore plus stupéfiante.

– Khasif..., fit-elle en la prenant par le bras. Un homme comme Téjef, un iduvé... l'as-tu vu, Arle? Sais-tu où il est?

Elle avait une parfaite maîtrise du langage humain, ce qui abasourdit l'enfant : elle n'avait pas souvent entendu des étrangers capables de prononcer ne fût-ce qu'un mot dans sa langue. En outre, la familiarité affectueuse de son attitude qui semblait pour elle aller de soi était si déroutante qu'Arle était dans l'incapacité d'aligner deux pensées cohérentes.

– Arle! la supplia Daniel à son tour.

La fillette tendit le bras.

– La porte du milieu, Daniel! cria-t-elle, car ce dernier s'était déjà précipité avec la femme vers la pièce qu'elle leur avait indiquée.

Elle fit quelques pas pour les suivre, puis hésita, ne sachant plus que faire.

Le kameth ne résistait plus. Les doigts de sa main

gauche se crispaient spasmodiquement mais il n'avait plus la force de saisir son pistolet. D'un coup de pied, Téjef envoya l'arme rouler au loin et, écrasant sous sa botte l'épaule du kallia, l'immobilisa sur le dos.

Il ne restait plus guère de vie en lui et l'*haratchia* de cette force le paralysait mais quel intérêt y avait-il à tuer quelqu'un qui ne pouvait rien sentir ou à commettre l'acte *é-tchanokhia* qu'était la destruction d'un kameth? Les paupières du kameth palpitèrent imperceptiblement mais Téjef doutait qu'il fût conscient. L'abandonnant là où il gisait, l'iduvé se dirigea vers le sas. Il était presque midi. Chimèle avait lancé son ultime assaut et Téjef éprouvait une intense satisfaction en songeant que la *vaïkka* de l'Orithaine avait échoué, même s'il était fatal qu'elle le détruise. Soudain, il eut le sentiment d'un grand vide. Les esprits s'étaient brusquement tus autour de lui, le *takkhénès* était presque dissipé et cet impressionnant silence lui glaçait le cœur.

Il y eut un effleurement mental, à peine sensible, égaré. Quelque chose qui s'éveillait. Féminin.

Tchaïkhé.

Téjef activa l'écran de surveillance sur lequel apparut l'image du port. Il y avait quatre silhouettes dont trois qui bougeaient – un nabot amaut qui – quelle ignominie! – halait le corps inerte d'Ashakh, trop grand pour un pareil avorton; Gerlach allongé, immobile, devant la rampe et quelque chose de vert qui revenait lentement à la conscience et essayait faiblement de se lever.

Kasathé. L'*haratchia* de la tunique verte fit à Téjef l'effet d'un coup de massue : il avait tiré sur celle qui lui avait jadis été *nas!* Le spectacle de la belle Tchaïkhé, gisant dans la poussière, enchevêtrée au corps grotesque de l'amaut, était pitoyable. Pareille prisonnière était un grand honneur pour un *nasul*, une capture de choix pour un *katasakké* ou un *katabérihé* avec un Orithain, la vie qu'elle portait en elle enrichirait le *dhis* de ses vainqueurs, une grande *vaïkka* si le *nasul* pouvait la plier à sa volonté.

Une si longue solitude, la privation de toute compagne... Les illusions des kaméthi se fondirent en ce qu'elles étaient *–é-tchanokhia,* le vide.

Elle se mit debout et leva la tête. Le *takkhénès* effleura Téjef et son impact lui serra les entrailles. Tchaïkhé sembla se rendre compte qu'il l'observait et la fureur grandit en elle, s'enfla en une rage d'une violence irrésistible.

Il fallait qu'il la tue. Si abominable que fût cette idée, il fallait qu'il la tue. Il se troubla, hésita entre la commande de l'écoutille et le magasin d'armes. Cette indécision même était douloureuse.

Il toucha mentalement la commande de fermeture, puis d'autres mécanismes et, dans son incertitude, renonça et recula, comprenant qu'elle allait monter à bord – *dhisaïs, é-takkhé* avec lui. Il ne pouvait pas la laisser faire! Sa raison lui disait que l'affronter constituait un risque mais, maintenant, il ne pouvait plus employer d'armes contre elle. Elle gravissait la rampe avec une parfaite maîtrise de ses mécanismes. Il se prépara à la dessaisir de leur contrôle.

Le *takkhénès* l'atteignit de plein fouet, un impétueux torrent de *nous* d'une force incroyable, c'était comme si une multitude d'esprits – pas seulement celui de Tchaïkhé, pas seulement celui d'Ashakh qui était d'ailleurs silencieux – l'assaillaient. Des milliers d'esprits qui se ruaient en même temps sur lui et que Tchaïkhé focalisait à l'instar d'une lentille, on eût dit le *takkhénès-nasul* d'*Ashanomé* tout entier, avide de sa mort, le déclarant *é-takkhé,* monstrueux, ignoble, et le condamnant à la solitude, une solitude cosmique.

Un écho brouillé vint en renfort, d'où émanait

l'essence même de Khasif. Sa source était à gauche, au même niveau. Sentant cette présence se renforcer, Téjef projeta désespérément sa pensée vers les tambours intermédiaires – il fallait à tout prix les maintenir fermés.

Ils se déclenchèrent, s'ouvrirent les uns après les autres. Khasif se rapprochait, l'esprit alerte à présent, animé d'une fureur dévastatrice qui n'avait cependant pas la virulence de celle qu'irradiait Tchaïkhé.

Froide et inéluctable, la mort plongeait ses racines en lui. Seule sa haine de Chimèle l'en protégeait. Khasif? Tchaïkhé? Il n'avait la force d'affronter ni l'un ni l'autre, il était écartelé entre eux deux.

Et il sentait que Chimèle le savait.

L'esprit en déroute, il se retourna pour prendre les commandes manuelles afin de décoller, animé par la volonté auto-destructrice d'anéantir l'*é-takkhéï* avec lui.

– *Nasith!*

L'image de Tchaïkhé investissait les écrans. C'était elle qui en avait maintenant le contrôle. Son gracieux et sombre visage le contemplait. Les portes n'obéissaient plus aux ordres mentaux de Téjef – il les ouvrit à la main et s'élança au pas de course.

La dernière céda avant qu'il l'eût touchée. Khasif était derrière elle avec les kaméthi Isande et Daniel. La réaction de Téjef fut plus rapide que sa pensée : il se rua sur l'iduvé encore affaibli par son inactivité prolongée et ses blessures. Les kaméthi s'avancèrent pour tenter de le retenir.

Quand Téjef fit volte-face pour se dégager, il se trouva face à face avec Isande. L'image de Margaret fusa dans son esprit et ce fut elle qui amortit la force du coup qu'il s'apprêtait à porter.

Un cri de colère. C'était l'asuthé qui l'avait poussé, le kallia qui avait surgi en trébuchant, l'arme au poing. Les yeux de Téjef s'écarquillèrent. La prescience de ce qui allait arriver l'habitait.

Aïéla fit feu de la main gauche. Isande et Téjef s'écroulèrent en même temps. Il voulut se précipiter mais force lui fut de se cramponner à la cloison pour rester debout. Ce fut Daniel qui releva Isande, lui répétant inlassablement qu'elle était vivante. Khasif les dominait de toute sa taille. D'un bref coup d'œil, il avertit Aïéla au moment où un bruit de pas légers retentissait derrière lui.

Tchaïkhé.

Respirer était de plus en plus difficile, se concentrer impossible. L'arme échappa de la main d'Aïéla.

– Elle est *dhisaïs,* dit Khasif. Et vous avez agi imprudemment en vous ingérant dans les affaires des iduvé, kaméthi. Vous avez contrarié la *vaïkka.*

Sauve-toi! projeta Daniel avec affolement.

Isande était lourde dans ses bras. Il banda ses muscles pour prendre la fuite.

Non! protesta Aïéla. Adossé contre le mur, il ferma les yeux pour rompre le contact avec Tchaïkhé mais il se risqua à les rouvrir en l'entendant se mouvoir.

Elle avait tourné les talons et se dirigeait vers la salle de contrôle.

Les portes se refermèrent derrière elle. Khasif poussa un long sifflement assourdi en regardant Téjef.

Les moteurs du navire commencèrent à trépider.

– Nous allons décoller, murmura Khasif. Téjef aura à rendre des comptes à Chimèle. C'est peut-être là la plus grande *vaïkka.* Mais vous avez été imprudent, kameth.

– Ashakh! s'exclama Aïéla, reconnaissant à peine sa propre voix. Ashakh... il est toujours dehors.

– Tésyel, qui commande le navire-base, lui fera rejoindre *Ashanomé.* Je vais lui donner des ordres en ce sens. Pour Priamos, rien ne presse, désormais. Mais nous, nous devons nous hâter. Gardez-vous bien, kaméthi.

15

Le *mélakhis,* assisté de l'assemblée du *nasul* réuni en sa totalité dans l'immense salle qui prolongeait le *parédré,* était en séance. Le *parédré* lui-même et des centaines de Chimèle dont les reflets diffractés se répondaient en se projetant d'un bout à l'autre de la longue travée centrale au milieu d'une mer de visages indigo dont certains n'étaient, eux aussi, que des projections. On n'entendait pas un murmure car les iduvé rassemblés en sympathie ne communiquaient pas avec des mots. Le *takkhénès* imprégnait l'atmosphère, dense et épais dans l'air qu'il alourdissait au point qu'il était malaisé de respirer et, plus encore, de parler. Les sons semblaient parvenir de lointains abyssaux.

Et ce silence écrasait les quelques *m'métanéï* perdus au milieu du *nasul.* Des centaines, des milliers de visages indigo formaient une muraille autour du *parédré* au centre duquel se tenaient Chimèle et Khasif. Deux autres iduvé se matérialisèrent – Ashakh, silhouette sombre et élancée, et Rakhi, plus trapu et plus corpulent qui, l'un et l'autre, rejoignirent leurs pairs. La présence d'Ashakh surprit Aïéla. C'était à peine si le navire-base avait rallié son berceau et le *nasith* était déjà là! Ses blessures l'obligeaient encore à marcher avec raideur mais il était d'une propreté immaculée et n'avait plus qu'une lointaine ressemblance avec la créature couverte de sang et de poussière qui était sortie de la cave écroulée. Chimèle les salua, lui et Rakhi, avec la marque d'un profond respect.

Puis elle se tourna vers les kaméthi et leur fit signe d'approcher. Ils s'exécutèrent avec circonspection, Daniel tenant fermement Arle par l'épaule. Seuls Aïéla et Isande répondirent à la courtoise bienvenue que leur souhaita l'Orithaine : l'humain, lui, continua de la dévisager avec une colère mal contenue, colère qui se mua en panique quand elle s'empara d'un étui noir qu'elle ouvrit et qu'il y vit luire le bandeau de platine d'un *idoïkkhé*.

Non! Son esprit n'était plus qu'un nœud de refus et vif fut l'effroi de ses asuthi. Mais ils étaient à ses côtés, Arle était là : Daniel n'était pas seulement prisonnier des iduvé. Il glissa le bracelet à son poignet, éprouvant la même épouvante et le même sentiment d'impuissance qu'avait ressentis Aïéla quand le kallia en était passé par là, et une cuisante humiliation l'envahit.

Est-ce l'effet que le takkhénès *produit sur les* m'métanéï? s'interrogea Aïéla. Daniel haïssait *Ashanomé.* En vérité, il avait deux fois plus peur de Chimèle qu'il n'avait eu peur de Téjef. Mais il capitula et Aïéla lui-même ne pouvait imaginer la force d'âme qu'il fallait à un *m'métané* pour braver le *nasul.*

Vous êtes l'un et l'autre des êtres de l'extérieur, trancha tristement Isande. *Oh! Je suis contente de n'avoir jamais été harcelée par les mêmes doutes. Vous avez simplement peur des iduvé. Ne pouvez-vous pas l'admettre? Nous sommes plus faibles qu'eux. Que faut-il pour vous satisfaire?*

L'attention de Chimèle était maintenant braquée sur Arle. Elle l'étudiait avec cet air qu'Aïéla connaissait et que Daniel exécrait tout particulièrement – une concentration de rapace qui fascinait l'objet de son intérêt. Arle, pétrifiée, semblait plus hypnotisée qu'effrayée.

– Voici donc cette enfant qui avait tant d'importance pour vous, Daniel-kameth? Une importance telle que vos asuthi n'ont pas pu vous retenir.

Le cœur de Daniel battait à tout rompre dans sa poitrine et il crut qu'il allait s'arrêter quand il se rendit compte que la *vaïkka* ne retombait pas obligatoirement sur le véritable transgresseur, que la récompense et le châtiment étaient des concepts qui n'avaient pas aux yeux des seigneurs des étoiles les propriétés que leur reconnaissaient les humains. Il aurait dit quelque chose s'il avait pu trouver des mots, mais quand son regard croisa le regard d'améthyste de Chimèle, ce regard serein et impitoyable, si familier aux *m'métanéï*, il s'y engloutit. Peut-être Chimèle raillait-elle, mais aucun des kaméthi ne pouvait déceler trace d'amusement en elle – peut-être était-ce purement une *vaïkka,* la démonstration de son pouvoir.

– Elle possède une certaine *tchanokhia,* déclara l'Orithaine. Nous prendrons les dispositions voulues pour que l'on s'occupe d'elle comme il convient.

– Je peux m'en charger.

C'était ce que Daniel pouvait dire de plus mesuré.

Brusquement, une projection se matérialisa au centre du *parédré* : rouge et violet, *Tashavodh* et *Mijanothé,* Kharxanen et Thiane.

– Salut à *Ashanomé,* fit cette dernière. Avez-vous satisfaction ?

Chimèle se leva et s'inclina respectueusement.

– Vous êtes ponctuelle, ô Thiane aux nombreuses années.

– Le délai est écoulé, ô *Ashanomé,* chasseur de mondes, et Priamos n'est pas détruite. Nous avons vu des vaisseaux vous rejoindre. Je repose ma question : Avez-vous satisfaction ?

– Vous avez donc pu constater, ô Thiane, que toute intervention de notre part sur la planète Priamos a cessé avant l'heure dite, que tout le matériel et tout le personnel ont été évacués.

Agacée par cette bénigne *vaïkka,* Thiane plissa le front.

– Il n'y a qu'un seul être dont l'actuel lieu de résidence nous importe, ô *Ashanomé.*

– Eh bien, voyez.

Chimèle se tourna vers la gauche et tendit le bras. Une seconde projection naquit – celle d'un homme assis habillé de noir. Ses yeux s'écarquillèrent lorsqu'il se rendit compte de l'endroit où il était et il se mit debout. Arle poussa un cri, aussitôt étouffé, quand les doigts d'Isande se refermèrent sur son bras à le broyer.

– Cette personne appartenait jadis à *Ashanomé,* reprit Chimèle. Elle est à nouveau parmi nous et nous sommes capables de régler nous-mêmes nos différends internes. Honneur vous soit rendu, *Mijanothé,* pour la correction que vous avez constamment observée en *harathos.* Quant à vous, ô Kharxanen de *Tashavodh,* nous vous avisons qu'*Ashanomé* demeurera dans ces parages pendant un certain temps. Eu égard à l'interdiction de *vaïkka* entre vous et nous qu'a prononcée l'Orithanhé, il nous paraît approprié que le *nasul Tashavodh* cherche un autre territoire. Nous avons priorité en ce qui concerne l'occupation de ce secteur de l'espace et il n'est pas séant que deux *orith-nasuli* cohabitent si étroitement hors de l'*akkhès-nasuli* et de la foi jurée qu'il impose.

Dans le silence qui suivit cette déclaration, le froncement de sourcils qui plissait l'épais visage de Kharxanen s'accentua encore, mais il finit par faire une raide courbette.

– Salut à *Ashanomé.* Nous nous séparerons sans *vaïkka.* Ces zones n'offrent pas d'intérêt pour nous. Nous nous réjouissons qu'il plaise à *Ashanomé* de se les approprier. Cela nous paraît être un excellent moyen de dénouer la situation. Je vous dis adieu, Chimèle.

Et, sans plus de protocole, l'image de Kharxanen s'évanouit.

On eut l'impression, mais personne ne pouvait

l'affirmer avec certitude, qu'un sourire passa sur les traits de Thiane, mais il s'était effacé quand elle tourna les yeux vers l'image de celui qui se tenait debout au centre de la colonne de lumière pâle. Elle inclina la tête en direction de Chimèle.

– L'honneur est vôtre, *Ashanomé.*

Posant les deux mains sur sa canne, elle considéra l'assemblée. Son attitude attestait la haute autorité qui lui était reconnue parmi les iduvé. Chimèle se rassit d'un mouvement coulé et désinvolte, pas troublée le moins du monde par l'*haratchia* de la doyenne.

Quand le regard de Thiane revint à Téjef, ce dernier baissa la tête. Il n'y avait plus rien de farouche en lui, toute sa force l'avait déserté et il était beaucoup moins impressionnant que la vénérable iduvé.

– Il est tout près, précisa Chimèle. Nul ne l'empêche de nous rejoindre dans le *parédré.* Il n'a pas été nécessaire d'user de contrainte à son égard. Peut-être viendra-t-il vous rendre hommage, si vous l'appelez.

– Téjef, dit Thiane.

Il leva la tête. Un murmure monta pour la première fois du *nasul*, un grondement sourd et menaçant, et Téjef sortit brusquement de l'aire de projection.

Presque aussitôt, il surgit en chair et en os au milieu de la multitude de projections qui se pressaient le long des murs du *parédré.* A sa seule vue, l'effroi glaça l'esprit d'Isande mais il passa devant elle sans paraître la remarquer bien que son teint clair de kallia tranchât ostensiblement sur la foule indigo qui l'entourait. Il s'arrêta devant Chimèle et Thiane, s'inclina avec respect devant cette dernière. Lever les yeux vers elle lui coûtait visiblement.

– Si vous avez un message pour *Tashavodh*, Téjef, lui dit Thiane, je le transmettrai.

– Non, notre doyenne à tous.

A nouveau, il s'inclina pour la remercier de cette exceptionnelle marque de courtoisie.

– Les choses se sont-elles passées ainsi qu'il convenait? reprit-elle.

Téjef se tourna vers Aïéla. Mais peut-être était-il par trop déshonorant d'accuser un *m'métané*. Il n'y avait pas de colère en lui. Il ne répondit pas à la question posée.

– Vous avez vu, ô Thiane, dit Chimèle. L'*harathos* est satisfait. Désormais, il est à *Ashanomé* et c'est au *nasul* qu'il appartient de décider de son sort.

– Salut à *Ashanomé,* ancien et *akita.* Puissions-nous à jamais nous rencontrer dans l'état d'esprit qui est nôtre en nous séparant aujourd'hui.

– Salut à *Mijanothé,* clairvoyant et perspicace. Que vos entreprises vous soient profitables et que votre prospérité soit sans fin. Et salut à Thiane dont *Ashanomé* se rappellera l'honneur et la *tchanokhia.*

– Comme nous nous remémorerons l'honneur et la *tchanokhia* de Chimèle, répondit Thiane avec une joie profonde – et son image s'évanouit avant même que l'écho de ces derniers mots se fût éteint.

Alors la colère d'*Ashanomé* éclata en une houle de murmures qui rejeta Téjef au centre du *parédré.* Il s'efforça d'afficher une attitude de défi quand la foule l'entoura. Deux gardiennes du *dhis,* Tahjekh et Nophrès, sortirent leurs *ghiakaï* et les croisèrent, leurs pointes fichées dans les précieux tapis, pour l'empêcher de parvenir jusqu'à Chimèle.

Un iduvé empoigna Aïéla par le bras et les trois asuthi éprouvèrent simultanément la morsure de l'*idoïkkhé.*

– Sortez, leur ordonna Ashakh. Les *m'métanéï* n'ont pas leur place ici.

Isande fit docilement un pas pour obéir mais elle s'arrêta net car Daniel ne bougeait pas et Aïéla fut pris de terreur à l'idée de ce que l'humain se préparait vraisemblablement à faire.

Fais sortir l'enfant, le supplia-t-il.

Mais déjà c'était le chaos dans le vaste hall. Les iduvé faisaient irruption dans la zone de projection et leurs corps réels et irréels, enchevêtrés en des combinaisons kaléidoscopiques, paraissaient envahir le *parédré.* Téjef recula, il avait de moins en moins de place. Quelqu'un lui porta un coup brutal. Dans cette mêlée confuse, les kaméthi ne voyaient pas ce qui se passait.

– Halte! rugit Khasif.

Le calme se rétablit. Quand Chimèle se leva, les iduvé battirent en retraite et un pesant silence retomba.

– Téjef!

Le sifflement de défi de celui-ci fut si ténu qu'il paraissait venir d'une distance considérable.

– Une femme humaine affirme être votre compagne, commença l'Orithaine. Les blessures dont elle souffre seront soignées. Vous avez péché par négligence sur ce point mais il est vrai que vos compétences en ce domaine étaient limitées. Les amaut qui s'étaient placés sous votre protection et avaient cherché asile auprès de vous ont pris conscience de leur erreur. Ils ont quitté Priamos en toute hâte. Votre *okkitan-as* Gerlach a péri lorsque votre vaisseau a décollé, Tchaïkhé n'ayant pas jugé utile de le protéger. Quant au *karsh* Gomek en général, je ne sais pas encore si nous déciderons ou non de tenir compte des difficultés que ces êtres nous ont occasionnées. Il est même possible que le *nasul* résolve de jeter le voile sur vos crimes, Téjef, si vous avez la sagesse de faire soumission.

Il semblait que l'air était soudain plus irrespirable. Téjef haletait, son visage indigo était moite de transpiration. Il secoua la tête pour chasser la sueur qui lui tombait dans les yeux. Il paraissait sur le point de défaillir. Rien ne rappelait dans cette pitoyable créature déchue l'homme terrible qui avait bravé ses pairs sur la planète. *Capituler, c'est mourir,* avait-il dit un jour à Daniel. *Moralement et physiquement.* Et si quelqu'un avait jamais été prêt de mourir ainsi, c'était bien cet homme déchiré.

Son cri de colère noya le murmure qui s'élevait du *nasul,* et les iduvé se dispersèrent dans un concert de sifflements et de clameurs stridentes. Isande souleva Arle et cacha la figure de l'enfant dans sa poitrine pour lui éviter l'horreur de ce spectacle car les *ghiakaï* des gardiennes étaient maintenant pointées sur Téjef. Lorsqu'il essaierait de faire une trouée, le cercle se refermerait sur lui. Il était à présent hagard et en sang. Vociférant, il se rua sur Chimèle. Mais les gardiennes étaient là. Et Khasif, qui l'envoya à terre d'un coup de poing.

Daniel plongea dans la cohue, bousculant un jeune iduvé qui était en travers de son chemin avant même que celui-ci eût compris ce qui lui arrivait – et s'effondra avec un râle de douleur sous le coup de semonce de l'*idoïkkhé.*

Flux et reflux de la souffrance. Aïéla se jeta à corps perdu dans la brèche pour tenter de porter assistance à son asuthé. L'attention générale se concentra subitement sur lui quand il lança le nom de Chimèle à pleins poumons.

– Votre place n'est pas ici, *m'métanéï,* fit l'Orithaine. Il ne sera point tenu compte de votre intervention.

Elle leva la main et les iduvé s'écartèrent comme herbes au souffle du vent pour dégager un chemin jusqu'à la porte.

– Aïéla, murmura Chimèle quand Daniel ouvrit la bouche pour protester contre leur renvoi.

Elle avait parlé avec un très grand calme. Le kallia connaissait ce ton : c'était un dernier avertissement.

Daniel se releva et, se tournant vers Téjef, lui adressa un appel muet. Il voulait dire quelque chose, il le voulait désespérément mais son courage était celui de l'action : il n'était pas doué pour l'éloquence et les mots lui faisaient défaut. Autrement, il n'eût pas cédé.

– Nous sommes intervenus. Je suis intervenu. Nous regrettons.

A l'épouvante d'Aïéla, les iduvé qui les entouraient de toutes parts refluèrent, et ils se retrouvèrent seuls avec Téjef au centre du *parédré*. Daniel se rapprocha d'Isande qui serrait très fort la main d'Arle dans la sienne et regarda craintivement Téjef qui se redressait.

– Je n'ai pas entendu, kaméthi, laissa tomber Chimèle. Je ne tiens pas compte de votre comportement. Retirez-vous.

– Il avait de l'honneur parmi ses kaméthi, dit Aïéla, formulant les sentiments que Daniel portait en son cœur.

Il importait que Téjef le sache avant qu'ils ne partent. L'*idoïkkhé* frémit mais son picotement cessa aussitôt. La panique submergea Isande qui, voyant déjà mourir Daniel, et Aïéla avec lui, sous ses yeux et ceux de l'enfant, aurait voulu prendre la fuite. C'était son malheur – et sa fierté – d'avoir des asuthi aussi têtus qu'elle. Ils étaient fous l'un comme l'autre. Mais elle l'avait déjà accepté.

Chimèle les considéra tous les trois. Les yeux d'un kallia auraient eu des expressions changeantes, ils auraient trahi des émotions, mais ceux de l'Orithaine ne le pouvaient, pas plus qu'ils ne pouvaient verser de larmes. Cependant, Aïéla la prenait en pitié : s'il lui avait un jour fait perdre la face devant ses seuls *nasuthi* et avait, de ce fait, encouru sa colère, il ne pouvait que soupçonner combien était cuisant le camouflet qu'il lui infligeait maintenant en présence du *Mélakhis* et du *nasul* rassemblés.

– Chimèle-Orithaine, enchaîna-t-il avec le plus grand respect, nous avons obéi à tous vos ordres. Si un kameth peut solliciter de vous...

Une haute silhouette s'avança – Ashakh qui, croisant les bras, adressa un bref salut à Chimèle.

– Ce kameth, fit-il, est sur le point de se trouver dans une situation pénible qu'il ne peut affronter. C'est un être à part, ce *m'métané*. Il est quelque peu impétueux avec nous et manque totalement du *takkhénès* qui lui permettrait d'avancer en terrain dangereux mais j'apprécie sa *tchanokhia*. Si je réprouve son irrévérence, je ne souhaite pas qu'il lui arrive du mal. Ni à lui ni à ses asuthi dont l'un est, après tout, un humain tout autant qu'un être de l'extérieur et est encore plus ignorant que lui des règles de la bienséance. Je suis passé par bien des épreuves, Chimèle. J'ai souffert et mon *sra* a souffert pour *Ashanomé*. Mais ce kameth et ses asuthi sont précieux pour le *nasul*. Aussi, je dis non, Chimèle.

– Ce n'est pas seulement à propos des kaméthi que vous avez dit non, Ashakh, répliqua l'Orithaine d'une voix terrible.

– Je ne me dresse pas contre vous, Chimèle.

– Tel n'est pas mon sentiment. Il me semble que vous n'êtes pas en *takkhé* avec nous en ce qui concerne Téjef, que quelqu'un le soutient.

– Vous faites erreur. Ma *m'mélakhia* a toujours été tendue vers le salut d'*Ashanomé*. Nous avons su régler nos désaccords par le passé, *nasith-tak*.

– Ils ont été nombreux et trop fréquents. Non! s'exclama Chimèle sur un ton cassant comme Téjef faisait un pas en avant.

Mais les gardiennes du *dhis* lui faisaient un rempart, et Khasif et Ashakh eurent leur réflexe habituel : ils se rabattirent sur l'Orithaine pour la protéger. L'atmosphère était à nouveau pesante – oppressante, hostile et imprégnée d'une férocité étrangement troublante. Chimèle jeta un coup d'œil alarmé à Rakhi.

– Vous n'avez pas appartenance ici, dit-elle.

Mais la crainte semblait étouffer sa colère et l'on ne savait pas au juste à qui elle s'adressait.

Téjef s'approcha d'elle autant que le lui permettaient les *ghiakaï.*

– Chimèle-Orithaine, vous m'avez banni. Mais le *takkhénoïs* de Méjakh n'est plus là et cela facilite d'autant le contact du *nasul,* Chimèle *sra*-Chaxal. J'ai toujours eu la *m'mélakhia* de ce *nasul,* et pas seulement de lui. J'ai été *nas,* Chimèle.

Le souffle de celle-ci était sifflant.

– Votre vie dans le *nasul* n'a jamais été que tolérée de justesse et nous vous avons traqué et capturé. Votre *m'mélakhia* est *é-takkhé – é-takkhé* et indiciblement outrageante à ma vue.

Un rictus féroce retroussa les lèvres de Téjef. L'iduvé parut grandir et il tomba à genoux, gage de soumission qui était, en soi, une insolence. Lentement, il baissa la tête à toucher le tapis et, lentement, la releva.

Le cri ténu que poussa Arle brisa l'intolérable pesanteur de l'air. Isande la serra contre elle pour la faire taire car le fourmillement saccadé des trois *idoïkkhéï* répercutait simultanément le message d'Ashakh : *Ne bougez pas.*

– Partez! vociféra Chimèle. Si vous survivez dans le *nasul,* peut-être ne chercherai-je pas à vous tuer. Mais il vous reste encore une *vaïkka* à payer, ô Téjef à-tous-indésirable!

– Ce sera l'honneur à mon *sra,* répondit Téjef avec une froide résolution.

Il recula prudemment quand Chimèle se leva.

– Retirez-vous.

Le regard dont elle balaya la salle débordait d'une telle fureur que, à peine Téjef eut-il obtempéré, les iduvé se hâtèrent de se disperser, les projections des uns s'évanouissant tandis que les autres regagnaient la partie du vaisseau qui leur était réservée, faisant place nette.

– Demeurez, ordonna-t-elle à ses *nasithi-katasakké* qui n'auraient pas demandé mieux que de décamper sans demander leur reste.

Ils s'immobilisèrent. Les dédaignant, l'Orithaine dévisagea d'un air féroce Aïéla qui grimaça quand elle activa l'*idoïkkhé.*

M'métané – tel était le message qu'elle envoyait –, *vous êtes responsable de l'humiliation que j'ai subie. C'est vous qui avez donné à cette créature l'*arastiéthé *de me braver, de recevoir de l'aide. Votre ignorance a déclenché un processus que vous ne pouvez comprendre. Vous m'avez mise en situation d'infériorité, vous avez divisé le* nasul *et cela risque de se solder par la mort de quelques-uns d'entre nous. Qu'êtes-vous disposé à payer en échange,* m'métané *que j'ai honoré, quelle* vaïkka *compensera-t-elle cela?*

Des ondes de souffrance irradiaient de l'*idoïkkhé.* Atterré, Aïéla se rendait compte que c'était peut-être sa vie qui était dans la balance et, qui plus est, qu'il méritait, en vérité, de la perdre. Non seulement la détresse d'Isande lui était imputable mais, aussi, maintenant, celle de Chimèle.

En faisant perdre la face à l'Orithaine, il avait mis en péril l'existence même d'*Ashanomé.*

– J'ai agi conformément à ma nature, protesta-t-il.

Ce fut Ashakh qui le sauva. Il en eut conscience quand la douleur cessa de le torturer, quand il sentit la présence terrifiée d'Isande et de Daniel dans son esprit.

– Il n'y avait nul irrespect chez lui, Chimèle, disait Ashakh. Tout cela était d'une parfaite logique kallirienne. Et son raisonnement ne manque pas de poids : après tout, vous avez trouvé de la *tchanokhia* en lui et vous l'avez choisi de sorte que, en un sens, ses décisions sont vos décisions. Quand on a affaire à des extérieurs, peut-être est-ce leur logique qui doit prévaloir et il se passe alors des événements qui n'auraient pas eu lieu dans le cadre de la logique iduvé.

– Je perçois votre *m'mélakhia* pour ces êtres, Ashakh, et j'en suis confondue. Je la trouve vraiment excessive.

Le grand iduvé détourna le regard d'un air embarrassé.

– Je comprends la *tchanokhia* que Téjef a découverte dans ces créatures, tant humaines que kalliriennes.

– C'est vous qui avez détourné le *takkhénès* d'*Ashanomé* sur Téjef. C'était votre *vaïkka* pour Tchaïkhé.

Ashakh regarda à nouveau Chimèle en face et baissa la tête.

– Tchaïkhé est *dhisaïs*. Rakhi peut vous le confirmer. Elle est au delà de la *vaïkka* et il ne convient plus que j'assume sa protection. Je comprends ce que vous avez fait puisque vous n'avez pas épargné Rakhi pour qui vous nourrissez une haute estime et j'admire la force et la *tchanokhia* de votre action, ô Chimèle. Vos manœuvres m'ont à maintes reprises mis dans une position fâcheuse mais c'était dans l'intérêt supérieur d'*Ashanomé*.

– Ce que vous avez fait, vous, était-il dans notre intérêt?

– Chimèle, murmura Rakhi.

A en juger par le regard qu'ils échangèrent, Rakhi avait mis beaucoup plus de choses qu'il ne paraissait dans son seul nom car l'Orithaine semblait soudain très troublée.

– Khasif, fit-elle abruptement, pouvez-vous être *takkhé* avec la situation présente?

Khasif s'inclina.

– Je vous ai ramené Téjef. Cette *vaïkka* suffit. Il

est de mon *sra,* Chimèle, tout comme vous. Ne me posez pas de questions.

– Tchaïkhé...

– Elle a suivi vos ordres à la lettre, Orithaine, l'interrompit Rakhi. Mais rappelez-vous qu'elle sortait à peine du *dhis* quand Téjef s'est intéressé à elle.

Chimèle pinça les lèvres.

– En effet. Aïéla, reprit-elle après un silence, votre *haratchia* et celle de vos asuthi est pour le moment inopportune. Vous m'avez bien servie et je me plais à honorer vos efforts. Vous pouvez disposer mais vous me devez encore une *vaïkka* pour la présomption dont vous avez fait preuve tout à l'heure.

Aïéla se sentait dans l'obligation de prendre avec elle au moins le même risque qu'il avait pris pour Téjef, de faire réparation bien que tout son être lui criât de fuir.

– Chimèle, dit-il, nous vous honorons. Nous vous honorons du fond du cœur.

Elle le regarda dans les yeux.

– *M'métané,* j'ai une *m'mélakhia* pour l'insolite personnage qu'est Aïéla Layaïléuê. Ma curiosité m'incite à m'informer davantage et à me retenir de vous traiter comme vous le méritez. Vous êtes le premier *m'métané* que je vois qui n'ait pas craint de s'affirmer comme tel parmi nous. Vous êtes la plus grande bizarrerie vivante d'*Ashanomé.* Aussi êtes-vous arrogant avec nous et en prenez-vous à votre aise avec *Ashanomé.* C'est là une dangereuse habitude et je constate qu'elle contamine vos asuthi. Sous une forme modérée, elle m'a été utile.

– L'intérêt que vous me portez m'honore.

Chimèle tourna son attention vers Ashakh. Comme si un courant était passé entre eux, celui-ci s'inclina très bas, mains sur les cuisses, et demeura dans cette posture jusqu'à ce que l'agitation de l'Orithaine se fût dissipée. Il parut le deviner car il se redressa et releva lentement la tête.

– Je proclame hautement que je suis *takkhé,* Chimèle.

Je perçois votre approbation pour ces êtres qui sont sujets de scandale.

– Et je sens, moi, votre réprobation. Je suis en situation désavantageuse car je vous rends honneur, Chimèle. Si vous l'exigez, j'accepterai d'être déclaré *arrhéï-nasul* car ma *m'mélakhia* m'interdit de vous braver, surtout si c'est au péril de la dynastie. Vous êtes essentielle, pas moi. Permettez-moi seulement d'emmener ces kaméthi. L'*arastiéthé* s'oppose à ce que je les abandonne.

Chimèle le dévisagea, puis se détourna et sa main se referma sur le bras d'Aïéla. L'étau de ses doigts d'une force incroyable le meurtrit mais ce n'était pas une manifestation de colère.

On ne voyait pas souvent les *nasithi-katasakké* sur le niveau réservé aux kaméthi et la présence de Rakhi provoqua une légère agitation – légère parce que les kaméthi connaissaient l'excentricité de cet iduvé particulier. Aussi Aïéla et Isande ne furent-ils que modérément surpris quand le *nasith* les salua au passage. Sur le vaste sabord près duquel ils se tenaient, l'espace et ses semis d'étoiles avaient à présent remplacé le globe de Priamos. *Ashanomé* avait repris errance.

Les kaméthi s'inclinèrent aussitôt pour répondre à sa politesse.

– Et cette troisième personne? s'enquit l'iduvé.

– Je suis là, dit Daniel par la bouche d'Aïéla. *Des ennuis, Aïéla? Que nous veut un* nas *à cette heure-là?*

Calme-toi. Si Chimèle avait des intentions malveillantes envers nous, elle n'aurait aucun besoin de faire appel à un intermédiaire. Aïéla imposa silence à ses asuthi sans quitter Rakhi des yeux afin que le *nasith* ignore cet échange. Cette communication tripartite était si troublante qu'il était malaisé de ne pas avoir l'air d'avoir l'esprit ailleurs.

– L'*asuthithékkhé* est-il chose plaisante?

Il y avait dans la question de Rakhi comme un vague désir inexprimé que les asuthi n'avaient jamais décelé chez un iduvé.

– Cela présente des difficultés, répondit Aïéla, insensible à la réaction d'Isande et de Daniel. Mais je ne voudrais pas qu'il en soit autrement.

– Le silence est atroce... sans lui. Pour nous, ce n'est pas une expérience des plus agréables. Mais être coupé... cela fait un grand silence.

Aïéla comprit alors, et il eut pitié de Rakhi. C'était sans danger car la *m'mélakhia* de l'iduvé était moins violente que celle de ses semblables.

– Tchaïkhé va-t-elle bien?

– Elle est satisfaite. Elle est maintenant retranchée en elle-même – entièrement. Les *dhisaïeï* s'enferment de plus en plus dans l'isolement. Je l'ai senti. (Rakhi se tut et tourna avec embarras les yeux vers le sabord où leurs reflets – le pâle kallia et le sombre iduvé – les contemplaient.) Il y a un petit amaut qui a parlé de vous avec honneur. Son nom est Kleph. Ashakh m'a prié de vous le dire : l'*arastiéthé* interdit au premier des navigateurs de transmettre des messages. La vue des jardins d'*Ashanomé* a causé une grande joie à cette personne. Ashakh l'a affectée à cette tâche. L'*arastiéthé* lui interdit...

– ... d'être accessible à la reconnaissance.

Rakhi fronça les sourcils : même lui éprouvait quelque irritation à se voir ainsi interrompre par un *m'métané*.

– Il n'était pas *tchanokhia* pour cette amaut de faire embarquer Ashakh à bord du navire-base dans l'état d'impuissance auquel il était réduit. Cette créature ne pouvait pas concevoir la *vaïkka* autrement que comme une situation d'infériorité. Ashakh a-t-il fait erreur?

– Non, et il le sait très bien.

L'ombre d'un sourire effleura les lèvres du *nasith* et Aïéla se rembrunit, se demandant s'il n'était pas en train de faire les frais de l'humour pince-sans-rire de l'iduvé. Peut-être, pensa-t-il, celui-ci avait-il mieux percé à jour le caractère des *m'métanéï* qu'un iduvé n'accepterait de l'avouer. Pourtant, si aimable fût-il, il fallait éviter de le provoquer et se rappeler que la reconnaissance était pour eux un objet d'étude, qu'ils pouvaient peut-être même la pratiquer en guise de distraction. Quelque chose frémissait-il alors dans l'obscurité glacée de leur cœur? La question méritait d'être posée.

Soyez conciliant avec lui, lui conseilla Isande. *Même Rakhi a ses limites.*

– *M'métanéï,* je dois vous mettre en garde. Ne vous faites pas remarquer et évitez de vous faire voir autour du *parédré* pendant quelques jours. Si Chimèle vous convoque, ce qu'elle ne manquera pas de faire, soyez particulièrement aimables.

– Pourquoi, seigneur? demanda Isande, ce qui était à l'évidence la question que Rakhi attendait.

– Parce qu'elle a résolu d'exercer sur *Tashavodh* une *vaïkka* que l'Orithanhé qui a proscrit la *vaïkka* ne peut pas lui refuser. (L'iduvé sourit en dépit de lui-même.) La *m'mélakhia* de Kharxanen d'instituer des liens avec la dynastie d'*Ashanomé* est ancienne. En vérité, elle est à la source de tous ces événements. Elle demeurera non satisfaite. L'Orithanhé lui-même a contraint Kharxanen et Téjef à avouer qu'ils ne sont pas *sra* l'un à l'autre. Aussi, Kharxanen ne pourra arguer de l'existence d'une attache quand Chimèle élira Téjef pour le *katabérihé* d'*Ashanomé.* Les purifications commenceront. Un enfant naîtra. Et, à ce moment, le *nas* Téjef recevra un vaisseau et autant d'*okkitani-as* et de kaméthi que Chimèle voudra bien lui en céder.

– Elle veut créer un *vra-nasul?* demanda Isande avec stupéfaction. Après tous les malheurs qu'il a causés?

Elle eut un mouvement de dépit qu'étouffa la joie de Daniel et Aïéla les isola l'un de l'autre.

– Ils sont *takkhé,* répondit Rakhi. Je connais un peu vos esprits, *m'métané.* De lointains souvenirs justifient votre ressentiment. Mais nous ne sommes pas un peuple vindicatif. Nous ne livrons pas de guerres. Chimèle a eu sa *vaïkka* car le *sra* de Téjef, en tant que *vra-nasul,* servira *Ashanomé* pour toujours. Mais le *sra* qu'elle obtiendra grâce à lui sous son propre nom et qui sera son héritier à elle sera à jamais plus puissant que la dynastie que Téjef fondera. L'appariement d'un *vra-nasul* ne saurait imposer de liens à un *orith-nasul.* En conséquence, Téjef fera sa soumission et tous deux garderont leur honneur intact. C'est une solution raisonnable – et vous en êtes les artisans, *m'métanéï.* Aussi, je vous conseille de garder secrète votre petite *vaïkka* pour que Chimèle ne soit pas dans l'obligation d'en tenir compte. Votre *tchanokhia* lui plaît : il lui en a beaucoup coûté pour adopter cette attitude. Si vous nous connaissez, en effet, vous savez que nous sommes souvent désemparés par l'irrationalité de votre comportement. Nous faisons des efforts. Nous avons acquis la sagesse qu'il faut pour observer ce que nous ne comprenons pas et attendre : c'est là l'antidote au conflit des pulsions qui gouverne nos espèces. Je vous recommande de faire vôtre cette pratique, kaméthi.

Sur ce, Rakhi les salua d'un coup de menton, entra dans l'ascenseur et disparut.

C'est Chimèle qui l'a envoyé, émit Isande.

Hommage nous a été rendu, rétorqua Aïéla.

Il s'attendait que Daniel s'insurge. Mais quand la

conscience de l'humain se manifesta à nouveau, elle n'était habitée que par sa propre pensée car il venait soudain de reconnaître à l'autre bout de l'esplanade un enfant humain en compagnie d'une femme à la chevelure de flammes.

Il se hâta de se frayer un chemin à travers la cohue pour les rejoindre et ses asuthi se retirèrent discrètement de son esprit.

GLOSSAIRE

1

LE KALLIRIEN : Comme la langue humaine, le kallirien se décompose en catégories substantives et verbales. Il possède néanmoins une éthique fossilisée remontant à l'ère de la domination orithaine. Bien que l'éthique corresponde au verbe orithain, il a pris valeur d'adjectif en kallirien.

Arethmé : ville ayant une structure politique kallirienne : sur la planète natale, équivalent de la cité, des terres voisines et des franchises commerciales; dans les colonies, représente un hémisphère, voire une planète tout entière avec ses franchises afférentes.

Eléthia : honneur, noblesse, sens du comportement adéquat; fidélité au devoir.

Esliph : les Sept Etoiles; région sidérale à forte densité planétaire située entre la *métrosi* et l'espace humain.

Giyrêh : reconnaissance de la place occupée par l'individu dans l'ordre cosmique; également, ses devoirs envers l'autre.

Ikas : méconnaissance de la *giyrêh* et du *kastien*; présomption.

Kallia : homme(s), femme(s).

Kastien : être soi-même; vertu, sagesse; communier harmonieusement avec les autres et avec l'univers en observant parfaitement la *giyrêh* envers tout être et toute chose.

Métrosi : les Mondes Civilisés (appartenant à l'aire de la colonisation kalliro-amaut originelle).

Paromé : gouverneur d'une *arethmé*.

Qao : le Soleil; étoile natale des espèces kalliriennes.

2

L'IDUVIEN : Diffère à tel point du kallirien et du langage humain qu'aucune traduction littérale n'est compréhensible. La meilleure façon de rendre cet idiome est la paraphrase.

1° : il n'existe pas de différenciation tranchée entre les catégories substantif et verbe, matérialité et action. La réalité est faite d'une combinaison événementielle de tangibles et d'éthiques, encore qu'un éthique puisse se transformer en tangible, et inversement. La plupart des concepts sont totalement exprimables à l'aide de deux mots : un éthique accolé à un tangible. La signification peut être modifiée ou étoffée par l'adjonction d'un préfixe, d'un infixe ou d'un suffixe à un éthique ou à un tangible, et ces particules supplétives ont valeur de négatif, d'intensitif, d'honorifique, d'hypothétique ou d'historique, de relatif ou de descriptif.

2° : l'iduvien ignore presque entièrement les genres. Il n'est pas possible d'établir de distinction au niveau du sexe, sauf à ajouter au mot l'honorifique masculin (*-toj*) ou l'honorifique féminin (*-tak*). Les concepts qui semblent apporter une précision de genre inévitable (homme, femme, mère, père, frère, sœur, époux, épouse) sont de purs artifices de langage.

Akitès, akitoméï : vaisseau au long cours.

Akitomékkhé : rampant, planétaire; possédant des attaches avec une personne ou un lieu extérieur au *nasul.*

Akkhrès-nasuli : conjonction de deux *akitoméï* en vue d'une *katasakké* entre deux clans.

Anoïkhté : affranchi; non pas « libre » (*akita*) mais « sans attaches » et, par conséquent, proie désignée pour la *m'mélakhia.* Les humanoïdes (*m'métanéï*) ne peuvent jouir de l'*arrhéï-akita.* Du fait de leur naturel très terrestre, ils sont *akitomékkhé* et ont donc une sensibilité réduite.

Arastiéthé : honneur; la puissance et les contraintes liées au fait d'être un iduvé, d'appartenir à un *nasul* défini ou, simplement, d'être soi-même. L'honneur est l'obligation d'utiliser sa puissance, fût-ce à son corps défendant, pour sauvegarder son intégrité morale et physique. Les *m'métanéï* sont naturellement privés de l'*arastiéthé* mais pour décrire les caractères admirables des *m'métanéï,* l'iduvé a adopté le terme kallirien d'*éléthia.*

Arrhéï-akita : être libre; nécessité éthique du bonheur et de l'*arastiéthé* du *nasul;* part. liberté d'action du vaisseau.

Arrhéï-nasul : le fait de quitter son clan, généralement dans le but d'opérer la *kata-*

bérihé avec un (une) autre Orithain(e). Le quitter pour d'autres raisons fait encourir le risque d'une réaction violente de la part du clan de réception. Ne pas confondre avec l'*arrhéï-nasuli,* condamnation à l'exil hors-parentèle qui équivaut à une sentence de mort.

Asuthé, asuthi : litt. : compagnon. Personne liée à une autre par le truchement du *tchiabrès.*

Asuthithékkhé : liaison mentale.

Dhisaïs, dhisaïséï : femme affectée d'une démence passagère due à des modifications biologiques survenant au moment de l'accouchement et qui peuvent durer plusieurs années.

E- : préfixe négatif : non-, a-, ana-.

Haratchia : litt. : présence, le fait de voir. Impact visuel d'une personne, d'un objet ou d'une situation déterminant une réaction émotive irrationnelle.

Idoïkkhé, Idoïkkhéï : de *idoïs,* joyau. Bracelet du *nas kamé* portant l'emblème du *nasul* et capable de transmettre des impulsions sensorielles.

Iduvé : homme, femme, humanité.

Kameth, kaméthi : honorifique de *nas kamé.*

Katabérihé : union par laquelle un(e) Orithain(e) engendre des *orithaïkhti* ou enfants-héritiers. Seuls les aînés issus d'une telle union héritent le titre paternel, indépendamment de leur sexe. La *katabérihé* est interdite à la femme pendant les dix mois qui suivent sa déclaration d'intention. Le mâle doit passer par une période d'abstinence rituelle de vingt jours. Le but de ces règles est d'établir la filiation paternelle et d'être une préparation mentale, les conjoints appartenant généralement à des *nasul* différents.

Katasakké : copulation en vue d'enfanter exigeant une abstinence de trois mois si la femme souhaite changer de partenaire. Il est en outre malséant pour le mâle d'avoir plus d'une compagne en titre. Il est presque assuré que la *katasakké* entraîne la conception. Le taux élevé de conception était jadis un avantage quant à la survivance de l'espèce. Une longévité extrêmement avancée et le manque d'espace ont modifié cette situation et donné naissance à la coutume de la *katasukké.*

Katasathé : femme enceinte.

Katasukké : copulation pour le plaisir accomplie avec des *m'métaneï* et non avec des *amaut* (pour des raisons d'ordre esthétique). Dans ce cas, il n'y a pas de descendance et la période d'abstinence requise pour la *katabérihé* n'est pas de rigueur.

Kej : le Soleil. Etoile centrale du système iduvien.

Kutikkasé : litt. : choses. Denrées de nécessité pratique, alimentaires ou vestimentaires, toutes activités artistiques hormis celles qui recherchent ou utilisent les intangibles. Ant. : *tchanokhia*.

Mélakhis : de *m'mélakhia*. Conseil des Acquisitions composé de l'Orithain(e), de son (ou de sa) *sra* et d'un membre de chacun des *sri* aînés du *nasul*. Le *Mélakhis* assiste l'Orithain dans les affaires d'importance majeure ou techniquement complexes.

M'mélakhia : (1) : désir d'acquisition. Peut être synonyme du concept *m'métané* d'« amour ». Parfois traduit par « férocité ». Activité fondamentale et permanente de l'*iduvé*. (2) : *M.-tomès* : acquisition par le *nasul* du prestige ou de la suzeraineté spatiale indispensable à sa dignité et à sa liberté. (3) : *M.-likatis* : acquisition du savoir. C'est l'activité la plus honorable.

M'métané, m'métanéï : humanoïde. Créature physiquement proche de l'iduvé. Kallia et humains.

Nasithi : pluriel honorifique de *nas*, membre du *nasul*.

Nas kamé, noï kamé : *M'métané* au service du *nasul*.

Orithanhé : conseil de tous les *orithainéï* des *orith-nasuli* disponibles. Il faut qu'ils soient au moins vingt pour que le quorum soit atteint. Siège sur la planète mère. N'est presque jamais convoqué en raison du goût prononcé des iduvé pour l'*arrhéi-akita*.

Sérakh : cérémonie funèbre. Destruction de *kutikkasé* proportionnellement à *arastiéthé*.

Sra : (1) : parenté du sang (vaisseau). (2) : *bhan-sra* : verticale (parents-enfants). (3) : *iq-sra* : latérale (frère-sœur, demi-frère et demi-sœur).

Takkhénès : conscience de groupe du *nasul* déterminant la prise de décision et l'administration de la justice.

Tchanokhia : (1) : Art. (2) : Ethique : pratique de la vertu, volonté d'éviter la grossièreté, recherche de l'élégance et de l'originalité.

Tchiabrès : appareil de communication interne.

Vaïkka : manifestation d'*arastiéthé*. Pourrait approximativement se rendre par « vengeance », si souvent la *vaïkka* n'intervenait pas avant l'outrage afin de compenser le *niseth* : (handicap). Il peut y avoir *vaïkka* en l'absence de préjudice effectif car l'*arastiéthé* peut se démontrer tant en faisant le bien que le mal.

Vaïkka-tchanokhia : forme d'art spécifiquement iduvienne généralement pratiquée entre iduvé, les *m'métanéï* étant peu sensibles à la *tchanokhia*. Dans la vraie *vaïkka-tchanokhia*, le bénéficiaire est dans l'impossibilité de rendre la pareille au donateur.

3

L'AMAUT : structuralement semblable au kallirien. Cette langue a adopté bon nombre de vocables kalliriens et tend à imiter la courtoisie élaborée de l'iduvien. Son alphabet est spécifique mais sa littérature date, en tant que telle, de ses premiers contacts avec les iduvé.

Amaut : homme, femme. Peuple.

Bnêsych : directeur. *Karsh-*, gouverneur d'une colonie.

Karsh, karshatu : cellule familiale amaut. Tire son nom de son fondateur, homme ou femme, qui a acquis un domaine et est le premier de la lignée. Il n'est pas de *karsh* sans terre, à l'exception du *karsh* ancestral. La possession de la terre autorise à fonder un *karsh* dont l'importance dépend de la capacité de production du domaine.

Késuat : le Soleil. Etoile centrale du système dont les amaut sont originaires.

FOSTER Alan Dean
Alien (1115***)
Avec la créature de l'Extérieur, c'est la mort qui pénètre dans l'astronef.
Le trou noir (1129***)
Un maelström d'énergie les entraînait au delà de l'univers connu.

GOLON Anne et Serge
Angélique, marquise des Anges
Son mari condamné au bûcher, Angélique devient la marquise des Anges à la Cour des Miracles. Puis elle retrouve grâce auprès de Louis XIV et dispute son amour à Mme de Montespan. Bien d'autres aventures attendent encore Angélique...

GUEST Judith
Des gens comme les autres (909***)
Après un suicide manqué, un adolescent redécouvre ses parents.

HALEY Alex
Racines (2 t. 968**** et 969****)
Ce triomphe mondial de la littérature et de la TV fait revivre le drame des esclaves noirs en Amérique.

HAWKESWORTH J.
Maîtres et valets (717**)
Ce célèbre feuilleton de TV évoque la société aristocratique anglaise du début du siècle.

KING Stephen
Carrie (835***)
Ses pouvoirs supra-normaux lui font massacrer plus de 400 personnes.

LARSON et THURSTON
Galactica (1083***)
L'astro-forteresse Galactica reste le dernier espoir de l'humanité décimée.

LEVIN Ira
Un bébé pour Rosemary (342**)
A New York, Satan s'empare des âmes et des corps
Ces garçons qui venaient du Brésil (906***)
Sur l'ordre du Dr Mengele, six tueurs nazis partent en mission.

LUND Doris
Eric (Printemps perdu) (759***)
Pendant quatre ans, le jeune Eric défie la terrible maladie qui va le tuer.

MALPASS Eric
Le matin est servi (340**)
Le talent destructeur d'un adorable bambin de sept ans.
Au clair de la lune, mon ami Gaylord (380***)
L'univers de Gaylord est troublé par l'apparition de trois étranges cousins.

RODDENBERRY Gene
Star Trek (1071**)
Un vaisseau terrien seul face à l'envahisseur venu des étoiles.

RUBENS Bernice
Chère inconnue (1158**)
Une correspondance amoureuse peut déboucher sur la tragédie.

SAGAN Françoise
Le sang doré des Borgia (1096**)
Une tragédie historique où se mêlent l'amour, l'argent et le poison.

SAUTET Claude
Un mauvais fils (1147***)
Emouvante quête d'amour pour un jeune drogué repenti.

SPIELBERG Steven
Rencontres du troisième type (947**)
Le premier contact avec des visiteurs venus des étoiles.

TROYAT Henri
La neige en deuil (10*)
Une tragédie dans le cadre grandiose des Alpes.

Editions J'ai Lu, 31, rue de Tournon, 75006 Paris

diffusion
France et étranger : Flammarion, Paris
Suisse : Office du Livre, Fribourg
diffusion exclusive
Canada : Flammarion Ltée, Montréal

Achevé d'imprimer sur les presses de l'imprimerie Brodard et Taupin
7, Bd Romain-Rolland, Montrouge. Usine de La Flèche,
le 13 janvier 1982
6468-5 Dépôt Légal janvier 1982. ISBN : 2 - 277 - 21280 - 6
Imprimé en France